Le saut de l'ange

MAUD MARIN

Maud Marin

Le saut de l'ange

avec la collaboration de
Marie-Thérèse Cuny

Éditions J'ai lu

A Carole, Catherine, Évelyne,
Martine, Nicole, Sandra.

L'homme qui aime pardonne,
la société ne pardonne jamais.
La Traviata

C'est un petit mâle, plus grand et plus fort que moi, au front court. À la racine du nez les sourcils se rejoignent, et sur la lèvre supérieure une ombre de duvet. L'attache du cou est forte, les épaules solides. Il me terrasserait d'une gifle.

Je dois me déshabiller. Il vient de l'ordonner avec une assurance tranquille. Exactement comme, plus tard, je saurai qu'un client averti et sûr de ses besoins ordonne à une putain de se mettre nue. Durant quelques secondes, la terreur l'emporte et me paralyse. Je fais non de la tête... Comme j'aimerais m'envoler, disparaître, devenir invisible, échapper à ce petit monstre d'une façon magique. Mais rien ne se passe et, quand j'arrive à parler enfin, ma voix m'est étrangère, plate.

– Je ne veux pas faire ça... c'est...

– T'es con ou quoi ? Fais pas de manières, merde, t'as pas compris ce qu'on va faire, tous les deux ? Allez, amène-toi !

Je ne m'« amène » pas. Alors il s'approche et ôte mes vêtements. D'abord la chemisette, puis le pantalon, et le slip. Il a la main ferme et ne craint aucune résistance de ma part. Je ne me suis jamais battu avec un garçon. À ma place, une fille se débattrait peut-être, ou pousserait des cris, elle trouverait des armes pour se défendre. Mais moi ?

Lui, il ne se déshabille pas. Le seigneur, le maître n'en éprouve pas le besoin. Il n'est pas question ici d'amour, de tendresse ou même de sexualité naissante. C'est un pervers, il sait ce qu'il veut.

Jamais je n'avais vu de sexe aussi énorme. Disproportionné par rapport à l'âge. Un sexe d'homme impressionnant, velu, une chose achevée, irrémédiablement adulte.

Tout est resté si précis : l'image s'est cruellement imprimée dans ma tête et je pourrais décrire jusqu'au moindre détail, même le plus petit. Cette façon qu'il a de retenir son pantalon sur ses jambes, légèrement arquées, en appui sur les reins et les mollets. Le bouton qui manque à sa chemise, celui du bas, que personne n'a recousu depuis longtemps, et qui a laissé un tourbillon de fil tressé par les lessives et les repassages.

L'ordre suivant m'échappe. Je dois sucer le sexe tendu. Pour m'y obliger, il m'a pris la tête et je m'exécute maladroitement, les yeux fermés, paupières si serrées que je ne vois plus que des myriades d'étoiles de couleur, comme si mon crâne était un feu d'artifice. Mais je sens. Je ne peux pas m'empêcher de sentir, cette odeur écœurante de transpiration, de gosse mal lavé, cette odeur... ce goût âcre, cette nausée qui me prend...

Il me repousse sur le lit. Il veut que je recommence, mais c'est au-dessus de mes forces. Je refuse, les larmes aux yeux. Comble, je me sens coupable de refuser, de ne pas savoir, d'être dégoûté. Il a l'air si sûr de lui que je me sens anormal d'avoir peur. Alors il change de tactique, il me renverse, j'étouffe à plat ventre durant quelques instants, puis je retrouve suffisamment de respiration pour hurler et me débattre. La nervosité l'envahit. Peur de voir rentrer sa mère avant d'avoir accompli son plan. Car il l'avait prémédité, ce viol. Il devait y penser depuis longtemps, alors que nous planchions sur les devoirs de maths. Il avait dû se dire : en voilà un qui obéira, c'est une fillette... un pédé... Il avait dû en plaisanter avec les copains de la classe, et je ne m'étais douté de rien.

Agacé, il abandonne et je peux m'asseoir sur le lit, mais il ne me lâche pas pour autant. D'une main il enserre mon bras, pour m'immobiliser, et de l'autre il agite fortement son sexe, en m'expliquant d'un air conquérant :

– Je me branle, tu vois ? T'as compris ? Fais-le !

J'ai touché ça pour la première fois de ma vie. Ce sexe était comme une bête, avec sa chaleur, ses vibrations, ses contractions qui s'amplifiaient. Il s'est mis à gémir et je ne savais plus quoi regarder. Son visage crispé, ou ma main qui obéissait à la bête plutôt qu'elle ne la domptait. Je l'ai vu jouir avec stupéfaction. Couleur, odeur, violence du sperme qui jaillit, je n'ai pas compris. Mon corps à moi, toujours glacé de terreur. Mon pauvre corps nu et maigre, mon pauvre sexe embryonnaire, ma tête bourdonnante n'ont réagi qu'à la peur et au dégoût. Les pommettes rouges, le souffle un peu court, il s'essuie avec une serviette, en habitué, et remonte son pantalon avec rapidité, en me bousculant :

– Rhabille-toi, imbécile ! Dépêche !

J'obéis, en me prenant les pieds dans mes vêtements, honteux, malade, avec moi aussi tout à coup la peur d'être surpris par sa mère, par son père flic, par mes parents, par n'importe qui d'adulte, qui verrait ma honte et la jugerait. Les muscles de mes jambes tremblent tout seuls, et mes épaules aussi. J'ai du mal à me calmer...

Il me pousse hors de sa chambre, sans un mot, et, quelques instants plus tard, je l'entends crier à l'adresse de sa mère :

– C'est toi, m'man ? On est dans la salle à manger.

Le petit dernier accroché à ses basques, la mamma souriante et chargée de victuailles parle de choses et d'autres, du collège, des jeux, de je ne sais quoi... Je n'entends plus.

Comment les choses peuvent-elles être normales à ce point, alors que je viens d'éclater, de souffrir comme on ne peut pas souffrir ?

Dans le couloir, sur le pas de la porte, Marc me saisit par le col et, les dents serrées, me souffle un avertissement au visage :

– N'en parle à personne ou je te casse la gueule ! T'as pigé ?

Je marche, dans le soir qui tombe, et la route me paraît longue. Je ne dirai rien. Jamais rien, à personne. Qui me plaindrait ? C'est moi le honteux, c'est moi le sale. Je suis persuadé que les plus forts ont toujours raison. Il est le plus fort, et les adultes aussi, qui m'accuseraient probablement de complicité. Voire de provocation. Pourquoi pas ?... Le vicieux, l'anormal, c'est moi.

Les autres me battraient au collège. Alors je chiale quand il est encore temps. Je chiale en rasant les murs, en contournant les arbres, en butant dans les trottoirs. Jusqu'à ce que mes yeux me brûlent, et que mes paupières se dessèchent. Et l'image du violeur ne me quitte plus. Son polo rouge, sa petite gueule de taureau, ses cheveux noirs et drus, ce corps déjà velu, ce corps fait de béton et d'électricité. Je le maudis. Je le maudis aujourd'hui de m'avoir fait vivre ce premier viol, de m'avoir donné cette peur des hommes qui ne me quitte pas.

J'allais avoir treize ans. Qu'est-ce que je pouvais devenir ?

1

Mauvais roman, Louise va mourir à vingt ans. Elle est belle dans cette minute qui précède la mort. Un visage fin et délicat de renarde aux yeux clairs.

Dans la chambre aux volets mi-clos, des ombres circulent, des voix chuchotent. Le médecin, le mari, les parents, tout un conseil de famille venu décider de la mort de cette femme; car ce sont eux qui en décident. Eux seuls. Le médecin a dit clairement :

– Si vous ne décidez pas de la faire avorter, elle mourra.

Avorter ? En 1938 ? Dans une famille où l'on compte des militaires, un curé et des clercs de notaire ? Une voix tranche sans hésiter, soumise au jugement de Dieu :

– Il n'en est pas question. Si l'enfant doit vivre, il vivra, si la mère doit mourir, elle mourra.

Aux murs bien tapissés, les portraits de famille semblent leur donner raison. Les meubles cirés, les fauteuils de velours, les tapis, les napperons de dentelle, les casseroles alignées dans la cuisine, tout leur donne raison.

Pierre, le mari, ignore tout de ce mystère qui torture sa jeune femme et la vide de son sang. On parle de phtisie, mais Louise meurt de tant de choses...

Pierre est veuf à vingt-neuf ans. Il lui reste l'enfant, un enfant sans avenir, un débile mental profond qu'il faut élever sans trop savoir pourquoi. On ne peut rien faire d'autre.

À l'enterrement d'une jeune mère, des escargots bourgeois et sombres s'en vont, chuchotant les termes d'un nouveau conseil de famille. Louise est morte, mais sa sœur aînée est bien vivante dans sa robe de deuil. Juliette, grande et belle aux yeux clairs, visage fin de renarde comme sa cadette, célibataire à son âge...

Une voix s'élève :

– Juliette doit épouser son beau-frère... elle doit remplacer sa sœur défunte et élever ce malheureux enfant. C'est la seule solution.

Un autre hésite :

– Il me semble que Juliette est amoureuse... En tout cas, courtisée par ce jeune homme... Comment s'appelle-t-il ?

– Aucun intérêt. C'est un artiste, et Juliette ne se laisserait pas prendre à son jeu. D'ailleurs, elle a trop le sens du devoir...

Comme pour Louise, comme pour l'enfant perdu, ils ont trouvé la solution pour Pierre et Juliette. Et pour moi.

Mauvais roman, relents d'un XIXe siècle qui ne veut pas mourir dans cette ville de province, à la veille du deuxième grand conflit mondial. Peu importe que le monde explose, pourvu que la famille soit en règle.

Juliette, ton avenir est tracé. Il sera tortueux, difficile... 1939, c'est une belle année pour un mariage de raison. Et ce pauvre enfant douloureux issu du ventre de ta cadette, il faut le bercer sur ton cœur. Il ne sait pas, lui. La conscience du monde et des douleurs des autres ne peut pas traverser son esprit.

Te voilà mariée, Juliette, avec l'homme qui aimait ta sœur, et qu'elle aimait. À quoi penses-tu ? Tu n'as pas le temps de penser. Le train de soldats est déjà parti, cet époux de convention t'a laissé une bague au doigt. La même que portait ta sœur... Il faut vivre et attendre le retour du prisonnier.

Les années passent comme des vaches maigres, de matins efflanqués en soirs de famine et en nuits solitaires.

Pierre est de retour. C'est un autre homme. Il a connu les barbelés et les humiliations, il est triste, mal, et il sera ton mari, le père de tes enfants. Il lui faut, il vous faut une revanche sur la vie. Il en faut une à la famille. Il faut compenser le drame, s'aimer, recommencer... Et tout recommence, mais pas comme il faudrait...

Juliette va mourir... Elle porte en elle un nouvel enfant, et elle croit qu'elle va mourir. Il n'y a pas de médecin en ce jour extraordinaire, la ville est folle, le 6 juin 1944. La liberté est proche, les Américains débarquent, et c'est le désert.

Juliette ne mourra pas dans ce désert. Comme un sursaut de vie, elle accouche.

Et Pierre s'enferme dans le noir. Il ne veut pas, ne peut pas comprendre que le malheur s'acharne ainsi. C'est une petite fille, née et morte le jour le plus long.

Alors il pleure dans le noir, d'une angoisse abominable. Quelle malédiction pèse sur lui ?

Juliette respire à petits coups, reprend souffle, elle a senti passer la mort si près... Comme si Louise la tirait par la main.

La famille console, rassure, enterre le petit être, et il se trouve toujours des voix de femmes pour prédire :

– Tu en auras d'autres...

Ce jour, 28 juin 1945, Juliette va mourir. Cette fois elle le sent, elle est empoisonnée. Le médecin penché au-dessus d'elle n'y peut pas grand-chose. Pierre l'a entendu prononcer un nom barbare : « crise d'éclampsie ». Empoisonnement par excès d'acétone. Convulsions, douleurs, crispation de tout son être, mâchoires serrées, elle lutte. Le médecin dit :

– Il faut pratiquer une césarienne, et libérer l'enfant.

L'enfant... Peut-on appeler cela un enfant ? Il n'a que vingt-six semaines, et peu de chances de vivre.

Le voilà dehors pourtant, arraché à la douleur de sa mère, dont il a souffert lui aussi. Chétif, sans cri, sans forces, minuscule extra-terrestre dans un berceau de fer trop grand. Juliette ne mourra pas. Elle s'est penchée, elle a vu entre deux convulsions, on lui a dit :

– C'est un garçon...

Elle plonge dans un coma bienfaisant.

C'est un garçon... Il est né dans une clinique, la guerre est finie, tout va bien, le monde semble redevenir meilleur. Le père contemple ce fils. Quel tourment l'agite ? Va-t-il poser la question au médecin ? Osera-t-il ? Non. C'est un prématuré, pourquoi poser une question si stupide ? D'ailleurs, va-t-il vivre ? Baptisons-le, dit la famille. Donnons-lui les prénoms des hommes de la famille... Jean, Pascal, Henri... des prénoms de militaire, de clerc de notaire, et de curé... Vite ! S'il meurt, qu'il meure baptisé...

Ont-ils vu, tous ? Grand-père et grand-mère maternels, tantes et oncles, amis de la famille... ont-ils vu ? Se sont-ils posé la question ?

Dans le secret du salon, à l'abri des rideaux clos, derrière les murs épais de la maison sur les remparts... qu'ont-ils dit à voix basse ?

Peut-être rien. Peut-être ont-ils fermé les yeux sur la question. Mais quelle question ? Juliette vivra, Pierre son époux a déclaré à l'état civil un fils prénommé Jean Pascal Henri... Alors, où est la question ?

C'est moi, la question. Mais ils l'ignorent, quoi qu'ils pensent. Et je dois m'en débrouiller tout seul. D'abord survivre. Passer de l'état de fœtus à celui de bébé.

Suis-je présentable ? Ma mère m'a langé, ma grand-mère m'a bercé, et ils se taisent. Car on se taira à mon sujet, longtemps. Serait-il convenable pour un père et une mère si douloureusement éprouvés déjà, pour toute une famille si bien considérée, si bien-pensante... serait-il convenable, je vous le demande, d'aller trouver l'officier d'état civil pour lui dire : « Excusez-nous... pourriez-vous gommer, s'il vous plaît, nous ne sommes pas sûrs que ce soit un fils... »

En 1945, en 1950, on ne va pas non plus consulter un médecin pour lui demander conseil au sujet du sexe des anges. On ignore les spécialistes, on ne sait pas ce que veulent dire endocrinologie, hormone, et toutes ces choses qui font du sexe une question, presque une affaire de société. On est ignorant. On est peureux. On est coupable peut-être... On croit probablement à la volonté divine une fois de plus, qui punirait père et mère d'on ne sait quel péché... Et puis on se dit : « Ça s'arrangera. » Et on s'accroche à cette idée, comme à la prunelle du Saint Sacrement.

D'ailleurs, cet enfant a un sexe. Embryonnaire peut-être, mais masculin. Indiscutablement masculin. Aucune matrone ne pourrait s'y tromper.

Donc, Jean Pascal Henri... tu vivras comme tu es. La mort a fait trop de ravages avant toi. Le diable a trop pris l'avantage. Tu es Moïse sauvé du mauvais roman-fleuve qui a précédé ta naissance. Tu vivras et tu verras... même si plus tard, longtemps plus tard, désespéré, tu oseras écrire à cette famille : « Mon drame a commencé en 1938, à la mort de Louise, Dieu vous maudisse... »

D'ailleurs regarde-toi, Jean Pascal Henri, tu es beau. Tu ressembles à un petit renard, museau fin, lèvres fines, regard vert... regard doré, regard de forêt au coucher du soleil, avec des reflets fauves... jaune d'or, regard étrange. D'où te vient ce regard inconnu dans la famille ?

Il me vient de l'étrange et de l'inconnu. Je ne suis pas celui que vous vouliez. Je vis, mais ma vie est un danger, un combat, une lutte permanente, qui deviendra une guerre. Et vous êtes mes ennemis, vous qui voulez m'aimer autrement. Je suis un ange déchu qui se souvient toujours des cieux, du fond de l'enfer. Un jour, il faudra bien que j'accomplisse le saut. Que je naisse à nouveau, contre vous, envers tous, SEULE.

Pour l'instant je suis un fils, ils le disent. Ils ont entériné le fait, ils l'ont fait imprimer sur des papiers, sur un registre, ils ont signé pour moi, j'ai un sexe, je survivrai, je sortirai de cette clinique honorable de l'honorable ville de Rouen qui assassina Jeanne d'Arc. Et c'est moi qu'on assassine.

À présent je connais l'histoire d'épouvante. Je suis grand, elle m'a montré la photo :

– Tu vois, c'est ta tante, ma sœur Louise. Je l'aimais, tu lui ressembles...

Elle est belle. Belle d'être morte à vingt ans. Belle comme ma mère qui a pris sa place, qui élève son fils, qui me prend sur ses genoux et dit :

– Dire que tu étais si petit, si fragile... On a même cru que tu n'étais pas un garçon... un petit ange, tombé du ciel trop tôt.

Est-ce que je suis un ange ? Les anges ont sûrement les yeux de ma mère, couleur d'eau claire, d'aigue-marine... des yeux qui viennent d'un autre monde, qui sourient tristement. Elle a le regard de ceux qui ont frôlé la mort. Elle dit : « Mon fils... » et me donne un nounours. C'est un nounours de pauvre, il est râpeux, il n'a pas la douceur des peluches d'avant-guerre. Il me regarde de son œil en bouton, et j'entends mon père crier. Qui crie, qui pleure dans cette maison ? Quelle guerre ont-ils entamée, tous les deux, qui ne finira jamais ?

J'aime le silence. C'est un jouet que personne ne peut m'arracher. Ils essaient de le détruire à grands cris, mais ils ne l'auront pas. Maman s'en va. Chaque absence est une douleur. Elle dit : « Je vais travailler. » Ou : « Je vais à la banque. » Mon père dit : « Ma femme travaille à la Banque de France. » Il dit aussi : « Ma femme, c'est une main de fer dans un gant de velours. »

Et les autres, que disent-ils ? Le clan maternel hoche la tête avec onction : « Juliette a fait un mariage de raison. C'est une noble responsabilité que d'épouser son beau-frère veuf avec un débile profond à charge. Elle a connu des épreuves, perdu une petite fille à la naissance, mais Dieu lui a donné la récompense d'un fils. »

C'est comme un sermon, des phrases avec des bannières, des sous-entendus en forme de tombeaux, des cantiques de sacrifice. Il y a mon nounours, et il y a le canard blanc en bois. Et il y a l'autre, qui n'est pas un jouet, qui est un demi-frère vivant sans pensée et sans joie, qui me regarde sans me voir, qui s'en va dans une maison « spécialisée », emportant son cauchemar avec lui, et me laisse exister autrement que lui. À sa place peut-être, à la place de la petite sœur morte avant moi, à la place de la jeune morte, ma tante, ma première mère.

J'ai vu des souris au plafond. Elles courent dans la nuit noire, au-dessus de ma tête. J'ai peur, elles vont tomber, fondre sur moi, me ronger... Je suis en exil. Je ne dors plus dans la chambre de maman, contre la chaleur de son lit. Un autre a pris ma place, un nouveau petit frère. On m'a dit que j'étais grand, et que je devais dormir seul, dans cette petite chambre sans soleil. Seul et dans le noir.

– Maman ?

J'aime quand son visage tendre se penche sur ma peur d'enfant. Il n'y a pas de souris, ce sont des ombres de la nuit. « Dors... Jean Pascal Henri, tu as six ans, au-dehors il y a le jardin, les arbres, les oiseaux, les remparts de la ville, le fleuve, la mer, et le monde qui t'attend. Dors, garçon... »

– Un petit garçon fait pipi debout !

Je ne suis pas un petit garçon. La dame du magasin de parapluies a dit à ma mère l'autre jour : « Il est si beau qu'il ressemble à une petite fille. » J'ai bu ses paroles, comme un plaisir interdit et subtil. Je me trouvais belle, et le parapluie rouge dans sa vitrine était un soleil unique, violent, superbe. Je le désirais, pur trésor. Un trésor de sang rouge.

La fille de la voisine a le même rouge sur les ongles. C'est maman qui vient de peindre ses petites mains d'enfant, tendues comme des étoiles. Elle arrondit la bouche en cœur, et souffle sur le vernis avec délices. L'odeur acide flotte autour d'elle. Je tends les mains à mon tour, et ma mère rit :

– On ne met pas de vernis aux petits garçons !

C'est injuste. Elle me punit. Je ne comprends pas leur langage. Pourquoi font-ils une différence entre les joies et les plaisirs, les larmes et les jeux ?

– Tu n'es qu'un braillard ! A-t-on idée de faire une crise pareille ? Tu n'as pas honte ? Caroline est une petite fille, elle peut mettre du vernis sur ses ongles, pour jouer à la dame, mais pas toi !

Le visage de ma mère s'est crispé d'intolérance. Elle ne me regarde pas comme d'habitude, ses lèvres minces ont une grimace irréductible, son regard d'eau est devenu glacial, lointain... Est-ce qu'elle m'a chassé ? Ou me suis-je sauvé ? Le soleil des vacances, ce soleil torride du Lot, me cogne aux tempes, et je cours sous le noyer. C'est mon arbre, mon refuge d'ombre et de silence, je voudrais pleurer comme l'eau du ruisseau, mais un caillou est entré dans ma gorge, qui laisse passer les sanglots à petits coups douloureux. Je veux être comme les autres. Comme Caroline. Je veux être une petite fille. Je veux mettre une robe comme ma mère, c'est joli. Je suis jolie. Je me vois dans l'eau, dans la glace, je suis jolie, est-ce qu'ils ne voient pas que je suis jolie ? Grand-père dit que je suis une poule mouillée, la directrice m'a traîné dans la cour des garçons, mais ils ne jouent pas avec moi. Il y en a qui me protègent. Je compte les billes, comme maman compte les sous à la banque, et eux ils font les parties. Et j'ai beaucoup de billes, belles comme des perles. Mais ils ne m'aiment pas.

– Tu pisses comme une fille... Eh, regardez, il pisse comme une fille !

La porte des cabinets est en bois sale, à claire-voie, il y a toujours un œil, ou quelqu'un derrière. Espion. Le petit coin est un endroit terrible.

Comment font les autres ? Je dois m'accroupir, et mon pantalon me gêne, je déteste aller faire pipi. Je ne comprends pas pourquoi ce petit jet vient tacher mes chaussures, et ne s'écoule pas autrement. Rien n'est propre. Il faudrait être nu pour être propre, ou bien porter une robe comme les autres, avec une culotte de coton bleue, légère, qui glisse facilement sur les jambes. Si je pouvais, je n'irais jamais dans ce cabinet puant, qui sent l'urine forte. Ils me guettent au-dehors, ils ricanent et me bousculent, en bombant le torse, je tombe. Est-ce que les martyrs dont on parle au catéchisme sont tombés comme moi, le visage contre terre ?

Maman s'affole, j'ai deux dents cassées, juste devant, ma langue s'y accroche, et j'ai mal à la tête.

– Qui t'a fait ça ?

– Personne. Je suis tombé sur le trottoir.

Je ne dirai rien. Ils ne sauront rien. Ils n'ont pas le droit de partager mon mystère. Je ne suis pas leur fils, je ne suis pas ce gamin au deuxième rang qui récite la table de cinq en zozotant, je suis quelqu'un que personne ne connaît. Je suis un être fragile qui n'aime pas courir, qui n'aime pas les soldats de plomb, qui n'aime pas les garçons de l'école, qui n'aime pas cette chose de peau minuscule et informe, entre ses jambes. Je n'en veux pas. Je veux marcher et courir sans la savoir là. Je voudrais qu'elle disparaisse. Il y a longtemps, je suis tombé à cheval sur la grille du voisin, je courais après une poule stupide. Et mon sexe s'est écrasé sur le grillage. Je n'ai même pas eu mal, il ne me fait jamais mal, il ne sert à rien.

Je ne veux pas qu'on m'oblige à jouer avec des

garages et des soldats de plomb, je voudrais une poupée, mais je ne le dirai pas. Ils ne méritent pas de savoir, puisqu'ils sont contre moi. Ils ne peuvent pas comprendre qui je suis, je viens d'ailleurs. Je suis un ange…

J'ai rangé mes petits soldats de plomb sur le parquet, ventre à terre, bataille féroce, face contre terre, armée décimée. Je berce mon ours, c'est ma poupée invisible. Qui peut dire le sexe d'un nounours ?

Grand-père ne se méfie pas de ce jouet râpé aux yeux tristes. Pourtant il se méfie de tout à mon sujet.

– Ce gosse ne mange rien, il est maigre comme un cent de clous. Juliette, il faut le gaver !

Gaver ? Comme on gave une oie ? Ce grand-père est fou. Quelle rage le prend, ce forgeron à la retraite, aux bras velus…

– Avale !

Je secoue la tête désespérément devant l'énorme cuillerée de blé germé.

– Avale ! Ça te fera grossir ! Un petit garçon a besoin de muscles.

Je n'ai pas de muscles, pas de force, mon estomac se serre à la moindre idée de manger. Grand-père, sentencieux, dit : « Cet enfant est malade. Il faut le soigner ! » Et il prend l'entonnoir à gaver les oies, il force mes dents, j'ai un goût de fer dans la bouche et l'ignoble bouillie m'étrangle. Pourquoi inventent-ils ces tortures ?

– Avale !

Si j'appelle maman au secours, elle me sauvera. Elle me sauve, mais condamne aussi ma faiblesse.

– Avale !

L'huile de foie de morue inonde mon gosier nauséeux. Comment leur faire plaisir ? Je ne conviens à personne. Je suis une poule mouillée. Dans la cour d'école, une petite fille pleure à gros sanglots, le front appuyé contre le pilier de ciment. Ils sont trois moutards en culottes courtes à ricaner autour d'elle. Ils cherchent les injures :

– C'est une poule… eue… une poule… eue… une quille… eue…

Ils chantent leur rengaine en sautillant. Petits coqs agressifs. Ils portent la violence en eux, je la sens, elle me fait peur.

Tout ce qui est garçon est violent. Ils me bousculent comme l'autre jour, ils tapent à coups de pied dans leur ballon et je cache mes dents cassées. Mon père m'a giflé pour ces rognons de dents.

– Qui t'a fait ça ?

– Personne. Je suis tombé.

J'aurais dû le dire. Pour l'assurance, j'aurais dû pleurer, appeler le maître, faire constater les dégâts… Mon père voit tout en maître d'école – règle, cahier propre et récitation par cœur. Un jour j'irai dans sa classe et je devrai être premier. Premier en tout, le meilleur. Le fils d'un maître d'école ne peut pas se permettre de faiblesses sur l'accord du participe passé, la source de la Garonne et les fractions à deux chiffres.

Je suis assis au premier rang à gauche, plus personne ne me cherche de poux dans la tête. Les gamins ont admis ma situation privilégiée de « fils du maître ». Elle n'est privilégiée que dans leur crâne d'oiseau. L'œil de mon père est sur moi, constamment. Il guette ma main gauche. Ma main gauche est un outil défendu. Je dois écrire de la main droite et je m'applique avec un drôle de décalage dans ma tête. Je forme des lettres bizarres, des jambages qui s'envolent vers la gauche du papier, mon cerveau hésite.

– Jean, au tableau !

Je pense la phrase de morale dans ma tête de gauche et je crispe ma main droite sur la craie, elle grince, elle se tord, et se débat comme moi. S'il me laissait faire, j'aurais une belle écriture bien ronde, jolie comme les lettres sur les vitrines, au lieu de gribouillis maladifs. Et ma tête ne souffrirait pas.

Dans le jardin de la maison, à l'abri de l'inquisition

familiale, je joue au cerceau à gauche, je joue à la balle au mur, à gauche... Ma main gauche est habile, souple, déliée, ils n'en veulent pas... maman non plus n'en veut pas.

Ils ne veulent pas tant de choses de moi, que mon moi doit exister en clandestinité permanente. Seul, je ne fais que des choses défendues... ils m'ont rendu coupable de ma propre existence.

Maman discute avec papa. Ils s'appellent comme ça entre eux : maman et papa... Jamais Juliette ou Pierre. Ils sont parents absolus, comme s'ils avaient peur d'être mari et femme, amant et maîtresse, individus séparés.

– Papa, j'ai à te parler.

Il s'agit du petit frère. Il court partout comme un chien échappé, maman l'attrape. Il est tout nu, et se débat comme un ver. Je les regarde de loin, avec un vague dégoût, penchés sur le ventre de François. Un ventre mâle, orné d'un sexe plus grand que le mien. Il a deux ans, j'en ai neuf. Instinctivement je serre les jambes et quelque chose se crispe à l'intérieur de moi.

Papa a le geste habile, vieille habitude, il était infirmier pendant la guerre. Tirer sur le prépuce de son fils cadet pour le décalotter, ce n'est pas un problème. Mais pourquoi font-ils « ça » devant moi ?

Opération réussie, François est reculotté, il retourne à ses cubes et ses échafaudages, et soudain je suis en danger.

– Approche ici, Jean.

La voix de mon père est impérative. Il me veut du mal. Ce n'est pas sa faute, il me veut du mal parce qu'il m'aime. Mais sa tendresse est terrible, malsaine.

Maman ne veut pas. Maman n'aime pas les filles, elle les déteste, elle les méprise. Elle me déteste aussi peut-être, mais elle me protège au nom d'elle ne sait quoi – une morale, un dégoût profond pour ce sexe dont elle ne parle jamais. Mais papa, lui, en parle.

– Je ne veux pas lui faire de mal, je veux simplement essayer…

Essayer ? Il veut me toucher ? Il veut me faire cette chose ? Tirer sur mon sexe, comme sur celui du petit frère !

Le hurlement qui sort de ma gorge est plus puissant que moi, il m'ébranle, il enfle et devient hystérique. Mon Dieu, je vous en supplie, si vous existez comme on le dit au catéchisme… je vous en supplie, faites qu'il n'approche pas… Je vais mourir à force de hurler, je n'aurai plus de souffle, j'étoufferai debout, j'éclaterai, je disparaîtrai, je ne serai plus là !

– Arrête, papa ! Je t'interdis de faire ça !

Elle a gagné. Le monstre qui avançait sur moi s'est immobilisé et le silence revient dans ma gorge douloureuse, le sang cesse de cogner à mes oreilles… J'ai eu si mal, de peur…

Maman gagne toujours. Pour tout. L'autorité c'est elle, la dureté, l'argent, les prérogatives dans cette petite société familiale c'est elle. Lui, Pierre, c'est un fils de paysan sorti du rang et devenu maître d'école au maigre salaire.

Elle est bourgeoise de grande vertu, parée des bourgeois de sa famille, de l'auréole bourgeoise de la Banque de France et du chiffre bourgeois de sa feuille de paie. Elle le dominera toujours. Et plus que tout, elle le tient par l'ampleur de son sacrifice.

Dehors, c'est un beau dimanche de juin, tiède et rassurant. Dedans, l'ombre est menaçante. Je sens la fraîcheur des pierres sur mes jambes. Culottes courtes et brassard à l'épaule, les cheveux aplatis, étirés par une raie au milieu du crâne, je suis raide et droit comme le cierge dans ma main gauche. J'avance dans la travée centrale, j'approche de l'autel, je compte mes pas sur le tapis rouge. La file des culottes courtes va rejoindre celle des robes blanches. Je distingue la mienne, celle de ma compagne d'hostie. Une tignasse brune et bouclée, un visage lisse, des lèvres roses et tendres, qui laissent échapper le refus à voix basse :

– Non ! pas à côté de lui !

Toute l'église Saint-Hilaire a entendu, j'en suis sûr, les colonnades rococo ont répercuté l'anathème, les vitraux XXe siècle, aux couleurs laides, imitation maladroite des merveilles d'autrefois, ont tremblé de l'affront qui m'est fait.

Je trébuche sur le tapis rouge, je me prends les pieds dans la robe de mousseline de celle qui me précède, je vais tomber de honte, je ne vois plus clair.

Mon Dieu, ils l'ont deviné, ils savent, j'en suis malade, je ne veux pas faire ma première communion. Je n'ai rien à voir avec ce Bon Dieu qui m'a isolé. Cette stupide gamine à côté de moi, qui ricane et me repousse, elle ne veut pas que je sois là. Avec sa robe blanche et son air extatique, c'est la pire des saletés. Elle réclame un homme à ses côtés. Un vrai, de ceux qui mesurent leur zizi derrière le mur de l'école et se gargarisent de gros mots. Elle veut avaler l'hostie blanche avec une moitié mâle, en couple, comme pour un mariage. Elle ne veut pas de ma main trop douce, de mes cheveux trop fins, de ma raie au milieu, de mes yeux de fille... Je la hais, et je supplie Dieu de me faire comme elle, j'avale l'hostie blanche avec un sacrilège dans la tête mais j'ignore même le sens de ce mot.

Je ne retournerai pas dans cette église. Je le jure dans ma prière, aux vêpres de l'après-midi. Je refuserai désormais leur consécration de théâtre où je n'ai pas ma place. Ils m'ont jeté de l'eau sur la tête lorsque j'étais ce bébé mourant, de peur de me laisser partir en enfer; ils m'ont baptisé un an plus tard, pour attirer sur moi la bénédiction du ciel. Ils se sont querellés à table devant le gâteau où un petit bonhomme de plâtre était censé me représenter.

– Il faut aux enfants une morale religieuse, une éducation catholique !

C'est maman qui parle et arrache le petit bonhomme de plâtre pour couper la pâte blanche et sucrée. Papa cogne sur la nappe :

– Stupidité ! Un garçon n'a pas besoin de toutes ces fadaises… À l'âge où il va au collège ! L'examen d'entrée en sixième est plus important que ces simagrées de curaillons… Le laïque, voilà le dressage qu'il leur faut ! Tu l'as rendu malade avec ce fatras de missel et de chapelet !

Je suis malade. Chaque épreuve de ma vie me rend malade. J'ai eu la rougeole après une bagarre avec les gosses du préparatoire. J'ai fait une primo-infection quand on m'a tiré par la main vers l'école des garçons. Cette fois, en l'honneur de ma communion, je m'offre les oreillons. Et c'est de cela qu'ils discutent, c'est pour cela qu'ils se disputent. Ils se fichent complètement du premier drame public de ma vie sociale. De mon premier dérapage sur un tapis rouge, du premier affront devant Dieu et les hommes que cette gamine m'a craché au visage.

– Ce sera ta faute s'il rate son examen ! Il ne sait même plus écrire « à l'assaut » dans une dictée.

– À l'assaut prend deux « s », comme S.S., espèce de petit crétin…

– L'autre jour j'ai dû lui taper sur les doigts avec une règle, « Monsieur » ne savait plus rien sur les Carolingiens et encore moins sur Robespierre.

Le docteur est venu. On m'entortille la gorge, j'ai mal aux tempes et d'énormes boules derrière les oreilles… J'entends le claquement sec du fermoir de sa valise noire. Je l'entends dire qu'il vaut mieux avoir les oreillons à mon âge… Je ne peux pas comprendre l'allusion, je prends ça pour une consolation de routine. On m'a mis dans le noir. J'ai la fièvre. Je me sens enfermé, les murs se rapprochent, le plafond m'étouffe. C'est comme dans la cave où papa m'a enfermé une fois… Je ne sais plus pourquoi, et lui non plus. Il dit :

– Alors, mon chou ? Alors, mon Riri… ça va mieux ?

Je m'appelle Jean Pascal Henri et la tendresse paternelle fait une fixation sur Henri, donc Riri dans les moments tendres.

Il est tendre, aujourd'hui, par contradiction avec ma mère. Parce que l'Église m'a rendu malade et qu'il surveille sans répit son enfant chétif, pour l'amener en sixième. En matière d'absolution sociale, il ne croit qu'en la réussite scolaire. Il m'a appris à lire avant les autres, il veut que je sois une sorte de poulain de première classe. Il dit que la France a besoin d'ingénieurs. Alors je n'irai pas en classique. Il dit qu'il faut apprendre l'allemand car la guerre reviendra. Je l'apprendrai en langue unique, préparation à la revanche. À condition de passer la terrible épreuve de l'examen d'entrée dans le monde du collège, presque le monde des grands. D'obéir aux ordres, de renoncer à ce que j'aime. À chanter par exemple. J'ai une voix de fille qui étonne la maîtresse de musique. Elle m'a procuré le plaisir rare de chanter en soliste, une fois par semaine. Elle m'a placé devant les autres, je suis devenu un être à part, celui dont la voix s'envole vers le cristal, alors que les autres marmonnent le chœur. Je suis en haut et ils sont en bas.

Je vais perdre cette voix d'enfance pure, je parlerai grave, comme un semblant d'homme. Au fond de mon lit de malade ma gorge change, les sons s'éraillent... Je perds ma musique et maman dit :

– Ça va te faire grandir... tu es déjà long comme un jour sans pain... Tu vas muer... Quand tu seras guéri, nous irons chez le coiffeur, il est temps de raccourcir tout ça !

– Maman ? Je voudrais faire du piano. Est-ce que je pourrai faire du piano au collège ?

– Au collège tu feras du sport, comme les autres. Le piano c'est du temps et de l'argent perdus, c'est bon pour les filles...

Il y a toujours et toujours des sanctions. Ceci est bon pour les filles, bon pour les garçons, toujours mauvais pour moi.

J'ai réussi. Nous étions partis en troupe, chaperonnés par mon père. Nous avons frappé à la porte du collège Fontenelle. Dans l'immense salle du réfectoire, nous nous sommes assis à distance respectueuse. Il a fallu remplir la feuille d'examen, en haut à gauche, nom, prénom, date de naissance, 28 juin 1945. Les tournants de ma vie font souvent partie du mois de juin. J'ai failli rater le calcul. Une épreuve diabolique de rangées de fauteuils plus ou moins pleines dans une salle de cinéma... Sachant que le nombre total de rangées...

J'ai réussi. Je suis le deuxième reçu de Seine-Inférieure, c'est même écrit dans le journal. Le deuxième. Le numéro deux. Pourquoi suis-je toujours le numéro deux ? Il me semble parfois que je ne rattraperai jamais celui qui en moi pourrait être le premier.

Vacances, liberté, solitude au bord de l'Atlantique. Je regarde les vagues, je n'irai pas. J'ai peur de l'eau. On m'a jeté dans l'eau une fois, il y a longtemps déjà... comme un chiot supposé s'en tirer tout seul. J'ai peur de l'eau, j'ai peur de la sorcière de Blanche-Neige, j'ai peur de la rentrée au collège, de l'affrontement, je sens la guerre, la vraie, qui commence.

Je n'aurai plus la protection paternelle, elle est finie l'école des petits. J'ai appris à pisser debout, j'y arrive. Pour ma mère c'était une question primordiale, bien qu'elle ne parle jamais de mon état. L'avenir est à ceux qui pissent debout, semble-t-il. L'avenir, et une certaine tranquillité. On évite les quolibets quand on pisse la tête haute, dépassant bien de la porte des latrines scolaires. Mais on n'est jamais à l'abri des regards en biais, des stupéfactions bruyantes et des comparaisons narquoises. Comment sera l'avenir de septembre ?

Aujourd'hui s'ouvre la porte du collège, j'entre en sixième, et je devine que les « maîtres » sont là. Rangés en files hypocritement sages, leurs cartables coincés entre les jambes, la braguette en avant, vulgaire ou distinguée, douteuse ou impeccable. Ils ont une odeur commune, ils vont essayer leur force, leur ruse, leur lâcheté virile, ils sont là pour ça. Pour apprendre la géographie et les conquérants, les mathématiques et le sexe des anges. Pour bafouiller les poèmes, hurler en gymnastique, trembler sur des images volées, cachées sous le manteau, se battre, muer, cracher la fumée de leurs premières cigarettes, et soupeser de l'œil la poitrine des gamines. Ils me gênent. Et je dois pourtant jouer avec les mêmes cartes.

Les miennes sont faussées, ils le devinent, ils ont un instinct terrible pour ça. Je me contemple dans les glaces, dans les vitrines des magasins, dans l'eau d'une flaque de pluie d'automne. Miroir, mon beau miroir... mais quelle question poser au miroir ? Je me trouve belle. C'est en fixant mon image reflétée que j'ose me regarder au féminin.

Ils sont partis. Béatrice, la large bonne normande, œil bleu et cheveux roux, poitrail de nourrice et hanches somptueuses, est au marché. Maman est en courses. Mince, élégante, regard vert d'eau, robe fleurie, couleur myosotis, elle s'en est allée au bras de papa, sombre, cravaté, vêtu de gris. Les petits frères sont avec eux, je suis seul dans la maison.

La chambre de maman est meublée simplement, du grand lit campagnard et de l'armoire à glace traditionnelle. Dans le silence encourageant de cette solitude passagère, je suis immobile devant cette armoire. La glace me renvoie l'image du gamin dégingandé que je suis, mon genou droit s'orne d'une croûte qu'il m'arrive de gratter avant qu'elle ne sèche. Le lent travail de cicatrisation me fascine. J'arrache. La chair est à vif, le bobo saigne un peu... Je grimace, j'admire la propreté de la blessure. Je la laisserai guérir à ma convenance – minuscule pouvoir sur un corps qui m'échappe. Derrière la glace, un trésor m'attire. Terrible et délicieux. Les robes de maman. Son linge, ses soutiens-gorge, ses bas... l'odeur de la femme, le parfum de l'inaccessible.

Je tremble que quelqu'un ne me surprenne. J'écoute, j'ouvre la porte de l'armoire, qui grince comme un avertissement. Ce que je fais là, cela s'appelle un péché, en tout cas c'est grave, terriblement grave. Mon bonheur n'en est que plus fort et plus intense. Je choisis, en tremblant, un soutien-gorge, une combinaison, une culotte, une paire de bas, une robe... Je songe au porte-jarretelles en dernier, c'est une chose que j'ignorais.

Le petit tas de mes propres vêtements, sur la descente de lit, a quelque chose d'obscène, de rugueux, de vulgaire, à côté de la douceur de la rayonne, la volupté du satin, la caresse de velours des bas sur mes jambes...

Rien ne tient comme il faut, mais j'ignore le ridicule du soutien-gorge vide sur mon torse maigre, et je m'assois pour fixer les bas... La robe est mousseuse, fluide. Maman aime l'uni et les dominantes bleues. Je suis bleue. Aigue-marine. Les chaussures sont trop grandes, je tangue un peu devant la glace, et je pose.

Me voici moi, pour la première fois. J'en ai la chair de poule. La force inconnue qui m'a poussé dans cette chambre, qui a guidé mes gestes, me dit que je suis moi, et que ce moi est un peu ma mère, et que je lui ressemble. Minutes longues. Minutes essentielles. J'ai changé de peau. Ma fragilité devient logique, la finesse de mes traits évidente. Je me contemple enfin de l'intérieur, et cet intérieur colle avec l'image extérieure, je le ressens si fort que mon image devient soudain pâle, vidée de sang, je m'accroche au reflet de moi-même, pour ne pas vaciller d'émotion.

Et si quelqu'un venait ?

J'ai tout rangé en tremblant, plié, lissé de ma main, remisé pour la prochaine fois. Ce plaisir rare que je viens de découvrir, j'en aurai besoin souvent. Désormais, je guetterai les sorties familiales du samedi après-midi pour ce bonheur clandestin, avec la peur au ventre. Car je sais maintenant que je viens de franchir un pas fantastique. J'ai transgressé une loi, j'ignore encore précisément laquelle, mais elle est fondamentale. L'immense frisson m'a saisi, la netteté de l'image féminine a pris sa place normale. Je m'aime.

2

Wer will, der kann, c'est la devise inscrite au fronton de la classe. L'allemand lui donne un ton encore plus impératif : « Celui qui veut, peut. » Moi je n'ai pas lutté avec les autres pour obtenir la meilleure place. Je suis assis au dernier rang près de la fenêtre. Vaguement humilié d'être relégué en sixième M... La section moderne, la moins prestigieuse. Ceux qui font du latin, du français, les « A », sont les intellectuels de la cour de récréation. Ils n'ont pas les mêmes livres. Le seul dictionnaire de version latine, le Gaffiot énorme qui n'entre pas dans les cartables, leur donne une distinction particulière. Un air de « ceux qui apprennent les choses de l'esprit et les langues mortes ». Papa trouve cela inutile. Il est pragmatique, laïque, un brin communiste, et il a décidé que sa « poule mouillée » ferait maths, sciences et techniques. C'est son côté autorité d'enseignant. Mais sans en parler, sans même que je l'aie réclamé, il m'a fait dispenser de gymnastique.

Le prof de gym n'aime pas les dispensés. Toujours suspect, un dispensé d'efforts physiques et de violence contrôlée. Il m'examine du bout de mes grands pieds au sommet de ma raie sur le côté.

– Tu n'aimes pas le sport ?

Je réponds, comme papa le dit toujours, que j'ai une mauvaise santé; et j'aligne les maladies en regardant mes doigts. Je les compte pour ne pas avoir peur, pour ne pas rougir. Ce petit footballeur râblé, avec son sifflet autour du cou et ses chaussettes à rayures, me méprise certainement. Pourvu qu'il ne me force pas... J'ai peur des vestiaires où les gamins se déshabillent en hurlant, j'ai peur de grimper à la corde, mes bras sont trop faibles, j'ai peur de sauter sur le cheval d'arçon, peur du ballon de basket, trop dur. Je ne connais que les balles de caoutchouc mousse qui rebondissent sans effort, sur le mur de la cour. Une poule sur un mur... qui picorait du pain dur...

– Va t'asseoir là-bas !

Il me renvoie d'un geste dégoûté, et je suis rassuré, soulagé. Les livres sont mon refuge. Toute la Bibliothèque verte, et les premiers prix en histoire, en maths, en tout. Je vais m'acharner à franchir la jungle de cette première classe de collège, en étant premier partout. Je me veux solitaire et consciencieux, je me veux intouchable, secret, silencieux. Je n'ai pas d'autre ressource. Les plaisanteries des autres ne me font pas rire. Je suis plus vieux, différent, je pense au monde et à moi, je vis dans cette ambiance étrangère comme un exilé unique. Je n'imagine pas que d'autres enfants puissent me ressembler. D'ailleurs le peu de choses que je sais sur moi, et le silence familial obstiné sur le sexe de bébé qui n'a pas voulu grandir, me contraignent à ne penser qu'à moi, à ne parler qu'à moi, et me cantonnent dans la peur des autres, mes soi-disant semblables.

Parce que je ne peux pas vivre au milieu des filles, l'injustice parfois me serre la gorge. Il paraît que le Bon Dieu décide. Il a donc décidé de mon désespoir. C'est à moi, et à moi seul, de trouver un bonheur de compensation. Les samedis après-midi volés dans la chambre de ma mère et le prix d'excellence à la sortie de la sixième, je n'ai que ça. Papa est fier de moi, il a ce qu'il veut. Mais ma mère... je l'aime et j'en ai peur. Peut-être que je me sens encore plus seul en face d'elle. Peut-être qu'elle voulait, et veut encore autre chose de moi.

Pourquoi m'a-t-on sorti du ventre sanglant de cette femme si belle ? Elle n'avait pas fini son travail. Je n'étais pas fait, nous aurions dû mourir ensemble, ou naître plus tard ensemble.

Alors, j'aurais pris le chemin des autres, le chemin normal, au travers d'un vagin tendre, j'aurais crié en respirant le monde pour la première fois, je lui aurais offert, à ce monde, un sexe de fille, rose et nacré comme une vasque, j'aurais eu ce coquillage profond et mystérieux qu'elles dissimulent comme un trésor. J'aurais pu être cette fille, cette Brigitte dont je suis amoureux, et qui reflète un désir. Ce corps musclé, solide, les cheveux que l'on peut attraper à pleines mains, ces seins qui transpercent le chemisier comme des aiguilles, et cette certitude de pouvoir, un jour, ouvrir les jambes sans honte.

Je me voudrais moi et elle. Je l'aime et je m'aime désespérément, avec un bonheur furtif. Je suis l'androgyne, je suis l'ange, je tends les bras pour intégrer le jumeau qui me manque, et j'ignore tant de choses que je souffre en automate, sans conscience, dans le vague encore privilégié de l'enfance à l'abri des véritables violences, au chaud dans l'amour exigeant de ma mère, hors des hommes.

Brigitte... mon premier amour indépendant, et impulsif. Brigitte est le premier être qui m'attire, en dehors des règles et de la famille. Je l'ai choisie librement, et je l'admire parce qu'elle est lisse, forte, dense, et qu'elle représente tout ce que je n'ai pas. Elle est garçon manqué, fille réussie, elle est ce que je ne suis pas. Jamais je n'oserai la toucher. Un mois d'amour dans la tête. Je la suis, je m'ingénie à attirer son attention, je ne trouve rien d'autre.

J'ai douze ans, je suis un petit garçon-fille, amoureux d'une fille garçonnière. Elle a le droit, elle, de jouer à la garçonne. Je la regarde grimper aux arbres, s'élancer sur des patins à roulettes ferraillants. Elle n'est un reproche pour personne. Un jour en short, un jour en robe jaune, éclatante de féminité naissante. Est-ce sa faute ? Je commence à haïr ma mère. L'étrange poison m'envahit insidieusement... Je suis en révolte contre son autorité trop masculine, la fameuse « main de fer dans le gant de velours », comme dit papa.

Brigitte se moque de moi. Elle ne me considère pas comme un garçon, elle a déjà l'habitude de ses contraires, l'instinct de ses complémentaires. Moi, je ne suis... je ne sais pas ce que je suis pour elle. Son rire m'éclate le cœur. Elle fait les pieds au mur, la tête renversée, toute rose de l'effort, elle a encore la force de rire devant mon admiration. À sa place, j'étoufferais. Elle fait la roue sur le trottoir, les mains bien à plat, elle ne craint pas les graviers, les écorchures, elle tourne et tourne, m'invite à l'imiter. Je fais non de la tête. Il me semble que je le ferai toute ma vie. Je ne demande pas pardon, je ne supplie personne, je montre ma dispense, comme à la gym, c'est tout. Et en silence. Toujours en silence, ce monde du silence qui m'appartient.

Une tape sur la nuque :

– C'est bien, mon fils.

Je vais entrer dans la classe de cinquième, paré du prestige que l'on donne aux prix d'excellence. Cette année, je suis au deuxième rang. Mais plus rien ne va. Mon premier amour est un souvenir, les dernières vacances dans le Lot chez mon grand-père paternel un paradis oublié. Les rangées de vigne où l'on peut se cacher, à plat ventre sur la terre chaude, le champ de maïs, forêt échevelée où l'on peut inventer des labyrinthes entre les tiges, et la rivière qui coule sur les cailloux, ce petit bruit de fraîcheur. Et la chienne complice, aux yeux doux, mon rendez-vous de juillet. J'aime cette campagne rude et protectrice. Seule la voix tonitruante du grand-père, avec son accent incompréhensible, me terrorise. Ce forgeron donneur de claques dans le dos, dont je suis la poule mouillée désolante, m'oblige à découvrir des cachettes et à plonger le nez dans mon assiette.

Tout cela n'est rien à côté de l'épreuve qui m'attend. Des épreuves quotidiennes. Cette année, les autres sont grands, forts, ils ont entre treize et quinze ans... Au premier rang devant moi, deux nuques solides, et derrière moi, deux moustaches naissantes. Ils raclent leurs pieds sous la table, comme des poulains impatients. Je suis dans un corral de petits fauves agressifs. Et je n'échapperai pas, cette fois, à l'épreuve de gymnastique.

Ils m'épargneront encore les sports violents, le stade, les compétitions, mais pas les bras tendus, pliez... relevez... soufflez... trois... quatre...

Le décor est celui de la grande chapelle du collège, désaffectée, sans tabernacle, et reconsacrée au culte du poumon bien rempli et de la tête droite. Je suis trop souple. Le vieux professeur se contente de compter les mouvements, et de sautiller sur place trois secondes entre chaque exercice.

– Qu'est-ce que vous faites, Marin ? On ne vous a pas demandé de vous transformer en caoutchouc ! Vous feriez une bonne danseuse, mais la gymnastique ne demande pas uniquement de la souplesse ! De la force, Marin !... et ne tortillez pas votre taille de guêpe ! En force ! Rentrez le ventre, sortez les épaules... trois, quatre !...

Il grogne, mais il est admiratif. Il dit tout haut qu'il n'a jamais vu une souplesse pareille chez un garçon...

Je ne dois pas avoir les mêmes cartilages... Je peux plier, déplier, dérouler mon corps, faire le grand écart comme une danseuse, alors que les autres gamins restent bloqués par leurs muscles, leur taille carrée, leurs articulations trop fortes. Ils me jalousent vaguement. Et leur jalousie me paraît si extraordinaire ! Envier ce corps de fille, qui n'a le droit d'exister que certains après-midi solitaires, dans la tiédeur de la garde-robe maternelle, comme dans un cocon volé ?

Terreur. Il fait sombre, presque noir. Nous sommes alignés dans le couloir, torse nu et en slip, classe par classe, nous devons passer la visite médicale laïque et obligatoire. Je grelotte dans le couloir, ma chemise serrée contre moi, je veux dissimuler des bouts de seins trop gonflés. Ils me piquent parfois et me démangent comme une éruption de féminité incontrôlée.

Terreur. Cette promiscuité, cette odeur de transpiration, cette vague gêne de tous les garçons... Il y a ceux qui ricanent et font semblant de tousser. Ceux qui regardent ailleurs, les mains croisées sur un slip douteux. Les fanfarons du pectoral, les gringalets rigolards, les gros frileux. Et les noms défilent à l'appel...

Ceux qui ressortent, pouffant de soulagement, chuchotent au passage : « C'est une bonne femme, le toubib... » « Tout le monde à poil devant Madame ! » « Attention à vos couilles, les mecs... »

Je le connais, celui qui vient de passer le dernier message, avec geste à l'appui. Marc est, avec un autre garçon de la classe, ma première tentative de camaraderie. Son père est inspecteur de police. Fils de flic, il est fort en maths, et je commence à perdre pied sur ce sujet. Je vais chez lui parfois, pour les devoirs difficiles. Il est doué, brun comme un Italien, c'est une force de la nature, ce fils d'immigrés. Il ne m'attire pas plus que les autres, mais j'ai trouvé le prétexte des maths pour sortir de la maison. Car je suis malheureux chez moi, je le dis, et je le crois. J'en fais même un cinéma auprès de la classe. J'ai brossé le tableau d'une famille sévère et sans indulgence, où personne ne s'intéresse à moi. Ni la bonne grosse Béatrice chargée du demi-frère débile et du frère cadet, ni ma mère qui me déteste, ni mon père qui ne regarde que mes notes, ni mon grand-père maternel, directeur d'école intransigeant, sentencieux et discoureur, à qui les enfants n'ont pas le droit d'adresser la parole en premier. Ce grand-père... cet homme qui a décidé de la mort de Louise, ma tante, ma ressemblance... Ce petit notable radical, fonctionnaire jusque dans l'âme, au point d'arriver chaque dimanche avec une tarte aux pommes identique à la précédente, et de fixer le début du printemps au 21 mars, qu'il pleuve, vente ou neige... comme il a décidé que j'étais un garçon.

Je suis donc malheureux chez moi. On me plaint un peu dans la classe, mais aujourd'hui aucun ne m'aidera, alors que la terreur me cerne de plus en plus, au fur et à mesure que j'avance dans la file. Le suivant sera bientôt moi, ça y est... J'entre.

– Déshabille-toi !

La pièce est froide, sombre. Un coin pour la radioscopie derrière un rideau noir. Un coin pour la toise et la balance.

– Eh bien, déshabille-toi !

Mes mains accrochées à l'élastique de mon slip Petit Bateau tremblent légèrement, une sueur froide me glace la nuque et la gorge. Cette femme me paraît pire que mon père le jour où il voulait décalotter mon sexe de force. Elle ne me touchera pas ! J'ai si peur que je ne vois même plus son visage, il est trouble comme sur une photo ratée.

Mon slip à la main, je me précipite à la première injonction derrière la vitre protectrice de la radioscopie. J'y colle ma poitrine avec obéissance, j'appuie mon front sur la marque... J'entends le verdict :

– Trace de primo-infection.

On me pèse, on me passe à la toise, on me trouve trop maigre et trop grand, et les mains s'approchent de mon ventre, sans prévenir. Je recule en hurlant. Elle me regarde avec sévérité. C'est une forte femme, épaisse, aux bras ronds.

Ses mains dodues aux ongles mous sont encore tendues vers moi.

– Qu'est-ce qu'il a ? Approche, imbécile !

Comme avec mon père, je refuse que l'on touche ce sexe atrophié. À douze ans, il est de plus en plus évident que ce minuscule tuyau de chair n'a rien à voir avec celui des garçons de mon âge. Il mesure à peine la moitié d'un petit doigt, et il a l'air d'être là par hasard, une surcharge sur un pubis de fille, bombé, sans poils.

Je hurle tellement que le tumulte gagne la file des élèves derrière la porte. Ma crise de nerfs les met en joie... Je devine les commentaires et les fous rires... Mais la peur et la répulsion sont plus fortes que la honte. Cette femme ne me touchera pas !

J'ai gagné. Elle ne s'y risquera plus jamais.

Comment je me suis rhabillé, comment j'ai filé dans les rangs pour me réfugier dans le coin d'une fenêtre, si j'ai pleuré, quelle force m'a permis d'affronter le regard des autres... je n'en sais rien. La force des faibles, sans doute. La résignation de l'esclave, après l'hystérie. Mais je travaille moins bien, et les angoisses prennent le pas sur la drogue de la réussite scolaire.

Tout change et je demeure le même – la même. De tortures en plaisirs solitaires du samedi, je dégringole la pyramide des meilleurs de la classe. Nous avons changé de maison aussi. Il n'y a plus de grand jardin, plus de voisins derrière la haie, plus de haie.

C'est un appartement de cinq pièces, un dernier étage au bord de la Seine, une vue splendide sur la ville de Rouen, des bateaux à quai, des marins, des filles, l'odeur du port, le claquement grisant du vol des mouettes... Des rêves, un autre univers, à la fois plus beau, et plus angoissant. L'impression d'être à une porte du monde...

Il y a un ascenseur, des enfants à tous les étages, du bruit dans la rue... L'autre maison était une campagne dans la ville, cet appartement neuf, dans la ville nouvelle reconstruite sur les ruines des bombes et de l'incendie du port, c'est un changement de vie important. J'essaie d'avoir des camarades. Lucien, fils de directeur d'école, et Marc, le fils de flic, l'Italien fort en maths. Il est venu à la maison, sous prétexte de m'aider. Les parents n'aiment guère, mais ils ont accepté dans l'espoir de me voir regagner des places au trimestre de printemps.

Aujourd'hui, c'est moi qui suis allé chez lui. Ce n'est pas la première fois. Nous jouons aux échecs, c'est un stratège, et je suis un instinctif... Nous révisons les théorèmes et les notions d'algèbre...

Il habite un immeuble moderne, sans intérêt. L'appartement est au deuxième gauche. Il y a le téléphone, à cause de son père. Un téléphone de fonction. Il y a aussi la télévision, ce qui est rare en province à cette époque et me fascine. Aux murs, des images pieuses sur le papier peint. Un crucifix dans chaque pièce et au-dessus de chaque lit.

J'entre dans sa chambre. Il referme la porte et tourne le verrou à double tour. Il a l'air drôle. Je ne comprends pas. Sa mère est sortie en quête de mangeaille. Mamma italienne, toujours préoccupée de soupières et de casseroles fumantes. La mienne, qui m'avait accompagné, s'en est allée aussi, après deux ou trois recommandations classiques sur le sérieux du travail...

Sa main traîne encore sur la serrure, il me regarde d'un air chafouin, j'ai compris. J'ignore précisément ce que j'ai compris. Un danger en tout cas. Pourtant je n'ai pas un geste de révolte, je ne fais pas un seul pas vers la porte et ne cherche aucune issue.

C'est l'heure où le soleil se couche sur les remparts, où les boulangers vendent la dernière fournée, où les petits fonctionnaires se retrouvent sur le zinc devant un Pernod et les notables à la brasserie devant une bière. L'heure où les notaires ferment leurs coffres, l'heure d'éplucher les légumes pour la soupe, le temps des derniers devoirs, du biberon de six heures. Les vendeuses ferment boutique, les coiffeuses activent les ultimes coups de brosse, les journaux du soir embaument d'une encre fraîche. Fait divers : Jean Pascal Henri, ce petit mâle arrogant va te violer.

Qui m'a demandé un jour de lui raconter mon

premier homme ? Tous. Ils me l'ont presque tous demandé.

Ce premier homme, un gosse, plus grand que moi, plus fort que moi, avait quatorze ans, et il m'a fait mettre à genoux. S'en souvient-il ? Je veux lui rappeler encore sa honte, et la mienne. Qu'il le sache enfin, puisque je n'ai rien dit. Pas une plainte, pas un mot. Le dégoût de ce que j'ai vu, des gestes forcés, du mal subi, ce dégoût, je l'ai avalé comme une semence empoisonnée. Il est toujours là, prêt à me rendre malade jusqu'à la nausée.

Viol dans le secret d'un appartement bourgeois et désert, fermé à clé. Tout était préparé : son piège et son prétexte. Il a compris qu'il pouvait le faire, qu'il serait le premier à m'écraser, à m'humilier à vie, à brandir devant moi la ridicule majesté d'une virilité adolescente, écœurante, à me convaincre d'être un esclave, à l'admettre, et à mourir pour la première fois dans le silence de la peur et l'avilissement total. Tout mon corps s'en souvient, mon double corps, celui du garçon et celui de la fille. Me rappeler son visage est une torture. Tout en moi le maudit, tant d'années après, tout en moi le hait et tremble encore.

Et après, plus tard, bien plus tard, le silence retombe.

La nuit vient. Je marche sur le quai du côté des bateaux. J'ouvre la bouche pour avaler l'air du large que le vent ramène jusqu'à la ville. Je voudrais me laver, à l'intérieur et à l'extérieur, je voudrais que le vent m'emporte, et plonger dans l'eau sombre. Si je n'avais pas si peur, je nagerais, je m'accrocherais à un de ces bateaux illuminés et je disparaîtrais. Un marin me bouscule sans me porter attention. Je suis sur leur territoire, celui des bars à matelots et des prostituées.

En levant les yeux, je peux voir le balcon de ma chambre et celui de la cuisine, au huitième étage. Il va falloir monter l'escalier qui mène à la pelouse, traverser la pelouse qui borde la résidence, croiser les petits voisins qui jouent, prendre l'ascenseur...

Je ne peux pas fuir. Alors je cours, je m'essouffle volontairement, sans regarder personne, et je file dans le couloir de faux marbre jusqu'à l'ascenseur vert pâle. Une couleur plate, livide.

Si mon père est au garage, à bricoler sa voiture, il va me voir. Un coup d'œil furtif me rassure, l'immense garage qui dessert tout l'immeuble est vide, sombre. Je vois briller le pare-chocs de l'Aronde familiale. Papa est donc en haut. Et l'ascenseur m'attend. J'ai peur qu'il ne voie quelque chose. Je ne sais quoi d'évident sur moi, une marque, une accusation, le signe de ma faute, car c'est ma faute, ma très grande faute. Je pourrais me cogner la poitrine et me mettre à genoux, mais devant quel confesseur ?

Le miroir de l'ascenseur me renvoie une image en désordre. J'aplatis mes cheveux, époussette mes vêtements, mais je ne peux pas changer mon regard. C'est lui qui me trahira. Huitième. Le couloir, la porte, la clé dans la serrure, un chemin de croix qui n'en finit pas. Béatrice est dans la cuisine. Son large dos se balance au rythme de la moulinette. Elle passe la soupe. La soupe éternelle du dîner du soir, ou bien la même éternelle purée de pommes de terre. Ça sent le foie de veau grillé et la persillade, ça me dégoûte. Béatrice chantonne, un air de *Carmen*, ou bien *Madame Butterfly*, ou je ne sais quel opéra. Elle a toujours des trilles dans la tête et dans la voix. Sa passion.

Dans la salle à manger, François joue avec des cubes de couleur sur le tapis. Il est tout seul. D'habitude je joue avec lui, ou je l'asticote un peu. Il n'a que cinq ans et ressemble encore à une poupée. Je l'aime et il m'agace. Ce soir il m'indiffère, j'appartiens à un autre monde, celui des traqués, des coupables. Je franchis le couloir sur la pointe des pieds, mon père est dans son bureau, il lit, j'espère qu'il ne va pas m'entendre...

– Te voilà ? Maman n'est pas encore rentrée. Ça s'est bien passé avec ton copain ?

Il n'attend pas vraiment de réponse, et il n'en obtient pas. J'ai les larmes aux yeux, je les sens lourdes, prêtes à tomber, et à éclater sur mes joues pâles... Mais il a déjà repris son livre, je devine le titre brouillé, encore une histoire de guerre... La guerre pour mon père, une passion aussi...

Tout le monde a des passions dans cette maison. La bonne pour l'opéra, maman pour la Banque de France, et mon père pour la guerre.

Il attend qu'elle revienne... il l'a prédit, il étudie les anciennes, en attendant la nouvelle, il s'abreuve d'histoire, me raconte les peuples, tranche sur les politiques d'État, comme s'il avait la science infuse du pouvoir.

Alors il ne voit pas mes larmes, et ma pauvre tête chiffonnée. Je peux disparaître dans ma chambre, m'y enfermer et lire une bande dessinée pour me donner une contenance. Je ne peux rien faire d'autre. J'ai envie d'aller dans la salle de bains et de me débarrasser de cette odeur qui me colle à la peau. Mais « on ne prend pas un bain à sept heures du soir ». Je serais suspect, on me poserait des questions. Je dois rester sale et puant de cette chose jusqu'à demain. Je devrai dîner avec, au milieu des autres, et dormir avec, tout seul.

Il est sept heures, maman vient de rentrer. Elle ne me cherche pas. Elle n'embrasse pas les enfants en rentrant le soir ni en partant le matin. Nous n'avons droit, François et moi, qu'au baiser traditionnel et distrait de l'avant-sommeil. Une coutume, même pas une tendance.

Sept heures et quart. Béatrice a mis la table, dans la grande cuisine où tout est jaune sur des murs blancs. Les placards de formica, la table de formica. La lumière tombe cruellement sur ce jaune, les gens et les choses y trouvent un relief factice.

Je prends ma place, le dos à la grande fenêtre et au balcon qui donne sur la ville et le port illuminés.

Je tourne le dos à une carte postale de Rouen : la cathédrale, les maisons, les bateaux, la Seine, et le quai au premier plan. Papa préside à ma gauche, Béatrice sert la soupe en face de moi, avec François à ses côtés, maman préside à l'autre bout.

L'assiette fumante, avec le rond bleu qui détermine le niveau du potage. Je ne peux pas avaler.

– Mange !

Maman dit toujours : « Mange ! » Par réflexe, parce que j'ai rarement de l'appétit, et que manger est souvent une épreuve. Ce soir c'est un supplice. Cette saleté de soupe quotidienne, tradition mélangée du Quercy, de la Corrèze et de la Normandie de toutes les familles qui m'ont engendré, me dégoûte. Je l'avale en punition, pour qu'elle brûle mon gosier souillé. Mais je ne pourrai pas avaler cette tranche de foie, ce viscère brun et rougeâtre... ce jus dans la purée.

De toute façon, je n'attire pas l'attention. Ils ont entamé une discussion. L'une de ces discussions qui commencent par une histoire d'aménagement quelconque dans le nouvel appartement, et se terminent en querelle particulière, en duel de famille, ou en combat politique. Ces deux-là ne s'aiment pas, ils se supportent. Je ne les ai jamais vus s'embrasser. Ils parlent de Maurice, que l'institution pour enfants inadaptés nous renvoie une fois de plus... Papa dit aigrement :

– Ton père va encore venir dimanche nous emmerder avec sa tarte aux pommes. Il se fout pas mal de son petit-fils... C'est tout de même son petit-fils ! Ce vieux croûton n'a pas à s'en désintéresser !

– Il ne se désintéresse pas du problème, il a reçu l'assistante sociale pour l'enquête...

– Il l'a reçue ! Parlons-en ! Il a gueulé qu'il ne donnerait pas un sou pour le gosse ! Ta famille, c'est pourri de fric et compagnie et ça méprise les gens comme moi, évidemment ! Un pauvre instituteur ! Je suis payé par l'État, moi, qu'est-ce qu'il y a de honteux ? Je suis fils de forgeron, et alors ? Tout le monde ne peut pas être notaire comme ton frère ! Encore un, celui-là... quel con !

– Pierre, ça suffit ! Ne va pas trop loin !

Le ton est sec, menaçant. Et papa se tait.

Tant qu'il n'insulte pas, elle le laisse parler en regardant ailleurs. Une insulte, et elle le stoppe immédiatement comme une machine déréglée dont elle a l'habitude.

Maurice, le demi-frère débile, va donc nous revenir une fois de plus, avec son bafouillage et ses problèmes. En dix ans, il a dû fréquenter quatre ou cinq établissements différents. Un inclassable lui aussi. Violent, imprévisible. L'une des idées fixes de mon père. Sûrement la première, et la racine de celles qui lui viendront plus tard. Ce gosse raté, c'est l'emblème à la fois de l'échec, de la mort de sa première femme et du devoir de la seconde. Je comprends mal tout ça, mais je comprends parfaitement que mes pauvres petits problèmes sexuels viennent loin derrière.

C'est l'heure des informations à la radio et la discussion dérive sur une autre guerre. L'attaquant, c'est mon père, toujours lui. Il attaque sur tout et en tout. Gros mangeur, il attaque son assiette comme une place forte. Prisonnier rapatrié avec piston spécial, planqué du combat, il attaque de Gaulle comme « un militaire qui n'a jamais fait la guerre... La France rappelle de Gaulle !... La France rappelle de Gaulle ! Ils n'ont que ça à la bouche ! Comme si c'était le sauveur du monde, ce képi de deux mètres ! Qu'ils nous foutent la paix avec ça ! La seule chose à faire, c'est l'indépendance ! L'Algérie a besoin d'être indépendante, c'est son droit, et notre devoir... Bon Dieu ! qu'est-ce qu'ils cherchent ? La guerre ? ».

Maman ne répond pas. L'Algérie ne l'intéresse pas. Les promotions à la Banque de France sont plus importantes.

Et je passe encore, après l'Algérie et de Gaulle,

le copain député de papa, un toubib militaire qui l'a pistonné, sa référence, son père culturel et politique. Son père tout court.

Moi, j'avais un père avant. Il me conduisait en classe, surveillait mes études, me protégeait du monde extérieur. Et il m'a lâché la main. Ça s'est fait insidieusement. Il y avait avant, et il y a après. J'ignore avant et après quoi. Il a changé dans sa tête.

Je commence à le détester, ce grand type de cent kilos, l'ex-pilier de rugby qui se courbe déjà à quarante-cinq ans. Il épluche en bougonnant les colonnes de *France Observateur* ou de *L'Express*. Il s'en va le matin avec son béret, si le vent est frisquet, Français moyen en veste et pantalon dépareillés, avec sa petite serviette de petit instituteur, et ses grands discours de petit contestataire. Il a eu des problèmes avec l'inspection académique, on le surveille de près. On doit trouver sa philosophie mi-communiste, mi-poujadiste, inadéquate pour les écoliers de la communale.

Pour achever sa lamentation du soir, il se plaint d'avoir mal au cou, ou à la tête, ou au ventre, je ne sais plus...

Depuis quelque temps il va de médecin en médecin. Le dernier en date habite la résidence. On m'envoie le chercher souvent, trop souvent pour que je puisse croire que le mal physique est réel. Maman hausse les épaules devant l'amoncellement de pilules, et le jeune médecin, qui a le double malheur d'être un voisin et le fils d'un ami de mon père, lève les bras d'impuissance quand il me voit arriver.

Comédie... dit le regard de ma mère. Je file dans ma chambre, la tête basse et bourdonnante de leur querelle. Seul. Cette journée particulière n'était qu'à moi, que pour moi. C'était ma vie, qui n'intéressait personne. Ce soir, je suis encore à l'abri de ces murs de papier peint tout neuf et tout bleu. Demain, il faut retourner en classe, comme un autre jour ordinaire, comme si je n'avais pas la peur dans le sang.

Il ne m'a pas regardé. Je ne sais pas s'il évite de le faire ou s'il s'en fout. Dans le léger ronronnement de la classe qui planche sur un devoir de géométrie, mon voisin de banc me harcèle.

– Alors ? Tu l'as revue, Brigitte ? Hé, c'est vrai que tu l'as coincée dans l'ascenseur pour l'embrasser ?

Il me parle d'un amour fini, cet imbécile qui copie, sous prétexte de m'emprunter ma gomme. Il se fiche de moi.

Je fixe la nuque de mon agresseur, trois rangs plus loin, et je l'insulte dans ma tête, en silence : « Fils de pute. »

L'autre me tire par le coude, il veut savoir ce qui n'a jamais existé.

– Alors ? Tu l'as bécotée, oui ou merde ?

Je réponds oui. Et je vois bien qu'il ne me croit pas. Il a raison. Il y a longtemps que j'ai rompu tout seul une idylle qui n'avait jamais commencé. Drôle de rupture : elle tout en bas, immaculée dans la cour de l'immeuble, moi tout en haut, au balcon du huitième étage. Elle, vibrante de force, faisant le clown au milieu des garçons, secouant sa tignasse brune, bondissant dans son blue-jean. Moi, seul, déclarant à l'horizon : « Je te quitte. » Dalida, à la radio, chante que le jour où la pluie viendra nous serons, toi et moi, les plus riches du monde !...

Le soleil vient blanchir ma feuille, où s'étale un parallélépipède rectangle et le calcul de sa surface et de son volume.

Il y a des chewing-gums collés au plafond, le professeur de maths relève les copies, dans un sillage de parfum de Gauloises. On m'a piqué mon taille-crayon, celui qui représentait la terre en boule, avec la lame au pôle Sud... J'ai un goût d'encre Waterman dans la bouche, la vie continue au milieu des garçons, les faux frères de ma race. Je les hais. Je suis sans amour.

Nous n'irons pas en vacances chez grand-père, il a coupé les ponts. Je visite les châteaux de la Loire avec les garçons du collège, dans un autocar surchauffé. Je mélange Chambord et... Je me fous des jardins à la française. Je compte mon premier argent de poche. Ils ont de l'acné, ils sifflent les filles. On nous déballe trois jours plus tard sur la place de l'église Saint-Sever, comme un chargement poussiéreux, et je trouve bizarre la petite lueur fixe dans les yeux de papa.

Maman hausse les épaules :

– Ton père a toujours mal quelque part. En ce moment, il se plaint des vertèbres... Monsieur a des vertiges...

Dans l'Aronde qui nous emmène en pique-nique, direction la forêt des Essarts, ou celle de Brotonne, de dimanche en dimanche, l'été se gâte.

Papa conduit, les mains crispées sur le volant, le cou tendu :

– Un jour j'aurai un accident... c'est sûr, on se tuera tous et tu seras contente !

– Cesse de dire des bêtises... tu n'es pas malade.

Sur le siège arrière, Maurice, revenu de son institution pour débiles profonds, François qui grignote un petit-beurre et moi au milieu. Nous comprenons mal ce nouveau duel qui les oppose. L'un pensant qu'il est à l'article de la mort, l'autre se moquant de lui. Nous avons peur. Avec l'instinct des enfants, même Maurice, qui sait à peine son alphabet et a du mal à faire penser son cerveau trop petit, sent le danger possible. Je surveille le volant, je me dis que si je ne le quitte pas des yeux il n'arrivera rien. Et il n'arrive rien. Que les moustiques, les œufs durs et le poulet du pique-nique.

Maman étale une couverture à carreaux et s'agenouille pour nous servir. François se roule dans les feuilles, vient montrer une fourmi qui le pique, il est le seul à s'étirer à l'aise dans sa peau. Le seul normal de la famille. Derrière l'arbre où je me suis adossé, je les entends se battre encore. La chose a l'air grave.

– Tu m'en veux... je sais que tu m'en veux, maman ! Depuis cette histoire de convocation... une stupidité !

– Ce n'est pas une stupidité. Ils t'ont jugé dangereux pour les enfants... À force de te mettre en disponibilité, ils finiront par te virer définitivement !

– On ne vire pas comme ça un instituteur... et d'abord je ne serai pas en disponibilité à la rentrée, mais en congé-maladie !

– Tu prends les devants, c'est ça ? Tu préfères faire le malade et traîner à la maison, plutôt que de regarder la vie en face. Tu as peur des responsabilités, voilà la vérité !

– Moi ? Peur des responsabilités ? C'est la meilleure ! C'est toi qui es partie en 39, peut-être ? C'est toi qu'on a faite prisonnière ?

– Ça n'a rien à voir. Et n'oublie pas que sans l'aide de ce colonel allemand, von quelque chose, tu aurais fait comme les autres... derrière les barbelés jusqu'en 45 ! Au lieu de ça...

– Vas-y ! Dis-le !... Je sais bien que tu me traites de planqué !

– Assez, papa... les enfants sont là... Va faire un tour, ça te calmera.

– Trop facile... eh oui, trop facile... Tu sais ce que je ferai un de ces jours ? Je me foutrai en l'air ! Comme ça, tu seras débarrassée de moi !

– C'est ça, continue ton chantage.

– Parfaitement ! Et je me foutrai en l'air avec François !... T'auras gagné, hein ? Qu'est-ce que tu dirais d'être veuve ? Sans ton petit dernier adoré ? Ta roue de secours ?

Je n'ose pas me retourner et les regarder en face, mais je viens de comprendre une chose. C'est maman qui est à plaindre. C'est elle qui a besoin d'aide. Je n'aime plus mon père pour ce mal dont il la menace. Il veut mourir avec mon petit frère, comme une vengeance. La laisser seule avec Maurice et moi... avec les enfants à problèmes, les enfants-pièges, l'un privé de raison, l'autre de sexe... Voilà son idée de vengeance... C'est comme s'il lui disait : « Garde le débile que m'a donné ta sœur, garde l'androgyne que tu m'as fait... Vous êtes coupables toutes les deux, je n'y suis pour rien, je les refuse. »

Ce n'est pas clair dans ma tête, en ce dimanche stupide et douloureux. Je devine, sans rien pouvoir préciser. Il me faudra des années pour comprendre. Et comprendre ne guérit pas forcément de ce genre de blessure.

J'ai beau chercher la gaieté, je ne la trouve nulle part. Les plaisirs, ils sont absents, ou minuscules. Si je faisais leur compte, je trouverais quoi ? Les parties de ping-pong dans le sous-sol de l'immeuble... Je joue bien, je suis rapide, je gagne... et un plaisir furtif... un ! Je joue aux échecs, je suis bon stratège, je gagne... et un plaisir passager... un !

Restent les sirènes des bateaux. Elles représentent mon seul vrai plaisir quotidien, ma grande dimension à moi. Elles me gonflent la poitrine d'espoir. Je traîne souvent sur les quais, je rêve d'être marin, capitaine au long cours, d'errer sur les mers, une course de solitude et de liberté.

Je m'invente un autre monde sans différence, où les garçons ne cogneraient pas sur les filles. Où les parents n'existeraient plus, où je serais sans passé, sans peur et sans reproche. C'est là, sur ce quai, que je joue au petit trafiquant, pour le plaisir de monter sur un bateau, de mettre le pied sur le pont et de renifler l'odeur particulière des cordages et du mazout, la profondeur des cales. À chaque étage de l'immeuble où nous habitons, logent des marins. Ils utilisent les gosses pour passer en fraude un magnétophone, du matériel radio. Le trafic est simple. Un marin m'interpelle :

– Hé ! gamin, tu vois le cargo là-bas ? Monte à bord et demande Untel... ramène-moi le colis.

Ils ne vous paient pas, ces fraudeurs de douane. Ça n'est pas nécessaire, les gosses se battraient plutôt pour obtenir la faveur de grimper l'échelle de coupée, les mains dans les poches, comme un vrai loup de mer, sous prétexte de visiter le navire. J'aimerais bien être marin, mais ce n'est pas pour les filles. Et je suis de plus en plus fille, éloigné du petit monde du collège.

Pour la rentrée en quatrième technique, maman me traîne dans les magasins. Un vendeur empressé me tend un pantalon de serge bleue et un blazer. Chez le coiffeur, je lutte pour conserver des cheveux plus longs. Je deviens coquet, soigneux de mon apparence masculine pour l'extérieur.

Et en secret, tous les samedis après-midi, dans l'appartement désert, je m'offre la transformation habituelle. Ma respiration féminine, ma tranche de vie normale. Mais l'opération devient de plus en plus difficile. La vie familiale dans cet appartement moderne est plus concentrée que dans la maison de mon enfance. Le danger d'être surpris augmente et les idées fixes de mon père tournent à l'obsession. « On va faire de toi un ingénieur, un technicien ! L'avenir, c'est ça, fiston... »

Il est encore en congé de je ne sais quoi. Le teint gris, le dos voûté, il erre dans l'appartement, geignant continuellement sur des maux imaginaires, refaisant le monde, de Gaulle, l'Algérie, reprenant l'histoire de zéro et guettant toujours le retour d'une guerre. Comme s'il avait besoin de son désordre et de l'immense suicide général qu'elle représente, pour y noyer le sien. Dépression mélancolique, dit le médecin, que je suis venu déranger une nouvelle fois, pour un nouveau malaise. Papa l'a baptisé œdème de Quincke, il a dû lire ça quelque part, et l'adopte provisoirement en plus des vertiges et des douleurs du cou : il prétend que son cou est douloureux et qu'il étouffe. Maman se contente de le traiter de fainéant, incapable de gagner sa vie, et disparaît chaque jour dans le monde réconfortant de la Banque de France. Là, les choses sont en ordre, le sérieux et la compétence règnent en maîtres. Je m'imagine qu'elle compte les lingots et les pièces d'or, et les paquets de billets de tout le pays.

– Salut !

Il m'a surpris dès le premier jour. Le revoilà, plus grand, plus fort, plus viril que jamais, petit seigneur de muscles, regard de séducteur de roman-photo. C'est Marc, mon tortionnaire. Le violeur de la classe de cinquième me poursuit en quatrième où l'ambiance me panique déjà. Trente machos en herbe, râblés, grosses têtes et forts en maths, plus lui.

Je réponds « salut » en regardant ailleurs et ma main se crispe sur la poignée de cuir de mon cartable neuf. Mais il s'éloigne déjà. Son nom vient avant le mien, il commence par B. À la manière dont il a répondu « présent » à l'appel de la rentrée, d'une voix ferme et l'air décontracté, je le devine bien décidé à jouer les chefs. Il parle de son père flic pour épater les nouveaux. Il ramène sa science. Je déteste ce collège, je vais mal travailler cette année.

J'ai trop grandi, ma taille est trop fine, mes jambes trop minces. Je ne m'assois pas comme eux. Je ne veux pas devenir ingénieur. Je me fous que la France ait besoin d'« hommes », comme dit papa, de techniciens efficaces, comme dit le prof de sciences, de « bâtisseurs de l'avenir industriel », comme discourt le proviseur emphatique. Je me fous de tout, sauf de moi et de mon apparence.

À la maison, Béatrice me tire les oreilles :

– T'as fini de t'admirer dans la glace, petit Narcisse...

Un nom de fleur, un nom d'éphèbe, né d'un père fleuve et d'une nymphe, son cœur était aussi fier que ses traits avaient de la douceur; il refusa l'amour de mille jeunes filles pour s'abîmer dans l'amour de lui-même et, désespéré, supplia les dieux de lui accorder la mort... Mais sa mort entraînait la fin de son amour et, par pitié, les dieux le changèrent en cette fleur qui croît au bord de l'eau et se penche éternellement vers elle pour y contempler son image...

Je me suis gargarisé du petit paragraphe du dictionnaire. L'amour parfait, l'amour de soi-même, le seul qui me convient puisque je suis double.

Béatrice peut ricaner, le miroir de la salle de bains me consolera. Mes yeux me plaisent, couleur d'eau et de pierre précieuse... Je rêve avec plus de conviction devant mon image que devant l'horrible chose que le professeur de sciences nous donne à disséquer. Différenciation du sexe d'une souris de laboratoire. Sur les grandes tables blanches, chaque élève découpe et isole de minuscules fragments de chair, qu'il faut ensuite poser délicatement à l'aide d'une pince à épiler sur une feuille de dessin. Organe mâle, organe femelle. J'ai la nausée. Les autres rigolent. Ils assommeraient un chat pour le plaisir, ils arrachent les ailes des mouches pour passer le temps. Ils sont l'avenir de la France.

Mais j'ai deux amis, Michel et Patrick. Michel qui habite le sixième et prend le même ascenseur que moi en rentrant du lycée Corneille, et Patrick, du quatrième, qui sort d'une institution privée. Eux sont différents, attirés par des jeux plus calmes. On joue au bridge, on parle, on parle...

– Si tu devais refaire ta vie, qu'est-ce que tu préférerais : naître en fille ou en garçon ?

– En fille.

Ça ne les choque pas. Ils ne posent pas de questions. Ce sont les premiers êtres à m'offrir, sans exigence, leur amitié libérale; nous formons un trio sans complication, sans équivoque, aux relations dégagées de tout conformisme, exempté de la sexualité obligatoire à quatorze ans. Eux deviendront des hommes tranquilles et sensibles aux différences.

Moi, je m'enfonce dans la peur. Ma vie tordue reprend du poil de la bête dès que je mets le pied à la maison. Ce dimanche est un dimanche de spectacle noir. Mon père s'enferme dans la salle de bains, il en ressort bras tendus comme un martyr, le poignet sanglant. Il vient de s'ouvrir une veine avec un tournevis.

Pourquoi fait-il ça comme un tragédien de province qui compenserait le manque de talent par les éclats de voix et les sanglots ?

Ma mère a jailli de la cuisine, pimpante dans sa robe bleue du dimanche. Maurice est derrière elle, on dirait qu'il va bondir, et moi, tout au bout du couloir, je vois la scène de loin, avec une impression d'irréel.

– Papa ?

J'interroge quelqu'un qui n'est provisoirement plus mon père. Il monologue en brandissant ce ridicule tournevis :

– Je l'ai fait... puisque je suis un bon à rien... un incapable, je n'ai plus qu'à disparaître... Tout le monde est hostile dans cette maison. Je n'ai que mon fils, mon petit François... Mon seul réconfort moral... Je devrais l'emmener avec moi, l'arracher à ce monde pourri... Regardez-moi ! Vous pouvez me regarder une dernière fois, je vais mourir...

Est-ce qu'il pleure ? Est-ce qu'il va vraiment mourir ? Maman repousse Maurice dans la salle à manger. Son esprit fragile n'a pas besoin de ce spectacle, et il s'agite. Elle n'a pas l'air de s'affoler vraiment, mais m'ordonne d'aller chercher le médecin.

Son cabinet est fermé, mais le Dr Renoir habite l'immeuble d'en face, et je cours, à la fois terrorisé et humilié de devoir le déranger une fois de plus... C'est l'heure du déjeuner, l'ascenseur est vide, la cour est vide. Les gens sont à leurs affaires, ils déjeunent, ils écoutent la radio, j'entends par une fenêtre Piaf hurler que de l'autre côté de la rue, y a une belle fille..., par une autre, un accordéon agressif rengaine du musette. Je sonne à la porte du docteur, je sonne, sonne... mais j'ai déjà compris : il n'est pas là. Je dois trouver une autre solution, du secours. Là-bas au huitième étage, le sang coule... Il va peut-être vraiment mourir. Pourquoi a-t-il fait ça ? Depuis quelque temps, il semble se battre contre une armée invisible.

Je suis obligé de demander de l'aide au concierge;

c'est encore plus humiliant, car ils sont en pleine fête. Une douzaine de personnes rient et plaisantent autour d'une table. Dimanche en famille, rôti et gâteaux à la crème, nappe blanche et bruits de verres entrechoqués. Et moi qui arrive comme un fantôme essoufflé, pour dire :

– S'il vous plaît, est-ce que je peux téléphoner, le Dr Renoir n'est pas là, et papa…

Ça ne sort pas. Que dire ?

– Qu'est-ce qu'il y a, Jean ? Ton père est malade ? C'est grave ?

Je peux dire que c'est grave, sans plus de précisions. Me voilà sauvé…

– Remonte chez toi, on va appeler le médecin de garde, chez les pompiers…

C'est drôle, je me sens soudain plus malheureux de déranger leur fête de famille avec mon drame que du drame lui-même. Fauteur de troubles, voilà ce que je suis. C'est un mot de mon père : « fauteur de troubles ».

J'aimerais bien ne pas remonter là-haut. J'aimerais bien me réfugier chez Michel, au sixième, ou chez Patrick, au quatrième. Chez eux, je me sens bien, au calme, sans les menaces perpétuelles. Ils ont des parents, des pères surtout, qui ne font pas de leur vie un drame permanent. Mais je suis un messager, je dois rendre compte de ma mission. Alors je reprends l'ascenseur.

Maman vient de dire d'un ton sec :

– Calme-toi, papa, tu es ridicule ! On ne meurt pas d'une écorchure !

Elle n'y croit pas. Elle refuse ce gâchis de sang, cette plaie maladroite. Et lui ne s'agite plus. Comédien sans texte, il se laisse tomber dans le fauteuil marron, son fauteuil… Maman étale précipitamment une serviette éponge à fleurs…

– Tu vas tout tacher !

Tous les enfants le regardent. Maurice, de ses petits yeux de singe malin, la bouche un peu tordue, de mépris ou d'effroi, on ne sait jamais avec lui.

François, la bouche ouverte, ne comprend pas, il est trop petit… Maman lui a dit que papa s'était blessé. Et moi. Moi, j'ai un puzzle dans la tête, des bribes de l'histoire de mon père. Des on-dit. Il a été malade à ma naissance. Une dépression. Il a été malade pendant la guerre. Il faisait près de cent kilos, il est revenu avec trente kilos de moins. Ça, il me l'a raconté en détail. Comment il a mangé de la nourriture avariée, comment il est resté cinq semaines dans le stalag K 1001 B, sans boire et sans manger, dévoré de fièvre, à deux doigts de la mort. Et comment on l'a rapatrié en 43, alors que, quelques mois plus tard, l'usine souterraine allemande où il travaillait était bombardée… tous ses copains prisonniers morts…

« Je suis un rescapé. » Il dit souvent qu'il est un rescapé de cette usine où les prisonniers fabriquaient de la poudre d'aluminium et de l'essence synthétique. Et j'ai le sentiment qu'il n'est pas très fier d'être ce rescapé-là. Celui qui a bénéficié d'un double piston français et allemand : son idole, le docteur Ferrier, et un certain baron von Gemmingen, en poste à Compiègne.

Le médecin de garde est un petit gnome pressé, en complet gris, qui ne pose pas de questions. Cet homme-là s'est blessé avec un tournevis, il ne veut pas en savoir davantage. Il fait son boulot, désinfecte, panse, et pique la fesse de mon père.

– À cause du tétanos… rien de grave. Pas besoin de suture, dans quelques jours il n'y paraîtra plus, signez là, c'est cinq mille francs.

Et il s'en va.

Les autres morceaux du puzzle, dans ma tête, sont plus confus. Ce que j'entends régulièrement au cours de leurs discussions, je ne le comprends pas. « Je ne suis pas fils de bourgeois, moi. » « Je n'ai pas gagné de fric sur le dos des Allemands, moi », comme oncles ou cousines de ma mère qui ont « vendu du bois sous l'Occupation »… Mais il est le plus cultivé, l'enseignement c'est lui. Il écrit mieux que les autres, il connaît l'histoire et les arts; et en grammaire il est imbattable. Il a besoin d'être respecté. Un besoin maladif. Chaque réunion de famille, chez les « autres », ceux du côté de ma mère, est un prétexte à mise au point. L'oncle expert-comptable, l'oncle commissaire aux comptes, l'oncle clerc de notaire, qui gagnent de l'argent et vivent dans des hôtels particuliers, s'entendent répéter que les livres d'histoire valent mieux que les livres de comptes, et qu'il est beaucoup plus difficile d'enseigner que de surveiller la Bourse.

Et les oncles de rétorquer que « seuls les imbéciles ne gagnent pas d'argent ».

Guerre permanente, où mon père m'apparaît comme un don Quichotte malade de ses moulins à vent. Un seul s'inquiète de cette maladie, mon grand-père maternel, le grand-père Alexandre :

– Ma pauvre Juliette, que vas-tu devenir avec un mari pareil... et les enfants ? Il t'aurait fallu quelqu'un de solide, avec les pieds sur terre, qui t'épaule... avec un enfant handicapé... et Jean qui n'est pas bien costaud...

Il s'inquiète, parce qu'il est vieux. Les autres engueulent mon père parce qu'ils n'ont pas de problèmes.

Pourtant, il y a quelques années, ils ont décidé du sort de ces deux êtres... comme ils avaient décidé du sort de Louise... Ce handicapé leur doit sa naissance... Et ma « fragilité », n'en sont-ils pas responsables eux aussi ? Quelle bouillie dans ma tête ! Choses devinées, choses vues, choses mal comprises... dimanche poison.

Abruti de calmants, mon père dort sur le lit conjugal, enroulé dans le dessus-de-lit en satin bleu. Je m'en vais. Il me reste les rêves du port, les bateaux amarrés, les grands cargos... celui d'Alger la Blanche, celui de Casablanca chargé de phosphate, de Saint-Louis, Dakar, Abidjan, portant leurs fruits de soleil...

Dimanche soir couchant, navires dormants, marins

éparpillés dans les bars, officiers à casquette, dorés de palmes, comme des chevaliers de retour de croisade, se précipitant sur les filles et la bière. Je fais mon propre roman, assis sur la pierre du quai, les jambes au-dessus de l'eau, la tête dans les nuages. C'est une drogue. J'y reviendrai souvent, chaque fois que mon père fera semblant de mourir, d'étouffer, de se tordre de douleurs invisibles. Chaque fois qu'ils se disputeront, là-haut, au huitième étage.

Ma mère m'a dit un jour : « Un petit garçon ne pleure pas. » J'avais les larmes au bord des yeux pour une bêtise. Mais ça s'arrêtait là. Je ne sais pas pleurer. Pas vraiment. Il se forme une boule dans ma gorge, elle enfle, j'ai le cou douloureux, comme s'il allait éclater, et j'attends que ça passe. Ce soir, les bateaux ne me saluent pas. Il n'y a pas de départ pour Panama ou les Antilles, pas de sirènes. Je n'ai plus qu'à reprendre l'ascenseur, et à me glisser dans l'appartement silencieux. Mon père a jeté un caillou dans la mare, et l'eau a retrouvé une surface lisse en apparence. Nous dînons en silence. Il y aura d'autres dîners en silence, et je deviendrai de plus en plus silencieux dans cette maison. Il me semble que je dois vivre et me nourrir de ça.

Maurice est reparti dans une nouvelle institution spécialisée. François est au cours préparatoire, et je m'ennuie. Je ne ressens aucun désir, rien ne me dérange, rien ne provoque d'excitation. Je suis neutre, isolé.

L'autre jour, Béatrice m'a surpris, dans la chambre de ma mère, vêtu d'une robe et grimpé sur des talons trop grands. Elle a éclaté de rire, comme devant une bonne plaisanterie. J'avais peur qu'elle ne me taquine, mais elle n'a rien dit. Elle a la tête ailleurs, un fiancé quelque part.

Cette année a passé si vite que j'ai grandi de cinq centimètres sans m'en apercevoir, au milieu des jérémiades paternelles et des visites du médecin. Ce malheureux Dr Renoir m'a vu arriver un soir, l'air désolé :

– Qu'est-ce qu'il y a encore ?

– Il dit qu'il ne peut plus tenir sa tête droite, qu'il voit trouble et qu'il est incapable d'aller travailler... Il tremble sans arrêt.

J'ai l'impression de répéter toujours les mêmes choses, et d'entendre toujours les mêmes choses : « Va chercher le docteur... Cours à la pharmacie. »

À travers cette existence répétitive, j'ai réussi le B.E.P.C. Je ne suis pas allé voir les résultats affichés dans la cour du collège. Maman a ramené *Paris-Normandie* et consulté la liste.

– Tu n'as qu'une mention Assez bien...

J'ai avalé le léger mépris que contenait cette réflexion, avec la fumée de la première cigarette, sur le balcon, face aux lumières des bateaux. Nous n'irons pas en vacances, papa est malade. Le docteur Renoir parle de dépression nerveuse. J'ai acheté de la brillantine, de l'eau de Cologne et caché un miroir dans ma table de nuit. Je me dissimule pour observer mon visage, j'ai peur de voir pousser une moustache, je déteste les poils. Mais les poils m'ignorent. Ils vont fleurir sur la lèvre des autres, sur le pubis des autres, sur la poitrine des autres. Je reste lisse.

Personne ne s'intéresse à moi, sauf Béatrice. Épanouie, amoureuse, elle chante dans la cuisine en préparant le petit déjeuner. Elle éclate de rire, au milieu de *la Traviata* :

– Tu es tombé dans une bouteille de parfum ?

Mon chocolat a un goût de lavande bon marché. Un jour je choisirai un parfum, un vrai, une odeur subtile et précieuse, qui coûtera cher, dans un flacon de cristal avec un bouchon taillé comme un diamant. Un jour je serai libre.

C'est ce que je crois. Je le crois parce que j'ignore trop de choses encore sur moi-même. Et ce n'est pas le curé du catéchisme qui peut m'en apprendre davantage, je n'y vais plus. Ce n'est pas ma mère, nous ne parlons que de sujets sans importance. Tout ce qui n'est pas moi est sans importance, et elle ne s'en rend pas compte. Elle ne peut pas. Il y a papa, et il y a l'Algérie. Papa, l'Algérie et sa dépression nerveuse ne font plus qu'un. Parfois il se couche par terre, dans la salle à manger, le front sur le tapis. Front malade sur faux tapis d'Iran. Il ressasse « l'appel au cher vieux pays » par le Général, et maudit l'hypocrisie du monde colonialiste, faiseur de barricades, celles des insurgés en béret de parachutiste. J'entends pêle-mêle des commentaires décousus sur l'indépendance, celle du Congo, celle du Sénégal, celle inévitable de l'Algérie, l'opportunité d'un référendum ou non. C'est bizarre de regarder vivre, penser, souffrir un homme à terre. J'ai du mal à imaginer que je suis né de lui. Je ne comprends pas qu'il ait pu former un couple avec ma mère. Je dois être né de l'opération du Saint-Esprit...

Août 1960 va faire mon éducation sentimentale. Tous les grands du collège vont partir en voyage à Rome, pour les Jeux Olympiques. Et je suis privilégié. Fils d'instituteur malade, et petit-fils de directeur d'école à la retraite, on me permet de voyager avec eux. Je n'ai que quinze ans, ils en ont seize ou dix-huit, mais je suis au départ, à la gare, avec ma valise marron, mon pantalon de toile tout neuf et des baskets qui me tiennent trop chaud aux pieds. Le wagon est grouillant de garçons, les têtes passent par les fenêtres, les parents font des signes, lancent des recommandations. Maman me regarde comme si elle allait me perdre, comme si le monde allait m'avaler ou me dissoudre. J'ai eu droit de la part de papa au tristement célèbre : « Les voyages forment la jeunesse »...

Me voilà lâché dans l'espace. Le train Rouen-Paris, puis le Paris-Rome, vingt heures de délices, d'échappée libre, avec une autorisation en bonne et due forme, signée par les parents, de quitter le territoire français. Pour la première fois de mon existence, j'ai le sentiment d'exister, d'être un individu signalé, défini, un voyageur qui passe la frontière et la douane. Un personnage consistant.

Le gros curé qui nous accueille à Rome, dans l'institution religieuse où nous allons loger, ruisselle de transpiration, et sa soutane a des parfums de basilic et de parmesan. Il salue le groupe de garçons et se précipite vers moi. Pourquoi moi ? Il me prend par les épaules avec une tendresse et une affection gênantes. Pourquoi moi ? Parce que je suis le plus jeune, ou parce que j'ai l'air d'une fille ? Ou les deux... Ou je me fais des idées...

Les Jeux de Rome, les hymnes nationaux, les défilés d'athlètes, les épreuves où l'on se tord le cou pour apercevoir « le Français », tourbillon fantastique. Mais c'est une autre découverte qui m'attend, un autre souvenir à vie. Entre deux séances d'athlétisme, et afin de parfaire notre éducation, le gros curé nous offre Pompéi. Naples d'abord, où nul ne meurt, sauf peut-être de chaleur et des multiples odeurs qui prennent à la gorge. J'ai croisé à Naples les regards noirs des gamins et des femmes. Une femme surtout, poitrine splendide, un bébé sur l'épaule, souriant et morveux. Une femme, une mère, une féminité totale, dans une robe pourpre, en sandales, les épaules rondes, le cheveu superbe, et l'œil... surtout l'œil... malicieux, sensuel, diabolique, prêt à la fureur ou au rire. Elle était sale et belle. Je trouvai la chose étonnante.

Pompéi, je ne sais plus. Un souvenir unique a brouillé le reste, les ruines, les allées, les maisons, les corps momifiés... De la ville pétrifiée, je n'ai vu au milieu des cendres de l'histoire qu'une fresque. D'un air malin, le guide mène le petit groupe de touristes et prévient que le spectacle est réservé aux messieurs... Je fais partie des messieurs. Les dames restent en arrière, et l'une d'elles s'écrie :

– Oh, ne faites pas tant d'histoires, on sait ce que c'est !

Quelques rires la saluent, des rires un peu bizarres. Alors, je comprends.

Le guide ouvre de petites portes de bois, fixées sur un mur. De petits tabernacles fermés à clé sur des scènes d'amour ultra-secrètes.

Parmi les autres qui regardent en gloussant et chuchotent des commentaires, je fixe l'humanité inconnue qui m'est révélée. Il y a là, peintes sur la pierre, toutes les positions qu'un homme et une femme ont le loisir de prendre pour s'accoupler. Les sexes sont disproportionnés, pour accentuer l'érotisme, presque la pornographie des scènes représentées.

J'ai quinze ans. D'autres que moi, à quinze ans, ont déjà compris la différence, et sondé le sexe des filles. D'autres que moi sont allés aux renseignements dans les revues porno ou le dictionnaire médical de la famille. D'autres que moi ont essayé les travaux pratiques, avec leur cousine en vacances ou leur voisine de palier. D'autres, mais pas moi. L'unique expérience dont je dispose est celle du petit violeur de mes douze ans.

Alors j'ai la gorge sèche, et le ventre glacé. Sans vraiment comprendre tout, je prends l'essentiel en pleine figure. Un sexe femelle est ainsi fait, un sexe mâle est ainsi fait, et c'est ainsi qu'ils se rejoignent... Fascination, émoi et solitude de l'étranger dans un pays inconnu et vaguement hostile. Faire l'amour est une histoire que je découvre pour la première fois. Pour la première fois je vois, et mes yeux s'écarquillent pour enregistrer l'information primordiale qui m'est offerte.

En cette fin d'été torride, à Pompéi, je suis le naïf du troupeau rigolard et excité qui se presse autour du guide. L'homme en casquette ne se prive pas de commenter l'exceptionnel du spectacle. Si les fresques sont sous clé, c'est qu'il faut les préserver du regard des enfants. Si l'on éloigne les dames, c'est qu'une telle œuvre d'art ne peut que choquer leur sensibilité.

Dans mon dos, la même voix de femme que tout à l'heure, perçante, nerveuse, gouaille à nouveau :

– On sait faire ça aussi !

Elle enrage d'être écartée du petit théâtre pornographique, miraculeusement préservé de la lave et du feu. Je me retourne, et aperçois un visage vulgaire, barré de rouge à lèvres, perlé de transpiration légère… Elle a chaud, alors que je frissonne d'émotion.

Le guide referme les petits tabernacles, tours de clé sur le mystère, nous repartons en file indienne, dans les rues poussiéreuses de l'an 79, nous visitons la maison pompéienne, nous marchons, marchons dans les ruines façonnées par le Vésuve; j'ai un volcan dans les yeux, une coulée de lave au fond du cœur et un goût de cendre dans la bouche. Je ne porte pas la marque qui différencie le genre humain. Tout ce que j'ai pu deviner jusqu'à présent n'était rien à côté de cette évidence brutale. Il n'y a que deux sexes possibles : l'un en forme d'épée, en relief, l'autre en manière de caverne, en creux profond.

La tête me tourne un peu. Dans le car qui nous ramène à Rome, les garçons excités ont ouvert des bouteilles de vin napolitain et des paquets de cigares de contrebande. Ils jouent à l'orgie, ils me font boire, et je bois comme on se noie. La fumée âcre me soulève le cœur. Je tourne, je valse, je suis ivre de ma première cuite. Peut-être de mon premier malheur conscient.

Cette nuit, aplati sur le lit de fer, dans le dortoir tiède, je surveille le tumulte de mon estomac. Vomir. Me vider de ce trop-plein. Retrouver un ventre creux, me laver de ces images, oublier ce que je ne suis pas et ne serai jamais. Je suis une cause perdue d'avance. Dormir. Rêver d'amertume sur un matelas devenu bateau ivre, espérer la fraîcheur, espérer l'espoir.

La tempête se calme, je vis une nuit blanche et nauséeuse. Une mouche au plafond du dortoir m'a fixé sans faiblesse des heures durant. Autour de moi les sommiers grincent, les garçons s'éveillent, s'étirent. Ils passent devant mon lit, en slip, ils vont pisser en bâillant, en riant. Tout à l'heure, nous reprendrons le train, en troupeau mené par le gros curé bienveillant.

J'ai vu les Jeux Olympiques de Rome en 1960. J'ai vu les jeux de l'amour à Pompéi au premier siècle de notre ère. Je ne suis qu'à l'aube de mon âge. Et c'est déjà l'automne à Rouen.

3

J'ai découvert que la nuit m'appartenait. Il suffit de ne pas dormir pour vivre une vie différente. Dans le noir de la chambre, j'attends que les bruits s'apaisent autour de moi. Bruits du dehors, assourdis, profonds, mystérieux; bruits du dedans, familiers, quotidiens : les savates de mon père dans le couloir, la toux du petit frère derrière la cloison, l'ascenseur sur le palier. Je dois attendre que les autres aient fini de vivre. Le plafond me sert d'écran. J'y projette les images de mon cinéma personnel. Une fille y danse. Une Marie-Hélène brune aux yeux bleus, en jupe à carreaux, gonflée d'énormes jupons de dentelle amidonnée. Chaque pas laisse deviner ses jambes à mi-cuisse, elle a de petits pieds cambrés dans des ballerines rouges. Mon copain Patrick en est amoureux. Elle me fascine. Patrick aussi me fascine. Son père est un père normal, entrepreneur industriel. Ils vivent dans une maison magique sur les hauteurs de la ville, toute en cubes et en vérandas. Une maison de cinéma où s'agite une mère souriante.

Il doit être minuit passé, je n'entends plus le bruit des autres.

J'y vais.

Pieds nus dans le couloir sombre, jusqu'à la salle de bains. Soulever légèrement le battant pour qu'il ne grince pas. N'allumer que la petite lumière au-dessus du lavabo.

D'abord le maquillage, dans l'armoire à pharmacie. La boîte de poudre, la houppette, le fard pour les yeux, bleu pâle, aigue-marine comme les yeux de ma mère, et son rouge à lèvres.

Les petits parfums légers qui montent de cet attirail... J'aimerais un rouge plus franc que ce beige rosé qui ne donne pas assez de relief à la bouche. Maman est trop discrète, le maquillage Banque de France doit rester convenable. Ce n'est pas une parure, mais une tradition. On cultive le pâle comme la respectabilité.

Sur le petit meuble, les sous-vêtements qu'elle a portés dans la journée. Du blanc, de la rayonne, sans grande fantaisie de dentelles. Je préfère le bleu ou le rose...

Cette nuit je serai en blanc, tant pis.

Le slip, le soutien-gorge, les bretelles de la combinaison glissent sur mes bras tendus, en même temps que le léger parfum de ma mère, son odeur mêlée à la poudre et à une touche de Guerlain...

Je n'ai pas droit aux bas : elle a dû les laver ce soir et ils pendent comme deux jambes molles sur le sèche-linge.

Je n'ai rien entendu venir, je tourne le dos à la porte, visage tendu vers la glace, lorsqu'elle s'ouvre doucement : un millième de seconde pour réaliser que j'ai oublié de tourner le verrou... Mon cœur s'emballe si vite, si fort que j'ai l'impression qu'il cherche un chemin entre mes côtes pour s'échapper.

La voix de mon père, ensommeillée :

– Tu n'es pas couché ?...

Il a parlé avant de me voir. Mais il me voit à présent. Toujours de dos, car je suis paralysé de terreur.

C'est la première fois qu'il me surprend. La première fois que je suis livré au regard paternel dans cet accoutrement. Il reste là, bouche bée, accroché à la porte, visage figé.

Enfin il recule, enfin il hurle :

– Qu'est-ce que tu fous là ?... T'es complètement

fou ! Ce gosse est complètement fou ! Fou, il est fou !...

Instinct ridicule, j'ai croisé les bras sur ma poitrine, comme une fille surprise. La nuque brûlante, le corps crispé, j'attends les coups. Il doit me battre, ce serait normal; il doit se jeter sur moi et arracher mon déguisement. J'attends la violence et l'humiliation, j'attends les questions, j'attends qu'il me secoue, m'oblige à sortir de là, me traîne dans le couloir avec bruit et fureur.

Mais il recule, effrayé.

Il s'en va, j'entends le claquement des savates dans mon dos, la porte de la chambre qu'il ouvre du pied et ses hurlements de rage pour réveiller ma mère.

– Ce gosse est complètement fou !... Tu m'entends ?

Il referme aussitôt la porte. Et je ne saisis plus que des phrases brouillées, incompréhensibles, assourdies. Avec parfois une pointe d'hystérie, qui me transperce la tête.

– Il est fou, je te dis !

Je me déshabille à toute vitesse, me débarbouille en tremblant. Chacun de mes nerfs a reçu une décharge électrique et je ne peux pas maîtriser la plus petite parcelle de mon corps.

Enfiler à nouveau mon pyjama vert... Les jambes sont à l'envers, je manque de tomber, je boutonne la veste de travers et je file dans ma chambre pour attendre ce qui doit arriver. Cette fois il doit arriver quelque chose. Il a compris. Son fils est un efféminé qui se cache la nuit pour jouer à un jeu indécent...

Derrière la mince cloison qui sépare les deux chambres, je perçois la discussion. Il me semble qu'il n'arrive pas à réveiller maman. Elle doit le calmer, ne pas comprendre, ou se méfier de son agitation...

Les mots m'échappent... les phrases sont étouffées, seuls les beuglements sporadiques de mon père parviennent amplifiés à mes oreilles douloureuses :

– Il est fou ! Fou ! Fou !

Recroquevillé sur mon lit. Attente. Mal au ventre, mal au cœur, froid partout, terrible glace de la peur. Non seulement ils vont me battre, mais demain... demain ils le diront partout, tout le quartier saura... Chacun aura la confirmation de ce qu'il a deviné depuis longtemps. Le fils des Marin est un pédé, un travesti, il s'habille en fille, il est fou... Demain on me montrera du doigt, on ricanera dans mon dos... Demain le bouche à oreille, la rumeur galoperont jusqu'au lycée... « Tu connais ce type ? Il se cache pour se déguiser en fille... Son père l'a surpris avec les fringues de sa mère... Sans blague, c'est une folle... »

Fou... Folle... C'est le verdict hurlé par mon père. Fou comme lui. C'est peut-être cela, la vérité sur moi-même. J'ai dû hériter de la folie paternelle. On va me traîner à l'hôpital comme lui, me faire examiner le cerveau, on va me palper, m'expliquer que ce morceau de chair pitoyable est un sexe d'homme, et que le reste est folie. Folie, folie... Ils m'enfermeront peut-être.

J'ai tellement serré les dents sur ma peur que ma mâchoire est en bois, bloquée.

Le silence me surprend. Les hurlements ont cessé. Les portes n'ont pas claqué de nouveau. Pourquoi ? Est-ce qu'ils parlent à voix basse ? Est-ce qu'ils décident des choses ?

L'oreille collée au mur, j'essaie de deviner où en est le drame. Jusqu'à présent, à part la bonne qui en a ri comme d'une plaisanterie, personne ne m'a jamais vu en slip et soutien-gorge. Personne ne m'a surpris en plein ridicule. Pour tuer cette honte, il faudrait un choc, je le souhaite : « Faites qu'ils viennent me parler, qu'ils viennent m'insulter ou me battre, mais qu'il se passe quelque chose, qu'il y ait une explication. Un coup de bistouri dans cet abcès que je traîne devant eux, au milieu d'eux, depuis si longtemps, et qu'ils refusent de voir. »

Mais ils ne viendront pas. Ils se sont rendormis

sur ma honte, à quelques mètres, dans leur grand lit. Ils m'ont abandonné au silence et à l'insomnie.

Rien. On m'a surpris dans la nuit, comme une bête aveuglée par les lampes. Un flash. Et puis le noir.

Au matin, je suis le premier debout, le premier dehors, le premier au lycée, bien avant l'heure.

Cours de maths, permanence, cours d'allemand...

Je n'ai rien compris, mes yeux brûlent de sommeil et de larmes bloquées. Je rentre déjeuner.

À table, maman me sert, je passe le pain. Papa compte ses pilules, étale une pharmacie dans son assiette, comme d'habitude. Son visage est gris, comme d'habitude. Les habitudes vont, viennent, me reprennent. Le silence reprend ses droits.

Les jours passent, la torture s'estompe. Je suis un coupable sans procès, sans jugement, sans punition.

Ont-ils compris cette nuit-là ? Je me poserai encore la question bien des années plus tard.

Au fond, je préfère qu'ils n'aient pas parlé, qu'ils m'aient laissé à ma honte, sans la décortiquer. Avec d'autres parents, ma vie aurait peut-être changé, à partir de cette nuit. Pas avec eux. Je ne suis qu'une folie de plus dans la famille. Un emmerdement de plus à ranger dans la collection. Trop compliqué, trop dangereux pour qu'on ne l'enfouisse pas avec le reste. Je fais partie, comme disait mon grand-père paysan, gaveur d'oies et d'enfants, du « restant de la colère de Dieu ». Avec la mort de Louise, avec son fils débile, avec les suicides ratés de mon père. Une partie de cette malédiction bizarre qui tue, fait naître l'inachevé. Mort, monstruosité, folie, et moi... dernier éclat de colère d'un Dieu créateur, poussière inutile de son œuvre.

Il nous a mis en rang par tailles, face à lui. M. Ferry est professeur de gymnastique pour les classes de seconde et de terminale. Il a le culte du muscle selon toute évidence, car il examine avec attention les biceps, les uns après les autres. Rasé de près, l'œil bleu, le short impeccable, les baskets soigneusement lacés, un ballon de volley coincé sur la hanche, il semble poser pour un photographe invisible.

– Approche ! Sors du rang ! Combien au cent mètres ?

Il tutoie les élèves, alors que les autres professeurs nous vouvoient. C'est le type qui croit au sport plus qu'à la philosophie. *Mens sana* ne le concerne pas; *corpore sano* lui est essentiel. Un petit mâle moyen, qui me toise avec méfiance.

– Performances ?

Je fais la moue. Courir m'est relativement facile, bien que je ne batte aucun record scolaire. Mais j'ai horreur de taper dans un ballon, de m'arracher la peau des mains sur une corde dite lisse, et de faire le pitre au saut en hauteur. Il me gêne, je me sens maigre et sans forces. Mon voisin de gauche a trois poils au menton, celui de droite les jambes velues.

– Alors, Pin-up boy ? Tes performances ?

Le qualificatif me restera. Pin-up boy est mon surnom pour l'année. Courageusement, je déclare :

– Je ne suis pas très fort.

– Pas fort en quoi ?

– En rien, m'sieur...

– Je vois. Au suivant ! Sors du rang... T'as l'air costaud, toi. Fort en quoi ?

Il m'annule. Je m'en fous. Je l'emmerde. Je préfère rester sur la touche de toute façon. Je l'emmerde, je l'emmerde, je l'emmerde. Il est rare que je profère une insulte, même en silence. C'est nouveau. Mais celui-là, je l'emmerde, ça me soulage. J'ai vu les Jeux Olympiques, moi. À Rome, j'ai vu les athlètes de près, et je peux éblouir les autres en leur racontant des tas d'exploits dont ils n'ont entendu parler qu'à la radio. Un prestige qui ne dure guère.

À l'issue de la deuxième séance de gymnastique,

M. Ferry surgit dans les vestiaires, en survêtement. Je suis en train de me rhabiller dans un coin, à l'écart comme d'habitude. Je n'aime pas la promiscuité. Il se dirige vers moi, mine de rien, et délivre son conseil à voix basse :

– Marin, débrouille-toi pour te changer ailleurs que devant les autres...

Je reste muet. Il ne doit pas apprécier le regard trop clair que je lève sur lui.

– T'as compris, Pin-up boy ? Fais ça dans la douche, par exemple.

Et il s'éloigne.

Il a peur de moi, dirait-on. Ce corps de fille dans son équipe de garçons... Il doit croire que je suis contagieux. C'est toujours pareil : dès qu'il est question de se déshabiller, on m'éloigne, comme si la vue de ma taille fine, de mes jambes longues, de mon buste un peu arrondi était un sacrilège. Mais il ne m'aura pas à l'humiliation.

J'ai avalé l'humiliation comme une purge, définitivement.

L'ascenseur vert pâle me dépose au huitième, je ne vois dans la glace qu'un jeune homme de dix-sept ans avec des yeux de fille. Nul besoin d'en faire un drame. Je ne suis pas un drame de famille. Le drame est toujours ailleurs, il surgit sans prévenir. Comme ce soir.

Papa cogne à la porte de la salle de bains alors que j'examine mes deux profils, attentif à la longueur de mes cils, au grain de ma peau, au moindre duvet sur ma lèvre.

– Tu sors de là, bon sang !

Je n'oublie plus de verrouiller la porte; il déteste ça et me le répète à plaisir. Pas ce soir. Ce soir, il se précipite sur l'armoire à pharmacie et fouille rageusement dans la pyramide de boîtes de toutes les couleurs. Il est en crise. À l'abri dans la salle de bains, je n'ai pas entendu le début de la querelle, ni son motif. Il y en a tant depuis quelques mois.

La voix de mon père s'éraille, cassée par l'angoisse. Il ne fume pas, ne boit pas. Il ne va jamais au « bistrot », comme il dit. S'il ne travaille pas, c'est qu'il est malade...

– Et je ne t'ai jamais trompée, en tout cas !

Est-ce une affirmation simple, ou une question déguisée à l'intention de ma mère ?

Elle hausse les épaules et, comme d'habitude, envoie François jouer dans sa chambre pour l'éloigner du drame qui menace. Moi, personne ne m'éloigne. Au contraire, je représente sûrement leur spectateur privilégié. Papa a maigri, les yeux sont cernés, le nez plus pointu. Je vois des cheveux blancs. Lui toujours si soigné, si bien coiffé, ne se ressemble plus vraiment.

– Je sais ce qu'ils racontent dans ta famille...

Maman lui tourne le dos, mais il est parti sur sa lancée. Peu importe le dos, c'est à elle qu'il s'adresse, elle qu'il met en accusation.

– Ne hausse pas les épaules, je sais ce qu'ils disent ! Tu crois que je ne comprends pas où ils veulent en venir ? Toutes ces réunions, et ces conciliabules... On convoque le conseil de famille pour parler de mon cas ! Parce que je suis un cas, un fou à enfermer, c'est ça ? Mais dis-le que c'est ça !

Je m'assois dans un coin, au fond de la cuisine, et je regarde le port illuminé. Tout à l'heure, j'ai vu appareiller un cargo pour l'Amérique du Sud. Il y avait branle-bas sur le pont, les cordages claquaient, les hommes couraient. Quand ils ont retiré la passerelle, j'ai ressenti un creux à l'estomac. Encore un navire qui s'éloigne sans moi. Encore un monde que je ne verrai pas.

Les mains de mon père aux veines saillantes se sont posées comme des oiseaux malades à plat sur la table de formica jaune.

– Je n'irai pas dans cet hôpital ! Tu m'entends, Juliette ?

– Alors, retourne voir le médecin à la clinique de Paris... Tu ne t'en sortiras pas, et tu le sais. Tu as besoin d'être soigné, papa... Sois raisonnable.

– Je m'en fous de ta clinique ! Mais ça t'arrange peut-être que je disparaisse, c'est ça ?

– Papa, écoute-moi, tu es malade. Si nous avons parlé d'hôpital, c'est qu'il n'y a pas d'autre solution pour toi...

– Je ne suis pas fou ! Je souffre du neuro-sympathique !

Pauvre papa. Il délire. Il se gargarise de grands mots qu'il a extraits du jargon médical.

Il repousse violemment la table et ouvre l'immense porte-fenêtre qui donne sur le balcon. Le voilà perché sur la rambarde du huitième étage, avec la nuit autour de lui. Les lumières de la ville à l'ouest lui font une auréole inquiétante.

– Je peux sauter quand je veux ! C'est facile de disparaître, tu sais. Hop ! et je m'écrase en bas, plus rien, plus de Pierre... rien qu'un petit tas...

Il ne va pas le faire... Je n'y crois pas. Je ferme les yeux très fort et je croise les doigts dans mon dos, alors il ne sautera pas. Il va nous faire le même coup que la semaine dernière quand il s'est penché dans la cage de l'escalier... Grand-père dit que c'est un simulateur, mes oncles, que c'est un comédien... Il ne faut pas que j'ouvre les yeux. Si j'ouvre les yeux, il sautera. Pourquoi ce silence ? Est-ce qu'il a disparu ? Où est maman ?

– Maman !

Je suis condamné à regarder sa mort en face, si c'est ça qu'il veut. J'ai trop peur de ce silence.

– Maman !

J'ai beau appeler, personne ne répond. Elle a dû s'enfermer dans la chambre de François, pour qu'il n'ait pas peur. Mais moi ? Pourquoi me laisse-t-elle avec ce funambule de la mort ? J'ai ouvert les yeux pour éclairer ce silence atroce.

Il est toujours là, sur le balcon, il se balance, les mains accrochées à la rambarde, mais il a les pieds sur le sol de ciment. Je n'ose pas bouger.

Un voisin, sur l'autre balcon, a dû passer la tête

et demander ce qui se passait. Papa s'en prend à lui :
– Quoi ? Qu'est-ce que vous voulez ? Ça vous intéresse ? Occupez-vous de vos affaires ! Est-ce que je m'occupe des vôtres, moi ?
La crise est passée. Pour cette fois. Maman revient, un peu pâle, elle essuie ses lunettes. A-t-elle pleuré ?
– Si tu es calmé, nous pouvons peut-être dîner maintenant.
Béatrice, notre bonne grosse Béatrice qui faisait la soupe et les purées, n'est plus là. Elle a trouvé à se marier. Bien contente de quitter cette maison de fous. Maman doit tout faire en rentrant du bureau. Sur un signe d'elle, je mets la table. Nous passons et repassons devant papa avec les assiettes et les couverts, comme s'il n'était pas là.
– Jean, arrête les pommes de terre !
Je me brûle à la poignée de la casserole et la vapeur me pique les yeux.
Maman étale des tranches de jambon sur un plat. François vient s'asseoir en face de moi, les doigts peinturlurés d'encre.
– Va te laver les mains, François !
Voilà. Il faut se laver les mains, déplier sa serviette, poser le rond de bois avec son prénom gravé dans la corbeille, et manger.
La banalité reprend le dessus. Elle sert de cicatrice provisoire.

Le lendemain, conseil de famille. L'oncle Louis est venu s'occuper officiellement de « sa sœur et ses enfants en danger ». La tante Geneviève est venue « consoler la sœur aînée dont le sacrifice ne paraît pas payé de retour ». Son mari Gontran l'accompagne, il représente celui « qui a réussi dans les affaires ». Le président de ce conseil de famille extraordinaire est le grand-père Alexandre. En qualité de directeur d'école à la retraite, il s'est lui-même investi de l'autorité nécessaire. Le clan maternel s'est renoué, aux fins d'examiner à quel « jeu d'imbécile » joue cet énergumène de Pierre. L'ombre de Louise, morte de ses œuvres, plane sur la réunion.

On m'a envoyé chercher le Dr Renoir, et le pauvre homme est aux cent coups :

– Bien sûr, il vaudrait mieux l'hospitaliser, c'est évident... Je crains qu'il ne devienne dangereux pour lui-même et les enfants.

Parqué dans ma chambre avec François, qui ne cesse de me poser des questions, je voudrais bien savoir moi aussi « ce qu'il a, papa ».

– Qu'est-ce qu'il a, papa ?

– Il est malade.

– Où il a mal ?

– Je sais pas, François...

– Pourquoi tu sais pas ? Tu sais jamais rien, toi !

– Reste tranquille...

J'aime ce petit frère robuste, ce petit homme bien dans sa peau, exigeant, volontaire, qui semble avoir pris chez ma mère toute la force que je n'ai pas. Il a raison, je ne sais jamais rien. Je devine seulement. Je ramasse des bribes ici ou là, je ressens des choses, mais les adultes sont encore des inconnus pour moi.

Dans le salon, la décision est prise. Le Dr Renoir a établi un certificat médical. J'ignore ce que représente ce papier qui ressemble à une ordonnance comme les autres. Le soir, maman ne s'est pas occupée du dîner et nous voilà à nouveau parqués dans ma chambre. François, en petit philosophe, s'assoit par terre, arrache une feuille de mon cahier de dessin et déclare qu'il va me faire une maison.

Je guette. L'atmosphère est étrange. Maman a l'air trop neutre, elle regarde ailleurs, elle attend quelque chose.

De la fenêtre de son bureau où il se réfugie en cas de crise, papa vient de voir arriver ce quelque chose. C'est un car de police. Et il n'est pas fou au point de ne pas comprendre.

– Vous avez fait ça ! Vous êtes des ordures ! Tu m'entends, Juliette ? Des ordures !

Il traverse l'appartement en courant, passe devant moi sans me voir, et j'ai du mal à maintenir fermée la porte de la chambre pour que François ne voie pas.

Sur le palier, un brigadier de police, jeune et l'air bien ennuyé, s'adresse à ma mère :

– Où est-il ?

Je le connais, c'est un ancien élève de mon père. Une belle maladresse. L'orgueil de papa, sa souffrance intérieure, sa culpabilité permanente vont se trouver confrontés à ce képi, à qui jadis il collait volontiers cent lignes pour indiscipline...

Maman est forte. Sa décision prise, elle ne faiblit pas. Elle dénonce mon père, comme un vulgaire malfaiteur.

– Il s'est caché là-haut, dans le grenier de l'immeuble, juste au-dessus de nous.

Papa s'est réfugié dans le séchoir à linge. Il n'avait pas le temps de trouver mieux. Le brigadier et deux hommes montent à l'avant-dernier étage de l'immeuble. J'entends l'un d'eux dire assez fort : « Pourvu qu'il n'arrive pas jusqu'au toit, manquerait plus qu'il saute ! »

Des cris, des poursuites, une véritable chasse. J'ai vu un jour à la campagne des chiens poursuivre un matou. L'animal, hérissé, s'était réfugié sur le toit d'une grange et crachait de peur, à un mètre des gueules menaçantes. Grand-père les avait finalement chassés à coups de bâton.

Personne ne chassera les chiens qui cernent mon père. Sa fuite même l'accuse. L'oncle Louis dit :

– S'il lui restait un peu de lucidité, il comprendrait que nous faisons cela pour son bien.

Maman m'oblige à rentrer dans l'appartement et referme la porte. Je ne verrai pas les images, je n'entendrai que le son. Mon père est entraîné, il s'en va en gueulant, je ne comprends pas les mots. C'est fini. L'hôpital où on l'emmène porte un nom de roman : les Quatre-Mares. Et la maison redevient silencieuse. Béatrice est revenue ce soir. Maman n'a pas faim mais nous oblige à manger. J'éprouve une telle terreur, un tel sentiment de vide, que ma cuillère reste en suspens.

Cela s'appelle un « placement volontaire ». Béatrice me rassure :

– Tu sais, il pourra recevoir des visites. Et quand il sera guéri, il reviendra.

François veut toujours savoir « où il a mal, papa ».

– À la tête, mon chéri.

Maman est calme. Soulagée. Béatrice s'en va. L'oncle Louis aussi.

Alors, nous irons en visite. Dans un décor normand de brique rouge, à quelques kilomètres de Rouen, Quatre-Mares est l'hôpital psychiatrique du département. C'est immense, des toits de tuiles à l'infini, des pelouses à l'infini, des hauts murs, des grilles, et des bâtiments accrochés les uns aux autres, comme des bateaux fantômes sur l'océan de je ne sais quelle dérive...

Maman me tient par la main. Il faut remplir une fiche à l'entrée. Ensuite nous remontons une allée de marronniers, puis une autre, et encore une autre. Un grand pavillon, avec une véranda vitrée que l'on referme à clé derrière nous, c'est le lieu des visites. Il y a des familles assises, parlant à voix basse. Une jeune fille debout, devant un couple âgé, se tait. Elle a les pieds croisés et les genoux serrés, les mains derrière le dos, en prière cachée. Elle ne parle pas. Le couple la regarde, elle les regarde, une infirmière l'emmène. La visite n'a duré que quelques minutes de silence. Les autres parlent beaucoup, fort, sur tous les tons, une vraie cacophonie.

Mon père est là. Il tremble d'une drôle de façon, tout le corps agité. L'infirmière prévient maman :

– Cinq minutes seulement, madame, pour la première visite.

– C'était pas la peine de venir !

Il ne me voit pas. Seule ma mère l'intéresse. Reproches décousus, idées fixes, il s'agite trop et l'infirmière n'attend pas les cinq minutes. Il se laisse emmener. Ça fait mal. Mal. Cette silhouette vacillante, ce costume froissé, ces épaules voûtées. Maman a les larmes aux yeux en reprenant l'immense allée de marronniers :

– Jeudi prochain, tu viendras le voir seul, c'est mieux. Il a besoin d'affection, il faut continuer à lui rendre visite, qu'il ne se sente pas seul, tu comprends ?

– Et toi ?

– Ma présence ne le calme pas. Au contraire. Plus tard, je reviendrai.

Le jeudi suivant, je suis nanti d'une responsabilité écrasante. Pour faire le trajet, je dois prendre l'autobus 12, celui qui passe dans la rue de Marc. Il y a un arrêt à proximité de son immeuble et, chaque fois, je ne pourrai m'empêcher de revoir la scène de mon enfance, la porte fermée à clé, mes vêtements par terre... Je ne rencontre plus Marc depuis longtemps, je n'ai plus l'occasion de faire ce trajet. Il a fallu que l'on enferme mon père pour que je sois obligé de passer là, le jeudi ou le dimanche...

Parfois, j'ai le courage de regarder l'entrée de l'immeuble, comme un exorcisme. Mais ça ne marche pas. Puis j'arrive devant l'hôpital, je donne mon nom à l'entrée, on l'inscrit sur un registre, je traverse les pelouses, j'entends des cris, je croise des êtres bizarres. Certains qui marchent de côté comme des crabes égarés, d'autres qui parlent dans le désert, d'autres encore assis par terre, en une terrible immobilité. Il y a ceux qui sourient en avançant sur moi, je m'écarte et ils ricanent dans mon dos. Il y a des fantômes qui ne voient et n'entendent rien, automates refermés sur eux-mêmes. C'est un autre monde où vit mon père, un monde de morts-vivants, où l'on m'envoie lui dire que « tout va bien à la maison ».

Je n'aime pas la véranda bruyante. Je l'entraîne au-dehors, dans la cour ombragée, une sorte de petit jardin intérieur, où l'on a le droit d'amener les malades raisonnables. Mon père est devenu raisonnable, son œil fixe est raisonnable, il ne tremble plus. Il marche lentement vers le banc de bois à la peinture écaillée, je m'assois près de lui et je dis ce que je suis venu dire :

– Tout va bien à la maison. François a eu une bonne note en conduite et en calcul.

Lui raconte ce qui tourne encore dans sa tête :

– C'est la famille de ta mère qui m'a enfermé. Je suis un ancien combattant, faut pas qu'ils l'oublient, j'ai droit au respect. Et si la guerre est déclarée, je prendrai une feuille de route... C'est pas comme ton oncle Louis, ce planqué de clerc de notaire, lui, il trouve le moyen de rester dans son trou, comme les autres... Mais je me plaindrai à l'académie. Il faudra bien qu'ils me redonnent un poste. J'ai un métier, un vrai métier, et j'ai des relations aussi... de hautes relations médicales. Je m'en servirai quand je voudrai. Ici, tout le monde me connaît et on me fiche la paix, tu peux le croire, ils savent à qui ils ont affaire... Ça oui, ils savent...

J'ai envie de partir. J'attends le moment de me sauver, de courir dans l'allée de marronniers, de pleurer enfin, sans qu'il le voie. Je n'en peux plus.

Et les jeudis ou les dimanches se suivent. L'autobus numéro 12, la rue de Marc, l'entrée, le registre, le banc de bois écaillé... je n'ai plus de temps pour moi, ou si peu, pour me retrouver, m'habiller en fille, respirer en cachette, m'offrir quelques minutes de calme, de plénitude.

Je dois être ce garçon en veste et pantalon bleus, chaussures cirées, cheveux aplatis, qui vient voir son père malade et s'en retourne par le même chemin, alors que le printemps s'achève et que l'été n'apporte rien de nouveau. Parfois j'ai peur d'avoir les nerfs malades, comme lui.

Plus tard dans l'année, on le transfère dans une clinique près de Paris. Je ne suis plus seul. L'expédition, en train, est familiale : nous traversons Paris, et je me tords le cou pour apercevoir les Champs-Élysées et le bout de la tour Eiffel.

Dans cette nouvelle prison, mon père est plus à l'aise. Il le doit à son statut d'ancien instituteur. Il dit qu'il est dans un « milieu intellectuel ». Dans le parc, maman regarde les fleurs, François court dans les allées et je commence à espérer.

J'ai tort. Cette fois, je fais partie du conseil de famille.

L'oncle Louis, l'oncle Gontran, les tantes, ma mère se sont réunis en province, dans le fief normand maternel.

– Jean, tu as dix-sept ans passés, tu es un homme maintenant, il est de notre devoir de te faire prendre conscience de tes futures responsabilités. D'abord, tu dois être au courant de ce qui concerne ton père...

Qu'est-ce qu'ils me veulent ? Moi, un adulte ? un homme ? des responsabilités ?

– Tu es l'aîné des enfants de ta mère, et elle a besoin de s'appuyer sur toi... solidement.

Je ne suis rien, rien du tout, et surtout pas solide. Pourquoi moi ? Ce sont eux, les solides ! Ils ne vont pas en visite le dimanche à l'hôpital, eux. Ils discutent, ils tranchent, ils organisent. C'est à eux de prendre des responsabilités. Après Louise et sa mort, après le sacrifice de ma mère, c'est encore moi qu'il leur faut ?

– Ton frère Maurice doit revenir à la maison, François est trop jeune, nous comptons sur toi pour l'avenir de la famille. Ton père, nous le savons, sera malheureusement incapable de reprendre sa place. Le pronostic est pessimiste... En termes clairs, les médecins estiment qu'il s'agit d'un cas typique de psychose maniaque dépressive. Nous devons nous attendre à des cycles de dépression, de plus en plus rapprochés, avec des épisodes de violence... Les séjours en psychiatrie seront de plus en plus longs, voire permanents. Nous devons regarder la réalité en face. Chacun porte sa croix dans la vie.

Croix ? Où est la leur ? Et quelle est la mienne ?

– Ton premier devoir est de réussir au lycée, pour ta situation future. Ta mère nous dit que ton année n'a pas été très brillante... Tu nous déçois, Jean. En sixième, tu étais premier, tu as bien marché jusqu'au brevet. Une mention Assez bien, ce n'est pas si mal... Alors que s'est-il passé cette année ? Il faut te reprendre.

Je n'ai rien à leur répondre. Je me sens vide, je me fous du bac à venir, je me fous de ma situation future dans les affaires de mon oncle. Je me fous de son protectionnisme autoritaire et de ses leçons de morale. Je ne veux pas être un homme, moi !

– Tu as bien une idée sur ce que tu veux faire plus tard ?

– Oui. Je voudrais faire l'école du cinéma...

– C'est un enfantillage !

Ils veulent ma peau. Ils ont décidé d'ignorer absolument qui je suis, avec mon sexe de bébé, mes jambes de fille, mes seins qui ne demandent qu'à pousser, et tout ce que j'ai dans la tête. Je voudrais partir chevalier et me retrouver princesse à la cour de Russie, belle comme le diable. Il me faudrait une baguette magique à la place de ce sexe, dont je n'ai pas mesuré la taille depuis bien longtemps. S'il avait pu disparaître, ou tomber tout seul comme un fruit immature. Comme tombent les premières cerises de l'été, trop petites, comme flétrissent les premières pêches, sans chair, sur un rameau mort au printemps.

Des excuses ? Je m'en trouve à la pelle. J'en tiens le compte dans ma tête : les allées et venues du père, sortie de clinique, retour en clinique, dépression à épisodes, Maurice, mon demi-frère demi débile, devenu trop grand et dont plus une institution ne veut. Il a repris sa place à la maison et accapare l'amour et les soucis de ma mère, comme un animal trop souvent abandonné.

Ils nous renvoient, ma mère, Maurice, François et moi, dans notre appartement de Français moyens, dans notre cuisine en formica, nos meubles Manufrance et nos cosys-corners. Après nous avoir bien sermonnés. Je ne leur ressemble pas ? Je ne ressemble à personne ? Tant mieux. Un jour je leur échapperai. Je ne sais pas comment, mais je leur échapperai. Je ferai la musique qu'ils n'ont pas voulue, le cinéma qu'ils méprisent, je vivrai... Il faut que j'arrive à vivre vraiment, il faut que je sois quelqu'un... ou quelqu'une, moi.

– Juliette, tu reprendras bien une tasse de thé, avant de partir ? Et comment va la Banque de France ?

J'emmerde la Banque de France.

Je rentre avec François qui réclame sa tartine. Maman n'est pas là, il est trop tôt. Le silence est total. Personne dans la cuisine, personne dans la chambre. J'entrouvre la porte du salon et j'aperçois deux pieds. Il s'est affalé à plat ventre, comme en prière, devant le bureau de ma mère. Un bureau gothique, une splendeur unique à laquelle elle tient. Ce bureau, c'est un peu elle, alors il est venu tenter de mourir là. Il bave sur le tapis. Il me dégoûte et me fait peur, ce père qui n'en finit jamais de partir et de revenir.

– Jean, je vais mourir. Il faut me sauver, sauve-moi...

François commence à avoir l'habitude, à dix ans, qu'on l'enferme dans sa chambre pour lui éviter les horreurs familiales. Et me voilà sur le palier, contraint de demander de l'aide aux voisins. Ils ont le téléphone, ils appellent le Dr Renoir. Eux aussi ont l'habitude, tout le monde a l'habitude des morts factices de mon père.

– Ne t'inquiète pas. Il n'est pas dans le coma et les cachets qu'il a avalés ne le feront pas mourir. D'ailleurs il le sait bien. Il a beau en avoir gobé une montagne, ça ne l'emmènera pas au cimetière ! Ça ira, fiston ?

– Ça ira, docteur.

Je vais rappeler l'hôpital, il faut qu'ils le ramènent d'urgence en psychiatrie.

Exit à nouveau le maniaco-dépressif qui nous sert de modèle. À quand le prochain séjour en famille ?

J'aime la chambre de maman, surtout quand elle est vide de mon père. Ce soir j'ai choisi la robe verte et les chaussures blanches. Je m'habille en printemps puisque c'est l'hiver...

La grande armoire normande, sérieuse, large et placide m'offre comme toujours son double miroir biseauté. Je m'assieds au pied du lit, sans froisser la robe. Je croise les jambes... et je m'entretiens de l'avenir avec mon image. Elle se déforme, cette image, je ne vois pas d'avenir. Est-ce que je peux pleurer sur le lit de ma mère ? Bien sûr que oui, ça ne fait de peine à personne.

L'hiver est passé, le printemps revenu et papa aussi, bien avant les hirondelles. Je ne comprends rien à cette prison qui le libère régulièrement, pour le plaisir malsain de le renfermer ensuite.

Midi. Je rentre du lycée, la première insulte me parvient sur le palier. La voix de mon père est si aiguë, on dirait une femme en couches qui hurle à la délivrance. Il fait le tour du salon à grands pas, tapant sur la table, sur le bureau, bousculant les fauteuils. Maman est la mère cible de cette violence détournée. C'est elle qu'il insulte. Violence, toujours. Agressivité, fureur, ça ne finira donc jamais... L'étrange sentiment d'être le spectateur d'un cinéma permanent qui projette inlassablement le même film.

Je suis le fils de cet homme et de cette femme qui se déchirent. Je dois entendre les insultes, sans en comprendre le sens véritable. D'ailleurs il n'y a pas de sens. L'un reproche à l'autre de vouloir l'« enfermer à l'asile », et l'autre tente de lui expliquer qu'il n'y est pas enfermé puisqu'il en sort, et que ce n'est pas un asile mais un hôpital où on le soigne. Logique des deux côtés.

C'est dur d'avoir pitié de son père à dix-sept ans. Cette fois, malheureusement, je ne suis pas le seul spectateur, Maurice est là. Il est adulte en force, et enfant dans sa tête trop petite pour quatre-vingts kilos de muscles... Il réagit en animal apeuré. En petit qui défend sa mère. Il la croit menacée, alors qu'elle ne l'est pas vraiment. Jamais mon père ne lèverait la main sur elle, mais il écume de paroles mauvaises, et Maurice se met à tourner en rond et à s'agiter comme une bête fauve. Mon père sent la menace mais il est trop tard pour retourner au calme. Maurice est dans la cuisine, il attrape un couteau, se retourne vers le père, son père, et j'assiste impuissant à la bataille, la sanglante bataille. Tout se renverse, tout vole, tout casse, les meubles, les portes. La pièce est trop petite pour l'affrontement de ces deux corps puissants, privés de raison. Des bêtes. Des chiens acharnés à se mordre, à faire mal.

Maman essaie d'intervenir en hurlant, pour les calmer, et je tente maladroitement de les séparer, mais Maurice est bien plus fort que moi, et la rage a décuplé sa force. Papa saigne au cou, saigne au bras, le couteau l'a atteint au hasard et il a frappé en retour, au hasard, le visage déformé par la haine de son fils aîné.

Je cours au sixième étage, chez mon copain Michel, je sonne et tambourine à la porte, j'appelle à l'aide.

– Ils vont se tuer, ils se battent...

Je n'ai pas besoin de dire qui. Le père de Michel, un grand bonhomme pacifique, hésite sur le regard de sa femme, puis se décide à monter. Et tout se calme à la vue de l'étranger. Les insultes et les grognements s'espacent. Épuisés, les deux combattants commencent à lécher leurs plaies.

L'immeuble est en émoi, un voisin a prévenu Police secours. François pleure dans sa chambre, maman regarde le désastre les bras ballants, et j'écoute la peur disparaître en moi, comme une marée qui se retire, emportant son écume, espaçant ses vagues, laissant derrière elle une plage parsemée d'épaves sans nom.

Les autres appelleront ça un fait divers.

Ça fait mal. J'aimerais vivre ailleurs, autrement. Je voudrais que quelqu'un me parle, mette à plat ce cirque infernal où je me sens un équilibriste à la recherche de son fil. Il me faudrait un genre de dieu qui sait tout, qui m'explique pourquoi je dois survivre sans comprendre. Pourquoi je pleure des larmes de fille dans un drame de garçon.

François, petit frère, tu n'as pas de chance non plus, au milieu de cette tribu. Je te berce contre moi, je t'emmène en te racontant des histoires pour que tu ne voies pas les uniformes, les képis, la police qui emmène ton père au dépôt, comme un vulgaire marin ivre.

J'ai lu dans un livre qu'il existe en Afrique des sociétés où les enfants sont éloignés de leurs parents dès qu'ils ont l'âge d'apprendre. Ils vivent dans une grande case au soleil, entre eux, et un maître vient faire leur éducation. Ils sont libres des peines, des amours et des désespoirs des autres. Ils sont libres de grandir et de pousser au naturel. Nul ne leur impose de résoudre des problèmes trop grands pour eux.

L'Algérie ensanglantée devient indépendante, les gens de l'O.A.S. s'en vont en prison par cars entiers. Juste derrière chez nous. Salan, Jouhaud, les bombes, le plastic, mon père qui rabâche à l'hôpital : « Je l'avais bien dit que c'était la guerre... »

Coccinelle se marie. Coccinelle a changé de sexe. La star ambiguë fait la une des journaux de concierges, comme dirait mon père. Je fouille les images accrochées aux kiosques des journaux, parfum de scandale.

Changer de sexe, cela veut dire que l'on peut croire au miracle. Pauvre idiot en pantalon, je vois la chose comme un conte de fées. J'ignore les détails. Je lis : *Une opération audacieuse a transformé sa vie.* Baguette magique à laquelle je crois comme un gosse. Fasciné par ce corps à peine vêtu de strip-teaseuse à la mode, je me tords le cou pour lire les sous-titres. Je n'ose pas acheter le magazine, j'ai peur du regard amusé du marchand de journaux. Peur qu'il ne devine.

Cette nuit, je rêve que je m'envole. Je plane au-dessus du port, je rase les cheminées des bateaux, vire au-dessus de la cathédrale, je vole dans le soleil, je traverse des nuages de paillettes, et la foule applaudit. Je ne sais pas où j'atterris, mon rêve s'arrête en l'air. Une sensation de vide, est-ce que je tombe ?

Il y a de la lumière dans la chambre de maman. Une lampe de chevet renversée, un corps au pied du lit, elle est en sang, les yeux grands ouverts...

Maman... Maman, je te crois morte, je te crois noyée dans le sang de ces règles dont tu ne parles pas... Pourquoi ce visage figé, paralysé ? Pourquoi cette voix sans force, qui me retient à tout petits mots à peine soufflés ?

– Reste... aide-moi... sur le lit. Non, pas les voisins... reste... Non, pas le docteur... reste... Rien, ce n'est rien, ça va passer... passer...

Je la crois. Je veux la croire. Je la prends à bras-le-corps, je la traîne, la redresse sur les oreillers. J'éponge le sang, je fais les gestes qu'elle m'indique de faire, pour abolir ce désordre soudain. De l'aide, il me faut de l'aide. J'ai trop peur, maman, je ne comprends pas... « Reste... reste là. »

J'attends l'aube, allongé près d'elle. Je la regarde dormir un peu, en surveillant son souffle, ses paupières bleuies, ses joues sans couleur. Je meurs cent fois, mille fois, avant de décider, à la lumière du jour et malgré elle, d'appeler à l'aide.

Elle ne voulait pas flancher. Seul pilier de cette famille déjà disloquée, elle espérait se redresser pour affronter comme d'habitude la Banque de France, le petit frère et le père égaré. Mais le verdict est sévère : hémiplégie, hôpital, complications, opération. J'entends défiler les diagnostics et les résultats. Ablation partielle des surrénales, paralysie du côté gauche, ouverture du rein droit, puis du gauche…

Ma vie éclate, un peu plus encore. François est envoyé en pension chez Béatrice, qui l'a vu naître et le chouchoute avec délices. Je reste seul à Rouen, dans la chambre vide, la cuisine vide, le salon vide. La tête vide.

La liberté, c'est pour plus tard.

4

Que personne ne me demande ce qu'il m'arrive ou comment je vais. Je n'en sais rien. J'ai fait tout ce qu'ils ont dit, acquiescé à toutes leurs volontés, l'obéissance fait partie de ma nature. L'indifférence aussi peut-être. Passe ton bac, fais ton droit, va voir ton père, embrasse ta mère et tais-toi. Bon anniversaire, Jean Pascal Henri ! Tu as dix-neuf ans, te voilà à Paris, étudiant parmi d'autres, noyé dans l'anonymat d'une chambre de bonne, en petit costume gris et cravate à pois. Adieu l'enfance.

– Bonjour, monsieur Jean !

C'est Mme Bedu, quatre-vingts ans; elle loue la chambre où je végète entre des piles de bouquins et une précieuse valise. La valise du démon : une vieille robe de maman, un slip en dentelles, une chemise de nuit. Mme Bedu, c'est Pauline Carton en concierge distinguée, veuve d'un époux qui lui apportait jadis le confort et une bonne retraite.

Elle adore m'entraîner chez elle, au milieu des bibelots, des napperons et des guéridons fragiles façon Louis XV.

– Vous comprenez, je n'ai pas eu d'enfants. Un grand fils comme vous, si bien élevé… Et comment va Madame votre mère ?

Elle sait tout, devine tout, et brode sur le reste avec un rare talent. Le faubourg Poissonnière est son fief, son royaume, son histoire personnelle. Elle me parle parce qu'elle est seule et croit que je le suis aussi.

– Vos parents doivent vous manquer, tout de même… Et cette faculté, ça va ?

Filles émancipées, garçons chevelus, et moi au milieu. On y parle politique, sexe et unités de valeur. À propos de la politique, j'ai adopté une attitude de politesse et de respect des opinions de chacun. Sur le sexe, je ne suis qu'un observateur précautionneux. Quant aux examens, je les passe. L'écrit me convient, l'oral me prend de panique. Parler, répondre à des questions, étaler mon savoir, impossible. Il faut toute l'indulgence des examinateurs pour comprendre ce mal-là : gorge sèche, thyroïde en boule, mains moites, au bord de l'évanouissement, j'entends la question, je formule la réponse dans ma tête, je la sais, je pourrais la dire… et je ne la dis pas. Un mot… et le silence. Terrifiant.

– Vous devriez prendre des anxiolytiques, mon vieux. Ça se soigne.

Le dernier examinateur qui m'a suggéré cette ordonnance est un barbu compréhensif, ils ne le sont pas tous.

Ce silence qui m'habite est une seconde nature. Celle qui doit encore se taire. Parce qu'elle n'a trouvé personne à qui parler le même langage.

– Tu passes chez moi ? On prendra un verre…

Les filles. Une fille parmi d'autres, Anne, brillante, poitrine tendue, cheveux noirs en cascade. Elle trouve que je ressemble à Gérard Philipe au temps du *Diable au corps*.

– Alors, tu rêves ? Pose tes bouquins.

Je n'avais pas compris. Parce que je ne suis pas de ceux qui font des auréoles dans leurs draps. Parce que je n'ai pas joué, étant petit, à rejoindre les gamins dans les chiottes. Parce que je ne laisse pas traîner ma main sur les cuisses des filles au cinéma et que je n'ai encore déculotté personne. Alors je n'ai pas compris. Il fallait bien que ça m'arrive en toute logique. Anne disait trop souvent :

« Avec toi, au moins, on peut sortir tranquille. »

La formule lui plaisait et me faisait sourire. Je ne savais pas encore que les filles qu'on laisse tranquilles sont inévitablement démangées un jour par la curiosité.

– Je ne te plais pas ?

À vrai dire, elle m'est indifférente. Et tout ce que je souhaiterais d'elle, je ne peux pas le lui demander. On ne demande pas à une fille de vingt ans : « S'il te plaît, allonge-toi, montre-moi ton sexe, je voudrais voir. Seulement voir. »

Le sexe des filles me fascine. Je n'en ai jamais vu de près. J'aurais pu aller voir une prostituée. Montmartre n'en manque pas et j'en croise tous les jours sur les boulevards. Je les envie et elles m'impressionnent. Il faut être un homme pour aborder une putain et la payer pour faire l'amour. Elles sont encore plus femmes que les femmes pour moi. Et je ne peux pas envisager l'affrontement. C'est au-dessus de mes forces.

Anne n'est pas une putain, c'est une fille libre de vingt ans qui fait l'amour quand ça lui chante. Et aujourd'hui ça lui chante.

– Qu'est-ce qu'il y a ? T'as pas envie ?

Elle l'a fait. Elle a mis sa main là où il n'y a rien. Et j'ai reculé de gêne. Je sais flirter. Je sais embrasser quand il faut, pour faire comme tout le monde dans les surprises-parties, mais je ne m'aventure jamais sur des tigresses de ce genre. Donc, elles n'ont jamais posé leurs pattes griffues sur moi. À l'endroit de moi qui n'existe pas. Il faut que je m'en sorte :

– Je vais t'expliquer quelque chose...

Elle fait exprès de s'asseoir par terre, jambes relevées, impudique au milieu du salon, la tête appuyée sur le fauteuil de son père. Chez elle dans cette maison, et dans sa peau. Elle attend. Ça ne vient pas. Je cherche une échappatoire misérable. Préférable à mon sens. Et libératoire. Par moments, j'étouffe de ne pas en parler.

– Voilà... il m'arrive de... enfin, tu comprends, j'ai... Voilà, ça m'arrive de m'habiller en fille...

– Ah ! Alors, t'es homosexuel ?

– Non !

J'ai dit non trop fort. Je voulais le laisser croire et je ne voulais pas qu'on l'exprime. Non. Je ne suis pas homo, ni pédé.

– Ben, t'es quoi alors ?

– Des fois, je m'habille en fille, c'est tout.

Comprenne qui pourra. C'est déjà beaucoup, ce que je viens d'avouer. Énorme. Je m'en vais.

– Ben, te sauve pas... Je m'en doutais un peu, tu sais. D'ailleurs ma mère me l'a dit. Elle m'a même interdit de te fréquenter, alors tu vois...

Je vois. Ça ne l'a pas empêchée de se diriger droit sur ma braguette. Pour voir, pour vérifier sans doute. Pour pouvoir dire aux copines : « Tu sais, Marin, il est pas homo du tout... » ou alors : « T'es pas au courant ? Marin, il est complètement pédé... »

Elle ne se doute pas qu'elle me fait du mal, cette petite conne. Elle ne connaît que sa certitude d'être une fille. Sa facilité à ouvrir les jambes, sa désinvolture à coller son corps contre celui d'un garçon. Elle a l'architecture qu'il faut, le creux qu'il faut, et l'envie qui va avec. Je m'en veux d'être aussi lâche, de ne pas savoir me défendre ou m'accuser, mais de dire la vérité. La vérité. Ni homme, ni femme, ni homosexuel, je suis neutre. Neutre... Est-ce que quelqu'un pourrait comprendre ?

Au fond, peu importe ma lâcheté, personne ne sait ce que neutralité veut dire. Je vis en canard neutre au milieu de perroquets bariolés. Et je n'arrive même pas à l'expliquer aux autres. Sans couleurs et sans paroles pour présenter mon cas aux vivants qui m'entourent. Combat perdu d'avance. Je m'en vais. « Garde ton sexe en couleurs, Anne. Ce soir encore, j'envelopperai ma neutralité dans une chemise de nuit. C'est ma seule ressource. »

La vieille Mme Bedu lisse son tablier à fleurs. Concierge par nécessité de veuvage, d'accord, mais coquette... Elle tousse.

– Encore cette maudite bronchite ! Alors, votre réveillon ?

– J'irai chez des amis.

Question banale, qui suscite une réponse banale :

– C'est bien ça. Il faut avoir des amis à votre âge.

Dans ma chambre, je me fais une beauté ordinaire. Le pull-over à col roulé qui donne de l'élégance au cou, c'est la seule fantaisie permise. Mais j'ai des amis, c'est vrai. De nouveaux amis.

Sarah... Sarah, juive née d'un père hongrois exilé et d'une mère roumaine, belle comme un Renoir.

Sarah la rousse, Sarah aux prunelles bleues, Sarah myope et douce derrière des lunettes trop grandes pour son nez. Sarah à la peau tendre...

Qu'est-ce qui te prend, Jean Pascal Henri ? Elle t'a parlé, elle t'a touché, elle a souri, et elle est partie. Ce n'est pas la première fille qui s'approche de toi. Alors pourquoi celle-là ? Elle est à peine jolie. Elle était assise sur un coin de canapé, dans cet immense appartement où une fille fêtait son anniversaire. Une de ces filles, tu sais, qui font toujours plus de bruit que les autres et offrent avec naturel le champagne et les petits fours. C'est elle la reine des fêtes, elle chez qui tout le monde se retrouve, le pilier des rendez-vous, la cathédrale de cette petite communauté d'étudiants fauchés ou non. Quand Dominique fait une soirée, il est bon d'y être, comme à la messe. J'y étais.

Et Sarah était là, ses genoux ronds bien rangés au bord du canapé, avec un charme presque déplacé. Un charme de pauvre.

– Vous êtes en deuxième année ? Ah... moi, en troisième.

Vingt ans... et le poids du monde sur les épaules. Grand-père, grand-mère disparus à Auschwitz, papa boutiquier dans le quartier Saint-Paul. Et Sarah, petite merveille issue de ce désordre, élève brillante, enfant touchante, qui se raconte pendant que les autres flirtent, boivent, dansent et s'exhibent un peu trop...

– Vous habitez le Faubourg ? On n'est pas loin, j'habite le long du jardin du Sacré-Cœur...

Je regarde ses mains, posées sur la jupe de taffetas écossais, les ballerines vernies. Je remarque un petit pli sur le bas et je pense : « Elle a enfilé son collant de travers. » Mais de quoi je me mêle, Jean Pascal Henri ?

Je me mêle d'amour.

Seulement voilà. Il n'est pas prévu que Jean Pascal Henri Marin tombe amoureux d'une fille, puisqu'il est une fille.

Sarah a des dents blanches et pointues de petite souris. Lorsqu'elle rit, elle dévoile un collier de nacre sur des gencives roses.

– Vous avez une drôle de manière de vous asseoir. On dirait que vous êtes toujours trop grand pour les chaises. Moi je suis petite. Vous me trouvez petite ? Et si on dansait ?

Nous dansons. Moi soldat de bois, elle poupée de son. Ses cheveux roux à hauteur de poitrine.

Dominique, prêtresse diabolique de ces fêtes, qui devine tout et voit tout, passe au large dans une robe de Dior, caravelle ivre :

– Alors les amoureux ?

Sarah montre ses dents, sourire poli, et ma main tremble sur sa hanche. Je joue à « si j'étais », comme du temps où j'étais petit. Si j'étais un homme, ma main ferait le tour de cette taille, glisserait sur le petit ventre plat et remonterait doucement jusqu'à la poitrine. Et puis... je ferais comme ce type-là, rivé à sa danseuse. Il la serre si fort qu'elle disparaît, cambrée, on ne voit plus qu'un être bercé par la musique, lente, grave... Ce truc que l'on entend partout, en allemand : *Sag warum*.

Warum, pourquoi... Je fais du mauvais roman, moi aussi.

– On ne danse plus ?

J'ai laissé Sarah. Je suis lâche. Elle attendait autre chose, que je l'embrasse, sûrement. Elle lève vers moi un visage interrogateur, et quelque chose dans cette interrogation me terrorise brutalement. Je lui plais. C'est mon corps d'homme qui lui plaît, et moi aussi j'ai envie d'elle. J'ai envie d'elle dans ma tête. Dans ma tête seulement, pas dans mon ventre. Il ne peut rien se passer dans mon ventre. Je sais tout parfaitement, en ce qui concerne mon cas. J'ai lu des revues sur les travestis, les homosexuels, les invertis, les androgynes et les sans-rien. J'ai lu et relu la description des sensations charnelles, j'ai compris le mécanisme de l'érection, la courbe du désir chez la femme selon Masters et Johnson. Je n'ai plus aucune illusion sur mon avenir.

Une phrase s'est imprimée dans mon crâne, comme les formules scolaires à ne pas oublier, du genre « celui qui veut peut ». Cette phrase-là est cruellement simple : *Les êtres dépourvus d'appareil génital fonctionnel ne présentent aucun symptôme de sexualité. Et lorsque celle-ci apparaît, tardivement, elle n'est que le résultat factice d'un désir psychologique de se conformer à un genre défini conventionnellement.*

Répète ça dix fois, cent fois, Jean Pascal Henri Marin. Tu ne ressens rien pour ce corps de fille. Rien d'autre qu'un désir psychologique de te conformer à un genre conventionnel, pauvre con !

J'ai pourtant une petite voix dans la tête, obstinée, passionnée, qui raconte autre chose, qui m'empêche de lâcher la main de Sarah, qui l'attire à nouveau contre moi. Elle me rend heureux. J'ai le droit d'être heureux, même si ça n'est que dans ma tête, non ? J'ai le droit de profiter du moment qui passe. Je vais boire pour fêter ça. Boire pour fêter mon coup de foudre. On ne m'ôtera pas Sarah de la tête. J'ai déjà fait l'amour avec elle sans qu'elle le devine, à ma manière. Elle m'appartient et ne le sait pas...

– Tu es complètement saoul, mon pauvre Jean...

Dominique, maîtresse de maison active, remplit mon verre d'une sangria faite avec un Gevrey-Chambertin de la cave de son père. Je bois, je suis anesthésié d'un bonheur dangereux, et pourtant je vis. Je sais bien que je vis pour la première fois, que je nais dans les yeux de cette jeune fille. Enfin.

Je raccompagne mon trophée, je l'embrasse sur la joue, comme une enfant sage qui rentre chez papa-maman.

– À demain, alors ?

– À demain.

Nous irons au cinéma, nous irons dévorer des sandwiches devant la fontaine Saint-Michel, j'ai rendez-vous avec toi, Sarah, avec la première émotion de ma saleté de vie. À demain, Sarah. Je vais inventer, imaginer ce qu'il faut pour être le plus longtemps possible un amoureux de bois, une image de roman-photo. Je n'abandonnerai pas. Il faudrait qu'on t'arrache de ma tête pour ça.

Mme Bedu n'a pas réveillonné. Elle a regardé la télévision, et c'est moi qu'elle regarde ce matin du 1er janvier 1968.

– Vous avez l'air tout chose. La gueule de bois ? Qu'est-ce que vous avez bu ? Encore des mélanges... Les jeunes ne savent pas boire. Du temps de mon défunt mari...

Je ne l'écoute pas. J'ai bu Sarah. Un mélange de femme et de moi, et j'ai la gueule de nous.

La pluie fait des perles au long des vitrines, pleure sur les trottoirs, s'étale en flaques sournoises dans le creux des caniveaux et je marche les mains dans les poches, la tête nue, à la recherche d'une idée qui me fuit. J'ai le crâne comme une gouttière percée. L'autobus que je viens de rater a éclaboussé en passant, d'une boue noirâtre, mon pantalon déjà fripé par l'hiver. Je croise une fille furieuse. D'un mouchoir délicat elle tente de nettoyer ses bas, en crachant dessus. Confusion mentale. Voilà ce qui m'arrive, je fais de la confusion mentale.

Sarah m'attend au coin de la rue d'Assas, ses lunettes embuées lui donnent l'air d'une petite chouette rousse et aveugle. Elle m'aime, voilà ma terreur. Elle me l'a dit, voilà ma panique. Et elle me le répète depuis des semaines. Dans mes bras, au cinéma, la tête sur mon épaule, elle étale sa confiance. Elle me raconte des pudeurs démodées : « Une jeune fille juive ne peut pas faire l'amour avant de se marier. Promets-moi. »

J'ai promis avec un goût de cendre dans la gorge. J'aurais pu dire la vérité tout de suite, d'un coup, le jour où elle m'a présenté aux parents, le jour où l'on m'a fait asseoir sur le canapé à fleurs, en m'offrant une tasse de thé d'un air complice. J'aurais pu, parce que la mère m'y invitait presque. Les mères devinent tant de choses.

– Vous ne ressemblez pas aux camarades de Sarah…

Un échange de regards et je décroise les jambes. Cette manie que j'ai depuis quelque temps de m'asseoir de biais, un genou sur l'autre, va me trahir.

– Elle ne ressemble pas non plus à mes camarades…

Hypocrite. Lâche. Menteur. Je ne veux pas la perdre, je refuse de me priver d'elle. Si c'est ça l'amour, je ne l'ai jamais connu, personne ne m'en a donné. Ceux qui disaient m'aimer, pendant mon enfance, ne m'ont aimé que selon leurs coutumes, avec l'affreuse connaissance qu'ils avaient de moi. Elle ne sait rien. Elle me croit respectueux, d'une virginité quasi religieuse, portée comme un flambeau. Elle se dit qu'un jour, lorsque nous aurons fini nos études, je viendrai dire à ses parents : « Je l'emmène, je l'épouse, nous allons faire des enfants et vous viendrez nous voir le dimanche. »

J'ai le temps de leur mentir par omission, le temps de jouer une partie dont je connais seul le valet de pique. Au milieu d'une génération qui valse avec la pilule, l'avortement et la liberté d'opinion dans les facultés, je suis tombé sur l'exception : « Tu sais, j'ai toujours eu peur des garçons. On m'a élevée comme ça. »

Jean Pascal Henri, tu n'es qu'un salaud. En fait, ce n'est pas par hasard que tu es amoureux d'elle. Jamais tu ne te serais risqué à faire du charme aux autres, celles qui enjambent les motos comme des pur-sang et font l'amour joyeusement. Sans complexes, sans peur, sans reproche. Tu as choisi Sarah, sa timidité, son charme d'un autre temps, son regard de myope, parce que c'était une proie facile.

Tant pis pour toi si tu le vis mal, le soir devant ta glace. Tu recules l'échéance, le jour où il faudra te mettre à poil. Nu, avec ton impuissance. Tu veux échapper au combat, échapper à la réalité.

Sarah me tire l'oreille.

– J'aime tes oreilles, elles sont fines, bien attachées. Regarde les miennes...

Elle soulève ses cheveux d'un air contrit.

– Tu vois ? Quand les nazis faisaient leur laïus sur le physique des juifs... ils insistaient sur le nez et les oreilles.

– Ton nez est parfait. Il a du caractère...

Elle rit et m'embrasse le menton.

– C'est agréable, tu ne piques pas. Je n'aime pas les hommes velus. Moi je suis velue, regarde...

Vierge sage et provocatrice, elle a soulevé un coin du pull-over pour me montrer un sein.

– Regarde, il y a deux poils, là... juste au bout. Maman ne veut pas que je les enlève, elle dit qu'il en repousserait dix pour un d'arraché !

Qui suis-je pour caresser cette poitrine que j'envie ? Mais qui suis-je ?

Sarah a des seins d'Orientale, évasés, en poire, fermes au toucher. Ils me donnent envie de leur faire mal.

– Arrête ! tu fais mal.

Oui, je fais mal. J'agis mal. Tu ne sais pas, Sarah, que la nuit, c'est ma propre poitrine que je caresse. Plaisir solitaire, soulagement. Je connais bien mon corps à présent. J'ai deux seins, moi aussi. Minuscules, mais eux seuls sont capables de parler, d'exprimer un désir.

– Sarah ?...

Je me lance.

– Je crois que j'ai des problèmes...

– Quels problèmes ?

Le regard myosotis derrière les verres épais exprime une tendresse rassurante qui m'énerve parfois.

– J'ai peur d'être comme mon père... Il est enfermé à vie... fou... Est-ce que tu imagines ?

– La folie n'est pas contagieuse. Et elle n'est pas héréditaire.

– Oui, mais...

– Il n'y a pas de mais. Tu penses trop, c'est tout.

– Et si j'avais des problèmes, Sarah ?

– Tout le monde en a plus ou moins. Ça se soigne...

– Tu ne comprends pas.

– Mais si, je comprends ! Je comprends qu'il n'y a rien à comprendre ! Tu te fais des idées parce que tu n'es pas comme les autres types ! La drague ! Toujours la drague, ils ne connaissent que ça !...

J'ai l'impression qu'elle ne veut pas savoir. Qu'elle refuse. Elle refuse même de m'aider à en parler... C'est ça, l'idée précise qui m'échappe en permanence. Pourquoi cette complicité larvée ? Elle a vingt ans, elle ne peut pas ignorer totalement ce qu'impliquent des relations comme les nôtres. Elle pousse le flirt à l'extrême et ne s'étonne pas de l'évidente neutralité qui m'habite au-dessous de la ceinture.

– Sarah, on ne t'a rien dit sur moi ?

– Qui ça ?

Je pense aux amies, à cette fille surtout qui, devant l'échec de sa tentative, a dû répandre le bruit que j'étais homosexuel.

Les filles racontent n'importe quoi. On aurait pu te dire...

– Justement, c'est n'importe quoi. Elles sont

jalouses parce que tu m'aimes. Dans ces cas-là, la dernière des garces est capable de te traiter de pédé.

– On te l'a dit ? On a dit ça de moi ?

– Ça n'a aucune importance, je te connais. Je sais qui tu es réellement !

Et si tu me voyais, Sarah, ce soir, comme je suis réellement ? J'ai piétiné mon pantalon, je l'ai laissé traîner par terre, froissé, en petit tas immonde, mêlé de chaussettes et de slip. Je m'allonge sur le lit, en combinaison, je ferme les yeux, je suis femme pour la nuit. Si tu me voyais, Sarah ?

Tu me quitterais peut-être. Sûrement. Et je n'aurais plus ce délice de retrouver chaque jour un visage qui m'aime. Tu es un poison, Sarah, une drogue pour l'affamé que je suis, toujours en manque. J'ai peur de vivre en ce moment la seule histoire d'amour de ma saloperie d'existence. La seule possible. La détruire est au-dessus de mes forces. Je ne pourrais pas. Pourvu qu'il arrive quelque chose ou quelqu'un, pourvu que la vérité vienne en dehors de moi, d'ailleurs, qu'elle tombe de je ne sais où.

Si je mourais ? Tout serait propre. Un accident, un malheur bienvenu, dont je ne sois pas responsable. Surtout pas responsable. Je me méprise de ça aussi. La peur des responsabilités. Je ne me suiciderai pas. J'aime trop mon corps, même incomplet. J'ai trop l'espoir du miracle. Alors je voudrais que quelque chose explose, sans savoir quoi. Et c'est le printemps qui explose, en pavés marqués 68, en orage de barricades, en vagues de chaleur libertaires. En boulons, manches de pioche, slogans et cars de flics.

Voilà que moi, le trouillard, le mec inachevé, l'étudiant sans conviction et l'amoureux sans arme, j'applaudis les stars de la révolution, les fanatiques du drapeau rouge et noir. La chienlit, c'est moi. Je vis de la violence et de la liberté des autres.

Les rues sont déshabillées de leurs pavés, comme des filles de joie. Les autobus montrent leur dessous, la nuit m'avale, je marche, j'entre dans un bar de

Montmartre, je raconte le Quartier latin, sa fureur, aux prostituées ébahies. Je suis un correspondant de guerre pour elles... Montmartre, un village isolé. Plus de flics, plus de clients, grève de tout et même de sexe.

C'est là, dans ce bar-conciliabules peuplé de putains désœuvrées et de travestis au chômage, c'est là, à l'enseigne du *Pavé,* joli nom pour ce printemps-là, que se prépare mon saut de l'ange.

Je n'ai aucune aptitude au combat. Ma fac de droit occupée par des enfants de bourgeois, des copains en prison, d'autres refaisant le monde en une seule assemblée générale, je ne sais pas si je m'y suis intéressé vraiment. J'ai regardé. On votait à main levée pour un oui ou pour un non, tout le monde s'appelait camarade, et j'ai fait la grande manif du 13 mai avec Sarah. Sagement, de loin, presque en touristes.

Puis, celles des 24 et 25 mai. Seul cette fois. Et de plus loin encore. Violence. Seule la violence humaine est gratuite, disait près de moi un vieux monsieur. Les yeux pleins de larmes, il regardait les arbres coupés du boulevard Saint-Germain, géants tombés au premier rang, soldats morts sans médailles.

Ce soir du 25 mai, j'ai eu peur de la foule. Réfugié dans un local d'Assas au milieu des blessés, j'ai attendu que la tempête se calme, que le vent des bombes lacrymogènes tombe. Un transistor braillait les nouvelles. À trois heures du matin, j'ai pris à pied le chemin de Montmartre, mon chemin. Chaud, soif : rue des Trois-Frères, le bar est encore ouvert. *Le Pavé* est une escale sur ma route. Le patron s'appelle Martial et porte mal son nom. La quarantaine ronde, chaleureuse, la voix un peu folle, il règne sur une dizaine de tables qui servent de cantine aux prostituées de la rue des Abbesses et aux travestis de la Butte.

Martial en barman, cheveux courts, chemisette,

pantalon et sandales, n'a rien de remarquable. Martial en robe-chemisier, perruque et petits talons, c'est autre chose. Homme ou femme, selon les heures, selon qu'il est patron du bar ou professionnelle, il reste discret.

Cette nuit de mai, il est en femme. Robe bleu marine, chaussures plates, cheveux sages.

Ce que je fais là ? Je vis ma liberté nouvelle. Mon Mai 68 à moi, c'est ce bar de travestis. J'avais été attiré plusieurs fois déjà, la nuit, comme un papillon nocturne fonce sur une lumière. La folie des autres m'a donné le courage d'aller voir de près, de plus en plus près, à quoi ressemble ce monde du trottoir. Martial s'est pris de sympathie pour moi :

– Alors l'étudiant ? Fini de gueuler ? La gorge sèche ? Tu bois quelque chose ?

Il a l'air d'une bonne grosse, ou d'un bon gros. Il joue les folles de temps en temps, pour la cantonade, ou pour attirer le client. Et je ne ressens aucune gêne. C'est un homme équilibré, il parle de son « travail » comme d'un travail normal.

– Je bosse dans le quartier depuis des années, petit, un de ces quatre je prendrai ma retraite comme tout le monde, surtout si la clientèle continue. On tombe sur n'importe qui en ce moment, les types me paient avec des chèques, les banques sont fermées et tu peux toujours espérer que leur compte n'est pas à zéro.

Il s'est assis près de moi, au bar. Il a envie de parler.

– C'est bien, le droit, tu peux faire un tas de boulots avec ça...

– Je travaille déjà, j'ai passé le concours d'administration des Postes.

– Tu te vois facteur ?

– Non, dans la grande administration. Pour l'instant, on me donne un salaire, pour continuer mes études, et ensuite je devrai travailler pour eux pendant huit ans. En remboursement... C'est des proxénètes de l'administration !

Il rit. Dents saines, poitrine large. C'est un homme. Un drôle.

– Moi, j'étais coiffeur, petit. Un jour j'en ai eu marre de friser les bonnes femmes. Mais je m'y connais. Tiens, par exemple, toi... t'as le cheveu trop fin pour les porter si courts. Un peu plus longs... comme ça...

Il dessine une coiffure invisible autour de ma tête.

– ... et t'aurais une gueule à la Greta Garbo. Avec ces yeux-là...

Il ne me fait pas peur. Il ne me choque pas. Maman, si tu voyais ton fils, imaginant dans la glace d'un bar mal famé de Montmartre la tête qu'il aurait en Greta Garbo !

– T'as quel âge, petit ?

– Vingt-trois ans... dans quelques jours.

– Ça s'arrose.

Non, je ne suis pas ivre. Non, il ne m'a pas fait boire pour m'entraîner dans le vice, maman. Je suis là parce que je suis bien là. Parce que ce brave type me parle de sa vie avec simplicité, parce qu'il a reconnu en moi une sorte de frère, de cousin, en tout cas un individu appartenant à la même ethnie, peu ou prou. Il n'a rien de vulgaire, il n'est pas barbouillé de maquillage, comme cette fille dans mon dos, qui raconte avec une voix d'homme, grave et belle, comment on lui a refait le nez. Celle-là, ou celui-là, peu importe, est un clown triste, peint en noir et rouge, et sa perruque blondasse a du mal à tenir dans la chaleur de la nuit. Une autre là-bas parle de ses seins et des dangers de la silicone.

Je suis en enfer ? Si c'est ça l'enfer, les démons n'ont rien d'effrayant. Une prostituée parle de son caniche avec autant de tendresse que la plupart des concierges. Elle l'a fait tondre, il faisait trop chaud, et le chômage forcé la rassure :

– Tu comprends, chaque fois qu'on m'emballe, Arthur est un problème. La dernière fois, j'ai dû supplier un flic de me laisser téléphoner à une copine pour qu'elle aille le faire pisser et lui filer sa pâtée

Mais je regrette pas. Un chien c'est plus fidèle qu'un homme...

Une concierge, une marchande de beurre ou une dactylo dirait-elle autre chose ?

Je sais que cette nuit sera une révolution personnelle, j'ai besoin de savoir. J'ai oublié Sarah, mon étiquette d'amoureux transi, de jeune homme bien élevé, d'étudiant besogneux. Je vais poser mon bagage, voyageur fatigué, je vais me reposer à l'étape.

Nous marchons côte à côte, dans la nuit qui n'en finit pas d'être tiède. Martial a dit classiquement : « On va finir la nuit chez moi ? » Je tremble un peu. Mais je marche. J'avance vers une révélation. Il faut qu'il y ait une révélation. J'y ai droit. Et j'ai confiance.

À douze ans, pour mon unique expérience involontaire, j'étais dominé, effrayé, dégoûté, forcé par une petite brute que tout mon être refusait. Aujourd'hui, il s'agit de complicité et d'initiation. Ce corps bien en chair, rond, adulte, équilibré, expérimenté est le tremplin qu'il me faut, pour savoir.

Tout est bleu marine, net, ordonné. Un appartement d'homme soigneux, amoureux du confort et de la simplicité. Une fois la porte refermée, je reste planté là, ne sachant que faire.

– Va prendre une douche, ça te détendra.

L'eau tiède, la serviette immense, l'odeur d'eau de Cologne, me voilà nu chez un homme. C'est à la fois calme et extraordinaire. Il a compris que c'était la première fois. Que l'émotion m'empêche de parler, que j'ignore les gestes et les caresses. Jamais je ne me suis allongé sur un lit, je ne sais ce qu'il va faire.

Autour de moi, des murs blanc cassé, crépis, un peu austères. C'est drôle tout ce qui me passe par la tête. Une valse-hésitation. J'attends, réfugié dans ma serviette, enroulé dedans, avec une pudeur d'oie blanche. Il sort de l'eau, il apparaît sur le pas de la porte, il s'ébroue, nu et paisible. Je devrais avoir peur de ce corps d'homme, solide, orné d'un sexe normal. Il va et vient dans la pièce, me tourne le dos pour mettre de la musique, éteint toutes les lumières, sauf une. S'assoit, me tend un verre d'alcool. Les glaçons font un bruit de cristal dans le silence. Il sourit, il a fait ça toute sa vie, lui.

– T'as vraiment l'air d'un gosse… T'as pas l'habitude, hein ?

Je fais non de la tête.

– Enlève ça !

Mon dernier rempart avant la vérité. Suis-je un monstre ? Va-t-il ricaner ? S'étonner ?

J'imagine que tout le monde se souvient de la première fois. Un geste, un mot restent gravés dans la mémoire de chacun. Moi, je n'oublierai pas l'expression amusée :

– Qu'est-ce que c'est que ce bout de Zan ?

C'est la première fois qu'on m'en parle, face à face. C'est la première fois que cet embryon de sexe est réellement confronté à une situation qui le concerne, en vedette sous un projecteur libertin. Jusqu'ici, je n'ai connu que des peurs, des humiliations passagères d'adolescent, des curiosités de visite médicale. Mais j'avais réussi à le cacher depuis plusieurs années; j'en étais arrivé à le considérer comme une malformation qu'il était indécent de soumettre au regard des autres. Avec cet homme, cet amant de rencontre, je dois passer l'examen et répondre à la question :

– Je suis comme ça depuis toujours.

– C'est rare. J'ai quelques années de plus que toi et pas mal de métier, je peux te dire que je n'ai jamais rencontré quelqu'un comme toi.

– Jamais ?

– Ben non, jamais.

Pour la première fois de ma vie, je ressens le plaisir trouble d'être unique. Presque une fierté. Je viens d'obtenir la reconnaissance de mon exception. Cela ressemble plus à la fierté qu'aux humiliations de jadis. En fait, c'est le jugement d'un professionnel, de quelqu'un qui sait des millions de choses sur le sexe; et pour le novice que je suis, c'est une référence.

Ainsi, je suis rare, peut-être sans pareil... Je l'avais lu dans un livre, où il était dit que l'androgyne vrai était exceptionnel, et que les statistiques répertoriées dans le monde occidental donnaient un chiffre qui n'atteignait pas la centaine. Mais les descriptions de ces êtres exceptionnels comme moi étaient trop succinctes pour que je sois sûr de mon appartenance à ce type double, réunissant comme dans la légende le mâle et la femelle.

Faisant de moi un ange.

Il me plaît provisoirement d'être cet ange, un objet rare. Entre les mains de cet amant-là, normalement constitué, je me sais vraiment cet objet rare. J'ai le sexe des anges. On me fait l'amour, et j'aime l'amour qu'on me fait. Ni souffrance ni laideur, comme je pouvais le craindre. Tendresse et volupté. Frisson, plaisir soudain. La bête se cachait là, dans mes reins. Elle vient de s'éveiller, s'étire, m'habite, et doucement se rendort. Je sais une chose. Il ne tiendra désormais qu'à moi de la réveiller.

Je marche à nouveau dans les rues tièdes, sous un ciel splendide. Il y a tant d'étoiles que la tête me tourne à les regarder. Je l'ai fait. J'ai franchi la barrière, je suis heureux.

Heureux encore, quand l'aube se lève sur Montmartre, heureux en me réfugiant, fourbu, dans ma chambre. Je dors quelques heures d'un sommeil écrasant.

Au matin, plus rien ne va. Heureux ? Non. Effrayé de ce que j'ai fait, de ce que j'ai osé et subi. La folie m'a quitté, ma liberté redevient douteuse.

Regarde-toi, Jean Pascal Henri. Regarde-toi dans la glace si tu en as le courage. Que vois-tu de l'autre côté de ton fameux miroir ? Un homosexuel. Inutile de te gargariser de l'exploit accompli. Tu voulais savoir, tu sais, et voilà que tu trouves ça malpropre, honteux. Regarde-toi... Un homme t'a sodomisé.

Et le plaisir fugace qui t'a récompensé ne va pas t'aider à vivre. Tu es passé du côté de l'interdit, bien que ces temps-ci il soit pourtant interdit d'interdire.

Je ne veux pas, je ne peux pas être un homosexuel. Je ne le supporterai pas dans ma tête. Comment ai-je pu, moi qui ai si peur de l'homme, aller chercher justement un homme pour savoir si j'étais capable de plaisir ? Je me dégoûte.

– Tu veux une tartine ?

Sarah. Dans les décombres d'une brasserie entrouverte après la bagarre, nous déjeunons d'un mauvais thé, au milieu des murmures étudiants. Le printemps est fini. Les Français ont de l'essence pour le week-end, ils ont eu peur de perdre de Gaulle et leurs maisons de campagne. Nous n'avons plus qu'à potasser les examens reportés en novembre.

Si je pouvais lui dire... Je dirais : « Sarah, je suis un type infect. Je t'ai laissée croire : ne crois plus, je suis une fille ratée, ou un pédé raté, un homme raté, un raté tout court. Tout ça n'est qu'une façade, mon costume gris, ma carte d'étudiant, mes études. Tout ce que je peux faire en homme, c'est marcher d'un grand pas les mains dans les poches. Et encore... peut-être parce que je suis grand, avec de grands pieds, et que je ne sais pas quoi faire de mes grandes mains. »

– Tu ne manges pas ?

Elle a un petit air triste, pâle. Elle me parle de son père malade.

– J'ai peur, Jean. S'il meurt, je ne le supporterai pas. Perdre son père, c'est ne plus avoir de racines. Je l'aime, il s'est tué à la tâche, pour nous refaire une vie après la guerre, il a échappé aux camps, tout perdu, tout reconstruit, et tout ça pour quoi ? Pour attraper un cancer...

Elle pleure derrière ses lunettes, je ne vois plus le bleu de ses yeux d'enfant, elle s'accroche à ma main, et je regarde les miettes sur la table de faux marbre. Je les rassemble avec soin, en petit tas. Je ne peux pas lui dire ce que j'ai fait. Pas maintenant. Elle ne le supporterait pas.

Mais j'en ai marre des malades. Ils sont tous malades. Mon père enfermé dans son asile, ma mère qui va d'hôpital en maison de repos, mon demi-frère oublié dans son zoo pour handicapés, et maintenant le vieux fourreur du Sentier, le juif errant, besogneux et honnête, qui me disait hier encore : « Sarah est une perle, mon espoir. Elle réussira, elle deviendra quelqu'un... »

Comme s'il me faisait un cadeau inestimable.

Je n'en veux plus. Je les rejette. Un autre monde m'attire, celui de Montmartre et du bar du *Pavé*. Celui des travestis, des filles et de la nuit. Ceux-là sont gais, rient de tout et d'eux-mêmes, vivent au jour le jour et dorment comme les chats. Ils ont choisi leur absence de morale et leur mépris des lois.

C'est là, avec eux, que je devrais vivre. Si seulement je ne t'aimais pas, Sarah. Tu es le seul être qui me rattache encore aux apparences. Un jour je te ferai du mal. Il le faudra. Aucun moyen de m'en sortir sans te faire du mal. Aucun moyen de ne pas te perdre. Aucun.

Mme Bedu reçoit les deux cents francs de mon loyer et les dépose sur le guéridon Louis XV. Son visage est chiffonné, elle respire mal, à petits coups.

– Une mauvaise bronchite... ça passera. Et votre oral ?

– C'est pour demain. J'ai révisé avec Sarah, jusqu'à en être saoul.

Elle croit que je crois à tout ce fatras. Que je serai selon son rêve un fonctionnaire bien noté, haut situé dans le nirvâna de l'administration des Postes, ou au paradis-sécurité d'un ministère quelconque.

Une pute m'a dit au *Pavé* : « Fais pas le con, ma grande, même si tu dois vivre comme nous un jour, fais-toi un métier. Toutes celles qui n'ont pas de métier crèvent de misère sur le trottoir. » C'est une pute travestie, une étoile de cabaret, luxuriante de paillettes et de strass. Tous les soirs, elle fait applaudir son corps de femme, en un strip-tease qui terrasse les touristes américains. Sous un slip en or, elle leur offre l'apothéose : un sexe d'homme.

C'est elle que j'ai crue. « Bosse d'abord, tu verras ensuite. Le cabaret pour les transsexuelles, c'est pas de la tarte. T'es jeune, t'as le temps de te faire une situation. Faut penser aux vieux jours, quand les lampions s'éteignent... »

– Je vais me coucher, madame Bedu. Si ça ne va pas, appelez-moi.

– Ça ira, ça ira... Pensez donc à bien vous reposer. C'est important, cet examen, pour vous. Madame votre mère sera si fière...

Mme Bedu referme sa porte. Elle va mourir cette nuit. Il y a sûrement quelque chose en moi, une sorte d'aimant du malheur. J'ai dû naître avec ça, en guise de talent. Elle a cogné à ma porte de ses dernières forces, ses cheveux blancs collés par l'angoisse, avec déjà un masque de mort plaqué sur le visage. Je l'ai prise dans mes bras, elle ne pesait rien, elle essayait de me dire comme d'habitude « ça ira, ça ira... » mais ce n'étaient plus que des râles. Le médecin de nuit est arrivé dans un cri de sirène.

– Vous êtes sa famille ? Non ? Il faut prévenir sa famille, elle ne tiendra pas longtemps. Je vais lui faire une piqûre.

Une nièce quelque part dans Paris, je ne sais où, il faudrait fouiller dans les papiers, je fouille et ne trouve rien. Panique, elle m'appelle, elle veut prier. Il faudrait un prêtre. Mais où trouve-t-on un prêtre faubourg Poissonnière ? Je ne veux pas la voir mourir. Je ne veux pas savoir ce que c'est. Je ne peux pas... Ces râles, ces prières, ces vieilles mains qui s'accrochent à moi. Mon Dieu, j'ai si peur. Ce raidissement, cette immobilité soudaine. À quelle minute, à quelle seconde m'a-t-elle lâché ? Quand ? Je n'ai pas vu... Je suis témoin aveugle, terrorisé, l'atmosphère est devenue épaisse, la vie s'est échappée, la mort prend une place énorme, toute la place, la mort me prive d'oxygène, la mort a une odeur, une épaisseur, une présence…

Je voudrais m'enfuir. C'est l'heure de l'oral.

Le président du jury fait partie de ceux qui ne m'aiment pas. J'ai raté. Mme Bedu est veillée par une nièce sans âge. On va mettre les scellés sur la porte. Je dois m'en aller, la nièce sans âge ne loue pas.

Pauvre vieille dame empaquetée dans un cercueil trop grand. Ta mort me met à la porte, ta mort me pousse à rejoindre le monde des vivants qui m'attend, au bar du *Pavé*. Je vais boire et retrouver ceux ou celles qui me ressemblent. Mon amant d'un soir est en homme, il me salue :

– Bonjour, ma grande…

Ma copine strip-teaseuse est en femme, elle m'accueille avec sévérité :

– T'as raté ? C'est pas malin. Moi j'ai tout abandonné après les bacs et la fac de sciences, et je m'en mords les doigts. Tu recommenceras. T'as plus de piaule ? Viens chez moi. On te trouvera un coin plus tard dans le quartier.

C'est vers elle que j'ai cherché refuge. Elle qui s'appelle au masculin Robert, et au féminin Anabelle ou je ne sais quoi.

J'ai encore atterri dans ce bar, au lieu d'aller passer sagement la soirée entre Sarah et sa maman, entre l'amour impossible et la future belle-mère impossible. Je n'ai pas envie de parler d'examens, d'oral de rattrapage, de concours des Postes, de vacances, de la qualité du rôti et de la maladie du père. Je préfère entendre les petites folies qu'échangent les clientes du *Pavé*.

Sarah n'a pas compris, s'est fâchée.

– Où vas-tu ?

– Nulle part… Voir des copains, je cherche une chambre, ils peuvent m'aider.

J'aurais dû dire : je vais voir les putes, les pédés,

les travestis, viens voir si tu l'oses... J'aurais dû parler franc, large, provocateur.

Mais je ne fais jamais ce que je dois. Il ne reste qu'une chamaille d'amoureux. Nous nous voyons beaucoup, nous chamaillons beaucoup, nous réconcilions beaucoup, comme s'il n'y avait pas de problème, pas de question fondamentale. C'est pourtant toujours moi la question fondamentale. Certains tournent autour sans y goûter vraiment, comme des chats méfiants devant un plat inconnu. D'autres mangent depuis longtemps à ce même râtelier qui me fait envie. Être une femme. Enfin une femme. Je n'ai pas tenté de nouvelles expériences. Je refuse l'homosexualité. J'exige la féminité totale.

Je voudrais être cette femme-là que les autres admirent, respectent, envient. On la prénomme Michèle. On la sent intelligente, cultivée, dominatrice. Elle parle clair, utilise le verbe avec aisance, elle déclare : « Cette vie est mystique... » Et elle secoue une chevelure opulente, une crinière de lion sur des épaules de lionne. Poitrine opulente de star américaine, offerte au regard.

Une fille un peu terne au fond du bar, jalouse, fait le point pour moi :

– C'est la star du coin, mais sa poitrine, c'est du fabriqué style californien...

– C'est quoi le style californien ?

– C'est ça ! Ça te coûte la peau des miches, mais t'en as pour ton fric. Y a pas beaucoup de carolines qui peuvent se permettre une mise de fonds pareille...

– Caroline ? C'est quoi les carolines ?

– Ben, les trans... C'est une trans, elle va se faire opérer au Maroc. Elle gagne un fric fou.

Je dis que je la trouve belle. Que je voudrais la connaître. Et l'autre me rit au nez :

– Ça te coûtera que cent balles !

5

Je n'ai pas fini mon saut de l'ange, je suis encore en suspens, accroché à un espoir sans nom.

C'est comme un rêve où l'on s'envole, le corps en apesanteur, bras tendus comme un oiseau, au-dessus des villes, des maisons, des gens. Avec le sentiment que cet exploit est provisoire et qu'il faudra bien toucher terre à nouveau. Retomber.

Dans ce bar louche, je vis, je vais vivre mes derniers moments d'homme, habillé en homme, avec l'apparence de l'homme, sans le goût de l'homme. Puisque je suis un produit aberrant de la génétique humaine, puisque mes gènes ne sont pas fichus de s'identifier clairement, je vais choisir pour eux définitivement. Le combat incessant, furieux, que je mène depuis l'enfance pour être une femme, je vais le mener à son terme. Peu m'importe de vivre en clown, s'il n'y a pas d'autre issue. Je serai un clown, maquillé, j'aurai ma piste aux étoiles, les feux de ma rampe, et les applaudissements du public : « Regardez, c'est une femme... »

Et si je dois passer par les chemins tortueux de la prostitution, je suis prêt. Des gens qui me ressemblent, je n'en ai vu nulle part ailleurs qu'ici, sur le trottoir, ou accrochés à la nuit de Montmartre. Je n'en ai pas vu dans les facultés, ni dans les salons bourgeois, ils ne sont pas derrière les guichets, dans les bureaux, les usines. Ils ne sont ni boucher, ni contrôleur d'autobus, ni général, ni balayeur.

Ils sont là, « dans la pègre », dirait mon père. Ils sont coiffeurs ou danseuses, dirait ma mère. Et moi je dis : ils vivent ce qu'ils peuvent, là où ils peuvent. Ils sont dans des camps de concentration minuscules, dont les autres, les normaux, ne voient même pas les barbelés et les miradors. Ils sont interdits de séjour en société. Prisonniers de leur peau. Comme moi. Alors, qu'on me laisse choisir ma peau.

« Ça te coûtera que cent balles », a dit la pute qui me sert de guide. Pour voir de près une « caroline ». Pour toucher de près mon espoir sans nom.

J'ai payé pour atteindre cet appartement de fonction, au deuxième étage d'un immeuble de la rue des Martyrs. Il sent le passage, les allées et venues, il sent le métier. Mais ce soir, j'aurais payé n'importe quoi pour voir. J'ai deviné, pressenti chez cette fille quelque chose qui me ressemble. Je ne suis pas un type en visite chez une prostituée, je ne suis pas un client friand d'homosexualité. Je suis un spectateur privilégié dans un théâtre d'ombres, et j'attends de voir la mienne. Ce corps qui se dénude était un corps masculin, il l'est encore sur le papier.

Elle dit :

– C'est dur de devenir une femme. Si c'est ça que tu cherches, prépare-toi à des sacrifices.

Ce fut un sacrifice, sûrement, d'obtenir cette poitrine de Junon.

– Prothèse et hormones... et c'est pas fini. L'opération, c'est pour bientôt. La grande opération. Bientôt, tu ne verras plus ça...

« Ça », qui se cachait sous un slip de dentelle, c'est moi. Je reste fasciné. Elle est ma sœur, mon frère de misère anatomique. Le même mystère. Le même sexe atrophié, inutile, enfantin.

Elle me regarde, je la regarde. Jumeaux parfaits, nous ne ferons pas l'amour ensemble. Nous ne pouvons que toucher, caresser notre ressemblance.

– Alors, toi aussi ? Tu es le premier que je rencontre...

– Tu es la première...

Que le destin nous photographie dans la glace où nous nous contemplons. Qu'il immortalise cette rencontre.

Elle est déjà en avance sur moi. Elle est déjà « elle ». Je suis encore « il ». Bientôt elle atteindra la perfection.

– La castration est interdite en France, c'est un crime, tu dois savoir ça, toi qui fais du droit ?

– Je sais.

– Pour toi et moi, ce n'est pas une castration, juste une opération esthétique, une verrue qu'on t'enlève... Mais ça, ils s'en foutent, les types qui font les lois.

– Tu n'as pas peur ?

– Peur de faire disparaître ça ? Parfois je l'oublie complètement. C'est dans le regard des clients qu'il existe. Le nombre d'hommes qui ne sont montés ici que pour avoir le double frisson... Ils se paient en même temps un homme et une femme. Du moins, c'est ce qu'ils croient. Je ne ferai plus ce métier longtemps. Après l'opération, je me lance.

– Le cabaret ?

– Mon pauvre chou, le cabaret, c'est misère et compagnie... Moi, je suis dans la voyance, j'ai un don. Question de bagout et d'observation. Un poil de psychologie, même primaire, une belle gueule comme la mienne... et je ferai fortune.

Nous parlons longtemps, longtemps. J'apprends avec avidité le quotidien et les obligations d'une transsexuelle. Elle me parle du choix des robes, du maquillage, des séances chez l'esthéticienne, de l'entretien des cheveux, des piqûres d'hormones, de chirurgiens connus qui pratiquent dans le monde, en Suisse, au Maroc, en Belgique, aux États-Unis.

J'entrevois l'issue.

– Ce sera long, même si tu es bien décidé. Dur aussi : ne crois pas qu'il suffit de transformer son corps, qu'il suffit d'apprendre à vivre en femme. Tout ça est déjà difficile, et lorsque tu l'as obtenu, il reste le plus gros : l'identité. Les flics sont là pour te le rappeler. Tapin ou pas, ils te repèrent comme des chiens dressés. Et qu'est-ce que ça donne ? Je vais te le dire. Tu es là, avec une jolie robe, la permanente impeccable, tu fouilles dans ton sac, tu sors ta carte d'identité et le flic ricane : « Alors comme ça, on est un homme ? On s'appelle Jules (ou Marcel, ou Bernard) ? » Être une femme, c'est une série de renoncements. Ça ne finit jamais. Parce qu'ils refuseront toujours d'effacer un mot sur un registre. C'est rien, un mot... mais ils refusent. Ils ont décidé pour toi et ils n'acceptent pas d'avoir tort, tu comprends ? Nous, on rêve : se marier, vivre avec un homme, faire l'amour avec un homme... Mettre une plaque sur la porte : M. et Mme Dupont, être Mme Dupont... Seulement voilà, c'est du factice. Cherche un travail, passe une frontière, loue un appartement ou achète une voiture, et tu retombes sur l'éternel problème : carte d'identité, âge, profession, sexe... masculin.

– Je le ferai quand même. Je veux y arriver. Comme toi.

– Alors il faut commencer par les hormones. Je t'indiquerai le toubib du milieu.

Elle me passe au crible, examine la peau du visage, les seins. J'ai deux bons points. Absence de barbe, donc pas d'épilation électrique. Ça rend moche et c'est douloureux. J'ai une peau de fille, j'ai de la chance. Deuxième bon point : mes bouts de seins ne demandent qu'à pousser. Ma compagne est experte en la matière...

Je vole. Je balaie les questions et les nuages. Que dira ma famille ? Mère, père, frères, oncles, tantes et professeurs de faculté ? Je balaie, je balaie...

Que dira Sarah ? Je me tais devant elle.

Silence. Je ne vole plus. Douleur. Je suis à terre.

Ça m'a coûté cent francs. Le début d'une tempête, d'une guerre contre la montre avec le destin. Équilibriste sur un fil invisible, je regarde le monde qui m'entoure. Il s'agit de le couper en deux, une fois pour toutes, et de choisir ma moitié. D'un côté,

Sarah mon amour au premier plan avec, derrière elle, le décor de la normalité : maman, la fin des études, des gueules d'examinateurs sinistres, un avenir d'avocat stagiaire, ou de fonctionnaire des Postes. Je me vois disparaître de ce monde, peu à peu. Une gomme m'efface. De l'autre côté, la rue des Abbesses, Montmartre la nuit, le trottoir fleuri de prostitués mâles ou femelles, de travestis, de sexes qui me ressemblent. Je n'y suis pas encore tout à fait à ma place, silhouette imprécise qui a besoin de la main d'un artiste pour la définir. Cette partie du monde est un ghetto, celui de tous les dangers, le seul qui me permettra d'exister.

– Assieds-toi là...

Ça m'a coûté cent francs pour me voir enfin dessinée dans une glace. Je dis dessinée avec un « e », car voici la première image féminine de mon album personnel et secret.

Dans les mains d'une professionnelle, mon visage est une toile blanche. Elle y peint ce que je peux être avec de minuscules pinceaux, vert pour les yeux, rose pour les joues, des papillons de faux cils, lèvres carmin, cheveux de femme. Elle me fait un cours de houppette et de Max Factor, me parle de blush et de crayon à sourcils. Ce qui reste d'homme en moi s'écaille.

Ça m'a coûté cent francs. Je n'oublierai jamais.

– Ne te regarde pas ! C'est pas fini...

Je tremble. Au-delà de la futilité des pots de crème et de cet attirail de cocotte, il y a la révélation.

J'étais laid depuis tant d'années ! Qui peut imaginer ce bonheur ? Seul un laid peut comprendre. Un laid à qui une baguette magique offrirait soudain la beauté.

C'est fait, l'image de l'homme s'est effacée, la mienne vient de naître. Je voudrais voir.

– Ne regarde pas. Pas encore...

Cette chambre de prostitution s'est transformée pour moi en atelier d'artiste. Elle m'habille de lingerie, choisit la robe, observe son travail, retouche, recule pour mieux juger, allume la rampe, et m'offre au public. Je suis le public et je pleure devant le spectacle.

C'est moi, enfin. Telle que je me devinais. Belle peut-être, conforme en tout cas.

Des secondes, des minutes de silence, à contempler ce visage. Mon Pygmalion est satisfait. Je l'entends commenter son œuvre, elle danse autour de moi, elle bourdonne de conseils... Mais le silence est dans ma tête, je me regarde les yeux dans les yeux. Je me salue.

C'est une cérémonie. Un mariage avec moi-même, enfin. Que personne ne ricane. Que personne ne juge. Vous ne savez pas. Vous ne savez rien, vous qui êtes né avec facilité, qui vivez dans votre peau, à l'aise, vous qui connaissez votre vrai visage depuis toujours. Taisez-vous, je suis en train de naître. J'ai payé cent francs pour cet accouchement-là. Et il n'a rien de sordide, ni d'humiliant, ni de douloureux. Il ne doit rien à ma mère, rien à mon père. Je ne sors pas d'un ventre écartelé comme il y a vingt ans, monstre inachevé et indécis.

Une putain vient de m'accoucher en beauté. Elle me prend par la main :

– Nous allons sortir ce soir, Cendrillon.

La fée du trottoir donne ses derniers conseils.

– Tu parleras doucement. Attention à ta voix, retiens-la dans ta gorge, ne ris pas et ne crie pas. Tu ne balanceras pas les bras en marchant, tu réduiras ton pas; si tu ne sais pas quoi faire de tes mains, accroche-les à ton sac.

Ainsi je suis allée au bal parmi mes semblables, dans un night-club de la rue des Moines. Mon carrosse était un taxi, le cocher un chauffeur de Pigalle. « Bonsoir, mesdames », a-t-il dit, sans équivoque.

– Je te présente une nouvelle, dit Pygmalion au barman.

Le champagne m'a tourné la tête, les regards des

autres femmes m'ont fait frissonner de plaisir. Jalousie des unes, méfiance des autres, je suis enfin en compétition avec elles. J'ai oublié un petit bout de sexe, coincé dans un slip de dentelles. On me cherche un prénom... C'est la valse des Giovana, Henrietta, Linda, Nadia, Claudia, Amanda.

Quelqu'un dit :

– Tous ces noms en « a », ça fait travelo. C'est pas un travelo.

Un autre renchérit :

– C'est vrai, c'est pas un travelo. Regarde, elle a pas un poil de barbe, même pas besoin de se raser. T'as vu sa peau ? Douce comme un bébé.

On me touche, on m'examine, on me critique :

– Des grandes jambes, mais c'est pas plus mal... T'as vu les épaules ? Moi, je retoucherais un peu le nez... à peine.

– Pas d'accord, il a du caractère, son nez. Et t'as vu ses yeux ?

C'est ma nuit. Ma plus longue. Mon ivresse la plus belle. Qui m'a dit : « Bonsoir, mademoiselle » ?

Ils m'ont appelée Magali. Ils ou elles ont dit que l'on me trouverait un ami.

Je suis ivre, saoule de mes découvertes. Et la nuit s'achève. Premier avertissement : je paie la fête, sur mon carnet de chèques Jean Pascal Henri Marin me nargue. Je paye en homme et je signe en homme. L'aube va me laver, m'effacer à nouveau, comme l'eau et le savon.

Magali s'en va. Qui s'endort à côté d'une putain de Montmartre ? Tendre et consolatrice.

– Un jour tu vivras en femme. Un jour ce sera possible... Il y a des médecins, des opérations, n'abandonne pas.

Non, je ne quitterai pas le terrain, je ne sortirai de cette guerre qu'avec la victoire pour moi. Je ne serai ni travesti ni honteux. Je ne veux pas d'un cache-misère pour le reste de mon temps sur la terre. Jean Pascal Henri, j'aurai ta peau. C'est un assassinat prémédité, je vais employer ce que les autres appellent les grands moyens : l'arme chimique, les hormones. Elles te détruiront à jamais, tu n'es qu'un usurpateur qui veut se faire passer pour moi. Même avec ton visage lavé et redevenu terne, tes cheveux plats, ton corps sans relief, tu ne donneras pas le change. Je ferai couper cet embryon qui te sert de prétexte, à toi et à tous ceux qui t'ont appelé du nom d'homme.

– Dors. Je t'envie...

Ma putain pygmalion, mon créateur d'un soir, ronfle comme un homme à mes côtés, avec son sexe d'homme, son visage où la barbe renaît. Elle n'a pas ma chance, elle doit lutter jour après jour contre les évidences, user de subterfuges misérables. Une coquille pour dissimuler l'homme au bas de son ventre. Des tortures électriques pour extirper chaque poil de son menton et de ses jambes. Des passes à cent balles pour payer le prix d'une castration future, dans un pays étranger. Un jour, elle en reviendra mutilée, avec de faux seins en silicone et de faux papiers, pour une fausse vie.

Faux, faux, faux. Moi, je n'aurai pas tout faux. Moi, je ferai mieux, je ferai vrai, je sortirai de moi, je serai veuve de l'autre, de celui que j'ai décidé de tuer. Sans remords. Cette nuit, le regard des hommes m'a dit : « Fais-le... »

Rupture. Sarah, jupe plissée, chemisier sage et ballerines, Sarah que j'aime, dont j'ai appris le corps toujours vierge. Sarah, il faut que je te dise. Tu es ma première rupture, comme tu es mon premier amour. Je ne sais ni aimer ni rompre.

Elle porte encore sur les joues l'ombre dorée du dernier soleil des vacances. Mes dernières vacances d'homme. Nous avons dormi ensemble dans une grande maison italienne, ourlée de balcons et couleur d'ocre. Dans le même lit, sous des draps brodés d'initiales inconnues, nous avons fait semblant. Un corps à corps enfantin et tendre.

Il y a eu des petits déjeuners de rire et de confiture,

la bande de copains, étudiants comme nous, amoureux comme nous. J'ai failli croire à cette parenthèse. Montmartre était loin, la rue des Abbesses, les carolines qui me ressemblent, ma peau de fille, la nuit des bars, les putains sentencieuses, les travestis, tout ce cirque qui m'attirait… c'était un souvenir d'ombre sous le soleil. En septembre, j'ai fermé la parenthèse.

– Sarah, il faut que je te dise. Tu te souviens du soir où j'avais bu tant de vin italien ? De ce soir où je me suis déguisé en fille pour vous faire rire ?

– C'était pour nous faire rire… tu étais saoul.

– Non. J'avais simplement pris le courage de vous montrer qui je suis.

– Qu'est-ce que tu veux dire ? Tu es Jean ! Et si tu comptes sur ton talent de comédien pour gagner ta vie…

Elle fait une grimace amusée. Elle ne veut pas attraper l'allusion au vol et m'aider. Front baissé, regard obstiné, elle a décidé de foncer sans voir. Pourtant, elle ne peut pas ne pas avoir vu…

– Sarah, regarde-moi. Je t'en prie, regarde-moi. Je ne suis pas comme les autres…

– Je sais.

– Je veux parler de mon sexe.

Elle se fâche et son regard me quitte. Il va se poser sur d'autres visages, les clients anonymes de ce bistrot anonyme où je l'ai convoquée pour parler de nous. Elle finit par répondre, entre ses dents :

– Je déteste que tu abordes ce sujet. Il n'y a pas que le sexe dans la vie. Tu sembles attacher de l'importance à des choses… Si tu as des problèmes, nous en parlerons plus tard, quand le moment sera venu.

– Mais quel moment ? Quand, plus tard ? Tu ne veux pas comprendre ?

– Il n'y a rien à comprendre. Tu m'aimes ?

– Bien sûr… Ça n'a rien à voir, malheureusement.

– Au contraire. C'est la seule chose qui compte. Rien d'autre n'est important à mes yeux.

– Tu sais ce que c'est l'amour, Sarah ? Tu sais comment on fait l'amour ?

– Oui, je sais. Bien sûr que je sais. Tu me prends pour une innocente ? Mais j'attendrai d'être mariée.

– Tu devrais essayer maintenant, Sarah, avec n'importe qui, un homme par exemple... un vrai. Tu comprendrais.

– C'est toi qui me dis ça ? Et tu m'aimes ?

Bon Dieu, elle me pousse à bout. Je voudrais la quitter proprement, lui laisser de moi une image qui ne l'écœure pas, rester pour toujours l'amant de son enfance, celui qui caressait mais ne prenait pas. Un jeu de gosses, des étreintes dont elle pourrait se souvenir avec tendresse. Je voudrais qu'elle garde intact son amour-illusion. Je veux trop. Je n'arriverai pas à me préserver. J'essaie encore... Ce serait trop moche.

– Moi, je ne pourrai jamais te faire l'amour, Sarah. Tu comprends ça ? Tu y as réfléchi ?

– Oui, j'y ai réfléchi.

Silence. La fumée d'une Camel s'étiole dans le cendrier, mon café a refroidi, je hais cette soirée d'automne qui sent la rentrée des classes. Je ne veux pas rentrer en classe, recommencer à vivre comme un bon élève méritant.

– Si tu as réfléchi, c'est que nous devons nous quitter.

– Non, je ne veux pas. Tu te feras soigner et tout ira bien.

– Me faire soigner ? Mais qu'est-ce que tu as compris ? Qu'est-ce que tu crois avoir compris ? Ce n'est pas une maladie, Sarah. Tu vois les choses comme si j'étais diabétique ou tuberculeux, ou je ne sais quoi... Comme s'il suffisait d'aller voir le dentiste par exemple. Une bonne ordonnance, quelques pilules, et tout s'arrange ! C'est ça ?

– Je ne vois pas pourquoi tu n'essaierais pas, en tout cas...

– Nom de Dieu, c'est sans espoir ! Regarde la

réalité en face, je suis né comme ça, tu comprends ? Un anormal, voilà ce que je suis.

– Pas pour moi. Si c'est tout ce que tu as trouvé pour rompre... Dis-moi plutôt que tu en as marre, que je ne suis pas assez jolie pour toi...

Elle pleure. Et elle s'accroche à des idées générales, à des formules de petite fille :

– On s'entend bien. Tu dis toi-même que nous pensons les mêmes choses. Nous avons fait les mêmes études, maman t'adore, je ne veux pas te quitter, Jean, je ne le supporterai pas. Je t'assure que quelque chose est possible. Il y a des spécialistes... Nous irons ensemble si tu veux. Je t'aiderai. Je ferais n'importe quoi pour t'aider.

Je me lève, je pars. Je me vois partir dans la glace du bistrot, avec mes cheveux longs, mon pull-over de fille, ma tête de fille qu'elle ne voit pas, qu'elle n'a même pas devinée.

– Ne pars pas !

Elle m'a rattrapé sur le trottoir; je la verrai toujours sur ce trottoir de Saint-Germain-des-Prés, toute petite au milieu de la foule, tournée vers moi, obstinée jusqu'à l'âme.

Sarah, les gens s'écartaient autour de moi, autour de nous, comme le flot d'une rivière se divise autour d'un rocher et se reforme ensuite.

Je détache tes bras, chaque détail de toi s'imprime dans ma tête. La petite cicatrice au coin du front, quand tu es tombée de bicyclette à dix ans. Les taches de rousseur en étoile sur des joues rondes, le petit creux dans ton cou, où brille une petite perle...

– Sarah, tu me forces à te dire...

Ses yeux me supplient de me taire. Ses mains crispées sur la bandoulière de son sac font une prière muette.

– Je suis un homosexuel. Je rencontre des hommes, Sarah...

– Non, c'est pas vrai.

– J'ai fait l'amour avec un homme, Sarah... et je recommencerai. Je suis comme ça.

La gifle m'a brûlé le visage au fer rouge.

– Tu me dégoûtes ! Tais-toi, tu me dégoûtes !

Je m'enfonce dans ce dégoût. Je donne des détails.

– Il y a longtemps déjà, bien avant les vacances. Je l'ai rencontré dans un bar de Montmartre, c'est un travesti, un prostitué, un professionnel. Il a quarante ans, il fréquente ce milieu depuis toujours. Je lui ai plu, nous avons passé la nuit ensemble, et il m'a fait l'amour comme un homme à un autre homme.

Elle recule sous le choc, me gifle à nouveau, impuissante, muette, laide de désespoir et de rage.

– J'ai aimé ce qu'il m'a fait. Je suis une femme ratée, Sarah... Un pédé si tu veux, mais tu ne peux pas comprendre.

– Non, je ne peux pas comprendre. Tu es ignoble. Et tu n'as plus qu'une chose à faire, te suicider ! Disparaître ! Mourir si tu en as le courage... et j'espère que tu le feras, oh oui ! je l'espère. Je souhaite que tu n'existes plus, je souhaite que tu crèves, et que tu le fasses toi-même... Tu entends ? Que tu crèves !

C'est fini. Elle n'est plus là. Le trottoir est vide. Elle m'a laissé son dégoût avant de disparaître. J'en suis inondé pour toujours, sali à vie.

Et plus personne ne m'aimera. Je m'en vais vers l'autre monde, le seul qui m'accepte. M'accepte seulement. Rien d'autre. Dans ce monde-là, Sarah, on ne vous aime pas. On se sert de son sexe comme on peut, on fait semblant d'exister, on cherche l'autre et on ne le trouve jamais. Trop semblables et trop différents, les gens comme nous se croisent; hommes, femmes, demi-hommes, demi-femmes, indéfinis, transsexuels, intersexuels, nous sommes des voyageurs inlassables. Chaque jour est une escale, chaque nuit une autre nuit. J'y traînerai mon dégoût, j'irai de petits espoirs en grandes paniques. Je connaîtrai d'autres trottoirs, d'autres douleurs, et des plaisirs de misère. Je tâcherai de rire ou de pleurer sur moi-même, je ferai mon possible pour être. Mais je ne mourrai pas. Cette saleté de corps ne crèvera pas comme tu l'as voulu, Sarah. Jean s'est suicidé devant toi, et Magali, ou Maud ou Caroline, un être sans nom que tu ne connaîtras jamais, va vivre de cette mort.

Il le faut bien.

Sarah, je ne dirai plus ton nom.

Je me referme sur toi, huître empoisonnée sur perle rare.

– Qu'est-ce que c'est que ces cotillons ?

J'ai retrouvé Rouen, la cité de mon enfance, l'appartement des grandes bagarres, des faux suicides et des terreurs. J'ai retrouvé surtout le regard de ma mère. Le regard Banque de France, celui qui juge, scrute, décortique.

– C'est la chienlit de 68 qui t'a tourné la tête ? On ne te voit plus, tu ne parles plus de tes amis et tu t'habilles comme un garçon coiffeur. Qu'est-ce que c'est que ce genre ? Ça ressemble à quoi, ces cheveux longs ? Qu'est-ce que j'ai fait au Bon Dieu pour avoir un fils pareil ? On se crève pour envoyer un garçon à Paris, pour lui payer des études convenables, il disparaît, ne donne pas de nouvelles, et un beau jour le revoilà... mais dans quel état ! Si ton père te voyait !

Elle a changé. Son visage s'est durci. Deux rides profondes descendent au coin de sa bouche. Des rides pleureuses, amères. Qui racontent des années de solitude. Une femme mariée, mais veuve de son époux enfermé, psychiatrisé. Elle n'a pas voulu changer de vie. Devoir et rigidité. Banque de France et Fidélité. Une femme bien. Qui assume tous les malheurs mais ne craint pas de les rappeler aux autres. À moi en particulier.

C'est comme un bourdonnement dans ma tête, ce rappel de toutes les épreuves maternelles. Je sais, elle a pris la place de sa sœur, morte tragiquement. Je sais, elle a élevé l'enfant de cette tragédie. Je sais, il est dans une maison et, à trente ans passés, il raisonne comme à dix. Je sais, je ne suis pas comme elle voudrait. Je sais, mon frère cadet est un voyou qui ne fout rien en classe. Je sais, elle est malade. Je sais, je sais.

– Regarde-moi, montre tes yeux ! Ma parole, tu t'épiles les sourcils ?

Elle me fait honte, devant la grande glace de sa chambre, là où je m'habillais de ses robes, où je rêvais de mon image de fille... Je me détourne, je veux lui échapper.

– Jean !

Elle a peur. Mon pantalon trop serré, ma chemise verte, mes cheveux aux épaules. Elle esquisse un geste pour me toucher, puis retire sa main.

– Tu as l'air d'un homosexuel !

– Maman, je t'en prie...

– Ne me prie de rien ! Une mère a le droit de...

– Maman, je ne suis pas comme les autres, tu le sais ?

Je voudrais tant qu'elle le dise ! Je voudrais tant qu'elle rompe ce silence de vingt ans, qu'elle parle à l'être que je suis, au lieu de faire semblant. Pas un mot, pas une consolation, pas un pas vers la vérité. Jamais.

– Tu es ma mère ! Tu m'as mis au monde, tu m'as vu grandir !

– Justement ! Je ne t'ai pas élevé pour que tu fréquentes des garçons coiffeurs et que tu t'affubles de ce genre de cotillons !

Les garçons coiffeurs et les cotillons sont ses références. Pour elle, on est un jeune homme en costume-cravate ou un garçon coiffeur en cotillons. Pas de nuances, pas d'indulgence.

– Maman...

J'ai envie de pleurer. Et si je pleure, elle dira que je pleure comme une fille, qu'elle n'aime pas les filles...

Il faut que j'essaie de crever l'abcès invisible. Celui qu'elle n'a jamais voulu même imaginer.

Je lui tourne le dos. Comme avant, je regarde le

port et les bateaux pour ne pas la regarder, elle.

– Je suis mal formé.

– Qu'est-ce que ça veut dire ? Qu'est-ce que tu me chantes ?

Mais elle le sait, Bon Dieu ! Elle ne peut pas ne pas le savoir ! Elle refuse l'évidence pour se préserver, elle ! Et moi ?

– Je ne peux pas faire l'amour comme les autres garçons.

– Et en admettant ? Il y a des médecins, ça s'arrange ! Une petite intervention courante... J'en parlerai au médecin de famille.

Elle file, se défile; je la retrouve dans la cuisine où elle s'agite, sort des casseroles, bouscule les portes des placards.

– Maman, écoute-moi bien... Il n'y a aucune possibilité d'arranger ça, comme tu dis. Je suis une fille.

– Tu es complètement cinglé ! Mon fils est complètement cinglé ! Il me fera mourir !

– C'est la vérité, maman. Je ne pourrai pas vivre autrement...

– Des simagrées, oui ! De la comédie ! Comme si je n'avais pas assez des comédies de ton père ! Tu es né garçon et tu es garçon. La nature ne se trompe pas.

– Si. Si, elle se trompe ! Elle fait n'importe quoi, la nature. Elle distribue des cartes au hasard...

– Ce hasard, comme tu dis, a toujours bien fait les choses, que je sache. On naît fille ou garçon, un point c'est tout.

– Maman, la plupart des plantes ont les deux sexes, les escargots sont hermaphrodites...

– Ah, ne me parle pas des escargots, s'il te plaît ! Je ne suis pas ignare. Il s'agit de toi. Qu'est-ce que tu cherches ? À être la honte de la famille, toi, mon fils ?

Si j'étais violent, un tout petit peu agressif, je taperais sur la table, je claquerais la porte, j'exploserais d'une manière ou d'une autre devant ce mensonge éternel, ce refus épuisant...

Comment la convaincre d'accepter la réalité ? Que lui dire ? Je ne peux pas parler de mes pauvres expériences amoureuses, elle s'évanouirait de honte. La seule image de son fils faisant l'amour avec un homme... D'ailleurs, je suis incapable d'avouer ce qui est une horreur pour elle. Comme je n'ai pas pu dénoncer le violeur de mes douze ans. Toujours cette fichue honte, cette culpabilité envers elle ou mon père.

– Maman, tu m'as mis au monde comme ça. Je n'y peux rien.

– C'est ma faute, selon toi ? Tu veux me rendre responsable de tes problèmes, maintenant ? Une petite malformation ne te donne pas le droit d'insulter ta mère ! Et puisque c'est comme ça, nous irons voir des médecins. Je te sortirai de là, que tu le veuilles ou non. Le Dr Ferrier est un ami de ton père, il a été médecin militaire, il a dû en voir d'autres. Lui nous conseillera... Il sait ce que c'est qu'un homme, lui !

– J'ai vu un médecin à Paris, maman. Il m'a tout expliqué, il m'a dit que j'avais de graves problèmes sexuels. C'est un spécialiste, il va m'aider.

– T'aider ? Comment ça, t'aider ?

– J'ai besoin d'un traitement d'hormones pour me soulager, sinon je deviendrai folle.

– Qu'est-ce que tu as dit ? Folle ?

Ça m'a échappé. Depuis quelque temps, je mélange masculin et féminin, sans même m'en rendre compte.

– C'est un charlatan, ton médecin ! Il va profiter de toi, te soutirer de l'argent, et te faire avaler n'importe quoi. Folle... mon fils est une folle...

Impossible de parler, d'expliquer. Communication coupée.

Je sors. Je vais voir les bateaux, j'ai besoin d'air pour ravaler les larmes qui m'aveuglent. Je pars et je l'entends qui bougonne encore, qui parle de psychiatre, d'argent pour me soigner, de retour en famille, d'environnement plus sain...

Autre chose était le dialogue avec mon « charlatan », comme elle dit. Si elle savait qu'une putain de Montmartre m'a donné son nom et son adresse, comme on confie un secret au nouveau membre d'une secte ! Chez le docteur A., on vient de la part d'Une telle ou d'Un tel. On entre dans un cabinet clos, volets fermés sur le bruit de Pigalle. Clientèle particulière de prostituées et de transsexuelles. Le docteur A. est un peu le sorcier bienfaiteur des gens comme moi. Son nom court de bouche à oreille, murmuré, encensé. Docteur miracle, docteur hormones... Philosophe à moustaches, il connaît la petite faune désespérée des sans-sexe.

Il a écouté ma vie, il a compris que je n'en pouvais plus. Il a examiné mon corps en professionnel, il m'a parlé comme un père. Un père perplexe mais rassurant. Perplexe, parce que je représentais le troisième cas d'intersexualité qu'il ait eu. Trois seulement en plus de vingt ans de carrière. Dans ce quartier de transsexuelles en tout genre, il n'a connu que trois oiseaux rares. Je connais le troisième, c'est moi; le deuxième m'a envoyé ici; je pense avec tendresse à l'inconnu qui fut le premier, et nous ressemble. Même sexe d'enfant impubère, même poitrine naissante de petite fille, même peau lisse...

Enfin quelqu'un me parlait savamment de mon extraordinaire différence. Et son discours était simple :

– Le danger, c'est votre entourage familial. S'il refuse de comprendre, il tentera probablement de vous masculiniser au maximum. J'ai vu le résultat une fois, c'est lamentable. Psychothérapie inefficace, hormones masculines, et le sujet devient à moitié fou... Il faut tenir compte non seulement du psychisme, trop féminin pour qu'on espère le faire basculer, mais aussi de l'aspect des organes. Pour vous, aucun doute, une féminisation vous équilibrera. Mais attention : nous ne connaissons pas les conséquences à long terme de ce genre de traitement. Si je vous ordonne une piqûre par mois, il faut me jurer de ne pas dépasser la dose, comme je l'ai vu trop souvent. C'est dangereux. Si vous respectez l'ordonnance, vous irez mieux : moins d'angoisses et un équilibre qui se produira lentement. Ne parlons pas du sexe, il ne bougera pas. Par ailleurs, les seins vont se développer, la peau se modifier légèrement. Ce n'est, dans votre cas, qu'un léger coup de pouce à la nature, mais je dois vous prévenir…

Il m'a prévenu. Il est possible, dans l'état actuel de la médecine, il est possible…

– Il ne faut peut-être pas compter vivre au-delà de cinquante ans.

Je regarde le port et les bateaux. Le soir tombe, ma mère m'attend pour dîner. Elle attend ses deux fils. Le raté physiologique et le jeune voyou, mon cadet, qui triple ses classes avec régularité. Nous allons nous asseoir devant la table de formica jaune, les assiettes à fleurs bleues, les ronds de serviette en bois gravé : Maman, Jean, François. Celui de papa est enfermé dans le tiroir du buffet depuis des années…

Cinquante ans… J'en ai vingt-trois.

Le conseil de famille s'est réuni entre adultes pour examiner mon cas. Un vrai conseil, avec oncles, tantes, visages graves et principes en bandoulière. Ils ont éloigné les enfants « qui n'ont pas besoin d'entendre ces choses ». Ils ont dit qu'ils avaient de l'argent pour me faire soigner, et qu'un psychiatre arrangerait tout. Ils m'ont emmené au-dehors, dans un restaurant, comme si parler de moi dans le salon Empire habituel était un sacrilège. Puis ils sont repartis dans leur D.S. métallisée, après m'avoir arraché la promesse d'accepter un traitement médical « raisonnable ».

– Endocrinologie ? a dit la tante, le nez pincé d'incompréhension. C'est le nouveau mot à la mode… Depuis 68, il n'y a que des mots, on parle, on parle et on ne construit rien. Si tu es homosexuel, ça se soigne.

Un point c'est tout. Pour eux, pas d'intermédiaire possible. Et j'ai cédé provisoirement. Pour gagner du temps.

– Ta mère t'accompagnera, a dit l'oncle. Nous avons choisi le meilleur psychiatre de Paris, j'espère que tu te montreras digne de ses honoraires.

Et si je disparaissais ? Si je prenais un avion pour le bout du monde ? Un bateau pour l'envers de la terre ?...

Enfantin et impossible. Fuite en avant. C'est l'avis de mon double, celle qui me ressemble par le sexe, vers qui je me suis précipité dans l'espoir d'obtenir secours et consolation.

« Tu ne régleras pas ton problème en Patagonie. Pour devenir une femme, c'est ici qu'il faut te battre. Il faut de l'argent, des médecins, des médicaments, et envisager une opération, comme moi. Donc, il faut un métier. Passe ta licence, prends un job, et bats-toi. »

Elle se prostitue pour gagner. Et elle n'a pas encore gagné. « Les économies sont dures dans ce métier. Il faut vivre la nuit, s'habiller, boire, résister à tant de fatigue et à tant de clients déglingués... Il y a une petite clientèle pour les gens comme nous ! Des dingues. Nous sommes peu sur le marché... En fait, j'étais seule à Montmartre, avant de te connaître. Les autres, ce sont des travestis professionnels, des homos, rien à voir... »

Cette femme, c'est moi dans quelque temps. J'ai le sentiment que je n'échapperai pas à la prostitution, d'une manière ou d'une autre. Un avenir inéluctable, qui me colle le frisson. Je sens une réticence chez elle, une sorte de jalousie, la peur que je ne lui fasse concurrence un jour.

C'est insensé. Je suis là, en homme, devant cette professionnelle qui fut un homme aussi, et, pour la première fois de mon existence d'homme, on me jalouse en femme... Alors que j'attendais du réconfort, de l'aide, des conseils. Elle me les donne, certes, mais dans la limite de sa féminité. Soudain, je me demande si j'ai vraiment le caractère d'une femme, le tempérament... C'est quoi au juste, c'est qui, cette femme que je veux être ? Est-elle jalouse, capricieuse, faible ? Recherche-t-elle la protection d'un homme ou la solitude d'une émancipée ? Quel genre de métier aimerait-elle ? Est-ce qu'elle ferait la cuisine, le ménage, la lessive ?

Je n'en sais rien. Je m'ignore. Je ne suis qu'une femme-embryon, dont l'éducation a modifié le comportement. Après tout, je marche toujours les mains dans les poches et j'allume ma Camel après avoir offert du feu à cette femme. Toute cette croûte superficielle, ces manières acquises dans un monde masculin qui me prenait comme tel, est-ce important ?

J'ai tout à apprendre. Je n'ai que mon instinct pour être « l'autre ». Et j'en suis loin...

Encore plus loin que je ne l'imagine.

Le meilleur psychiatre de Paris (*dixit* le conseil de famille) habite un immeuble jadis occupé par la Gestapo. Plaque de cuivre et inscription démoralisante : « Centre de Santé Mentale ».

J'ai mal au cœur, j'ai bu trop de café, trop fumé, trop pensé et pas du tout dormi. Ma mère s'occupe des formalités au secrétariat, vérifie le rendez-vous, paie d'avance et s'assoit à mes côtés en silence. Comme si j'étais un grand malade venu entendre le verdict d'une mort prochaine. Je comprends mal : si elle espère tant me « guérir », comme elle dit, pourquoi ce désespoir dans les yeux et ces mains croisées en prière ?

Elle était belle autrefois, ma mère. Et je cherche cette beauté disparue sous les traits fatigués, les paupières lourdes, la bouche tombante et mince. Si je deviens une femme, est-ce que je lui ressemblerai, est-ce que je vieillirai ainsi ?...

– Bonjour, professeur. Voici mon fils. On vous a prévenu de son cas...

Ma mère parle et s'avance avant moi vers le « ponte » du Centre de Santé Mentale, le chef, le sauveur, le dieu qui sait tout et va la délivrer, elle, du démon qui m'habite. Elle est à l'aise, tout à coup. Elle fréquente les psychiatres et la psychiatrie depuis si longtemps autour de la folie de mon père. Il me manque, ce père réfugié hors du monde. J'ai besoin de savoir s'il me cracherait au visage lui aussi, en me traitant de pédé et de cinglé...

Le docteur R. est un médecin d'images d'Épinal. Une sorte de Freud en boutons de manchettes, front dégarni et regard condescendant. Je ne l'aime pas. Il a jeté sur moi un œil légèrement agacé. Il ne se souvient sûrement pas de mon « cas », il a dû accorder un rendez-vous comme à tout le monde, en se disant qu'il verrait « ça » plus tard...

– Entrez, madame. Je vous demande quelques instants, jeune homme...

Je me rassois. L'humiliation se met en boule dans ma gorge et la bloque. Je la connais depuis longtemps, mon enfance en a pris l'habitude, comme une seconde nature : j'encaisse, je sens la honte se former, s'installer, m'étouffer, et j'attends. Parfois je donnerais cher pour ressentir de l'agressivité, pour être violent, réagir, me défendre... Mais rien ne vient jamais. Je dois être un humilié de naissance. Passif. Ma mère parle à ma place en ce moment; elle déballe à ce vieux mondain sentencieux ce qu'elle croit être « l'état » de son fils. J'entends un vague murmure derrière la porte. Sans comprendre les mots, je les devine : « Il s'est mis dans la tête qu'il était une femme, docteur... Nous nous sommes sacrifiés pour ses études... Son père que vous connaissez, moi-même... bref, notre famille est aux cent coups. Il faut le remettre dans le droit chemin. »

Le murmure s'est arrêté sans que je m'en aperçoive. C'est à mon tour d'entrer. On m'invite enfin.

– Asseyez-vous...

J'ai tout juste le temps de me poser de travers sur une chaise trop basse, et ma mère attaque. Elle est installée dans le fauteuil réservé au patient. C'est toujours elle qui « consulte », pas moi.

– Mon fils fréquente des homosexuels et des garçons coiffeurs...

Je crois rêver. Un cauchemar de stupidité. De l'autre côté de son bureau, le docteur R. semble tout de même gêné. Il interrompt sur le mode professionnel :

– Madame, votre fils est libre et majeur. Je suis médecin et, si j'accepte de l'aider, j'attends de lui une démarche personnelle.

Tout de même. On me jette un os, un seul. Liberté ? Je suis là parce qu'ils le veulent. Je le dis. J'ai ramassé l'os, il ne m'en jettera pas d'autres. Ce n'était qu'une formule professionnelle.

– Je connais votre famille, particulièrement votre père, donc vos problèmes ne me laissent pas indifférent. Je suis disposé à vous aider, nous allons parler d'homme à homme.

C'est là que j'aurais dû m'enfuir ! Refuser ce piège infernal, cette conspiration familiale dont il se faisait complice.

Ils m'ont berné. Je ne suis pas devant n'importe quel psychiatre, je suis devant un médecin ami de la famille, qui doit exercer une psychiatrie aussi vieille que lui et aussi conventionnelle. Cet endroit est un centre de santé qui dépend de l'administration. J'y ai accès parce que mon père était fonctionnaire, ma mère était fonctionnaire, et je suis en passe de l'être... Donc, je suis condamné à une psychothérapie de fonctionnaire. Je sais tout cela et pourtant je parle à ce vieux croûton, je tente de lui expliquer. Parce que j'ai si peu l'occasion de parler, et tellement besoin.

Si seulement j'arrivais à lui faire comprendre que j'ai fait tout mon possible; que j'étais amoureux, que je ne suis pas homosexuel, que je ne veux pas souffrir, que je veux être une femme parce qu'elle est en moi, prête à naître... J'emploie toujours les mêmes mots, mon vocabulaire tourne en rond.

Je n'ai pas réussi.

– Vous viendrez chaque semaine, nous reparlerons de tout cela, j'espère vous aider.

M'aider, non. Me tordre, sûrement, pour faire

semblant de « remettre la nature en place », comme ils disent.

Ma mère est à nouveau là. Elle remercie avec un mélange d'onctuosité et de désespoir qui me glace :

– Merci, docteur. Il n'y a jamais eu d'homosexuel dans la famille, vous comprenez...

J'aurais donc peur d'être un homme ? C'est ce que doit penser ce mondain cravaté qui n'a même pas demandé à voir mon sexe; il n'est pas médecin, il est psychiatre... ne pas confondre. Il ne mesure pas un phallus, il plonge dans le complexe d'Œdipe et le Moi profond des autres. Ce type me fait peur, j'ai la certitude qu'il va détruire le peu d'équilibre que j'ai eu tant de mal à trouver.

Et il le fait.

Première séance : il ne s'agit pas d'une psychanalyse, mais d'une conversation. Je n'ai qu'à répondre aux questions.

Exemple : « Lorsque vous étiez enfant, vous préfériez qui ? Votre père ou votre mère ? – Ça dépendait des jours. »

Problème. Je ne réussis pas à comprendre, dans le discours qui suit ma réponse, si mon Œdipe est inversé ou non. Si, selon lui, j'ai des envies de pénis ou des angoisses de castration.

Courageusement, j'exprime, non pas mon point de vue sur la question, mais ce que je ressens. Il me semble, à moi, que l'anatomie est un destin en soi, que mon désespoir est de ne pas avoir d'organes femelles, que je rêve d'ovaires, d'utérus et de règles. Et que ma décision est prise. Devant ce rêve impossible, je tenterai le possible, c'est-à-dire l'opération.

– Pour quoi faire ? Vous êtes fou ? C'est une mutilation !

– Pour avoir, au moins, un vagin...

Je lis dans ses yeux un effroi passager. Le mot « vagin » l'a estomaqué.

Mais je ne suis qu'une pauvre souris, et il est le chat. Il reprend son calme et s'acharne à me convaincre que la seule chose importante dont il doit s'occuper est la question de mon avenir social. Pour le reste, il me donnera l'adresse d'un confrère qui traite la stérilité !

Alors j'avoue le docteur Hormones et l'immense soulagement physique qu'il m'a procuré. C'est l'horreur pour un homme comme lui. Il n'a jamais connu, ni vu, ni approché, et encore moins étudié le problème de la transsexualité. Tout ce qu'il en sait se traduit par une formule incroyablement sophistiquée, selon laquelle je risquais d'entamer un « processus de clochardisation ». Pour ne pas dire prostitution.

Je suis un « aliéné », un cas psychiatrique tout simplement. Je dois apprendre la différence existant entre « faire » l'homme et « être » un homme, « faire » la femme et « être » une femme. Je deviens, je me sens coupable. De plus en plus coupable.

J'entends, deux fois par semaine, des sentences et des menaces. Il « ne sera pas complice de mon désir de devenir une femme ».

Devenir une femme est une aliénation. Désirer un vagin, une aliénation. L'opération, un crime !

– D'ailleurs, vous ne jouirez pas, après une telle opération. Jouir est impossible.

Le salaud ! Est-ce qu'il se préoccupe de savoir si je jouis ou non dans mon état actuel ? Est-ce qu'il sait que ma seule possibilité de jouissance physique, si maigre soit-elle, se trouve dans les rapports homosexuels, que je refuse ? Car je les refuse. Et je sais de quoi je parle en les refusant. J'ai essayé, j'ai risqué ma morale et ma culpabilité, pour savoir... Je sais, maintenant. Est-ce qu'il a essayé, lui ? Quel courage est le sien ? Il n'a pas tenté, comme ce journaliste suédois Hemming Pallesen, l'expérience d'être homosexuel dans un milieu normal, pendant un mois. J'ai lu ce qu'il a décrit, cet aventurier du sexe. Je l'ai gardé gravé dans ma tête : « La réaction fut terrible, dit-il, j'eus l'impression d'être la victime d'un impitoyable racisme. »

Voilà la vérité. Et contre le racisme, les victimes n'ont pas d'arguments. Deux seules solutions : la violence ou la soumission. Ce type de la psychiatrie officielle est en train de me soumettre; il veut me « normaliser », étouffer ma personnalité, transformer mon désir d'être une femme en perversion, m'obliger à reconnaître cette perversion, donc à me sentir coupable, malade, et à guérir.

Et je souffre de la guérison qu'il réclame. Je ne tiendrai pas le choc.

L'extraordinaire, c'est qu'il ne tient pas non plus. Ces face à face avec moi l'épuisent moralement. Une curieuse lassitude s'installe. Lui, le psychiatre, le normalisateur bon teint, qui a promis de me rendre à ma famille en état de légitime existence, est à bout d'arguments. Qu'avons-nous gagné ou perdu à ce jeu cruel de plusieurs semaines ? Il reste avec ses questions sans réponse. Il croit toujours qu'un transsexuel est un objet de scandale, et qu'une insertion dans le monde du travail est la seule issue, à condition d'étouffer tout le reste.

Quant à moi, il me laisse sur son paillasson, après chaque séance, coupable, honteux de ce que je suis, de ce que je pense et de ce que je désire. Je me répète inlassablement la même promesse : « Je ne ferai pas le trottoir, je ne me "clochardiserai" pas, comme ils disent pudiquement. Oui, je serai fonctionnaire des Postes, licencié en droit et obéissant... Oui, je vous mens, oui, je souffre... »

J'ai acheté une robe noire à pois rouges.

Mon cher fils...

Du fond de sa tragédie personnelle, mon père fait une tentative, probablement radioguidée. Son écriture maladroite, tordue par les drogues, transformée par l'angoisse et l'internement, n'est plus celle du maître d'école de mon enfance. Que sait-il de moi à présent ? Près de dix années de séparation; il ne m'a pas vu grandir et changer, en dehors des visites. Nous n'avons jamais parlé de moi autrement que dans le genre : « Tu seras un homme, mon fils. » Alors, comme jadis il voulait tirer sur mon sexe, pour une vérification horrible, il écrit : *Mon cher fils, dans quelques mois l'armée fera de toi un homme.*

L'armée. La grande histoire de la famille. Nous sommes encore dans les tranchées de 14 et les chars de 45. Les oncles colonels et les médecins militaires. Les meilleurs. L'un d'eux surtout, qui jouit de l'admiration paternelle et de l'approbation des autres.

« Il te guidera, il connaît les hommes. » Qui m'a dit cela en face ? Père ? mère ? oncle ? je ne sais. Ils sont dans un camp, moi dans l'autre. Ils sont unis et rassemblés autour d'une même idée, ne pas subir le scandale d'un « efféminé ». L'armée, le conseil de révision, c'est le dernier bastion du clan des hommes. Le suprême, l'imprenable. Celui dont on sort « bon pour les filles », la quille autour du cou, comme un sexe en collier. Un type qui a fait l'armée est un type sauvé, blanchi, garanti par la société.

Moi, je regarde pousser des seins. Les miens. Chaque piqûre d'hormones leur donne une nouvelle rondeur. Ils fleurissent. Ils sont ma plus grande joie, mon unique plaisir. Ils vivent, ils sont sensibles, c'est une contemplation presque religieuse.

J'habite enfin Montmartre. Je n'ai qu'à traverser la rue pour retrouver le bar de mes semblables, le lieu de perdition nocturne où les travestis me font une famille bariolée et chaleureuse. Le seul endroit où je peux reprendre souffle pour affronter les séances de psychiatrie obligatoires, le seul endroit où j'oublie les montagnes qu'il me reste à escalader.

Montagne, le conseil de révision, pour le printemps 70, à la fin des études. Montagne, le stage obligatoire dans l'administration des Postes. Je leur devais huit années de fonctionnariat. Montagne, sommet, cime, Himalaya... Comment échapper à l'armée ?

Au *Pavé* où je traîne en « mi-fille » ou « mi-garçon », on me fait des confidences terribles. Je les ai écoutées comme les affreux contes de ma grand-mère, peuplés de sorciers, de pommes empoisonnées, de malédictions et de peaux d'âne. Ils m'ont toujours fait peur. Celui-là est digne de ma peur.

– Si tu rentres là-dedans, t'es foutu. D'abord ils te repèrent immédiatement. Tu peux toujours arriver avec un certificat médical, ils s'en foutent. Ou t'es « bon », ou on t'enferme chez les fous pour te « redresser ». T'as pas de sexe ? Ils s'en foutent. Du moment que tu as un papier qui le dit... J'en connais qui en sont morts. J'en connais qui sont restés chez les fous, bourrés de drogues. J'en connais qu'on a incorporés de force, et qui se sont retrouvés violés dans les dortoirs, nuit après nuit, traînés dans les latrines pour une petite gâterie de troufion. J'en connais qu'on a tabassés, j'en connais qu'on a mutilés... Ça se dit pas, personne n'en parle. Les hommes entre eux ferment leur gueule sur les saloperies de régiment. Et les gradés ne veulent pas ternir « l'image de l'armée française ». Ton corps leur appartient. Il appartient au gouvernement, à la France !

Le conteur sait ce qu'il dit. Il n'a échappé à toutes ces horreurs qu'après des mois de folie simulée, avalant les drogues, les recrachant quand il le pouvait, inventant sa propre démence, au point d'y tomber vraiment. C'est un petit travesti maigre et fragile, au regard désespéré. Il fait du cabaret, se prostitue, se drogue, court après l'argent, et ne sait plus s'il se « défonce » pour se prostituer ou se prostitue pour continuer à se défoncer.

Je ne veux pas être comme lui. Mais je ne le condamne pas. Il me fait pitié, je comprends son désespoir. Transformé par la chirurgie, petit visage de poupée sans rides, vêtu de fanfreluches, humilié par les filles avec une régularité qui tient de la torture, il est le symbole de ma peur profonde. Il a tout vécu, tout supporté, il est sans âge, et s'appelle Ursula. Dans les contrôles d'identité, il est Marcel. Racolage, attentat aux mœurs, procès-verbal, amende, mise au « ballon », quolibets, manque de drogue, et tout recommence. Ce n'est pas une star de la transsexualité, lui. Il n'a jamais eu, et n'aura jamais dans sa cagnotte de quoi s'offrir l'opération, l'appartement de luxe, les visons et le téléphone rose de la call-girl professionnelle. Le tapin pour la drogue, la drogue pour le tapin, et les souvenirs de souffrance. Toujours la souffrance…

– L'armée te tuera, si elle t'attrape…

Je suis naïf. Plus je me féminise, et plus je suis naïf. Je crois pouvoir échapper au massacre en utilisant justement ce que père et mère me proposent : un médecin militaire qui « sait ce que c'est qu'un homme et a sauvé ton père ». Après tout, s'il sait ce que c'est qu'un homme, il saura que je n'en suis pas un. Il fera ce qu'il faut pour que l'armée m'ignore. J'irai lui montrer. Tout. Mon sexe, mes seins, mes ordonnances d'hormones, je lui dirai l'échec permanent de leur psychiatrie de bazar, qui n'a pas su se mettre à jour et nous ignore, minorité gênante, point d'interrogation mythique, problème insoluble.

Mon cher fils, j'approuve ta décision d'aller rencontrer le Dr Ferrier, et ton assiduité auprès du docteur R., le psychiatre. L'un et l'autre sont des hommes de confiance, et ils sauront résoudre tes petits ennuis de santé.

La lettre du père est dans la poche de mon pantalon, mon pantalon est sur une chaise, l'infirmière se penche et me pique.

Seringue magique, potion magique, aidez-moi. Qu'un dieu invisible m'arrache une côte, alors que je suis endormi, et que je me réveille Ève jusqu'au bout des ongles. Je suis encore une femme balbutiante, hésitante, je compte mes petites victoires, j'avance encore dans l'ombre. Mais j'ai sur le cœur la soie de mon premier soutien-gorge et m'offre des cérémonies solitaires. Un vernis couleur d'opale, un pinceau malhabile, ma main qui tremble, un souvenir qui tremble dans ma mémoire : le petit garçon en larmes au bord d'une rivière, jaloux du rouge éclatant sur les ongles de la petite voisine… la voix de ma mère : « Les garçons ne mettent pas de vernis ! »

J'avais oublié que ce jour-là j'avais pleuré dans les orties... comme une mortification. Je ne veux plus être martyr.

Le *Lux Hôtel* ressemble à tous les *Lux Hôtel* de toutes les villes de France. Comme tous les cafés *Terminus*. Du faux marbre devant la porte, une enseigne d'un blanc douteux, une porte à petits carreaux de verre, la réception, les clés alignées derrière le gérant, un géant kabyle méfiant aux yeux noirs. Et l'escalier en colimaçon, chemin des prostituées sur un faux tapis de Damas miteux.

Mon double, mon sexe jumeau, habite une chambre au deuxième étage. Entre deux plantes vertes et une fenêtre crasseuse, une cage de serins piaillards et insolites. C'est là qu'elle travaille. La prostitution est le seul moyen, la seule ressource financière immédiate qui lui permettra d'achever sa transformation, de payer la castration – puisque c'est le mot officiel, le mot juridique, le même pour elle et moi que pour les hongres et les matous de concierge.

L'hôtel est usine, réservé aux transsexuels et aux travestis du quartier. Quelques filles de Pigalle y font des passes rapides, dans la journée, avec la bénédiction d'Ahmed, le géant énorme, homme de paille de cent vingt kilos, collecteur de fonds d'un proxénète invisible et milliardaire.

Muriel, ma sœur, ma tendresse, loue cette chambre à la semaine. Elle y dort. Pour chaque client, elle doit payer à l'heure une autre chambre. Travail et vie privée dans la même usine. Je fais partie de cette vie privée. Et l'usine ne me fait pas peur. S'il le faut, si rien ne vient me sauver, moi aussi je travaillerai. Je paierai le prix de ma liberté, et je le paierai à n'importe qui. Je me crois forte, capable de cet esclavage, puisque d'autres le supportent.

Il fait gris et froid. Tout contre l'hôtel, la sortie d'une école. Les gamins de Montmartre ou de Pigalle apprennent la géographie et la règle de trois sur le même trottoir. Dans la journée, les prostituées se font discrètes, mais dès la sortie des classes le bitume change de couleur. Envolés les cartables, les bonnets de laine, les écharpes bariolées, voici les bas noirs et les robes fendues. Il est vingt heures. Ailleurs, la France profonde a les yeux braqués sur le journal télévisé. Ici, le tableau des clés est déjà vide. Je ne suis qu'en visite, et en homme. Ami de cœur, je suis venu consoler Muriel d'une grippe effroyable qui la prive de clientèle. Je suis porteur d'aspirine et de réconfort. J'arrose les plantes vertes, je souris aux oiseaux, j'embrasse la fièvre au front de l'amie grelottante, qui trouve encore la force d'une sentence :

– Les gens comme nous sont fragiles, tu vois. Les femmes, les vraies, ont une santé de fer. J'en ai vu faire des clients dans la neige à demi nues. Les forces de la nature, ce sont les femmes. Nous ne serons jamais que des sous-produits...

Muriel ma belle, au sexe d'ange, a le cafard. Le noir cafard des isolés, des sans-famille. Sans force et sans le secours des fards, le cheveu triste, la lèvre pâle, elle a l'air d'un petit garçon puni, menacé du cabinet noir. J'emporte avec moi sa solitude, plus âpre que la mienne. Et au détour de l'escalier sordide, j'entends pour la première fois :

– Police ! Vos papiers...

L'homme est corpulent, grisonnant, l'air d'un père de famille bonasse. Un faux air, que les yeux petits et vifs démentent, comme la voix méprisante. Une carte d'étudiant le surprend, l'objet de ma visite encore plus; il épluche mon porte-cartes, découvre plus insolite :

– Vous êtes fonctionnaire au ministère des Postes ?

– Stagiaire...

– Qu'est-ce que vous foutez ici ?

Les portes claquent, les filles piaillent, le gérant se plaint, les clients protestent... et les inspecteurs font le tri : garçon ou fille ? Ils se perdent dans les prénoms, les jupons, les perruques. Les transsexuelles, dans le monde de la prostitution, ont des rapports curieux avec la police, je m'en rends compte. Mépris bien sûr, sous-entendus rigolards, mais la gêne est là. Et la haine aussi parfois. Une putain peut attendrir un flic, un « travesti » jamais.

Ils emmènent Muriel et sa fièvre, comme les autres, et libèrent les clients. Le gros policier me rend mes papiers :

– À bientôt, sûrement...

J'étais homme avec des papiers d'homme, il n'y pouvait rien, mais j'ai lu mon avenir dans les petits yeux méchants. Il voulait dire : « Un jour je t'emballerai aussi... tu seras volaille en cage, comme les autres. »

Muriel, libérée le lendemain, me raconte que le gros policier s'est fait photographier avant la relâche, dans la cour de la préfecture. Comme dans une cour d'école, lui au milieu, les transsexuels autour : souvenir de son exploit, photo de fin d'année, qu'il a dû épingler au mur de son bureau. Sordide chasseur de papillons. Son regard avait raison, je suis déjà du côté des papillons.

6

Je viens d'être malade. L'angoisse s'est acharnée sur moi toute la nuit. C'était une pieuvre qui me prenait la gorge, enserrait mon ventre, faisait trembler mes jambes et se crisper ma mâchoire. Elle est venue du dehors, elle m'a retrouvé, là où je croyais pouvoir me cacher, dans mon perchoir de Montmartre.

Elle m'a reconnu dans ma robe à pois et mes chaussures de fille. C'était celle de mon enfance, la même bête affreuse qui cherche à me sucer la cervelle, qui m'oblige à me regarder dans la glace, dans la lumière livide et cruelle de la salle de bains, qui parle à ma place, avec ma voix d'homme, dans mon crâne d'homme : « Alors, Jean Pascal Henri Marin, on va jouer le type qui veut échapper à la règle ? Au service militaire et au slip kangourou ? On se réfugie dans l'idée qu'on est une femme et que la nature s'est trompée ? On rejette la faute sur un univers qui serait anarchique ? On se prend pour une victime ? On pleure sur son cas ? Et si tu refusais de regarder la vérité en face ? Tu préfères mépriser ce que tu appelles "la société" ? Tu la prétends pourrie ? Et si c'était toi, la pourriture de cette société-là ? Si tu étais tout simplement un monstre ? »

Je voudrais la tuer, cette pieuvre qui me ronge. Je n'ai rien à lui répondre en effet. Comme je n'ai rien à répondre à tous ceux, médecins, famille ou censeurs divers, qui m'interpellent. Mon corps n'a pas de voix, il s'exprime comme il peut. Il rejette ce qui l'étouffe et le contraint, silencieusement et douloureusement. Je crois qu'il s'est déclenché en moi une guerre chimique invisible. Une longue guerre d'un quart de siècle. Regarde, Jean Pascal Henri, dit « Magali », regarde le champ de bataille... L'adversaire est encore plus fort que toi. Il a tous les moyens. Les grands moyens.

Le printemps qui approche est celui du conseil de révision. La marseillaise de famille chante toujours : « Tu seras un homme, mon fils. » Et l'on t'envoie pour un face à face terrible avec le représentant de l'institution militaire. Un ancien combattant gradé, celui qui a protégé ton père et se croit, même en temps de paix, médecin militaire de campagne, ancien légionnaire dépisteur de déserteurs.

– Ah ! c'est vous, le fils Marin ? J'ai bien connu votre père, il était mon ordonnance pendant la guerre... Vous remercierez Madame votre mère, ces foies gras du Quercy sont un délice.

Je suis quelque part du côté de Nogent, dans une maison bourgeoise. Guéridon dans l'entrée, faux tapis d'Orient, salon Louis XV en copie XIXe et bureau de chef. Rigueur et souvenirs de guerre. Médailles sous vitrines et citations encadrées, obus de la guerre de 14 transformé en presse-papiers.

– Mon garçon, je pourrais être votre père... Et si votre famille vous adresse à moi, c'est qu'elle connaît mon expérience en cette matière.

De quelle matière parle-t-il ? Il parle pour parler, comme lorsqu'il était député dans les années 50, politicard de troisième zone.

– J'ai fait rapatrier votre père de Compiègne en 43...

Il attend quoi de moi ? Que je me jette à terre, en prière, le front sur le tapis, pour le remercier ?

– Je ne lui ai jamais épargné mes conseils, ainsi qu'à votre mère...

Il faut que je me défende. Poliment et hypocritement, mais je dois essayer… pour mon petit honneur à moi sans médailles et sans képi. Si je le heurte, il me fera enfermer, jeter de force dans une caserne de basse-fosse, en pâture aux mâles du régiment… Je dois être lucide. Ce type est un piège. Il a des armes politiques, des relations au ministère des Armées, ma mère l'a appelé au secours, il est de son côté et pas du mien, bien entendu. Il faut le flatter. Ces gros chiens galonnés ont besoin de flatteries et d'admiration.

– Je sais l'importance que vous avez dans ma famille, docteur…

Il se rengorge. Estomac bedonnant, tête d'adjudant devenu capitaine, moustaches vernies, épaules en arrière. Il sent le ragoût de mouton et la lavande. Il me dégoûte mais je me jette à l'eau :

– Je suis homosexuel.

– Je vois.

Je me suis habillé de neutre : pantalon noir et pull-over blanc, manteau sévère.

– Vous êtes suivi par un psychiatre, m'a-t-on dit ?

On lui a tout dit. Et on a dû le supplier, au nom de la vieille reconnaissance familiale, d'exercer son autorité sur le rétif que je suis.

– Jeune homme…

Il lève le menton et regarde ailleurs. L'homosexualité, dans l'armée, c'est un mot qu'on ne prononce jamais. Qu'elle se pratique sous les couvertures, ou dans les latrines, ne doit en aucun cas se savoir.

– … Jeune homme, l'armée française est libre de son choix. De nos jours, il n'y a plus de conseil de révision, mes collègues pratiquent ce qu'ils appellent une « sélection médicale ». Vous serez donc convoqué, examiné, et l'armée décidera souverainement.

– Je ne peux pas.

– Vous ne pouvez pas quoi, jeune homme ? Vous n'êtes pas venu jusqu'ici, je l'espère, dans l'espoir que je pourrais intervenir auprès de l'armée pour vous faire réformer ? Ce serait un comble !

– Je n'ai pas dit ça.

– En effet, vous n'avez pas dit ça. Vous m'avez dit « seulement », si j'ose m'exprimer ainsi, que vous étiez homosexuel...

– En fait, je n'en sais rien.

– Comment ça, vous n'en savez rien ?

– Je n'ai pas de sexe défini. Pour l'armée, je ne serai qu'un homosexuel et je ne pourrai pas le supporter. Je ne veux pas être au milieu de tous ces hommes. Vous savez très bien ce qu'ils feront de moi !

– Non, jeune homme, je ne sais pas. Tout ce que je sais, et tout ce que je vois, c'est un tire-au-flanc. Vous espérez échapper au devoir national en vous prétendant homosexuel... c'est votre affaire. Mais dans ce cas, je ne vois pas ce que je peux faire pour votre famille.

– Pas ma famille, moi ! Il s'agit de moi ! C'est moi qu'on veut enfermer avec des hommes. Je n'en suis pas un, ils me font peur... Je me tuerai si on m'y oblige !

Il bondit d'indignation vertueuse.

– Vous tuer ? Ah non, jeune homme ! Ce n'est pas devant moi qu'il faut jouer cette comédie. J'ai cinquante ans de médecine et trente ans d'armée ! Des pédérastes, j'en ai vu quelques-uns... pleurnichards et soi-disant au bord du suicide. On sait ce que c'est... Depuis vos agitations récentes, d'ailleurs, il y en a de plus en plus. À croire que c'est une mode ! Vous ne vous tuerez pas, jeune homme, vous ferez comme tout le monde, et l'armée vous dressera ! C'est de cela que vous avez peur ! Je n'aurais pas cru que le fils de mon ami Marin puisse se ranger du côté des lâches.

– Je vous en prie, vous êtes médecin, vous devriez comprendre... J'ai fait ce que j'ai pu. Je vois le psychiatre deux fois par semaine, je ne suis pas fou, et d'ailleurs il ne m'a ordonné aucun médicament. J'ai aussi un médecin personnel. Il est compréhensif, il me soigne pour un déséquilibre hormonal...

– Mon pauvre garçon, vous êtes bien malade...

et je suis de l'avis de votre mère. Pour un homme, je ne connais que l'armée, c'est tout le malheur que je vous souhaite !

Malade. Je le suis, malade, à vomir.

Je m'en retourne vers Montmartre, dans le monde provisoire que j'ai choisi. Il tourne dans ma tête des histoires que m'ont racontées les Caroline et les Magali du trottoir : les transsexuelles bloquées dans les infirmeries de caserne, bourrées de piqûres pour « en faire des hommes ». Un jeune médecin de mes amis m'a révélé qu'il en « soignait » deux dans son hôpital militaire.

Ils ne me tueront pas à coups d'androgènes. C'est moi qui me tuerai plutôt. La mort ne me fait pas peur aujourd'hui. L'angoisse et sa pieuvre sont retournées dans les ténèbres. Si je n'ai pas d'autre issue, ma mort servira d'exemple. Martyr, pourquoi pas ? Martyr des cohortes de troufions du monde entier.

Au *Pavé,* une putain de comptoir se révolte :

– Vous n'avez qu'à faire une manif ! Ça marche, les manifs... Tout le monde en fait, alors pourquoi pas vous ?

Une « manif » d'intersexuelles. Si j'en crois les statistiques officielles, qui écartent les travestis professionnels, nous ne sommes qu'une centaine en 1970, en France. Cent... Est-ce qu'on peut faire une manif à cent ?

J'ai revu Sarah de loin. Il y avait entre nous la fontaine Saint-Michel, la foule et la pluie de janvier. Elle parlait à des inconnus, elle vivait, souriait, et moi je n'étais pas mort. Un mort-vivant reste un vivant. Je l'aime encore aujourd'hui.

Un ami m'a aperçu, fantôme sur le trottoir, et a couru vers moi comme pour la protéger, elle, d'un affreux danger.

– N'approche pas. Elle ne t'a pas vu, c'est beaucoup mieux comme ça. Tu as changé...

Il regardait mes vêtements, ma chemise bouffante, le sac en bandoulière, mes cheveux longs...

– Si tu ne l'avais pas quittée, je ne te l'aurais jamais pardonné.

La souffrance des autres passe avant la mienne...

– Tu vas passer tes examens dans cette tenue ?

J'ai dit « salut », et je suis reparti d'où je venais, de Montmartre, du *Pavé* et de ses travestis. Si j'avais pu le faire, j'aurais choisi pour me punir n'importe lequel des professionnels du coin. Pour aller faire ce qu'ils appellent l'amour. Je l'aurais fait en pensant à la chair de Sarah, à ses cheveux, à son odeur. Je deviens fou – ou folle. Que faire de cet amour impossible pour une femme, alors que j'en deviens une moi-même ? Il est planté dans ma tête, véritable flèche empoisonnée : il me remet en question, me désagrège alors que j'ai tant de mal à me reconstruire jour après jour. Tant de mal à lutter contre mes ennemis visibles.

Mon père m'écrit qu'il est content. Il m'envoie de l'argent pour me faire soigner, lui qui est insoignable. Il attend de recevoir ma visite en uniforme de l'armée. Et je m'offre le plaisir dérisoire d'une séance chez l'esthéticienne. Pour avoir des jambes lisses, sans duvet. Pour mettre un collant fin, et une robe élégante, pour m'admirer dans la glace, une fois de plus, me dédoubler et retrouver mes sœurs travesties. Je vis la nuit en Magali, anonyme. Je rêve le jour en Jean Pascal Henri Marin, étudiant de quatrième année de droit, sursitaire pour quelques mois encore. Insomniaque et perdue, terrorisée à l'idée de retrouver le monde des hommes. La caserne, comme l'école, est un endroit où il faut pisser debout.

Dans mon « atelier d'artiste » de la rue André-Antoine, j'ai une salle de bains de femme. Des flacons de parfum, des boîtes de maquillage, ma perruque de nuit, mes sous-vêtements de dentelle. J'y mourrai s'il le faut, mais plus jamais on ne m'obligera à pisser debout. Je suis naïve. Tellement naïve...

Maman est passée, pour me dire d'un air triste

que j'étais son « fils préféré ». Moi, sa fille ratée, je suis son fils préféré...

Et derrière cet avertissement en forme de complainte, arrivent les supplications en vrac. Elle me supplie d'« abandonner mes fréquentations douteuses » qui contrarient la psychothérapie entreprise. Elle brandit devant moi la convocation au centre de sélection de l'armée, en espérant que je me montrerai « digne ». Elle va jusqu'au sacrifice suprême : s'il le faut, elle revivra avec mon père, elle reconstituera le foyer détruit afin de m'apporter l'équilibre...

Mon silence est une fin de non-recevoir, sa pitié ne me concerne pas. Elle a claqué la portière du train, et emporté dans sa province le dégoût de Paris qui a pourri son fils.

Ce n'était qu'une semonce. Le tir familial se déclenche aussitôt. Il est plat, bleu, glissé sous la porte par la concierge. C'est une convocation à en-tête du ministère de l'Intérieur. Police nationale : « Pour affaire vous concernant ». Et un itinéraire chiffré, numéro de l'immeuble, numéro de l'étage, numéro du bureau, numéro de téléphone, signature.

La concierge :

– Deux messieurs sont passés l'autre jour et m'ont posé des questions sur vous. C'était comme une enquête... Vous n'avez pas d'ennuis ?

J'ai toujours la ressource de puiser dans ma vie officielle une réponse logique. J'imagine qu'il s'agit d'une enquête administrative en vue de ma future carrière au ministère des Postes. La concierge est heureuse de le savoir, et m'apprend bien des choses en retour, que j'ignorais.

– Vous comprenez, comme vous vivez avec un travesti, j'ai l'habitude... Mais ça vient pas de la Mondaine, ce genre de papier, et ça vient pas non plus de la brigade du coin, je connais la couleur, n'est-ce pas ? Vous auriez pu vous faire prendre en flagrant délit... racolage et le tintouin, on sait ce que c'est...

Je suis catalogué. J'héberge pour quelque temps ma jumelle de sexe, en toute amitié, et la chose se transforme en une phrase terrible : « Je vis avec un travesti. »

– Ils m'ont questionnée sur vos habitudes. J'ai dit que vous étiez des filles tranquilles, ma foi. Je pouvais pas dire autre chose...

Voilà. « Ils » me font surveiller. Convoquer. « Ils » ont trouvé dans l'attirail familial un personnage inconnu de moi, ami d'un ami d'une relation d'un oncle quelconque, et sont allés lui raconter ma « perdition ». « Ils » m'ont dénoncé comme on dénonce un traître, comme les racistes désignent du doigt les juifs et les immigrés.

C'est un mardi d'avril et je grelotte sous le petit soleil de printemps.

– Merci, monsieur, dit le chauffeur de taxi, sans me regarder.

– Par ici, monsieur, dit le planton de service.

La porte numéro 427 du quatrième étage d'une annexe du ministère de l'Intérieur porte le nom du commissaire Léon Pinot.

– Vous frappez et vous entrez, marmonne le planton.

L'homme est assis derrière un bureau métallique. La cinquantaine, le poil grisonnant, un visage anguleux, l'œil clair, image même de la sévérité en costume bleu. Il affecte un langage télégraphique :

– Convocation ?

Je tends le carton.

– Carte d'identité ?

Il prend des notes rapides sur une feuille volante, sans me regarder. Il me laisse debout. Je sais qu'il prend son temps d'intimidation, avant de lâcher :

– Asseyez-vous. Vous vous appelez Jean Pascal Henri Marin... Votre famille s'inquiète à juste titre de vos fréquentations et de vos activités.

Il abandonne le style télégraphique pour la phrase doctorale. Je passe sur ma peur, et j'avoue d'avance, espérant en finir.

– Je suis étudiant en quatrième année de droit à la faculté d'Assas. Et homosexuel.

– Je sais. Il n'y a pas de quoi pavoiser.

– Homosexualité est un terme général. Plus précisément, je suis transsexuel, un psychiatre s'occupe de moi et je consulte régulièrement un endocrinologue.

– De quoi vivez-vous ?

– Ma famille paie une partie de mes études, et j'ai une bourse du ministère des P.T.T. Je suis fonctionnaire stagiaire.

– On trouve de tout, aux P.T.T... vous gagnez ?

– Quinze cents francs par mois.

– Vous fréquentez quels endroits ?

Il a repris le style télégraphique. Il essaie de me faire dire que je vis de prostitution, puisque je fréquente des prostituées.

– D'après mes renseignements, vous auriez parfois des comportements bizarres. Quelle drogue ?

Pêle-mêle, il fait dégringoler sur ma tête les sept plaies d'Égypte. Je suis un travelo puisque je m'habille en fille; un drogué puisque je fréquente Montmartre; un prostitué puisque j'en connais; je bois parce que je « traîne » dans les bars... Et je pourrais être considéré comme proxénète puisque je vis avec un être qui me ressemble, dont l'identité véritable est connue des services de police et qui a déjà été interpellé à plusieurs reprises, donc...

Donc, il ne peut pas grand-chose. Il ne peut pas me jeter dans un cul-de-basse-fosse, mais le chantage est clair.

– À la première incartade, on ne vous ratera pas.

L'ignoble est encore à venir. Il passe de la menace à la fausse compréhension.

– Quelqu'un vous extorque de l'argent ? Un travesti ? On vous pousse à mener cette vie ? Si on vous a drogué, dites-le-moi, je pourrai agir...

Si seulement je n'avais pas les larmes aux yeux, si ma gorge laissait passer ma fureur... Je ne trouve qu'une chose énorme et bête à dire :

– Je suis un être humain...

Il me fixe d'un air étonné. Un être humain ? Il n'en a rien à faire. « On » lui a demandé de faire peur au fils de bonne famille et il a bien voulu.

Sans le savoir, j'ai fait ce que l'on appelle une déposition, puisqu'il la tape sur une machine grinçante et me la fait signer. J'y reconnais être un homosexuel, fréquentant des travestis et des prostituées. Être un travesti moi-même, et vivre en compagnie d'un travesti notoire.

J'espérais quoi ? Qu'il comprendrait quoi ? Que j'éprouve de la tendresse pour ce travesti notoire, qui se bat pour obtenir une vie de femme. Qui me ressemble tant qu'elle m'a redonné l'espoir et le merveilleux réconfort de ne plus être seule au monde, comme je le croyais. Que j'aime à m'endormir contre elle, comme une sœur, et que je ne suis pas horrifiée des « cent balles » qu'elle réclame aux autres. Que je crois à ce qu'elle dit : un jour, elle ne sera plus la prostituée « spéciale » de Montmartre; elle aura un nom, un métier, un mari... Que j'aime sa beauté insolite, qui me sert de modèle. Que notre seule drogue, c'est la nuit en femmes. Que je n'ai pas d'autres lieux à fréquenter, puisque celui-là seul m'accepte sans me torturer.

Je signe et j'emporte ma honte. Abus de pouvoir, abus de dégoût. Les autres ne mangent pas le même pain, disent-ils, et ne le rompront jamais avec moi.

Méfiance. L'état de méfiance est un état réservé aux marginaux, aux chiens galeux. Nous craignons toujours le coup de pied du maître ou du passant.

Ce mardi d'avril me réservait un autre coup de pied.

Mon amie de cœur et de corps, ma semblable de sexe, celle que j'hébergeais de ma tendresse et de ma solitude, me quitte.

Je dois apprendre aussi ce monde de prostitution. Il a ses lâchetés, ses peurs, comme il a ses lois. Mon « travesti notoire » ne peut prendre le risque de vivre sous mon toit, si je suis « repéré » par les flics.

Il me reste ce soir un sillage de parfum, un lit dévasté où j'ai répandu mes nerfs de femme pour une humiliation acceptée en homme. Maman, le voilà, ton fils préféré. Le nez à la vitre, prenant les toits pour des grandes voiles et ce putain de ciel bleu marine pour l'océan. Trop de mal m'amène toujours sur un bateau fantôme où je serais l'ange capitaine.

De Gaulle écrit ses Mémoires et il me manque un ultime oral. Je pleure sur la Marseillaise et je tremble pour ce conseil de révision. J'ai décidé de me présenter aux militaires de la sélection habillé en femme, mon dossier médical sous le bras.

Je n'ai prévenu personne. Ni père ni mère. Ils m'ont chassée de mon refuge. Interdite de séjour à Montmartre, je suis fauchée, à la recherche d'un abri et presque seule. Ce n'est pas une excuse, mais j'ai besoin d'excuses pour justifier ce que j'accepte : un autre saut de l'ange. Cette fois, vraiment, je franchis le pas, le vrai. Et cette fois, vraiment, j'apprends ce que représente un viol accepté. Je suis l'homosexuel que prétendait deviner en moi ce flic odieux, celui que craignaient les bourgeois de Rouen, que sifflèrent les gosses à l'école, et que Sarah voulait suicider.

Moi seule peux dire pourquoi. Longtemps je me suis refusé la réponse. J'ai éludé. Longtemps je me suis contentée de souvenirs idéalisés. L'amour avec Martial, mon copain de bar, n'était qu'une tendresse sans conséquence. Mes amitiés particulières, pour cent balles ou non, n'étaient que des amitiés. Je ne savais pas que j'étais vierge.

Aujourd'hui j'ai besoin d'avoir mal, et de sauter dans le vide.

Je suis venue dans cet institut de beauté réservé aux gens comme moi. Et il y a là Nicolas. Maigre, laid, blanc de peau, insinuant, déjà vieux. Marchand de maquillage et de beauté pour travestis, connaissant tous les petits et grands secrets du monde qui m'a recueilli. Ses mains cauteleuses portant la boue. Une attirance, aller voir au fond. Accepter le dialogue, se laisser entraîner au restaurant puis à l'hôtel... pour un flacon de parfum gratuit : un flacon prestigieux, empli d'or pâle, séduisant, luxueux, hors de prix.

La veille encore je dissertais aux examens sur l'histoire des idées politiques dans le monde, l'organisation européenne et le droit administratif. Aujourd'hui, j'offre mon corps pour une essence rare de chez Balmain. Me voilà putain, consciente de l'être, humiliée de l'être, mais résignée et forte.

C'est ma manière de vengeance. Devenir vraiment ce dont on m'accuse. Donner raison aux familles et aux flics, m'arracher plus cruellement encore au souvenir de Sarah. Vivre l'irrémédiable. L'acte sur lequel il est impossible de revenir, que rien n'effacera, la première borne du chemin qui me mènera au sexe et à l'argent confondus. Ni beauté ni rêve. Simplement l'acte, précis, douloureux. Payé de pacotille et d'un billet de cent francs pour le taxi. Je m'efforce d'enlaidir l'homme et la chambre de passe. Je m'oblige à tout voir, à tout ressentir, jusqu'à l'étrange sensation qui me fuira toujours au dernier moment : le plaisir. Je ne connais que l'idée du plaisir, un frisson qui passe au milieu de l'obscène, qui m'effleure et s'en va.

Je n'ai pas réussi à tout rendre laid. C'était un brave quinquagénaire distribuant les conseils et les petits cadeaux avec bonhomie. Lui ne se posait pas de questions. Il aimait les transsexuelles, vivait son plaisir en toute tranquillité.

La question, c'est toujours moi. Éternellement moi. Je m'invente un roman en respirant le flacon de parfum du crime accompli. J'ai tué l'homme en moi. Je l'ai humilié en le laissant posséder, j'en ai fait un homosexuel une fois pour toutes. Il ne servira plus qu'à cela jusqu'au grand jour où je serai femme, avec ce creux qui me manque au ventre. Ce jour-là, un homme me violera de face, les yeux dans les yeux, et, plaisir ou non, je serai reine.

Le voilà, mon roman. Je l'habille en fleur bleue, comme une cousette. Il me dira que j'ai de beaux yeux et la peau douce. Il y aura des bulles de champagne et une soirée d'été indien, un fond de mers du Sud.

Je plane. J'ai trop bu, trop joué avec mon double. Je dis qu'il est mort et que je l'ai assassiné, mais l'exécution n'a pas eu lieu en public. Rien ne le prouve, il me faut la matérialité des faits. Ce sera Vincennes, le centre de sélection militaire où Jean Pascal Henri Marin, sursitaire, est sommé de se rendre, afin de faire examiner son sexe par la France en galons.

Mon plan de bataille m'amène une dernière fois chez le psychiatre de service. Depuis des mois qu'il tente en vain de masculiniser mon cerveau, j'aimerais savoir ce qu'il pense des résultats et qu'il l'écrive sur un certificat médical en bonne et due forme. Je veux le verdict, le diagnostic officiel du Freud à moustaches. J'en ai le droit. J'ai payé, et j'ai souffert suffisamment en face de lui pour qu'il me fasse cet honneur. Il se redresse comme un coq, menacé sur son territoire.

– Pourquoi un certificat ?

– Parce qu'il n'est pas question une seconde que je fasse ce service militaire.

– Et pourquoi pas ? Vous refusez la confrontation ? Que représente l'armée pour vous ?

– Une affaire d'hommes. Je n'ai rien à y voir. Et j'ai peur.

– Peur de qui ? De vous ?

– Vous voulez voir mon sexe ?

– La question n'est pas là. Je vous demande de quoi vous avez peur.

– Des hommes. Être une femme dans un monde d'hommes, voilà ce qui me fait peur. Une peur horrible.

Le simple fait de le dire me fait suer d'angoisse. C'est vrai, je hais l'idée de l'homme, et cette idée-là est à son maximum associée à l'idée de l'armée. Le mâle sublimé par l'uniforme et la défense du territoire. « Qu'un sang impur abreuve nos sillons »... Ce mâle-là, en régiment et au garde-à-vous, est plus terrible qu'une cour de récréation de collège. Il est meurtrier. Il va chercher sans relâche à ridiculiser mon corps, ma peau, mon visage. Il va me piétiner, me cracher dessus, me violer en paroles et en actes, sûr de l'impunité. Féroce dans sa certitude. Un transsexuel dans une caserne ne peut servir qu'à jouer un porno.

– S'ils vous incorporent, je n'y peux rien et vous non plus.

– J'en mourrai.

– Des mots...

– Non, j'en mourrai vraiment. Vous ne comprenez pas ? Vous m'épiez depuis des mois, vous guettez toutes mes réactions, vous n'avez donc pas deviné que je ne peux être que morte, si on ne m'accepte pas femme ?

– Admettons que vous soyez réformé, que ferez-vous ?

– J'ai réussi ma quatrième année de droit, il ne me manque que l'oral; je remplirai mon contrat au ministère des Postes, et le soir, je vivrai en fille, je ferai du cabaret, je chanterai... jusqu'à...

– Jusqu'à quoi, Marin ? Chanter dans un cabaret vous paraît la meilleure façon d'être une femme ?

– C'est la seule chose qui m'est offerte pour l'instant, en attendant mieux.

– Mieux ? Vous pensez à la castration ? Au changement d'identité ? Folie que tout cela, Marin... Vous n'y arriverez pas.

Cette drôle de voix métallique qui sort de ma gorge me fait mal, elle résonne dans ma mâchoire contractée, je suis au bord de la crise nerveuse. Respire, calme-toi... La partie est trop importante. Un certificat de psychiatre peut te sauver la mise, Magali. Respire, gonfle ta poitrine naissante sous le pull-over sage... Montre-lui tes hormones, à ce singe pontifiant. Qu'il soit mal à l'aise, déstabilisé, contraint d'accepter les limites de sa science.

– Personnellement, Marin, je continue de penser que l'armée vous ferait le plus grand bien... Cela dit, par sympathie pour votre famille, je veux bien établir un certificat...

– Pour ma famille ? Mais c'est de moi qu'il s'agit ! De moi uniquement, et de votre diagnostic...

– Un psychiatre n'établit pas un diagnostic comme un médecin de campagne. Je ne soigne pas la varicelle ou la grippe.

Ce pouvoir monstrueux qu'il exerce, qui le lui a donné ? Je hais ce type, je le regarde prendre une feuille de papier à en-tête, dévisser son stylo avec gravité. Il écrit son oracle, le plie, l'enferme dans une enveloppe et me le tend, en ignorant ma souffrance jusqu'au dernier geste de son foutu sacerdoce.

Je dégringole l'escalier, les mains moites sur le verdict. Dans le bruit de la rue, je déplie le papier comme un voleur...

Je soussigné, etc., *atteste par la présente avoir donné des soins au dénommé,* etc., *pour une affection de ma discipline, relativement incompatible avec une incorporation dans le service armé...*

Relativement incompatible... Le salaud ! Relativement à quoi ?

Docteur Hormones, sauvez-moi ! Dites-leur. S'ils me prennent de force comme soldat, je vais mourir !

Comme il est calme.

– Vous ne mourrez pas, vous n'avez pas un tempérament suicidaire. Mais il faut voir les choses en face. Une fois incorporé, vous ne pourrez plus changer d'état civil. La porte administrative sera fermée à tout recours. L'armée vous ayant considéré comme de sexe mâle, aucun tribunal ne dira le contraire. Je vais vous donner un certificat, mais vous n'aurez pas gagné pour autant.

– J'irai en femme. Je les convaincrai, ils ne pourront pas dire le contraire...

– Oh ! si... Ne confondez pas le fort de Vincennes et la place Pigalle, ils peuvent vous garder dans un hôpital militaire. Un hôpital psychiatrique... J'ai retrouvé l'un de mes malades après cette psychiatrie militaire. Une loque, un être définitivement démoli. Vous êtes fragile, d'une timidité presque maladive, et vous voulez les provoquer à ce point ?

– C'est ma seule chance. Si je perds, j'en mourrai vraiment.

Je parle de mourir comme si c'était une solution et non un désastre. Il a raison, le docteur Hormones, je ne veux pas mourir. Mais ma peur est telle qu'elle me donne le courage des timides. Je vais sortir de ma nuit, sortir de Montmartre, des bars de travelos et des rues sombres où je ne risque rien, pour me montrer en plein jour, femme de la tête aux pieds. Je ne négligerai rien. Je veillerai au plus petit détail. Je sais trop avec quelle facilité tous ces militaires pourraient tourner ma démonstration en ridicule. Et ce ridicule-là peut vraiment tuer.

Avril 1970, un jeudi, huit heures trente, une chambre de la rue des Saules. Un matelas par terre, une table, une vieille penderie et mes bouquins empilés les uns sur les autres. Dans un coin, le lavabo et sa glace mouchetée. Je m'apprête comme le matador avant la corrida. Shampooing, brushing, cheveux mi-longs légèrement frisés, épilation des sourcils, maquillage discret. Ma main tremble sur la minuscule brosse à cils. Je n'ai pas encore l'habitude, et le sentiment d'être une comédienne avant la grande première. Je ne connais pas encore très bien mon personnage féminin et j'ignore le texte qui me sera imposé.

Rouge à lèvres ou non ? J'efface rageusement le barbouillage trop provocant. J'en pleurerais, et j'en pleure. Panique. Affolement. Ne pas y aller. Me terrer sous mon lit, attendre que la journée maudite s'écoule sans moi et que le silence réponde à l'appel de mon nom. Impossible. Je serais déserteur, pourchassé, attrapé, mis en prison.

Du calme. Reprendre à zéro, effacer les larmes noires de rimmel qui me font clown lugubre. Refaire le masque. Fond de teint clair, ombre verte sur les paupières, blush, mascara, rose sur les lèvres, vernis pâle sur les ongles.

Ma main ne tremble plus. Voici mon vrai visage, voici maintenant mon corps. Il a besoin d'un soutien-gorge, messieurs les militaires. Pour vous, je l'habille d'une robe-chemisier beige et d'escarpins plats. Je pourrais être une institutrice, une femme discrète, simplement agréable à regarder. Il me faut prendre garde à la longueur de mon pas, et trouver quelque chose pour occuper mes mains. Ces fichues mains ont trop pris l'habitude de se cacher dans les poches d'un pantalon. Une fille m'a prêté une bague, un bracelet et un sac à main. C'est lui l'objet le plus précieux, il contient ce que j'appelle mon dossier : deux certificats, l'un « relatif », que j'ai lu; l'autre, cacheté, que je n'ai pas lu mais dont je sais qu'il parle savamment d'endocrinologie et d'intersexualité. Maigre bagage en comparaison d'une carte d'identité où j'apparais dans la lumière morose d'un Photomaton, jumeau de moi-même, cheveux courts et type masculin. Et la convocation, impérative, tamponnée et militaire jusqu'à l'odeur du papier.

L'épreuve du chauffeur de taxi me rassure à peine. Elle est pourtant révélatrice, à la station Pigalle.

– Au château de Vincennes...

– Bien, mademoiselle.

Il n'a pas souri. Indifférence polie. S'il avait deviné le « travelo » – et Dieu sait qu'ils ont l'habitude –, j'aurais peut-être reculé. Il ne parle pas, ne me guette pas dans le rétroviseur, il grogne après les chauffards. Je suis une cliente comme une autre.

La grande avenue, le château, je paie, et me voilà à tourner en rond. Je suis en avance de deux heures. Je m'interdis d'avaler du café, je tremble déjà trop.

Incapable de manger. Trop fumé. Le temps passe sur la montre d'une prostituée, dont le bon cœur m'a orné le poignet. Je l'entends me dire : « Fais-y gaffe, c'est du plaqué or. »

Ce cocktail étrange que je représente, moi seule en suis consciente. Je n'ai trouvé de l'aide qu'à Pigalle. Je suis une envoyée spéciale de Pigalle. Elles m'ont fourni, Nina, Muriel ou Alexandra, leurs accessoires et leurs conseils. Si je n'avais pas été chassée de chez moi par les flics, contrainte d'abandonner trois mois de loyer d'avance, et les quelques meubles achetés sur la pension familiale, j'aurais fait mieux. Mais je n'ai plus le sou, ou presque, au bord du précipice qui m'attend.

Treize heures. Je marche vers l'entrée du fort de Vincennes et m'immobilise à quelques mètres. Ils sont là. Une meute de garçons entre dix-huit et vingt-cinq ans. Il y a ceux que leur famille accompagne, ou leur petite amie. Ceux qui sont venus en équipe de la même banlieue, sourires rigolards ou carnassiers. Les esseulés qui ne connaissent personne. Et ceux que je reconnais. Des anciens du collège de Rouen, ayant épuisé tous leurs sursis, comme moi. Leurs regards m'effleurent. Je m'attends avec un haut-le-cœur à ce qu'une main me tape sur l'épaule, qu'une voix me crucifie d'un « salut, Marin ! ».

Mais rien n'arrive. Rien ne peut arriver. Je suis méconnaissable, je suis une femme, une sœur ou une amie inconnue, anonyme... Pour l'instant, je n'attire l'attention de personne.

Un gradé s'avance, la lourde grille s'écarte, un silence attentif et l'homme au képi annonce :

– Les convoqués, avancez en colonne par quatre jusqu'au bâtiment d'admission.

Je suis le dernier à avancer, et je ne suis pas en colonne par quatre. Comme un chien derrière un troupeau d'hommes, à bonne distance, je franchis les quinze mètres qui me séparent de la grille, je regarde le sol sous mes pieds, les petits graviers, les mégots écrasés; il va falloir relever la tête…

– Qu'est-ce que vous faites là, vous ?

Statue glacée, je m'immobilise. Le sang ne circule plus dans mes veines, mon cerveau flotte je ne sais où, il m'a quittée. J'ignore d'où vient la voix qui répond à ma place :

– Je suis convoquée.

La première réplique est lancée. Le trou noir du public sous le soleil. Ma vie se joue dans cette cour de caserne. Tragi-comédie incompréhensible pour les autres.

Le gradé se met à hurler :

– Qu'est-ce que c'est que cette tenue ? Encore un travesti ?

Pourquoi « encore » ? Quelle créature a tenté avant moi d'échapper à l'uniforme ? Qu'en ont-ils fait ?

Le dos raide, j'encaisse les quolibets. Ils fusent aussitôt de la meute garçonnière, trop heureuse de trouver là un dérivatif à sa propre gêne. Eux n'ont qu'un petit orgueil à ravaler, ils prendront vite l'habitude du garde-à-vous et de l'adjudant. Mais je suis pour l'instant un défouloir inattendu.

– Vise la pédale…

– Hé ! les mecs, une gonzesse !

– Garez vos fesses, les gars, on a touché une folle !

Je savais que ce serait dur. Mais j'ignorais la douleur physique que peuvent provoquer les rires. Qui n'a pas supporté le mépris des autres ne peut pas comprendre. Vous ne pouvez pas comprendre. Je suis un sujet biologiquement égaré, sans aucune chance de survie. L'être incapable de procréer, ni en mâle ni en femelle, une impasse de l'humanité, je vous fais peur, vous ne le savez pas.

Ils rient, en écho, ils se tortillent en imitation grotesque. J'ai la nausée. Et le gradé hurle à nouveau :

– Silence dans les rangs ! Caporal, conduisez cet individu au bureau D ! En vitesse, nom de Dieu !

Le caporal, un bidasse récemment appelé, fait le

singe pour la compagnie, en me conduisant au bureau D.

– Euh, t'es pas mal... Je te prenais pour une gonzesse... Sans blague, t'as tout d'une gonzesse.

Et puis il se tait. Quelque chose d'infime, un fragment de ma détresse a dû frôler son crâne rasé et obtus.

Il dit, comme s'il avait un peu honte :

– T'en fais pas... telle que t'es, ils te prendront pas...

Le bureau D est le bureau des médecins. Secrétariat. Une voix encore, ironique, dans le silence :

– Tiens, une gonzesse...

Une autre voix :

– Fais-lui remplir les formalités d'admission.

Je ne les vois plus. Je m'efforce simplement de tenir debout et d'accomplir les gestes nécessaires. Prendre un stylo, remplir le formulaire.

Une nouvelle voix :

– Qu'est-ce que c'est que ça ?

Réponse :

– Un travesti, il est convoqué !

– File-le au médecin-chef, directement. Il va être content !

Je suis un uniforme qui porte les papiers que j'ai remplis d'une écriture mal formée, tordue. Chaque grosse émotion fait ressurgir en moi la dualité main gauche, main droite.

L'uniforme frappe à une porte, marquée d'un nom de chef que je n'ai pas le temps de lire. Il s'efface pour me laisser passer, en annonçant :

– Le médecin aspirant vous envoie cette... personne, mon colonel.

Face à face. Médecin-colonel en blouse blanche, petit, visage fermé, autoritaire. La cinquantaine mal définie, tête de singe aux yeux ronds.

– Qu'est-ce que c'est, ce carnaval ? Qui êtes-vous ?

– Jean Marin.

– Ah, c'est vous !

Qui l'a prévenu ? Il sort une lettre d'un tiroir et la consulte sans me regarder.

– Je vois...

Léger balancement d'avant en arrière, sur les talons, haussement du col, ton sec :

– Je n'aime pas ça, Marin... Vous avez l'habitude de vous déguiser à la faculté, sans doute ?

C'est maintenant. Je dois le dire. Il faut bien commencer par quelque chose :

– Je suis intersexuelle...

Pas de réponse. Il se balance toujours, mais ne peut faire autrement, cette fois, que de me dévisager. Aucun espoir si j'en juge par la grimace d'impatience. Je sors de mon sac à main les deux documents qui doivent le convaincre. Il les prend, les lit, les relit et ne me les rend pas. Ma vie disparaît dans un dossier auquel je n'aurai plus accès.

– Déshabillez-vous.

Comme au spectacle, il s'assoit et attend. Je ne pourrai pas. La panique me reprend. Ce bureau glacial, aux meubles métalliques, ces fenêtres ouvertes sur la cour d'une caserne... Me déshabiller là, devant cet homme en blouse, cravaté, rigide, a quelque chose d'obscène.

– Déshabillez-vous. Je n'ai pas que ça à faire !

La robe, le collant, les chaussures. J'ai froid. D'anciennes angoisses me reviennent. Souvenirs confus de visites médicales, de mains qui veulent toucher...

– Nu complètement, Marin !

Réflexe idiot, je roule mon slip en boule, sans savoir où le poser, comme s'il était indécent de le livrer au regard du petit bourreau. Finalement, j'enfourne slip et soutien-gorge dans mon sac.

– Tenez-vous droit. Face à moi !

J'ai vu, déjà, l'étonnement dans les yeux des autres. La surprise, la curiosité, la gêne, le désir même, et la tendresse aussi. Petite expérience, misérable habitude de ce que peut provoquer mon corps. Je n'avais jamais vu le dégoût.

Le médecin-colonel B., dont je n'ai même pas eu le temps de lire le nom sur la porte, m'examine avec dégoût, de la pointe des seins au pubis. Il ne voit pas le poil réglementaire, il a devant lui ce qui semble être une fille jusqu'à la taille, et un enfant de dix ans pour le reste.

– Approchez, mettez-vous là, dans ce coin.

Les mains vérifient ce que les yeux ont vu. Palpent les seins, les épaules, le ventre, remontent sur le torse, le menton, les joues. Il veut savoir si je me rase. Il cherche, comme une bouée de sauvetage, la nécessaire pilosité de l'homme. La découverte d'un seul poil de barbe, de moustache ou de pubis le rassurerait sur le diagnostic à faire. C'est aussi simple que cela pour lui. Un poil, et je suis bon pour le service.

Malheureusement pour lui, je n'ai rien de tel à lui offrir. Et le voilà contrarié. Son seul argument reste le sexe :

– Vous êtes quand même un garçon !

– Non. Je suis intersexuelle...

– On dit ça ! Le dos au mur, regardez devant vous, ne bougez pas.

Il s'agenouille et, brutalement, frappe sous le sexe. D'un geste de professionnel, rapide, exécuté avec deux doigts. Cela fait mal comme les coups de règle du maître d'école. J'ai crié. Il se redresse, mécontent.

– Je n'aime pas beaucoup ça ! Demi-tour, penchez-vous en avant.

Il a voulu vérifier l'impuissance. J'ignore ce qu'il vérifie à présent. Une sueur froide perle à mon front, l'humiliation me tord l'estomac.

– Rhabillez-vous, et pas de cinéma !

Qu'il n'ait pas peur, ce monstre, je ne vais pas m'évanouir. Je ne vomirai pas ma peur sur le parquet ciré. J'arrive même à prononcer un embryon de défense.

– Je suis impuissante depuis mon enfance. On a dû vous l'expliquer dans la lettre. Le psychiatre...

– Le psychiatre n'est pas mon affaire. Rhabillez-vous, présentez-vous au bureau 17.

Se débarrasser de moi au plus vite, voilà tout ce qui compte. Il n'a pas pu décider lui-même. Il me renvoie au psychiatre de l'armée, bureau 17, derrière le caporal qui transporte mon dossier comme un secret d'État.

Premier étage. Je croise un étudiant hagard, probablement bourré de tranquillisants. Ils sont quelques-uns à vouloir jouer le jeu dangereux de la dépression nerveuse pour être réformés. Au mieux, ils passeront deux ou trois mois dans un hôpital militaire, nourris de Valium et abreuvés de Tranxène. Au pire, ils en sortiront vraiment malades.

Un gamin insolent qui attend son tour me cueille au passage :

– T'es une pédale, toi ?

Le caporal a frappé, dit deux mots, déposé mon dossier, et me pousse en priorité dans le bureau 17.

Une femme. Le psychiatre est une femme ! Je m'accroche à elle comme à un radeau.

Je parle, je parle. Mon enfance, mon adolescence, mes amours, mes hontes, mes espoirs et le quotidien dont je vis.

Elle écoute, pose de rares questions précises. Mes relations sexuelles avec les hommes ? Passives. Des troubles nerveux ? Je souffre depuis des mois, je dors mal, les émotions me terrassent, la guerre permanente que je mène me tue. La drogue ? Non. L'alcool ? Non. Les hormones ? Oui. Votre famille ? Ce sera la rupture. L'avenir ?...

Si je sors de ce piège d'hommes, il me reste un oral de droit à passer. Une fois la licence obtenue, je devrai me présenter au ministère des P.T.T. pour y accomplir mon temps. Cinq années de prison en bureau, et en costume d'homme. Tiendrai-je ? Je n'en sais rien, madame. Rien. Je m'y efforcerai. Et si je ne tiens pas ? Je ferai du cabaret, la ressource des gens comme moi. On peut toujours apprendre à chanter ou à danser suffisamment pour vivre des expédients de la nuit. Mon obsession ? Vivre en femme, être une femme, j'ai déjà souffert trop longtemps. Si l'armée m'incorpore ? J'en mourrai.

Devant elle je peux pleurer. D'ailleurs je n'ai plus rien à perdre, je peux supplier :

– Sauvez-moi !

Elle pourrait être ma mère. Blonde rassurante, ronde, maternelle, elle propose une issue :

– Et le service auxiliaire ? Pourquoi pas ?

Ce serait aussi une condamnation. L'interdiction pour toujours de changer d'identité... L'opération ne servirait à rien. On ne peut pas vivre en femme avec un livret militaire d'homme...

– Calmez-vous...

Espoir ? Quelqu'un pour me défendre ? Pas encore.

– Je garde votre dossier. Présentez-vous au capitaine de service, au fond du couloir près de l'escalier, et attendez...

Le capitaine de service est antillais, l'air bonhomme, le sourire bonhomme. Il m'offre une chaise avec un sourire. Pitié ou compassion, ou ironie, je m'en moque. Attendre. Ils délibèrent. Le petit colonel autoritaire, la psychiatre, d'autres sûrement. Ils pèsent mon cas, et je prie en silence.

« Mon Dieu, si vous existez, pardonnez-moi les colères que j'ai eues contre vous. Faites qu'ils me renvoient d'ici. Donnez-moi la chance que vous m'avez refusée au départ de ma vie. Ne me jetez pas dans l'enfer des hommes ! »

Le couloir est vide, le capitaine de service est allé prendre les ordres. Il est dix-huit heures.

– Marin !

On me tend un papier. Je ne lis rien, j'entends seulement le verdict.

– Réformé définitif, classe 2. Vous pouvez disposer, l'armée n'a plus besoin de vous.

J'ai gagné. Pour la première fois de ma vie, j'ai gagné une véritable bataille. Libre. Je suis libre pour l'avenir… Je m'en retourne à travers la caserne, la grande cour, jusqu'à la grille immense. Ils m'ont donné un planton, pour ma « sécurité ». Le planton a la grande délicatesse de m'expliquer que, si j'avais été incorporé, il aurait fallu me garder la nuit… Un troufion tout neuf me demande si je suis seule ce soir. Un casque me salue au passage et j'entends une dernière gentillesse, le geste à l'avenant :

– Tu prends combien pour une pipe ?

Vingt heures trente. La grille du fort de Vincennes se referme derrière moi. Ils ont perdu. Je vais me saouler de joie. Famille, bourgeois, flic, médecin de complaisance, militaires arrogants, vous avez perdu ! L'armée ne fera pas de moi un homme, puisqu'il n'existe pas, cet homme ! Je l'avais tué, déjà, et vous venez de l'enterrer.

Paix sur sa tombe.

Mais j'ai tort de ne pas croire aux fantômes qui me guettent.

7

Ma mère sur le quai de la gare.

Seule. Elle est venue en émissaire accueillir le fils prodigue, sommé de se présenter pour les vacances en famille. Je reste un moment dans le couloir du wagon, à la regarder de loin. Elle a son visage Banque de France, un peu usé, un peu pâle. Je la redécouvre. Mais c'est moi qui ai changé. Tellement changé qu'en revenant au pays des vacances de mon enfance je me sens comme un touriste en terre de Chine.

Elle a hésité, de loin, à me faire signe. Je pensais que rien ne la choquerait. Tout le monde porte un jean et des chemises indiennes à Paris. Les garçons ont les cheveux longs et un sac en bandoulière. Mais le regard Banque de France et la conception vestimentaire province profonde des gens d'ici me donnent l'impression d'être déguisé.

De quoi allons-nous parler dans ce buffet de gare ? Elle sait tout, ou presque. Raté, le dernier oral de quatrième année. Réformé par l'armée, vertement tancé par le flic allié, j'ai désespéré son psychiatre et détruit l'image du « fils préféré ». Alors de quoi parler ?

Du père. Elle a décidé de reprendre la vie commune et de le sortir de sa cage. Sa dépression chronique semble stabilisée. Je revois en film accéléré les suicides successifs, vrais ou faux, les hôpitaux, les bagarres qui terrorisèrent mon enfance...

Au fond, tout cela ne me regarde plus. Chacun son masochisme. Elle ne m'emmène pas déjeuner à la maison, pourquoi ?

– Ta grand-mère ne supporterait pas de te voir dans de pareils cotillons, avec des cheveux de fille. Et cette chemise verte, tu crois que c'est de bon goût ?... Qu'est-ce que tu vas devenir, mon pauvre enfant ?

Enfin. Nous y voilà. Je rassure : je ferai un certificat de sociologie et mon stage aux P.T.T.

– Ton frère ne fait que des bêtises. Le Bon Dieu s'acharne sur nous.

Dieu n'a rien à voir dans le fait que mon cadet a mal vécu les troubles paternels et la solitude en province. Dieu ne lui a pas fait rater son brevet exprès. Mais ma mère l'a émancipé à dix-sept ans. Pourquoi ? Pour s'en débarrasser ? J'ai envie de partir. Ce monde m'angoisse, me retrempe dans les terreurs d'avant.

– Tu ne vas pas partir sans voir ta grand-mère !

On me reçoit au buffet de la gare, pour ne pas choquer l'ancêtre, mais je me dois de la saluer. Si elle y consent.

Dans la grande maison fraîche, sous le soleil de juillet, le silence et l'ombre m'accueillent. Grand-mère est dans sa cuisine comme dans une forteresse. Elle est chez elle, sur son territoire, et ne daigne pas pour l'instant recevoir le dissident. Le monstre aux cheveux longs dont l'armée n'a pas voulu.

J'entends le bruit des casseroles et des commentaires vindicatifs. Ma mère doit exiger que je reste à dîner et qu'on me donne une chambre. J'entends des bribes de révolte, où il est question de musique de sauvages et de faculté de perdition, de mauvais exemple pour le jeune frère – qui ne pense qu'à une chose, voir crever les vieux, vendre leurs meubles et filer avec l'argent...

Ils sont devenus « ça »... Des êtres menacés dans leur morale et leur autorité, rendus agressifs par la liberté qui vient d'éclater, terrorisés par cette « jeunesse hippie », au point de craindre pour les pendules à coucou et les petites cuillères.

– Je rentre à Paris.

La grand-mère surgit de sa cuisine, visage de paysanne du Lot, fermé, dur, ridé, voix de crécelle.

– On dîne à sept heures, et tu feras comme tout le monde !

L'ennemie, c'est elle. L'ennemie forte de deux générations de différence. L'ennemie faite femme d'expérience, qui a connu deux guerres et nourri des militaires. L'ennemie dont la soupe est aussi irréprochable que le tablier noir à fleurs grises.

Mon père, revenu de sa lointaine folie, se tait dans un fauteuil. Sa mère a parlé, la mienne s'efface. Il faut dîner en silence, se coucher en silence, et se lever matin pour déjeuner en silence. Un silence d'orage qui ressemble à ce moment extraordinaire où le vent s'arrête, où plus rien ne bouge dans la nature, en attente de la foudre et des éclairs.

Toute la nuit, nous avons chuchoté, mon frère et moi, complices dans nos révolutions différentes. Lui veut « foutre le camp » et faire de la musique. Que je veuille devenir une femme ne l'émeut guère.

– C'est ton problème... Mais je te préviens, ils t'ont donné aux flics. Le type qui t'a convoqué, c'est un ami de l'oncle. Et pour le toubib, c'est pareil.

Je le savais, je l'avais deviné, mais la fureur me prend. Cette fois je pars. À pas de loup dans la cuisine, je cherche du café et un bol. Je suis habillée et mon sac est sur la table. L'attaque me surprend dans le dos :

– Je ne veux plus te voir dans ma cuisine dans cette tenue !

Je m'efforce de partir calmement, de ne pas répondre.

– Tu m'entends ? Réponds quand je te parle !

– Je m'habille comme je veux. J'ai vingt-cinq ans.

– C'est une honte pour la famille !

Elle avance sur moi, visage déformé, femelle grondante; sa main ridée tire sur mes vêtements :

– Tu es un garçon ! Les gens de Paris t'ont drogué pour que tu en arrives là !

– Je ne me drogue pas.

– Ne hurle pas ! Ne hurle pas dans ma maison ! Je suis vieille, mais je me rends compte de ces choses...

La vaste cuisine fleurant bon le café et les confitures est un théâtre étrange pour un tel affrontement. Des ombres surgissent. Mon père, pâle esclave consentant, pour qui l'épouse et la mère ont fait l'ultime sacrifice de le réintégrer. Ma mère, auréolée de ce sacrifice. Mon frère, petit révolutionnaire ardent et velléitaire, prêt à soutenir ma lutte pour assurer la sienne... Des ombres, à côté de cette furie d'un autre âge, qui a au moins le courage de son mépris.

– Une honte... Un drogué... Ose dire le contraire !

Je lâche le bol sur la table, j'explose avec lui :

– Vous avez fini de me faire mal ? Le psychiatre, le flic, les militaires, ils ont failli réussir, parce que vous le vouliez ! Qu'est-ce que vous cherchez ? M'enfermer dans un asile, c'est ça ?

– Tu hausses le ton devant ta grand-mère ? Il y a des choses que tu dois entendre et tu les entendras ! Tu es un garçon, pour te transformer en chienlit de cette espèce, il a fallu qu'on te drogue ! Je suis peut-être de la campagne, mais je sais ce que je dis ! Tu vas ôter ces cotillons...

– Je ne suis pas un garçon et tu le sais ! Tu le sais depuis que je suis tout petit, mais tu ne veux pas l'admettre !

– Sornettes !

– Des médecins me soignent. Eux, ils le comprennent.

– Des charlatans, des voleurs ! Des bandits qui profitent de ta bêtise !

– Assez !

Elle ne s'arrêtera plus. Hystérique, elle me frappe la poitrine, en répétant :

– Tu es un garçon ! Tu es un garçon !

– Non. Et c'est votre faute ! Je suis née comme ça, je suis née de vous tous, toi, et toi, et toi, père, mère, grand-mère, c'est vous qui m'avez fait ce que je suis !

– Tu es un garçon !

– Tu veux voir ?

Elle me lâche, horrifiée, recule, tombe sur une chaise, et reste paralysée d'horreur. Je baisse mon pantalon, je baisse le slip de fille que je porte en permanence. Je hurle plus fort qu'elle :

– C'est ça, un sexe de garçon ? Je n'ai rien entre les jambes, et je n'ai jamais rien eu, tu le sais parfaitement !

– Non ! Si tu n'as pas de sexe, c'est que tu l'as fait rétrécir ! Avec tes drogues...

Ma mère a détourné la tête, mon père aussi. Et la grand-mère continue de trépigner.

C'est fini. Elle pleure dans son tablier et je rajuste mes vêtements. À quoi bon ? Je suis devenue hystérique, moi aussi. Folle. À bout d'arguments. Il ne reste plus qu'une vieille femme outragée, grelottante, répétant entre ses dents : « Il l'a fait ! Il a osé ! Il a osé !... »

La voix de mon père :

– Sors d'ici !

La voix de mon frère :

– Vous êtes de vieux cons. Arrêtez de l'emmerder ou je cogne !

Ils se battent. Les femmes hurlent. Vacarme, bataille misérable. Ils sont humiliés, ils se déchirent. Je n'aurais pas dû leur montrer ma plaie, ils vivaient obstinément dans l'idée qu'une pareille chose n'existait pas et ne pouvait pas exister. C'est fini, ils ont vu. Ils garderont cette image, ils partageront contre leur gré la malédiction qui me frappe. J'entends mon frère, avec la violence de ses dix-sept ans, crier de rage :

– Vous avez vu ? Il a pas de couilles ! Vous comprenez, bande de cons ?

Je l'entraîne, noir de coups et ensanglanté.

– Foutez le camp tous les deux ! Hors d'ici !

Quelle force dans la haine, pour une vieille femme ! Son doigt ne tremble pas, son regard est féroce. Sorcière mon ancêtre, tu me bannis, et me délivres à la fois. Tu jettes à la rue le fils indigne et son frère. Tu les chasses de ton paradis…

Il restera toujours le serpent. Avec moi s'arrête ta descendance, vieille femme. Ta mort est inscrite en moi.

Si je pouvais, je mettrais le feu au territoire dont tu me chasses. Cendres et paix. J'ai peur de moi en quittant la ville.

Déracinée.

14 juillet 1970. Tout va si vite ! Me voilà avec le petit frère tenu par la main, et mon baluchon de l'autre, comptant mes derniers billets pour le loyer d'un deux-pièces vide sur le boulevard Ornano. Il restera vide, je n'ai pas de quoi faire mieux que deux matelas par terre. Le propriétaire me regarde d'un drôle d'air.

Je le rassure :

– Je suis inspecteur des Postes stagiaire, étudiant en droit…

– Du moment que vous payez le loyer !

Le dernier chèque. Mes piles de bouquins, ma valise de fille. Adieu Montmartre.

– Messieurs, vous êtes ici à la direction des Postes et Télécommunications. Votre stage d'été vous permettra d'étudier le fonctionnement d'une poste centrale d'arrondissement, avant votre intégration définitive dans l'administration.

Nous sommes une quinzaine, ils sont trois fonctionnaires debout dans un amphithéâtre, à nous éplucher soupçonneusement, comme si nous n'étions pas dignes d'accéder à la fonction publique. « L'administration des Postes est une grande famille. La tradition… »

Je ne tiendrai pas le coup. Mais j'ai besoin d'une paie. Besoin d'un alibi. Besoin de manger et de faire manger le frère. Besoin de faire semblant de rentrer dans le rang, pour éviter les ennuis. Il y a ce flic... et cette fichue déposition qu'il m'a fait signer.

– Messieurs, je vais attribuer les postes en vous appelant par ordre alphabétique.

Le hasard du « M » de Marin m'expédie dans le Ve arrondissement. Le fonctionnaire me tend une feuille, l'air réprobateur. Mon pantalon unisexe, ma chemise verte, mon sac en bandoulière, mes cheveux trop longs... il n'aime pas, mais n'y peut rien.

L'air est brûlant au-dehors, étouffant au-dedans. Dedans, c'est le bureau d'ordre d'un service de distribution du courrier. Je dois en étudier le fonctionnement et faire un rapport. Je me demande bien sur quoi. Les deux femmes du service attendent le retour des facteurs, en triant mollement le courrier sans adresse normale.

La petite boulotte me sourit :

– On est moderne à l'inspection des Postes !

Pas d'hostilité. Elle s'anime en même temps que les facteurs. J'entends les murmures à peine retenus :

– Vise un peu. C'est ça qui va nous commander ? T'as vu ses fringues ? Je voudrais voir la gueule du receveur...

La voilà, la gueule du receveur. La cinquantaine corpulente, le cheveu gras, genre « chef ».

– C'est vous, l'inspecteur stagiaire ? Qu'est-ce que c'est que cette tenue ?

– Je m'habille comme je veux !

Il est blanc. Ma réponse est un outrage :

– En tant qu'inspecteur stagiaire, vous êtes du cadre A, vous représentez la hiérarchie... Cette tenue n'est pas du tout de mon goût !

– C'est du mien.

Je suis saturé de leurs histoires de « cotillons ». Le chef se met en colère et prend les murs à témoin. Il est le « receveur central », il a la « responsabilité » du service et m'intime l'ordre de me présenter le lendemain dans une tenue correcte et « digne de mes fonctions » – que je me le tienne pour dit, il ne le répétera pas.

J'ai chaud aux joues. L'effort d'avoir résisté en apparence et ravalé ma timidité. Mais je ne céderai pas. Le temps des cols blancs et cravates à pois est terminé pour moi. J'adore ma chemise verte, elle va bien avec mes yeux verts, je suis et resterai, du moins pour l'instant, un unisexe.

Le lendemain, le chef hurle. Il ne veut pas de hippie dans son central et me prie de quitter immédiatement les lieux. Il s'étrangle de rage et m'annonce que je vais avoir de ses nouvelles.

J'ai besoin de provocation. En allumant une cigarette sous son nez, je sais bien ce que je fais. C'est-à-dire tout pour avoir des ennuis, tout pour me faire virer. Je préfère que les autres me rejettent officiellement. Le courage des faibles :

– Je m'en vais. Pas envie de discuter avec un con.

Sous la porte du deux-pièces vide, une convocation par porteur spécial, Jean Pascal Henri Marin est sommé de se présenter à la direction du boulevard du Montparnasse, au service des stagiaires, quatrième étage, devant un censeur chargé des cadres administratifs et autres inspecteurs stagiaires.

– Marin, vous avez fait scandale à Paris 5, j'ai reçu un rapport vous concernant, il figurera dans votre dossier. J'attends des explications.

– Une histoire de vêtements. On conteste ma tenue.

– Vous êtes du cadre A. Vous avez certaines obligations à respecter, des obligations qui consistent à ne pas nuire au corps des fonctionnaires, vous ne pouvez pas vous conduire en hippie contestataire ! Vous avez une carrière devant vous au ministère... Licencié en droit, vous préparez le doctorat au Panthéon, d'après votre dossier. Pourquoi cette attitude ?

Maigre et sec, calme, le « directeur des cadres » feuillette négligemment le dossier Marin, et ne pose qu'un regard distrait sur Marin lui-même. Je ne suis qu'un cadre A qui ne doit pas sortir du cadre.

– J'ai des problèmes personnels importants.

– C'est-à-dire ?

– Médicaux...

– Soignez-vous !

– Ce n'est pas si simple. Mes problèmes sont en rapport avec une forme de liberté individuelle...

– Pas de phrases, Marin, expliquez-vous clairement.

– Pour vous, je suis un homosexuel. En réalité, je souffre de malformations sexuelles et d'un dérèglement hormonal important, un syndrome de transsexualité...

– Trans-quoi ?

Il ne perd pas son calme, mais referme le dossier avec gêne.

– Je suppose que vous pouvez vous faire soigner. Pensez à votre carrière.

– C'est irréversible, monsieur.

– Eh bien, il me semble qu'il y a des... enfin, disons des homosexuels qui se sont mariés...

– Cela n'a rien à voir avec moi. Mon cas est plus grave. Il n'est pas admis dans la société, il pose des problèmes d'identité, de surveillance policière, des problèmes de droit...

– Votre cas me dépasse, Marin. Je pense malgré tout que vous pourriez respecter une certaine tenue traditionnelle, non ?

– Je veux pouvoir vivre comme je suis.

– Bien. Soyons tolérant... Il est évident que vous ne pouvez pas retourner à Paris 5, alors en attendant, je vous transfère dans le XVIe, il y a là un receveur qui vit avec son temps... Nous verrons bien.

Gêné, embêté, il me raccompagne sans me serrer la main. Les hommes ont du mal, bien plus de mal que les femmes, à me supporter dès qu'ils entrevoient la vérité. Comme si j'étais contagieux.

Mon dossier va filer dans les étages supérieurs, c'est évident. En attendant, « le receveur qui vit avec son temps » dans le XVIe se croit obligé de me faire la morale, mi-boy-scout, mi-cadre dynamique. Il a une poste toute neuve, il regrette de ne pas être « dans le privé » et se désole pour moi, avec mes diplômes, mon intelligence, mon avenir... Mais j'ai droit, là aussi, au laïus sur la grande famille des P.T.T.

Me voilà installé dans les beaux quartiers, dans le bureau le plus moderne de Paris, avec pour mission essentielle de surveiller l'usure des pneus des véhicules administratifs et la rentabilité des mandats...

Beaux quartiers ou pas, modernité ou pas, la proximité d'un androgyne met en ébullition les fonctionnaires. Quolibets hypocrites dans mon dos ou réflexions plus agressives mais franches, je sens le filet se refermer, et l'hameçon qui me guette.

Nouvelle convocation, cette fois aux services médicaux de la direction. Salle d'attente, au milieu des « congés-maladies », des femmes enceintes, tout un petit monde de privilégiés papotant administration, indice, horaires de travail, primes et avancement.

Pour moi, encore un psychiatre, ou quelque chose qui lui ressemble. Il ne se présente pas, il parle comme un décret administratif.

– Il semble que vous ayez des difficultés avec la hiérarchie.

Il écoute mes histoires d'hormones, je tente d'évoquer plus précisément mes difficultés personnelles. J'espère toujours qu'un médecin s'y intéressera, me guidera... Je voudrais tant que l'on s'occupe de ma féminité.

Mais il n'est là que pour répondre à une demande d'examen administratif.

– Vous pouvez rentrer chez vous.

Rien d'autre.

Fin août, la lettre de licenciement est sous la porte du deux-pièces toujours vide. Motif : « Inaptitude à l'emploi absolue et définitive. »

Transsexuelle veut donc dire : inapte à l'emploi, inapte à la surveillance de l'usure des camionnettes et du rendement des mandats; inapte à m'asseoir derrière un bureau...

Je l'ai cherché mais j'enrage quand même. Je me gargarise de cette rage. L'intelligence et la compétence ont un sexe dans ce pays... Je vais foutre ma vie en l'air. J'abandonne. Fac, famille, soi-disant carrière, cochon, couvée, feuille de paie. Ils me jettent à la rue, j'y resterai. Ils me condamnent à l'inexistence.

Mon frère râle, avec la candeur de ses dix-sept ans et son embryon de « conscience politique de gauche ».

– Et les syndicats ?

J'imagine la tête d'un syndicaliste devant le problème de mon renvoi abusif. D'ailleurs, l'administration est dans son droit. Arrêté du 13 juillet 1951, paru au Journal Officiel du 9 décembre 1954, page 11 515. « Sur les conditions d'aptitude physique des fonctionnaires » élargies aux Territoires d'outre-mer : articles 95-99 et 100.

– Les signes d'hermaphrodisme, l'absence ou la perte du pénis rendent inapte à tout emploi outre-mer.

– La perte, l'absence ou l'atrophie prononcée des deux testicules rendent inapte; la perte, l'absence ou l'atrophie d'un testicule, l'autre apparaissant normal, est compatible avec les emplois de cadres actifs et sédentaires.

– L'ectopie testiculaire, orificielle ou intrapariétale, entraîne l'inaptitude aux emplois de cadres actifs. *Cette anomalie n'entraîne l'inaptitude aux emplois de cadres* sédentaires *que lorsqu'elle provoque des crises douloureuses intenses.*

Le ministre de la France d'Outre-Mer
François Mitterrand

Ce texte destiné aux fonctionnaires d'outre-mer s'applique en réalité aussi en métropole. Je suis donc inapte à m'asseoir derrière un guichet, armé de tampons et de formulaires, utilisateur de trombones et de papier collant. Gardien de la sacro-sainte respectabilité du fonctionnaire, je me dois d'avoir au moins une couille en état de marche pour être admis, encore me condamnerait-elle à la sédentarité, et à condition qu'elle ne soit pas douloureuse.

On croit rêver.

Je reçois une feuille de paie, une indemnité de licenciement, deux jours et demi de congés payés, la garantie d'une particule infime de retraite future, et un certificat assurant à la postérité que je fus stagiaire de 1968 à 1970. Cause entendue.

Ni l'A.N.P.E., ni les petites annonces, ni le chômage. Je ne tendrai la main nulle part. Marre des humiliations, marre de me faire taper sur le sexe et sur les doigts. Qu'ils m'oublient.

Ils ne m'oublient pas. Ils réclament la restitution des sommes versées à l'étudiant en droit. Ils ont accordé une bourse à un inapte, que l'inapte rembourse ! Lettres de sommation et contrainte par corps !

Dialogue de sourds, qui durera des années et m'obligera à me battre pour ne pas rendre à l'administration les malheureux mille cinq cents francs mensuels octroyés pour mes études à condition de travailler pour elle ensuite.

Proxénétisme légal. Avant l'autre.

Car me voilà sur le dernier tremplin, obligé de sauter.

Joli plongeon. Je le préfère à tous les autres, finalement. Admirez le saut de l'ange de l'amateur, c'est le dernier : j'ai choisi de devenir professionnelle. Prostituée professionnelle, au féminin.

Obligation, besoin de manger, de payer un loyer, et attirance aussi. Elle me tenaille depuis quelques mois, cette envie de vivre la seule manière possible d'être une femme, de faire ce que font les autres, l'amour payant. Si je pouvais demain matin payer l'opération nécessaire, supprimer mon sexe et nier à tout jamais que j'en ai eu un... ce serait plus facile, je n'aurais pas peur. Et l'idée d'obtenir de l'argent en offrant mon corps ne me déplaît pas. Vengeance ? Je ne sais pas. Féminité totale, selon moi. Être belle, admirée, désirée et payée. Gagner en une nuit de quoi vivre une semaine, peut-être plus... Vivre au milieu des filles, être l'une d'elles... Chercher parmi les clients celui qui vous mettra dans des meubles, devenir call-girl de luxe, vivre sur une moquette moelleuse, dormir dans des draps fleuris, s'offrir les parfums et les crèmes de beauté, les robes et les fourrures, les restaurants chics. Ne plus être pauvre. De rien. Ni de corps, ni d'esprit, ni de superflu. Retrouver Montmartre, m'installer.

Mais par où commencer ? Comment devient-on professionnelle ? On ne met pas une petite annonce dans un journal, ou une plaque sur sa porte. Surtout si l'on veut rester libre et ne pas tomber dans les bras et la soi-disant protection d'un « julot ». Tout s'apprend. J'ai bien appris le droit administratif, j'apprendrai le trottoir.

Devant ma décision, mon frère s'étonne à peine :

– T'as raison. Le seul truc, c'est de pas se faire emballer par les flics.

Petit pincement au cœur, bizarre, passager. Vite oublié. Nourrir et loger son frère pour le dépanner ne s'apparente pas à une exploitation. D'ailleurs il a trouvé un vague travail de remplacement, il ne tardera pas à disparaître de ma vie, à m'oublier lui aussi. L'excommunication familiale nous a frappés ensemble, nous la vivrons différemment :

– Va voir tes copines à Montmartre, elles te tuyauteront...

C'est ainsi que je suis passée du côté du mur à l'ombre. Celle de la nuit. Sans remords. On ne croit jamais devenir clochard un jour, ou prostituée. On se croit différent, unique, plus doué, plus malin que les autres. Moi surtout, je me crois plus maligne. Après tout, faire l'amour sans plaisir, je connais.

Un peu. De là à espérer qu'il y aura d'autres plaisirs et qu'ils seront récompensés...

Je suis bien. Soulagée. Pleine d'espoir et de rêves. Des filles comme moi sont devenues stars au *Carrousel*. J'en connais une, ravissante, dont la mère surveille la carrière en matrone pied-noir, gaie, rassurante. Proxénète maternelle, elle m'approuve, ce soir, et d'un accent charmant, inimitable pour la provinciale que je suis, m'assure :

– T'as raison, ma fille ! Y a que le premier million qui coûte ! Tu fais ta pelote, t'économises, tu te paies la chirurgie esthétique, et à toi le téléphone rose ! Bonne chance, ma fille... Si ta mère elle avait fait comme moi, tu serais déjà une vedette ! Avec les yeux que t'yas ! Le corps que t'yas ! Si t'yas besoin, viens à la maison. Pour la coiffure, les robes et tout ça, j'ai la main. Comment tu vas t'appeler ?

Le choix d'un prénom, c'est vrai, est important. Après palabres, je serai MAUD. Voilà qui fait grande Anglaise distinguée. « Classe », a estimé mon nouveau Pygmalion.

Maud, je t'aime.

Premier essai, au bar du *Pavé*. Martial, mon amant d'un soir au temps où je cherchais l'aventure et la complicité, m'apparaît sous un jour nouveau. Il a un métier, une vie privée, il est installé dans ce petit monde avec une certaine sécurité. Un instant, cette nuit me revient. J'avais admiré le confort et la netteté de son chez-soi. Il me revient comme une petite musique, le bruit léger des glaçons dans le verre de cristal, le goût âcre de l'alcool de prix, la douceur du linge, la tendresse de l'éclairage.

Je voudrais au moins parvenir à ce petit luxe confortable d'un lieu à soi, où les objets ont leur place définie, où le décor me ressemblerait. Il a un côté sage, Martial. Prudent et organisé.

– J'ai un ami qui te conviendrait parfaitement. La rue n'est pas pour toi... trop dangereux. Avec Robert, tu serais tranquille.

Robert A., aristocrate italien, industriel de l'hôtellerie, la quarantaine, beau garçon, sportif...

Martial me fait l'article gentiment. Il veut mon bien. J'accepte la rencontre, un dîner dans la plus célèbre boîte homosexuelle de Paris. Raffinement et ostracisme. Ici les transsexuels sont interdits de séjour. Monde précieux des hommes entre eux, et uniquement entre eux. Chacun se connaît, s'admire et se jalouse. Le Tout-Paris vient s'y frotter, s'y flatter, vivre des nuits hors du temps. Je suis fascinée.

Jusqu'ici, je n'ai connu que les bars de Montmartre ou de Pigalle, les travestis bruyants et repérables, le fretin homosexuel.

Robert A. fait partie du grand monde pour moi. Il évolue avec aisance dans ce luxe, il connaît le patron, l'embrasse, me présente; et l'autre de complimenter :

– Elle est féminine ton amie... quelle merveille !

– Et licenciée en droit !

Table ronde, nappe damassée, chandelles, odeur de tabac blond et d'eau de toilette, parfums de grande cuisine.

Robert me conte son histoire. Il aimait un jeune garçon qui vient de l'abandonner. Il est seul, triste, et Martial lui a parlé de moi. Je me sens dévorée des yeux et désirée sans retenue. C'est agréable, mais il y a une condition...

– Je veux que tu restes un garçon.

– Je n'en suis pas un. Je veux être une fille.

– Tu es inconscient. Tu n'imagines pas ce que tu vas endurer. Une prostituée comme celles qui fréquentent le *Pavé* ? C'est ça que tu veux ? Moi, je t'offre la sécurité, une vraie vie, et tu me parles de te suicider !

– Vivre en fille n'a rien d'un suicide. D'ailleurs je préfère mourir en fille qu'en garçon malheureux.

– J'ai déjà entendu ça cent fois... Et cent fois ça s'est mal terminé.

Moment de charme. Il m'intimide un peu. Je n'ai pas l'habitude de la véritable élégance, de la véritable richesse. Cet homme est plus âgé que moi, cultivé, précieux à la florentine. Costume d'alpaga soyeux, mains parfaites, visage bronzé, soigné, il me parle de sa mère, de son oncle cardinal, de leurs dialogues sur la religion et l'homosexualité...

Et je me régale d'une langouste au goût de noisette, d'un vin superbe, de charlotte dans son lit de chocolat tiède...

Mais je ne resterai pas un garçon pour ce dandy italien. Il ne me permettrait même pas d'être androgyne.

Il m'entraîne chez lui, maison superbe, et je m'apprête à faire l'amour avec mon troisième homme. Il est tendre, sensuel, et se veut convaincant. Il voudrait tant que je reste garçon, éphèbe, il m'habillerait, m'apprendrait sa vie, m'aimerait. Il s'émerveille de mon sexe dévoilé. L'acte est agréable, la nuit agréable, la pénétration agréable. Tout est agréable avec cet homme. Ambiance, conversation, sexualité raffinée comme lui.

Je dors. C'est ma première nuit avec un homme. Mon premier petit déjeuner avec un homme.

J'ai goûté le plaisir de l'aventure.

– Reste...

Je pars. Ma vie n'est pas ici. Ici, je ne pourrais pas être une femme. Juste un homosexuel entretenu jalousement.

Deuxième essai : mon double androgyne, la star de Montmartre qui règne sur le pavé des transsexuelles.

Me donner une place sur son territoire ? Hors de question. Les places sont chères et la concurrence indésirable. J'ignore tant de choses. Par exemple, qu'il existe une hiérarchie du métier. On n'accède pas aux places de Montmartre ou des Champs-Élysées simplement parce qu'on le désire. Il faut passer par l'école du trottoir et franchir les étapes.

– Commence par le bois de Boulogne. Sans mac, c'est un peu dur, mais tu peux passer au travers.

Je la regarde. Elle boit trop, elle fréquente les

drogués. Le marché prend de l'ampleur et elle y croit. Pauvre chose fragile qui mourra de folie blanche un jour ou l'autre, comme tant de filles de la rue des Abbesses.

Troisième essai : Michèle. Qui ne pense qu'à son opération future au Maroc, et craint la concurrence, elle aussi.

– Je ne commande pas dans le quartier. Il faudrait te faire accepter par les autres d'abord. Moi, on me jalouse assez, j'ai du mal à tenir tête aux « déménageurs » du coin. La bagarre, c'est pas mon trip. Entre les malfrats minables et les poulets... je ne peux pas assurer le risque de te placer.

– Mais qui alors ?

– Personne. Tu auras des problèmes. Les filles se battent entre elles. Elles se défigurent, se cassent le nez, se déchirent... N'y va pas. Pas tout de suite.

– Où alors ?

– Le bois de Boulogne. Si tu te mets bien avec les filles, elles t'accepteront peut-être, en aménageant les horaires, et en faisant gaffe aux susceptibilités...

Le bois de Boulogne ? La nuit, la solitude, l'aventure totale pour une débutante : Martial est déçu.

– Tu mériterais les Champs-Élysées, mais c'est pareil qu'ici. On ne débarque pas au milieu des princesses de l'Étoile, le nez enfariné. Elles sont craintes et respectées, certaines sont connues dans le monde entier. Les Anouk, les Fabienne, Aline, Chantal... des vedettes ! Tu ne ferais pas cent mètres deux fois de suite avant qu'elles t'aient repérée...

Ce sera donc le bois de Boulogne. Je m'appelle Maud. Je deviens blonde. Je vais porter des robes-chemisiers, faciles à ouvrir, une perruque, des faux cils. J'ai investi le fond de mon porte-monnaie dans les accessoires de mon futur métier. Impossible de reculer. Ce sera pour dimanche.

J'avais rêvé d'une autre entrée dans la prostitution. Mais la grande porte est fermée. Je n'ai même pas droit à la porte d'un hôtel, avec la présence rassurante d'une copine.

La forêt. Un dimanche parce que, la nuit du dimanche, les filles sont plus rares. Dans la tête, quelques conseils grappillés au *Pavé*. Éviter l'allée de Longchamp et appliquer les tarifs en vigueur : vingt francs la pipe, cinquante francs l'amour en voiture.

Ne pas se perdre dans les allées réservées. Apprendre à repérer une voiture de flics. S'attendre aux mauvais coups, aux mauvais payeurs, prévoir une cachette dans l'ourlet de la robe pour les billets, refuser les pièces, trop encombrantes. Se munir d'un sac à main, uniquement pour le matériel de travail : mouchoirs en papier, tube de crème spéciale pour client spécial à cinquante francs.

J'ai peur. Mais cette peur me stimule.

J'ai besoin de savoir si je peux, moi aussi, gagner ma chienne de vie avec mon corps. C'est une question de courage. Mon service militaire à moi.

8

Mon frère me regarde. Il me trouve belle en fille. Il m'accompagne jusqu'au taxi. Il fait noir porte de Clignancourt. Au moment où je vais refermer la portière, je l'entends chuchoter : « Reste calme, et si ça ne va pas, reviens... » Il m'embrasse et claque la porte de la 403.

– Vous allez où ?

– Au bois de Boulogne.

Le chauffeur me jette un œil inquisiteur :

– Où ça au bois de Boulogne ?

– Je ne sais pas trop...

Un trac, une peur tout à coup, j'ai presque envie de redescendre, de courir dans la rue, rattraper mon frère, pleurer, faire je ne sais quoi. Je me traite de lâche. Je me dédouble. Il n'y a plus que cette femme maquillée, en robe-chemisier noire, qui affronte la curiosité du chauffeur. Il a compris.

– C'est pour travailler ?

– Oui. Mais c'est la première fois... je ne connais pas le Bois.

L'homme se gratte la tête et récite le guide :

– Alors, nous avons l'allée de Longchamp, la cascade, le bowling, la porte d'Auteuil...

Il a l'air de tout savoir, et moi rien. J'ai l'air stupide, un peu figé.

– Je suis peut-être indiscret, mais vous êtes une femme ou un travesti ?

Je ravale ma salive :

– Un travesti.

– Eh bien, vous êtes pas mal roulé pour un travesti.

Dans le rétroviseur, il fixe mes yeux. Je les ai peints de vert et d'or. Mes yeux sont mon meilleur atout, je sais qu'ils fascinent. Mais dans le noir du bois de Boulogne, qui les verra ? Je n'ai pas besoin de mes yeux, et d'ailleurs, je serai aveugle ou presque cette nuit-là. Cette longue nuit-là. Le chauffeur me montre la porte Maillot et l'allée de Longchamp, celle des travestis. Je préfère l'éviter, puisqu'on me l'a conseillé. Quelques longueurs d'attente sur la route de Madrid, puis je me décide :

– Ça ira, ici.

Porte de Madrid. Vingt-trois heures à la montre du tableau de bord. Je règle la course. Je descends. La 403 noire disparaît sur l'avenue. Silence. Des arbres partout. Il fait étrangement beau. En levant la tête je découvre la cime d'un grand cèdre à ma gauche, et à ma droite un hêtre immense, qui semble s'accrocher à la lune.

Quand j'étais enfant, je croyais qu'on pouvait grimper aux arbres pour attraper la lune... La peur me sèche la gorge. Déjà une voiture s'arrête. Une ombre m'interpelle : « Monte ! »

Moi, je récite la leçon apprise, en essayant de contrôler ma voix, et le léger tremblement des mâchoires :

– C'est vingt francs la pipe, cinquante francs l'amour.

– Monte.

Je l'ai dit, je le redirai. C'est difficile la première fois, difficile comme de répondre à un examinateur d'oral. Une affaire de timidité, de peur des mots :

– Je ne suis pas une vraie fille.

– Ça fait rien, tu es belle.

Je suis montée à côté d'un vieux pépère. La cinquantaine sans visage. En voiture, on ne fixe pas les visages, on regarde les mains, les vêtements, la nuit à travers le pare-brise... Mais pas les visages, on les oublie. La voiture roule, il demande si je fais bien « ça ». Je réponds oui. La voiture s'arrête, il la gare soigneusement entre deux autres, je récite la formule suivante :

– Tu me fais mon petit cadeau ?

Rituel. Se faire payer avant. Il me tend deux billets de dix francs, et immédiatement offre son sexe. Deux mains maladroites s'agrippent à mes seins...

– Si tu me donnes un peu plus, on reste plus longtemps...

– T'es bien douce et timide pour un travesti.

– C'est la première fois...

Il me croit, et la chose lui plaît. Un autre billet et un ordre. Pour trente francs, je dois faire cette chose, il le faut. Je le répète dans ma tête : il faut le faire, il faut le faire...

Il dit que je suis belle en le faisant. J'ai peur de ma maladresse, je m'efforce, je m'applique. C'est inconfortable, précaire. Les caresses sont bestiales, les mains rudes sur mon corps, le souffle de l'homme devient rapide. Faire attention. Une « caroline » m'a dit l'autre jour : « La technique est simple, il faut plaquer la langue au fond du palais, pour préserver sa gorge. Tu verras, c'est instinctif. » Ça l'est. Comme une nausée que l'on repousse, une potion amère que l'on crache par la portière avec dégoût.

Voilà, c'est fait. Un kleenex pour la toilette. Un goût de phosphore dans la bouche, désagréable, le goût de l'homme.

L'ombre me parle. Il reviendra me voir, je suis gentille.

Je rajuste ma robe, la voiture roule, me dépose sous le cèdre géant. Seule à nouveau. Écœurée. Odeur, sentiment d'être poisseuse, je voudrais de l'eau. Plonger ma tête dans l'eau, ou boire à longs traits quelque chose de fort qui me lave. Pas trop penser.

Une autre voiture. Pas le temps de réfléchir. Je répète : vingt francs... cinquante francs... je ne suis pas une vraie fille...

– Monte !

Un bavard. Il s'extasie. Il tourne dans le Bois depuis une heure et je suis la plus belle; il ne m'a jamais vue.

– C'est mon premier soir.

Il ne le croit pas. Quel âge ? La quarantaine peut-être, et toujours sans visage. Ou le même visage que l'autre. J'ai beau chercher dans ma tête, je ne me souviens d'aucun visage, ils se ressemblent tous. Le bavard est aussi prudent. Il cherche un coin tranquille, car il a peur des flics. Se faire prendre dans la nature est un outrage à la pudeur. Or il veut faire l'amour. Ce sera du côté de Puteaux, sur une voie ferrée désaffectée. Il dit :

– Ça prend cinq minutes et aucun flic ne passe par là.

Je réclame les cinquante francs. Je redis : « Si tu me donnes un peu plus, on reste plus longtemps. » Ça marche, il donne un peu plus.

À nouveau les mêmes gestes, dehors, près de la voiture. Les mêmes gestes brutaux pour caresser. Ils doivent être tous pareils, dans ce bois : pressés, méfiants, brutaux. Je laisse faire, mais j'ai peur pour mes seins. Fragiles, nés des hormones, à peine épanouis, j'aurais voulu pour eux d'autres caresses. Il me déshabille, collants, slip. Lui aussi brandit son sexe et réclame ma bouche. Puis brusquement me plaque le ventre contre la voiture.

J'ai mal. La sodomie est douloureuse; le métal de la carrosserie, trop lisse pour que je m'accroche.

J'avais rêvé d'autre chose. Ici on ne rêve pas. C'est un exercice physique, sans plus. Avec des ordres : plus fort, moins fort, ici, là... des cris, de la dureté. Je suis un animal forcé. Mais l'animal a déjà le réflexe de réclamer un peu plus d'argent, pour un peu plus d'efforts...

La jouissance est le cri de la fin, libérateur. Il me ramène sous mon cèdre. Je suis belle, il croit maintenant que je débute et ça lui plaît. Il dit : « Ça va marcher pour toi. »

Putain pour la seconde fois. Seule quelques instants, à peine, une troisième voiture. Un cinquante francs. Tout recommence, mécanique. Mêmes réflexes, mêmes gestes, mouchoir, douleur, cri. Celui-là me demande mon prénom : Maud. Lui aussi dit que je suis gentille et qu'il reviendra.

Le cèdre m'abrite un instant. Mes jambes ne me portent plus. Quatrième voiture. Litanie de l'offre et de la demande.

– Je ne suis pas une vraie fille.

– Je n'aime pas les travestis.

Il redémarre. Un autre lui succède. L'île de Puteaux...

Un autre encore... Ombre, sexe, visages confondus en un même cauchemar. J'ai fait cinq clients. Un taxi passe, je rentre. Tout s'est bien passé, il est une heure du matin, j'ai deux cent soixante-dix francs dans l'ourlet de ma robe – et il ne faut pas tenter le diable. Deux cent soixante-dix francs en deux heures : cinq jours de salaire aux P.T.T. La peur est passée. Je vais fêter ma victoire au *Pavé,* boire de l'alcool. Je l'ai mérité. Je suis une femme nouvelle. Ma première nuit, mon bal des débutantes à moi, dans le ruisseau. Les autres filles ont compris. Je suis une concurrente, cette nuit j'ai travaillé. Rivales, elles n'ont plus les mêmes mots ni les mêmes sourires. Le langage a changé, je fais partie désormais de leur univers. Aucune solidarité, la prostitution est une rivalité permanente entre femmes. Je rentre.

Mon frère siffle :

– Deux cent soixante-dix francs ! Ça fait vivre, le tapin !

Tomber dans la baignoire, se décrasser, annihiler cette odeur qui colle à la peau. Redevenir pure, propre, noyer ces visions dans l'eau claire.

Je me voyais, pour cette première nuit, dans une chambre confortable, dirigeant les opérations, maîtresse des lieux, de mon corps et des désirs des autres. J'ai commencé au bas de l'échelle, en ouvrière. Décadence du rêve, et crasse; mais je m'en suis sortie. Avoir une baignoire, c'est un luxe de pauvre, une nécessité de putain. Mes nerfs se calment peu à peu. Cette première nuit m'a marquée au fer, je l'enfouis dans ma mémoire, en brouillard où passeront les ombres, interminablement.

Il faut dormir. Je dors. Comme une souche.

Deuxième nuit. Tout va mal. Le chauffeur de taxi n'est pas compatissant. Il me dépose n'importe où, quelque part sur l'avenue de la Reine-Marguerite. Ce lundi soir est cruel dès le début. J'ai deviné des travestis, embusqués derrière les arbres. La première voiture qui s'arrête : un maniaque, un voyeur qui m'entraîne, jouit tout seul en quelques secondes, ne paie pas et disparaît.

J'ignorais ce genre d'hommes, leurs habitudes. Cette fois l'angoisse me prend. Il me semble que tout ira mal. Hier c'était la paix du dimanche soir, aujourd'hui la routine du jour de semaine, ses dangers.

– Monte.

La quarantaine, excité, bavard, nerveux. Il conduit mal, raconte sa vie en doublant des voitures de trop près, cherche le fameux coin tranquille, croit le trouver, se trompe, repart dans l'autre sens à toute allure. Il me fait vraiment peur, prend les virages brusquement, dérape. Une voiture de police qu'il n'a pas vue, noire dans une allée noire, nous prend en chasse. Il ne m'écoute pas, accélère, il est ivre.

– Je vais les semer, ces salauds. Et je te connais pas, hein ? Je t'ai pris en stop, compris ?

La voiture noire nous a rattrapés. Queue de poisson.

– Sortez de là !

Le fou cherche la bagarre. Il la paiera cher. Un uniforme me réclame mes papiers. Il ausculte ma carte d'identité, mes yeux verts, ma robe...

– Jean Marin, hein ? Compris. Reste là.

L'autre fou se débat.

– Je rentrais chez moi, tranquillos... C'est ce travelo qui m'a dragué !

Il est bon pour la prise de sang. On l'entraîne et il cogne. Un dingue, vraiment. Une sueur froide me glace le dos. Un client de ce genre, comment s'en sortir ? Il m'aurait frappée peut-être... Qu'est-ce que je fais là, mon Dieu, dans ce bois, au milieu des flics ! C'était trop beau hier... Sirène de Police secours, l'ivrogne disparaît, menottes aux mains. On me pousse dans la voiture noire, coincée entre deux flics.

– Ta carte !

Il l'a déjà vue, il veut la revoir.

– Travesti notoire...

Je réagis :

– Pour être notoire, vous savez, c'est un peu court. C'est mon premier soir.

Il m'examine avec soin :

– Possible, je te connais pas... Ça doit pas mal marcher pour toi. Un beau brin de fille...

– J'ai rien fait ce soir.

– C'est le métier qui rentre... Et à part ça, « il » fait quoi dans la vie, la dame ?

– Fonctionnaire aux P.T.T. Enfin, j'étais...

Il rit.

– On y trouve des travelos à la pelle, aux P.T.T.

– Moi, j'étais inspecteur stagiaire. J'ai une licence de droit.

Je sors ma carte d'étudiant, il vérifie et me regarde avec étonnement :

– Qu'est-ce que tu fous au Bois en travelo ?

– Quand vous dites travesti notoire, monsieur l'officier, vous devriez vous souvenir, si vous avez fréquenté la fac comme moi, que pour être notoire il faut réunir trois éléments : *nomen, tractatus, fama.* Vieux principe du droit romain : nom, commerce, renommée.

Un ange passe. J'ai fait mon numéro.

– Ça t'empêchera pas de passer la nuit au commissariat, mon pote.

Une petite cage grillagée, deux bancs face à face, une demi-douzaine de filles. La porte grillagée se referme sur moi. C'est ma première serrure. J'ai vu mon père enfermé, souvent, encagé. Les serrures étaient toujours pour lui.

Voilà, c'est fait. Mon premier emballage. Presque un soulagement. Le Bois m'effrayait ce soir. L'inconscience du début m'avait protégée, la veille. Cette fois j'ai vraiment deviné les dangers. Alors cette cage de filles est presque un refuge. Elles papotent : je papote. Elles racontent le Bois, les saisons, le froid : je raconte ma vie d'étudiant que j'ai laissé tomber.

– Pourquoi t'as fait ça ?

– Je voulais vivre en fille depuis des années...

Une petite rousse, bariolée, frisée, tricote dans son coin pour passer le temps et philosophe :

– C'est la vie...

Une autre, à l'esprit pratique, s'épile les jambes avec une pince minuscule et constate :

– Tu vas nous porter chance avec ton poivrot. Il fait tellement de barouf qu'ils en ont pour la nuit.

Le jour se lève. Il n'y a pas de Saint-Lazare ce matin. Ils ont oublié en effet d'appeler le car, trop occupés à régler le cas du poivrot.

– Je te l'avais dit : pas de « Saint-Lago », des heures de gagnées... En plus, ils t'ont même pas mis en fiche... t'as de la chance !

Chance ? Six heures du matin, pas d'argent. Fatigue, la fumée de cigarette m'a brûlé la gorge et les yeux. Une tristesse me tient compagnie dans l'autobus où je vais à contresens de tous ces visages un peu ensommeillés enchaînés à leur travail quotidien, bureau, usine, magasin, routine. J'ai vécu l'aventure de toutes les putains du monde. La petite aventure, un coup de chance pour la débutante que j'étais. Un véritable « emballage », c'est autre chose. La vraie prostitution de métier, c'est autre chose.

Au bois de mon innocence, les lauriers sont coupés.

Difficile de discerner un dragueur d'un client. Le Drugstore Saint-Germain fourmille de badauds. Certains se contentent d'offrir un verre, confiants dans leurs charmes, les autres sont touristes, promeneurs sans but. Je repère les homosexuels et les travestis. Ils attendent le client. Moi aussi.

Ce soir, j'espère beaucoup. Franchir un échelon aussi vite, en passant du Bois au boulevard Saint-Germain, ne serait pas du goût des professionnelles. Je prends le risque de me faire repérer par un protecteur. Avoir l'air naturel d'une femme qui passe ou attend quelqu'un. J'ai changé de robe. Fleurs roses sur fond noir, volants à l'espagnole. Trois ou quatre passants m'abordent, sans intérêt. Devant chez *Lipp,* un homme à la terrasse se lève précipitamment et me rejoint.

C'est lui, mon premier vrai client. Lui, je ne l'oublierai pas. Ni son visage, ni ses yeux bleus. Mince, brun, vêtu d'un costume clair, élégant, un accent italien pour me dire que je suis ravissante.

Mon rêve me rattrape dans un coupé Alfa-Romeo rouge. Il ouvre la portière. Personne n'a jamais fait ce geste pour moi. Enfin le luxe et la galanterie. Des cigarettes blondes, un briquet Cartier, une odeur subtile de cuir.

Mario est milanais, il me trouve un genre suédois, un visage à peindre ou à photographier.

Nuit de fin d'été, aux alentours du square Jasmin. Un petit air de campagne propre.

Au deuxième étage d'un hôtel particulier, un appartement somptueux. Un bijou à l'italienne, comme je n'en ai jamais vu. Fascination de pauvre, j'éprouve l'épaisseur de la moquette, je caresse les tableaux, les lampes, les cendriers de lourd cristal.

En réclamant mon dû, je n'attendais pas un billet de cinq cents francs. Un seul client m'offre le double d'une nuit au Bois, pour un moment ! Ici je n'ai pas peur du noir, des arbres, des voitures et des ombres qui les habitent. Divan de velours, coupe de champagne, je suis dans la lumière douce d'une lampe en pâte de verre.

Ici les caresses sont subtiles, les baisers agréables. La salle de bains est une moquette bleue comme la mer, bordée de plantes vertes. La baignoire de marbre, l'eau adoucie d'une huile parfumée.

Je savais que la volupté existait. Je savais que la sexualité devait être avant tout, pour moi, une question d'ambiance. Dans le luxe et la richesse, la prostitution devient un jeu social, un rite de privilégiés. Rien ne me force, rien ne m'humilie. Ce sont pourtant les mêmes gestes, mais accomplis au ralenti, en finesse. Presque la jouissance. Presque.

Je ne l'ai pas revu, et je ne l'oublierai jamais.

Il voulait un numéro de téléphone : je n'en avais pas. J'ai eu honte de ma pauvreté. Honte de mon deux-pièces vide où un matelas m'attendait, jeté à même le sol. Honte d'être une débutante, et de ne pas savoir profiter de l'occasion. Il s'en allait à Milan pour ses affaires, tôt le matin. Il a appelé un taxi pour moi et l'a réglé d'avance. J'ai quitté à reculons ce petit paradis, avec pour dernière vision le corps mince de cet homme reposant sur un lit de fourrures où, pour la première fois de ma vie, j'avais été putain de luxe. « *Ciao, Bella* »… Un jour viendrait où ce *Ciao, Bella* serait vrai. Putain de luxe, mais femme.

Ce petit coin de bonheur somptueux est resté dans ma mémoire. Joli médaillon, souvenir. Au pire de mes détresses, je me revois nageant dans le marbre de Carrare, eau verte reflétée sur ma peau blanche, champagne doré, un homme qui attend. Et le rare, très rare plaisir d'être payée avec élégance. Cher. Comme un objet de prix. Et non de mépris.

Porte de Madrid, le Bois. Je m'organise. De l'autre côté de l'avenue, une fille me guette, traverse :

– C'est mon coin ici, je le fais avec des copines le dimanche.

Il faut faire acte de soumission :

– Je ne savais pas. Excuse-moi.

– D'habitude on le fait dans la journée, jusqu'à dix heures et demie.

– Ah... Je ne savais pas qu'il y avait des filles dans la journée. L'autre dimanche je n'ai vu personne.

– T'es travesti ?

Elle me détaille dans l'ombre, puis hoche la tête :

– Ça se voit pas trop. T'as pas l'air arrogant...

J'attends le verdict. Il est important. Si cette fille me rejette, les autres le feront aussi. Et je ne veux pas être reléguée sur le territoire des travestis. Ils me font peur. Je veux rester avec les filles.

– Bon, d'accord, tu peux venir, mais à partir de onze heures. Nous, on travaille tant que les flics de jour sont là...

– Merci. Je viendrai la nuit, t'es sympa.

– Bof, le soleil doit briller pour tout le monde. Mais ramène pas de travelos par ici... sinon, on te vire !

– Je ne les fréquente pas. Je suis toute seule.

Je profite de ce premier contact encourageant pour me renseigner sur les flics.

D'après la fille, il faut se méfier vers onze heures et demie, au changement d'équipe. Après, c'est au petit bonheur, ils embarquent à la Faisanderie, ou à Exelmans... Elle me parle d'Untel qui est une peau de vache, d'un autre qui est vicieux...

– T'es vraiment toute seule ?

– Oui.

– C'est dangereux. Et en plus, ça se voit comme le nez au milieu de la figure que t'es nouvelle.

– Tant que ça ?

– T'as pas l'air sûre de toi. Méfie-toi, observe bien les types qui t'abordent. Fais-toi toute petite, discrète... ne traîne pas longtemps au début. Je te verrai sûrement. Quand j'ai pas fait mon compte de jour, je reste un peu après onze heures... Salut !

Elle retraverse.

Ce soir-là, j'ai la chance d'avoir un client qui préfère l'hôtel. C'est plus hygiénique. La propreté est un de mes grands soucis. Avec les vices des clients. Qu'ils soient en 2 CV ou en Jaguar, le vice est le même.

Une autre nuit, une autre peur, une autre expérience. Du Bois au Champs-Élysées, seul le confort diffère.

Une maison de rendez-vous où un client m'entraîne, près de l'avenue Foch. Le prix de la chambre est aussi cher que moi. Ambiance russe, on se croirait à Saint-Pétersbourg.

Et la gaffe. Un soir où je racole sur les Champs, essuyant des refus, trop préoccupée de ne pas rentrer bredouille dans mon deux-pièces lugubre, je ne vois pas la voiture de police. Requin noir qui rôde, renifle et s'arrête près de la proie. Deux policiers en descendent, narquois :

– La voiture de Madame est avancée...

À nouveau coincée entre deux hommes, je tente l'échappatoire habituelle :

– Travesti ! Marin Jean, étudiant... On n'aurait pas cru. Nouvelle dans le quartier ?

– Non, monsieur, je ne suis pas du quartier, je rentrais chez moi...

– À pied ?

– Pour faire l'économie d'un taxi.

– Le taxi, c'est nous... Bon, tu travailles où, d'habitude ?

– Un peu au Bois, un peu à Saint-Germain... Les Champs, c'est pas pour moi, je ne suis pas assez bien habillée. Ici, c'est le luxe.

– Tu t'habitueras...

Ils se désintéressent de moi et font le compte des emballages de la nuit. Quarante-cinq en une soirée. C'est bon pour la brigade. Des chasseurs de prime en quelque sorte. Sous mes yeux, une nouvelle victime. La fille est jeune, mineure; l'homme âgé, riche, belle voiture. Il proteste. Elle proteste. Le chef résume la situation en réclamant un car de police par radio.

– Un retour de partouze, avec une mineure. Et naturellement elle dit qu'elle connaît un ministre ! Et que son père va nous taper sur les doigts !

Le sous-sol du Grand-Palais, des flics partout. Le commissariat le plus redouté du secteur de Paris.

J'entre par une petite porte, je longe un petit couloir. Au fond, une immense cage de verre, illuminée comme un aquarium. À l'intérieur, des filles, trop de filles. Les gardes rajoutent des bancs. Prison de verre, corps entassés, fumée de cigarette et nervosité dans l'air raréfié.

La petite mineure qui prétend connaître un ministre n'y a pas droit. Moi, si. On fouille mon sac, on secoue mes petits secrets, mes objets familiers, on les étale et me les rend en vrac :

– Entre là.

Derrière la vitre, des dizaines de regards m'observent. On me pousse à l'intérieur, j'étouffe déjà. Il faut dire quelque chose devant ces louves attentives. Je dis bonjour, personne ne répond. Une petite place sur un banc, le long de la paroi de verre tiède. Je suffoque. Au-dessus de ma tête quatre lampes énormes, véritables sunlights, éclairent ce poulailler bizarre en le surchauffant.

À deux heures du matin, les filles sont fatiguées, agressives. Des filles que j'envie pourtant, celles du *George V*, de l'Étoile, de la rue de Presbourg. Celles qui roulent en voiture, celles que leurs macs déposent en Mercedes ou en B.M.W. et reprennent ensuite, s'ils les retrouvent... Je les écoute se plaindre de la nuit fichue et des michetons qui ne sont plus « comme avant ».

Elles parlent du « chef » aussi, celui qui les a emballées. Un misogyne acharné, cruel, haïssant les femmes depuis qu'il s'est découvert cocu et abandonné...

Je les compte. Quarante-cinq en effet, plus moi. Elles sont à l'aise, des années de tapin dans les jambes ou sous le moteur. Le gratin parisien. J'ai beau me faire toute petite, ma taille dépasse les autres :

– D'où tu sors, toi ? Tu travailles où ?

– Saint-Germain.

D'instinct, j'ai senti qu'il ne fallait pas parler du bois de Boulogne. Le bagne, la médiocrité et la honte dans ce quartier riche.

– T'es travelo, hein ? C'est ta voix qui fait travelo. Pour le reste, on remarque rien...

Mise en confiance, je raconte encore ma vie, ma volonté d'être une femme, j'explique la transsexualité...

– T'aurais pu faire le garçon le jour et la fille la nuit; avec un bon mac, même que tu ferais du fric !

Je raconte alors mes espoirs d'opération. Ça les fascine. Je me sens plus à l'aise, je parle de moi, dans l'espoir de me faire agréer. Les transsexuelles des Champs-Élysées ne leur plaisent pas et la place, si on me l'accorde, vaudra cher. Très cher.

Encore un peu, je me croirais dans un salon. Ça ne dure pas.

Deux filles, algériennes, veulent faire le forcing à l'entrée, sous prétexte d'apporter des sandwiches et des cigarettes à une sœur. Une encagée. Le ton monte. Les flics repoussent la demande, excédés, et les hurlements se déclenchent. Les coups aussi. L'une des filles est maîtrisée, l'autre réussit à ouvrir la porte, cherche sa sœur, cogne sur les gardiens. Les injures se mêlent aux cris de douleur.

Le chef surgit, rouge de colère, expulse l'une des attaquantes au-dehors et, à coups de pied, referme la porte de verre sur l'autre. Vipère en cage, elle crache son venin et insulte le chef comme je n'oserais jamais.

– Touche pas à ma sœur, pauvre con !

– Ta sœur, je l'emballerai tous les jours et toi avec, jusqu'à ce que tu crèves de faim ! Pour commencer, tu tombes pour coups et blessures à agents...

– Enfoiré ! Pauvre mec !

La haine terrible qui oppose cette fille vulgaire

et décharnée à ce flic méprisant est une nouveauté pour moi. Elle crache encore sur la vitre, alors qu'il est reparti dans son bureau.

L'interrogatoire pour la mise en fiche me sauve provisoirement de l'étouffement. Parfums, promiscuité, fumée, chaleur des corps et des lumières m'ont retourné le cœur.

L'interrogatoire rapide – d'où il ressort qu'une transsexuelle, c'est un travelo de toute façon – me vaut le premier procès-verbal de flagrant délit : *Devant le numéro 52 des Champs-Élysées, etc. à telle heure*... Pour les filles, la souche est rose; pour les travestis, elle est verte. Je fais désormais partie de l'immense troupeau taxable à merci. De celles que l'on peut « emballer » tous les trois jours, ou tous les jours, ou trois fois par jour... J'ai mon abonnement de travesti notoire, de pute notoire. Fini, le licencié en droit stagiaire aux P.T.T.

Le chef me raccompagne à la cage de verre et crie bien fort :

– La nouvelle, je la laisse travailler huit jours sur les Champs !

Pourquoi a-t-il crié ça à la meute des filles prisonnières ? Provocation. Il veut peut-être qu'elles se battent. Qu'elles se jettent sur moi comme sur un chien galeux ?

Selma l'Algérienne, vipère au poing, crache à mes pieds :

– Tu vas voir, tes huit jours !

D'une détente prodigieuse, elle lance une jambe vers moi; son pied durement chaussé m'atteint en plein visage et me renverse. Puis, en hurlant comme une hystérique, elle me piétine à terre. Coups de talon, coups de semelle, la douleur résonne dans mon corps, dans ma tête, et personne n'intervient. Elle, l'Arabe, doit être crainte. Son corps musclé, sa rapidité, la violence de ses coups ont dû forcer le respect.

– Pas de travelos sur les Champs, t'entends ? Tu

vas te casser ! Je te crèverai avec des ciseaux ! Je te crèverai, si je te vois !

Je ne peux pas me défendre. À côté de cette force, de ces muscles, de cette rage, je ne suis qu'un chiffon sans réaction, une larve à terre, la tête dans les bras, le dos rond. Je saigne, j'ai mal, pas un flic ne bouge.

L'orage passe. Le silence revient. Après un délai qu'elle doit juger suffisant pour le respect de la raclée donnée, une fille m'aide à me relever.

Selma l'Algérienne, les mains sur les hanches, l'œil noir, s'offre un dernier hurlement et menace :

– Et tu portes pas plainte !

Alors seulement, un képi s'avance :

– T'as besoin de l'hôpital ? Non ? D'accord.

Puis un autre :

– Tu portes plainte contre cette fille ?

J'arrive à dire non, le souffle presque coupé. Non, je ne porte pas plainte, je ne la connais pas.

Je demande à boire un verre d'eau. On me sort de la cage. Près de la buvette des flics, je tends la main vers un verre, qu'on m'arrache...

– Pas celui-là !

On me tend un verre, pris à l'écart. Le verre des putes. Réservé aux putes.

– On veut pas attraper vos maladies... sans blague !

Du bétail. Je fais partie de ce bétail. Il faut lever la main pour demander : boire, faire pipi... Interdiction de fermer la porte dans ces chiottes puantes. Cours de droit sur la dignité humaine... Ce flic te regarde pisser, à demi accroupie, il te ramène à peine reculottée sous les plaisanteries douteuses.

– Alors, tu l'as pas sautée ? Qu'est-ce qu'il y a dans la culotte ?

– Pourquoi, tu la veux ?

À nouveau la cage. L'Arabe s'est calmée, les groupes se sont reformés et j'aperçois la star. Elles l'appellent Anouk. Anouk roule en Jaguar ou en américaine. Le Tout-Paris des putes la considère comme le personnage le plus mythique de la prostitution. Voix grave, cheveux bruns superbes, de l'allure, de l'élégance... Une fille me chuchote :

– Elle est connue dans le monde entier. C'est elle qui règne aux Champs.

Je mouche du sang, la tête me tourne un peu, mais une petite idée y tourne aussi. Je reviendrai. Vous êtes plus fortes, plus nombreuses, vous savez vous battre et dominer. Mais je reviendrai. Pour l'instant je ne suis rien, je n'ai ni vos robes, ni vos bijoux, ni votre arrogance, je n'ai que ma timidité. Je suis pauvre, naïve, faible, mais je reviendrai. Je ferai front.

Une fille compatissante se penche vers moi. Elle ne semble pas craindre l'Algérienne.

– C'est malin de l'avoir frappée ! Elle pourra pas bosser pendant trois jours au moins.

Bleu sur le visage, lèvre fendue. Bleu sur le corps et l'âme, mais rage silencieuse d'arriver. De grimper l'échelle jusqu'à l'Étoile.

La nuit passe, l'aube et le car de « Saint-Lago » vident la cage. Nous restons quatre, ensommeillées, blêmes sous les maquillages usés : Anouk la star, les deux sœurs algériennes et moi.

Selma rampe vers mon banc. Elle a changé de visage :

– Écoute, cette nuit j'étais raide défoncée, je voulais protéger ma sœur.

– Pourquoi tu m'as frappée ?

– Défoncée, je te dis. J'avais besoin de cogner sur quelqu'un... n'importe qui. T'étais là, c'est tout. C'est sympa de ne pas avoir porté plainte...

On l'emmène avec sa sœur. Anouk la star se refait une beauté et m'adresse enfin la parole.

– À ta place, j'aurais cogné. Selma et sa sœur, c'est les « bordilles » de l'Étoile, toujours saoules, le scandale permanent. Les flics les laissent faire. Ce serait nous, pour un dixième de ce qu'elles font, ils nous massacreraient.

– Qu'est-ce que je pouvais faire ? Je ne sais pas me battre.

– Tu pouvais lui demander du fric… ou porter plainte.

– Pourquoi on nous a pas emmenées à Saint-Lazare ?

– Il y a quelques années, on y allait aussi. Mais les « trans » du Bois et de la rue des Abbesses ont fait un tel bordel que les assistantes de police ne veulent plus de nous… C'est pas plus mal, on reste consignées dix heures ici.

Anouk la star, la superbe, fait donc partie de mon camp. De ce qui devrait être mon camp, en tout cas. Je bée d'admiration devant le résultat. Apprendre à être belle, bien habillée, fille de luxe…

Un flic balaie tristement la cage autour de nous. Elle le désigne d'un ongle carmin, parfait :

– On gagne bien plus de fric que ces malheureux. Passer la nuit à jouer aux cartes ou à nous emballer pour une paie de misère, et une retraite de con…

Elle a repeint son visage, libéré ses cheveux. L'heure de sortie est proche. Moi, je suis en bleu et noir, sang coagulé, œil gonflé.

Elle attaque :

– Tu reviens ce soir aux Champs ? Tu vas profiter de la permission de huit jours du condé ?

Je sens bien qu'il faut dire non. Le ton, impérial, réclame soumission.

– Je ne reviendrai pas.

Elle s'en va. Sans dire au revoir. On ne fraie pas avec les débutantes. Pas plus que n'en impose la promiscuité de la cage de verre.

Midi au soleil. J'ai mal à la tête, je suis sale et vaguement déprimée. J'ai vu les belles, les laides, les riches, les protégées, les vieilles, les jeunes, les vieillissantes… Les solides, les fragiles, les cruelles, les calmes. Toutes celles de l'amour mercenaire, chacune reflétant l'autre, dans l'âge et la décadence future. Dialogue qui ne s'engage pas : « Tu seras moi, je ne serai plus toi. »

Aucune ne veut le savoir et s'arrêter en route.

Toutes rêvent des mêmes rêves, d'argent, d'hommes à genoux, de monde à leurs pieds.

Fatigue. Abandon. Je ne suis pas gagneuse. Comment faire pour tenir le coup et combien de temps ? Deux, trois, cinq, dix ans ?

Vivre, manger, acheter les robes et payer cette opération qui devrait coûter une fortune... Devenir une fille, autre chose que le travelo besogneux et mal payé, courant le Bois la peur au ventre, rasant le boulevard Saint-Germain, s'humiliant dans des voitures, en des contorsions écœurantes, épuisantes...

Il me faut ce sexe, le leur. Pour leur parler, pour les affronter. Cette fille ne m'aurait jamais battue si je n'avais pas représenté pour elle le « travelo », l'éternel bâtard, venu ronger les restes du trottoir.

Il me faut ce sexe, cette chatte.

Je la gagnerai et je paierai le prix demandé pour elle, à en user mon corps, mes reins, ma tête. Je lui ferai remonter les Champs-Élysées un jour de gloire, je la montrerai comme un diamant.

Et je pleure dans l'eau d'une baignoire triste, d'une salle de bains triste. De lassitude et d'espoir.

Je suis de retour auprès de mon cèdre. Il le faut bien. Ici j'ai peur, mais une peur enfantine, celle du noir. Au Bois, personne ne m'a battue, et j'ai compris que ma place était encore là. Il faut s'habituer aux clients, s'endurcir. À Saint-Germain-des-Prés ou aux Champs, une novice dans mon genre ne peut guère espérer tomber tous les soirs sur un Italien riche et délicat. Les menaces de Selma l'Algérienne et l'arrogance d'Anouk m'ont remise sur le droit chemin des prostituées à vingt ou cinquante francs. Les longues processions de voitures, les conducteurs qui observent, triturant du regard les créatures aperçues dans les phares, soupesant les seins, les ventres, les jambes, les visages et surtout la bouche.

Le Bois, c'est cela. Ils cherchent, pour la plupart,

la même chose : une bouche. À tel point que l'usage professionnel interdit le rouge à lèvres. Il faudrait l'ôter et en remettre à chaque fois. Pour eux, pas pour nous. Les clients mariés ne tiennent pas à rentrer chez eux avec du rouge... là. Le Bois, c'est aussi les dingues, les refoulés des parties fines de la porte Dauphine, les détraqués du voyeurisme, et ceux des petites spécialités...

Nuit après nuit, homme après homme, crasse, odeur. On s'habitue. Seule compte la recette. C'est une idée fixe qui soutient, ferme les yeux, bouche les narines, et fait de moi un autre moi, une doublure. Je me croyais plus avertie qu'à mes débuts, j'ignorais que dans les voitures qui tournent, s'arrêtent et nous invitent à monter, se trouvent d'autres clients.

Une nuit d'automne, je les ai rencontrés.

Un jeune homme, seul. Je monte. Dans mon dos sur la banquette arrière, un autre est dissimulé sous une couverture. Il me frappe avec violence, cogne pour faire mal, pour défoncer le visage; l'autre conduit à toute allure. Mon argent si durement gagné disparaît dans leurs poches, et ils m'abandonnent à proximité de l'hôpital Ambroise-Paré, en sang.

D'autres reviendront. Des petits racketteurs, terrorisant les prostituées esseulées ou trop âgées pour se défendre. L'état sauvage.

Ils m'ont cassé des dents, j'ai traîné trop souvent un visage tuméfié, et je suis rentrée trop souvent les mains vides après une nuit de travail. Je n'en peux plus. Je gagne à peine de quoi survivre, en payant loyer, repas et vêtements déchirés. J'ai tenu aussi longtemps que possible, je retourne à Saint-Germain.

Autre lieu, autres mœurs.

Sur le boulevard, il faut marcher, marcher sans fin. Ne pas s'arrêter, ne pas déranger celles qui stationnent et en ont le droit. Droit de premier occupant, droit d'ancienneté, droit du mac, droit du flic : je n'ai rien de tout cela. Alors je marche.

J'emmène mes clients, rares, dans une maison du côté de la rue de Grenelle. Une maison où l'on accepte tout : la rue, la clientèle des boîtes. J'y ai vu un jour une pancarte d'interdiction portant : *La maison n'accepte plus les chiens*...

Ce n'est pas l'angoisse du Bois, mais le niveau est aussi sordide. Je croise la faune des homosexuels, des gamins malingres, drogués, anxieux, plus méchants que les filles.

Un gigolo m'a déformé le nez d'un coup de poing. Un certain Ahmed a tenté de me rançonner au couteau...

De peur en peur, à vivre la nuit et à dormir le jour, je m'anémie. Les globules rouges me fuient, et l'espoir aussi.

J'ai fini par m'installer au métro Mabillon, avec une autre transsexuelle qui débute. Je marche moins, sans gagner plus. Les emballages se succèdent au commissariat de la place Saint-Sulpice. Repos, habitude, immobilité dix heures de rang : on relâche au matin et tout recommence. Avec des scènes que n'oserait pas imaginer le producteur d'un film porno. Un client m'amène chez lui, et il surgit une demi-douzaine de ses copains. Viol collectif. À qui se plaindre ? Une prostituée telle que moi a-t-elle le droit d'être traumatisée ?

Le vieux Gaston, qui suit les mœurs depuis vingt ans à Saint-Sulpice, hoche la tête d'impuissance. Tant que je serai seule, je risquerai toujours ma peau, ma vie... et pourtant il me conseille de tenir bon. De ne pas tomber dans les pattes des « macs », de ne pas me frotter à la prostitution dite « de luxe », où les parties dégénèrent trop souvent. Il en a vu, des filles en sang, des gamines étranglées ou esquintées à vie par un dingue aveugle de vice. La drogue surtout. Ne pas toucher à la drogue. Elle me fait peur. Le petit frère a disparu à cause d'elle... J'ai fait ce que j'ai pu tant qu'il vivait dans mon taudis. J'ai même ramassé un de ses copains dans le caniveau du boulevard Ornano. Il y voyait des sources multicolores, à la lueur du L.S.D. Ils se croient hippies, gauchistes, anarchistes, font le coup de poing contre l'extrême droite, se font tabasser par les gendarmes mobiles... Mon petit frère, visage écrasé, mâchoire cassée, défiguré dans un hôpital où la police m'a menée jusqu'à lui. Mon petit frère disparu en Turquie, en Allemagne, en Hollande, courant après le hasch...

Et moi qui cours après quoi ? Je manque me retrouver en Afrique pour avoir espéré un job d'entraîneuse dans une boîte de Camargue. Je passe aussi à côté du cabaret.

Pour pouvoir monter un numéro, il faut payer cinq mille francs par numéro – obligation d'en présenter quatre. Le système est simple. Une ou deux personnes se disent monteurs de spectacles chez Madame Arthur ou au *Carrousel*. On prend des cours de chant, on paie. On règle les numéros, on paie. Et en fin de course, on gagne quarante ou cinquante francs par soir. À moins de faire un « strip-tease ». Mais ce n'est pas mon genre. Et je n'ai pas les moyens de payer ce rachat. Adieu cabaret. J'ai écrit des chansons pour rien, je les ai rangées dans un carton. Alors, je tapine à Saint-Germain pour survivre, économisant sou par sou pour l'opération. Économie dérisoire, flics, voyous, procès-verbaux éternels pour « travestis en dehors des périodes de carnaval », c'est la formule.

Ma mort passe en ce début d'hiver 72. Je la laisse aller.

Un vieux Corse rencontré dans les bars, sorte de juge de paix à la retraite, ancien trafiquant de faux pastis et de vraies cigarettes, m'a prise en amitié. Cheveux blancs comme neige, œil noir, il fut une force de la nature et un homme respecté du milieu. Il traîne une misère bien plus noire que la mienne. Un cancer. Il a une drôle de manière de dire :

– J'ai une saleté qui me ronge les tripes, elle finira par me bouffer.

Simon le Vieux qui veut bien parler de ma détresse.

– Qu'est-ce que tu cherches, au fond ?

– Une place sur les Champs-Élysées. Le top niveau, en fille.

– Et après ?

– L'opération.

– Et après ?

– Call-girl. Appartement confort, et clients triés sur le volet.

– Et ton droit ? Et ta famille ?

– C'est fini tout ça.

– Dur pour ta famille...

– Et pour moi ?

– Toi, tu as choisi un destin...

L'amitié du vieux Simon m'empêche de couler certains soirs. Et celle de Christine, aussi. Lyonnaise, haute comme trois pommes à genoux, rescapée du Bon Pasteur, et qui a la chance de tourner à l'Étoile en voiture. Plus jeune que moi, elle en a vu de plus dures. Mais elle a « les Champs », mon obsession, mon but, la fin du sordide et de la crasse... Les passes à deux cents francs, les économies rapides... L'opération rapide...

Dans le secteur que je fréquente, on parle trop de me « marier ». L'homme de Christine ne demanderait pas mieux, et deux ou trois Kabyles qui font commerce de me protéger « par amitié » en attendant que je tombe comme un fruit mûr. Je fais semblant de ne pas entendre, je blague sur les macs... trop, peut-être.

Me revoilà sur les Champs. Et me revoilà pour dix heures dans la cage de verre. On dirait un rite, et c'en est un. À la sortie, l'officier de police m'autorise deux nuits de travail dans le secteur. Cette fois j'en profiterai, cette fois il faut que je m'accroche...

Au coin de la rue de Ponthieu, Anouk la superbe au volant de sa Jaguar :

– Pas de nouvelles sur le coin, t'as compris ?

J'ai compris. Je marche. Jusqu'au moment où je pourrai stationner sans crainte de tomber sur une habituée agressive. Anouk craint ma concurrence, pour la seule et bonne raison qu'elle offre la même marchandise que moi. J'ai moins de problèmes avec les filles. Je marche. Un jour je serai fille, je marche... Un jour...

Un client, dans un bar de luxe :

– Je ne suis pas une vraie fille.

– Quelle importance ? Tu es belle, hiératique et mystérieuse...

Je le connais. Écrivain célèbre, scénariste, il m'a déjà invitée à sa table. Il adore parler et s'écouter parler... Il a des discours de maître, littérature ou cinéma, arts plastiques et même gastronomie, avant de s'« encanailler ». Un narcissiste élégant, aristocrate, agréable.

C'est la première fois qu'il me propose de l'accompagner. Dans un endroit, dit-il, où je verrai « les plus belles femmes de Paris ».

Je pense à Madame Claude, au *Crazy,* ou bêtement au *Lido.* Me voici chez Billy. Madame Billy, la plus illustre des taulières. Soixante-dix ans, l'expérience du monde et du demi. Elle connaît tous les grands. Plusieurs générations ont défilé chez elle. Elle connaît mon artiste depuis des lustres et lui ouvre sa porte même si l'heure est passée... La timidité me fait plus raide qu'un mannequin de cire. C'est la première fois que je mets les pieds dans une maison close de luxe, et celle-là est la plus cotée, la plus belle, la plus discrète, la mieux protégée sûrement.

Madame Billy reçoit en maîtresse de maison, solide, l'air d'une paysanne qui vivrait tous les jours dans sa robe du dimanche, l'œil clair, l'accent provincial, rond et commerçant, le cheveu impeccable. Ils parlent mondanités, starlettes, chanteuses, mannequins. « Qu'est devenue Une telle ? – Mon cher, elle a épousé un industriel... vous savez bien, notre ami D. » Une autre s'est envolée aux États-Unis avec un aristocrate, une autre « fait dans le cinéma ».

Je rêve. On me montre l'album de famille. Filles superbes, corps superbes, photos superbes. Fascination. Jamais je n'y arriverai. Je ne suis pas digne d'entrer dans la galerie des portraits de Madame Billy. Je ne suis pas faite au moule, je n'ai pas ce visage parfait... Dans cette maison, pour une nuit, je serai la partenaire du troisième type. Mon client artiste désire une certaine Elsa, l'un des portraits du catalogue. Grande, brune, cheveux immenses, des yeux bleu porcelaine. Une femme de chambre nous précède dans une chambre classique.

Je serai gauche et maladroite. Mais je remplirai mon office avec bonne volonté. C'est ma première initiation à trois. Et la première fois aussi que l'on me demande de faire l'amour à une fille, devant un spectateur. Lui faire l'amour dans la mesure de mes moyens. Ici, pas de quolibets. La jeune femme et mon client, parfaitement avertis de ces choses, admettent volontiers l'inefficacité de mon sexe impubère.

Juste une gaffe. L'habitude des prostituées de misère. On ne demande pas son « petit cadeau » avant, chez Madame Billy. Les vraies putains de haute volée se font payer après. C'est ça, la grande classe. Pour le reste, je suis sage. J'écoute un discours littéraire sur l'androgynie et la mythologie. Je bois le champagne, je fais ma toilette dans une salle de bains des années 30, au linge somptueux. J'entends un autre discours sur la liberté sexuelle au XVIIIe siècle, comparée au XIXe. Je m'émerveille en silence de la beauté de cette fille, de son adresse à faire semblant.

On me demande élégamment la même chose qu'au Bois ou ailleurs, je n'ai qu'une émotion, l'approche, intime, délicate, de mon rêve de toujours : un sexe de femme.

J'en avais déjà vu. De loin, mal, en photographie, ou dans la promiscuité avec les filles au Bois.

Cette fois, c'était autre chose. On l'offrait à mon

regard et à mes mains. J'ai eu peur de faire mal : c'était si beau, cette chose que je désirais depuis si longtemps pour moi-même. Inaccessible.

Là aussi, maladroite et gauche. Et puis triste de le voir prendre par un autre. De demeurer spectateur figé. Être à la place de cette fille... délivrance...

J'en ai parlé, c'était plus fort que moi. Alors j'ai entendu un nouveau discours sur les castrats de l'Antiquité à nos jours, tandis que la jeune beauté me mettait en garde :

– Tu n'auras jamais un vrai sexe de femme, je connais des opérations ratées, tu seras malheureuse...

J'entendis à nouveau parler du *Satyricon,* tandis que je faisais mon métier ainsi qu'on me le réclamait.

Il me fut donné quatre cents francs. J'ignore ce que la belle reçut pour elle-même, et qui fut consigné dans le livre de Madame Billy, mais ce devait être bien plus.

Il est cinq heures. Il faut rentrer. Un petit frisson d'espoir, lorsque mon client me recommande à « Madame ». Une gêne, en donnant le téléphone d'une piaule minable... J'aurais donné mon âme pour être cette fille, avoir sa grâce et son assurance. Elle devait vivre dans un appartement luxueux, décrocher un téléphone blanc de temps en temps, prendre ses vacances à Deauville ou Biarritz...

Moi je ne serai jamais qu'une transsexuelle des rues, emballée tous les trois jours avec un procès-verbal à la clé, condamnée à finir mes nuits sur un banc, entre putes et clochards. Un tapin désespéré.

9

J'ai blasphémé. Moi qui ai peur de mon ombre, j'ai osé dire tout haut dans un bar : « Il faut être dingue pour donner son fric à un mac. »

Qui m'a entendue ? Un Niçois, un Marseillais, un Toulonnais, un Lyonnais, un Corse... tous ces hommes qui ne considèrent les « vraies femmes » que si elles sont « mariées », qui méprisent et rançonnent les « affranchies », les cavettes, les « sans-famille » comme moi ?

Je me croyais presque sortie de l'abîme. Simon le Vieux m'a aidée à trouver un appartement à Neuilly. Une combine de Corse, dans l'immobilier corse. On fait semblant d'acheter sous un vrai nom, on loue sous un faux, et on peut travailler tranquille.

Je me croyais aussi protégée par l'amitié et la proximité de Christine. Une copine, une vraie, à quelques mètres. Neuilly, 800 000 anciens francs d'économie. Je m'apprêtais à emménager le cœur en fête comme une jeune mariée. Quitter cette chambre infâme. Me hausser du col. Mais j'ai blasphémé, une fin de nuit brumeuse, et les bars ont des oreilles. Celui de Louis a les oreilles des macs. Toujours naïve, inconsciente du danger, fréquentant le milieu sans m'en rendre compte... je croyais, du fait de mon état de transsexuelle solitaire, échapper à la corrida traditionnelle, au scénario de série B.

14 novembre 1972. Une nuit comme d'habitude,

un brouillard comme d'habitude, je marche comme d'habitude.

L'avenue Matignon est presque déserte. Un homme s'approche : dialogue habituel, je propose cent cinquante francs, plus la chambre. J'en ai besoin, je n'ai pas « dérouillé » un seul client de toute la nuit. Il me dit qu'il est monégasque... de passage.

Nous marchons vers la rue de Ponthieu. En passant devant une galerie d'art qui fait l'angle, j'entends soudain derrière moi :

– Ne bouge pas !

Il recule légèrement et me braque un pistolet à barillet :

– Ne bouge pas et tais-toi !

Je ne peux pas crier. La peur me glace le sang. Un canon noir devant soi, c'est inimaginable, paralysant. On ne pleure pas, on ne crie pas, on reste là comme une souche frappée par la foudre.

De l'autre côté de l'avenue, un autre homme, près d'une voiture américaine. Elle roule vers nous, sans bruit. Je remarque la plaque d'immatriculation sans pouvoir lire le numéro. Les Alpes-Maritimes, c'est tout ce que peut enregistrer mon cerveau figé.

On me pousse à l'intérieur sur la banquette arrière, entre le « Monégasque » et un autre homme. Le troisième, qui a des allures de chef, visage carré, front bas, rouleur de mécaniques, s'installe à côté du chauffeur :

– Roule !

La Chevrolet démarre en douceur et mon cœur se met à battre une chamade affolante, comme s'il voulait sortir de ma poitrine, se frayer un chemin entre les côtes.

Le Monégasque appuie le canon de son arme sur ma hanche :

– Si tu cries, ou si tu fais un geste, je t'allume !

La voiture dévale l'avenue Franklin-Roosevelt sur les chapeaux de roues, je vois défiler les arbres, quelques voitures...

Crier ? Sûrement pas. Bouger ? Je suis incapable de remuer un doigt. Cette peur... Elle est si intense que les yeux me brûlent à force de fixer la nuque du chauffeur, une nuque blonde de cheveux épais.

Le Grand Palais, la Concorde, Paris indifférent à cette voiture de mort qui m'emporte. Le chef parle, un accent niçois prononcé, vulgaire :

– Alors ? On fait le tapin aux Champs-Élysées ?

Le Monégasque :

– Et c'est un travesti !

Défense puérile de ma part, gorge sèche, privée de salive, je bafouille n'importe quoi, que je devais faire du cabaret, que je n'ai pas eu de contrat, que je crève de faim... Le chef me coupe brutalement la parole :

– J'ai dit : alors, on fait le tapin aux Champs-Élysées ?

Il attend que j'avoue. Je cherche une échappatoire timide :

– Je suis... je suis « mariée ».

« Mariée », autrement dit « maquée ». C'est la seule chose qui peut me sauver. Le milieu respecte, en principe, la propriété des « macs ». Et il ne fait aucun doute que je suis tombée entre les pattes d'une bande de proxénètes. Je sais, pour l'avoir entendu raconter, que ce genre de kidnapping a deux issues : la « menée en belle », c'est-à-dire l'exécution pure et simple, ou la « descente à la cave », le jugement et la mise à l'amende.

Alors je répète un peu plus fort à l'intention du chef :

– Je suis mariée.

– On verra ça...

Il fouille dans mon sac, le renverse, et s'énerve :

– Les sous ? Où sont les sous ?

– J'ai pas dérouillé cette nuit...

– Tu te fous de ma gueule ? À une heure du matin t'as pas dérouillé ? Vous entendez ça, collègues ? Qu'est-ce que t'as foutu alors ?

– J'avais... rendez-vous dans un bar avec une amie...

– Ben voyons... voilà ce que ça donne ! Au lieu de travailler, on se fait la belle dans les rades, hein ? Je crois que les travelos donnent de mauvaises habitudes aux gonzesses...

Les quais, le pont d'Austerlitz, deux motards de police en faction au coin du pont :

– Fais pas un geste, ou on t'allume !

Le canon de l'arme appuie douloureusement sur mes côtes. Ils se parlent entre eux et je ne comprends pas. Une langue bizarre, mêlée d'argot. Ni corse ni parisien. La Chevrolet file sur les quais, sort de Paris, traverse Charenton... J'avais peur du bois de Vincennes : s'ils ne me conduisent pas au fond du bois, c'est qu'ils ne me tueront pas, peut-être... Mourir ? Impossible à croire, impossible à imaginer... Pas moi... Pourquoi moi ? Qu'est-ce qu'ils veulent ? J'ai blasphémé... J'ai osé dire que je ne donnerais pas mon argent aux macs... Mourir pour ça ?

La voiture a franchi la Marne, nous roulons sur la rive gauche, une voie ferrée traverse la Seine... Des villas bourgeoises d'un côté, la rivière de l'autre. J'enregistre le décor à toute vitesse, en essayant de réfléchir. Ils m'emmènent dans une maison, ils vont vouloir des explications sur ce prétendu « mari » dont j'ai parlé... Mais je n'en ai pas. Il me faut un nom... un nom qui les impressionne, un nom qui me protège, même provisoirement. Simon par exemple, le vieux Simon. Je ne connais guère que lui, il est respecté, il m'a permis de m'installer à Neuilly... Ils le croiront peut-être. C'est ma seule chance. Simon le Vieux sera mon « mari »...

Un pont, un chemin de traverse sous une arche. La voiture stoppe en dessous. Invisible de la route, dans les fourrés, au bord de l'eau...

On ne tue plus au bois de Vincennes, c'est trop risqué. Mais là, dans ce coin perdu...

Ils m'arrachent de la voiture, le chef sort une

autre arme, un P 38. Il me braque en plein visage, deux autres me tiennent.

– Amène-la !

Comme dans un scénario répété, les hommes n'ont pas besoin d'explication. Ils ont dû faire cela bien souvent. On me pousse à genoux, au bord de l'eau noire, la nuque courbée. J'ai le sang au visage, j'entends la voix à travers un brouillard rouge.

– Qui c'est, ton mari ?

– Un Corse…

On me secoue furieusement :

– Qui c'est ?

– Un Corse. Il est respecté et très âgé… important…

Le Monégasque est furieux :

– J'ai demandé qui c'est, espèce d'enculée !

Le canon de l'arme frappe ma nuque, s'y appuie, m'oblige à courber davantage la tête vers l'eau noire… Et je me mets à trembler sans pouvoir me contrôler. De véritables spasmes nerveux, un chavirement du cerveau… Je vais mourir, je sens la mort approcher, un vide… un vide…

On me relève brutalement :

– Alors ? Qui c'est ?

– Simon le Vieux.

– Connais pas. Il habite où, ton vieux con ?

– Porte de Champerret.

– Ah ben, on va aller le trouver… On lui causera.

Je reprends souffle, un peu d'espoir. Mais ce n'est pas fini.

– Où t'avais rendez-vous avec ta copine ?

Je donne le nom d'un bar, celui où j'ai rencontré Simon, il est fréquenté par le milieu, ils sont obligés de le connaître. Ils connaissent.

– T'as pas un rond, mais tu te balades avec un carnet de chèques ?

Grave erreur, une prostituée ne garde jamais un carnet de chèques dans son sac. Seulement voilà, aujourd'hui j'en avais besoin, pour payer le loyer et la caution à l'agence immobilière.

– Combien t'as sur ton compte ?

– Je sais pas... exactement.

L'énorme gifle me fait vaciller.

– T'as intérêt à le savoir !

Les autres se rapprochent. J'entends le chef ordonner :

– Amenez-moi ça à la cabane, forêt de Saint-Germain !

La cabane, la forêt... cette fois c'est la mort. On ne revient pas vivante de Saint-Germain, on me l'a dit...

À nouveau la voiture, où on me jette sans ménagement. Si j'avais moins peur, je me rendrais compte qu'ils agissent d'abord à l'esbroufe. Si j'étais plus expérimentée, je reconnaîtrais le rite appliqué aux putes récalcitrantes. Faire peur, faire mal, réduire la victime, moralement et physiquement, à l'état de larve.

Pas de cabane, pas de forêt, la voiture file sur le pont de Charenton, dans Paris, par un autre chemin qu'à l'aller... Je reconnais le boulevard Voltaire. Une voiture de la police nous croise. Le canon s'enfonce dans ma hanche. Je suis une naufragée sur l'océan, que le navire sauveteur ne voit pas, qu'il ne peut pas voir. Impossible de faire un geste ou de crier.

Je reconnais Montmartre. La main du Monégasque se plaque sur mes yeux. Je ne dois pas voir l'endroit où la voiture va stationner. On me fait descendre, toujours aveugle, poussée en avant par le canon de l'arme.

– Fais gaffe au trottoir ! à la marche !... Monte !... Arrête-toi !... Avance !

Un ascenseur, un couloir, une porte d'appartement qui s'ouvre. On libère mes yeux.

La pièce a un air familial, Français moyen, presque rassurant. Une femme vit ici, sûrement. Des fauteuils de skaï, une télévision, des magazines de mode.

Les quatre hommes s'assoient, je reste debout. Et tout recommence :

– Qui c'est, ton mari ?
– Simon le Vieux. Un Corse.
– Connais pas ! Son vrai nom ?
– Je sais pas.
– Tu lui donnes combien ?
– Ce que je peux... ça dépend.
– Tu te fous de moi ? Tu dis que tu es mariée, et tu donnes ce que tu veux ? Tu crèches où ?
– À l'hôtel, rue de Saussure.

Je ne veux pas donner l'adresse de Neuilly. D'ailleurs, je n'y habite pas encore. Une chance, peut-être, pour leur faire perdre ma trace.

– On peut entrer de nuit dans ton hôtel ? Tu as des bijoux ?

Je réponds non aux deux questions, mais ils ne me croient pas.

– Tu travailles, t'as un mari, et t'as pas de bijoux, pas de fric ? À qui tu veux faire croire ça ? Tu te fous de nous ! À poil ! Allez... plus vite que ça. Dessape-toi !

Mon Dieu, qu'est-ce qu'ils veulent ? Pourquoi me déshabiller ?...

– Plus vite !

Manteau, robe, sous-vêtements. Je suis nue devant ces quatre brutes. Le dressage va commencer... J'ai compris : c'est ça la « descente à la cave ». Je suis une irrégulière, une débutante, alors ils vont me maquer.

– Combien sur ton compte ?
– Je sais pas... vraiment... Sept mille ou huit mille... pas plus.
– T'as intérêt à savoir exactement ! Parce qu'on va te prendre ton fric, exactement. Et pas question de nous refiler un chèque sans provision, hein ? Tu sors pas d'ici avant qu'on l'ait touché, ton fric. T'as pigé ?
– Faites pas ça, s'il vous plaît... Pitié, faites pas ça...
– Combien ?
– Peut-être huit mille deux cents francs... je crois...

– Y a pas de peut-être... Tu vas passer aux écritures !

On me traîne dans la cuisine, toujours nue, je grelotte, on me plaque sur une chaise, on me tend mon chéquier et un stylo.

– T'as pas intérêt à te gourer sur la signature, vu ? Sinon, on te bute, c'est simple. Tu fais quatre chèques de deux mille francs au porteur. Et tu t'appliques !

J'écris, dans un brouillard, de ma main droite qui tremble et voudrait toujours laisser faire la gauche...

– Applique-toi, bon Dieu, et pas d'entourloupe !

– Non, monsieur.

Ils me prennent tout. Ma survie, mon espoir, les économies si précieuses pour l'opération future... Des nuits et des nuits de passes sordides, de fatigue, d'emballages, des semaines de travail... Tout.

J'ai fini d'écrire et de signer. J'ai froid, et tout d'un coup mal au ventre. La peur a pris mon ventre... Je supplie pour aller aux toilettes. Un des hommes m'accompagne, je m'affale, nue, bien au-delà de l'humiliation, bien au-delà de la trouille... Une bête qui se vide de terreur, qui a mal d'avoir mal...

Et soudain, je vois le blond frisé, debout, un 7,65 à la main; il le pointe sur mon front.

– On m'a dit de te buter, salope !

Vertiges, convulsions... Mes mains cherchent un appui sur les carreaux lisses, je vais tomber, mon corps se disloque d'une nouvelle peur. Comment peut-on escalader la peur ainsi... monter dans l'angoisse aussi vite et aussi haut, alors que l'on croyait avoir atteint la limite de l'insupportable ?

Le chef a fouillé mon manteau et a trouvé dans une petite poche une carte de l'agence immobilière, où j'ai noté les sommes à verser pour l'appartement de Neuilly.

Il a tout compris. Il est fou furieux. Il gifle plus fort, il hurle :

– On a été gentils jusqu'à maintenant ! Tu dis que t'as pas un rond, et t'achètes un appartement à Neuilly ? Mais tu te fous de ma gueule, conasse ! Tu te fous de ma gueule !

Il faut sortir de ce nouveau piège, vite. Expliquer...

– Ce n'est qu'une location pour quitter l'hôtel... une combine, grâce à Simon le Vieux... J'ai rien d'autre, je jure que j'ai rien d'autre !

– On va à ton hôtel, et si on trouve un centime, on te bute !

Il retire le chargeur de son arme, l'essuie avec un chiffon, et me la tend :

– Prends ça ! Mets tes mains là-dessus, allez, vas-y, partout !

Il reprend l'arme avec le chiffon, me tend le chargeur :

– Touche les balles ! T'as compris ? Y a tes empreintes sur ce calibre; si t'as déconné, on te retrouvera suicidée... Et te fais pas de mouron, ça tient deux mois, les empreintes. Où t'as dit qu'il créchait, ton vieux con de Simon ? On va aller le trouver, ton mari...

– C'est mon ami, pas vraiment mon mari.

– Il te baise ?

– Non, monsieur.

Le chef a l'air surpris. Le petit blond frisé et sentencieux me donne un argument sans le vouloir :

– Les Corses, c'est pas des pédés.

– Possible. On va aller le trouver, le descendre à la cave...

– On le connaît pas, ce vieux. On va le « mener en belle »...

Ils s'échauffent mutuellement. J'ai raté ma défense. Simon risque sa vie, et moi aussi à présent. Je suis perdue dans les méandres du milieu... D'où viennent ceux-là, qui ne connaissent pas Simon ? Mon vieil ami n'a jamais fait dans le proxénétisme ni la drogue. Ceux-là, oui. Différence de clan... Le respect dû au vieux Corse ne fonctionnera peut-être pas... Ils vont nous tuer tous les deux, et moi j'aurai « donné » Simon. Pauvre vieux grand-père malade...

Qu'est-ce que je peux faire, mon Dieu, qu'est-ce que je peux faire ?...

Une manœuvre désespérée, une supplication au chef, à genoux :

– Monsieur, je travaillerai pour vous... pour vous, si c'est ça que vous voulez...

Un silence. J'ai joué le chef contre les autres. S'il est aussi prétentieux qu'il en a l'air, j'ai peut-être une chance.

Sa voix monte d'un cran :

– Vous entendez ça, les collègues ?

– Ouais.

– C'est elle qui a dit ça, vous avez vu ? C'est elle qui choisit !

Il se pavane. Est-ce que j'ai gagné un peu ? Un tout petit peu ? Il roule devant moi et se dandine comme un coq stupide :

– Qui c'est ton mari, maintenant ?

– C'est... c'est vous...

– C'est monsieur Antoine ! On dit : c'est monsieur Antoine ! Répète !

Je répète. Plusieurs fois, chaque fois qu'il le redemande. Il va chercher un papier, me tend un stylo :

– Allez, écris-moi ça pour voir... « Mon petit mari chéri, je ne te doublerai jamais »...

La peur, le ridicule de cette scène grotesque, tout se mélange...

– Tu vois, tu l'as bien écrit !

– Oui, monsieur Antoine.

– Avec moi, c'est huit cents francs par jour... et je t'envoie à Dakar ! Tu seras pas malheureuse...

La phrase traditionnelle des macs : « Tu seras pas malheureuse. » De quel pouvoir jouent-ils à part leurs muscles et leurs calibres ? Qui sont-ils sans les putes qui travaillent ? Rien, des ectoplasmes, stupides, fringants, incapables de mener leurs vies seuls. Ils me dégoûtent, on devrait les écraser du pied comme des cafards...

Mais l'esclave, c'est moi. Dakar, la galère, l'horreur. Je ne sortirai jamais vivante de cette histoire...

Et s'ils s'amusent à présent. En attendant le matin pour aller toucher mon argent, ils s'amusent...

– C'est marrant, un travelo... T'as vu comme elle est fabriquée ?

– T'es pas gâtée question zizi, hein ? Tu t'en sers pas ?

– Comment tu fais ? Montre-nous ça... Allez, marche à quatre pattes devant ton homme !

Je le fais. L'humiliation n'a pas de fond.

Il joue avec moi. L'un d'eux s'est armé d'un jouet, une quille en bois. Il examine le résultat, me fait avancer, marcher...

– Répète : je suis une enfoirée... mieux que ça ! Répète !

Je vomirais si je n'avais pas peur de « fâcher » mes bourreaux.

Ils ont fait semblant de jouer à la roulette russe. Puis ils m'ont « utilisée » avec mépris.

– Tu sais rien faire, t'as rien appris... Pas étonnant que tu dérouilles pas : tu dois faire fuir le client... Tu prends deux cents francs aux Champs ? Vaut mieux faire vingt clients à cinquante balles que rien du tout. Tu vaux pas plus... T'as été en prison ? Non ? On leur coupe les cheveux là-bas, aux travelos... Nous, on connaît, on est tous passés aux assises... Hein, les collègues ? On n'est pas des « meurtriers », c'est pas pareil. Nous on « donne la mort »... c'est un métier.

Ils parlent, parlent, font les mariolles, des outres gonflées de prétention.

Je réponds : « Oui, monsieur Antoine. Non, monsieur Antoine... » Les heures s'écoulent et ils parlent toujours. Je dois réciter la liste des bars que je fréquente. L'un d'eux provoque un silence. *La Mandoline* est un repaire de gros bras dans le milieu. Ils sont sur la défensive. En réalité, je n'y suis allée qu'une fois... Mais le chef est un peu inquiet. J'ai dû viser juste sans le savoir. Peut-être une chance ?

Enfin, le matin. Ils boivent du café, ne m'en offrent pas. Une dernière menace. On me laisse le blond frisé comme garde-chiourme; et si les autres ne sont pas rentrés dans une heure avec le fric, il me bute.

J'en suis à prier pour que la banque paie. Pour qu'elle ne voie rien d'anormal. J'imagine l'employé derrière son guichet. Pourvu, mon Dieu, pourvu qu'il ne fasse pas de zèle...

C'est long, une heure. Ils ne m'ont pas laissée me rhabiller. J'ai froid, l'estomac révulsé, le canon noir toujours braqué sur moi...

Enfin ils arrivent. Troupeau rigolard, comptant les billets, estimant le nombre de passes que ce malheureux magot représente :

– Rhabille-toi !

« Monsieur Antoine » édicte sa loi :

– Si tu me verses une amende de cinq briques, je te rends ta liberté. Sinon, c'est Dakar... ou je te bute. Je déciderai.

– Mais j'ai plus d'argent !

– Démerde-toi. Emprunte aux copines, à ta famille, à ton Simon.

– On n'a pas cinq briques, monsieur Antoine !

– C'est pas mon turf. On te donne rendez-vous à onze heures trente, vendredi, au Drugstore Saint-Germain. Cinq briques dans un porte-documents, en billets de cent, et pas neufs, t'as compris ? Pas neufs !

– Pas neufs, oui. Mais je les ai pas...

– Tu les trouveras ! Quand on veut, on trouve... Et si t'amènes les flics, rappelle-toi, on a tes empreintes sur le calibre.

– Oui, monsieur Antoine.

– À partir d'aujourd'hui, tu travailles sérieusement. Tu fais tes heures, jour et nuit. Je te laisse cinquante francs par jour pour le taxi.

Il me rend mon sac, on me bouche les yeux, le couloir, l'ascenseur, la rue, la voiture... Boulevard Rochechouart, on me libère. On me pousse sur le trottoir.

– Allez, t'es une brave fille... et n'oublie pas : y

a que les montagnes qui ne se rencontrent pas... Vendredi, onze heures trente !

Un matin gris de novembre. Un mardi. J'ai les larmes aux yeux, elles dévalent toutes seules sur mon visage. Une vitrine me renvoie l'image blême, barbouillée, sale, les marques de coups. Je m'essuie comme je peux. Un taxi m'emporte. J'ai besoin de voir quelqu'un, de raconter.

Le petit restaurant où je me réfugie souvent, le patron, un copain... Je tombe dans ses bras, je tremble, sanglote. Je ne peux plus me retenir... Il doit desserrer mes dents pour verser dans ma gorge un peu de calvados. Enfin je peux dire ma nuit d'horreur.

– Va voir Simon. Tout de suite ! Y a que lui pour arranger ça...

J'y vais. Il arrangera « ça ». Il m'engueule pour mon imprudence.

– Aller au tapin avec un carnet de chèques ! Crier dans les bars qu'on paiera jamais les macs... tu ouvres la porte pour te faire voler et te faire battre ! Ton fric, je pourrai pas te le rattraper; pour l'amende, je vais arranger ça. En attendant tu files à Neuilly, tu ne remets pas les pieds à l'hôtel !

– Et s'ils reviennent ?

– Ils reviendront peut-être. Pas sûr. En ce cas, tu n'auras qu'une chose à dire, mot à mot : « J'ai été correcte, vous m'avez tout pris, j'ai plus rien à vous dire. » T'as compris ?

Pas vraiment. Mais j'ai enfin une protection. Moi qui la refusais, je l'accepte avec reconnaissance de ce vieux Simon aux cheveux blancs.

Il a dit en partant :

– Il n'y a rien à manger pour ceux qui t'ont fait ça.

C'est un jugement. Le vieillard corse a parlé. Il va régler l'affaire. J'ai mis les pieds dans le milieu. Le petit d'abord, le grand bientôt. C'est un engrenage.

Christine, mon amie, a vécu cela avant moi. Elle

me lave, me baigne, me console, passe sa rage sur les « hommes » en soignant mes plaies.

Pour elle, ç'a été pire, quinze jours de palabres entre Paris et Marseille... Son Breton l'a sortie de là, son Breton la tient, un jour elle fera la belle. En attendant, elle me prête de quoi meubler mon refuge de Neuilly.

Je démarre à zéro. Je n'irai pas au rendez-vous. J'ai peur, pourvu que le respect dû au vieux Simon me sorte de là ! Je travaillerai pour lui. Je sais qu'il ne demandera pas grand-chose. Juste pour le principe, et pour accréditer sa protection auprès des autres. Il n'a pas le tempérament d'un proxénète. Et il m'aime bien. Christine aussi m'aime bien.

Pleure, Maud. Pleure, grande imbécile, dans ton appartement vide. Tu voulais Neuilly, tu l'as. Courage. Tu te croyais intouchable, on t'a martelé le contraire sur tout le corps et dans la tête. Tu as passé l'épreuve. Apprends à vivre avec la peur, avec les règles du métier. Travaille... oublie cette nuit d'enfer.

Impossible.

Elle me réveille toujours dans un cauchemar, où je crois tomber morte au fond de l'eau noire. Morte de la vraie mort.

La protection de Simon le Vieux m'a permis de résister sur le trottoir. Mes bourreaux sont revenus, j'ai tenu tête en récitant la formule magique : « J'ai été correcte, je n'ai plus rien à vous dire. » En clair : « Adressez-vous à mon protecteur. »

Le Monégasque a tenté une sortie honorable. Si je lui « donnais » une fille sans « mari », nous serions quittes. C'était ça, son job de petit truand minable. Faire peur aux « enculées », les dépouiller; un racket de marginal.

– Je ne connais personne, je suis nouvelle.

Il a fait demi-tour avec une vague menace. Il m'a laissée les jambes en coton, mais je ne l'ai plus revu. La loi du vieux Simon fonctionnait. Une chance exceptionnelle pour moi. Dans ce milieu, une « protection » se paie. À vie parfois. Mais Simon n'était pas un souteneur. Juste un vieillard malade, qui n'allait pas exiger de rançon hebdomadaire. Cette drôle d'amitié qu'il a pour moi, une affection de père à fille, est exceptionnelle. D'autant plus exceptionnelle que son âge et le cancer qui le ronge l'ont écarté des affaires. Un vieux truand malade qui fréquente l'hôpital, souffre et ne tient plus son rang de trafiquant, ce n'est qu'un vieillard malade comme un autre, mais sans retraite, ni Sécurité sociale.

À lui, je voulais bien donner, parce que je le décidais. Parce que cela n'avait à voir ni avec le sexe ni avec le proxénétisme. C'était un hommage à la loi encore en vigueur de l'ancêtre corse. Par lui, j'accédais aussi au « marché parallèle du milieu ».

Besoin de meubles ? Une fourgue des Puces me fournira du Louis XVI authentique, à un prix de Galeries Barbès. Il suffit d'être une amie de Simon le Vieux. Un instant, je me demande à qui appartenaient jadis ce canapé, ces fauteuils qui meublent à présent mon appartement de Neuilly. Recel. Mais plus rien de légal ne me concerne. Je travaille pour un but, je souffre pour un but : l'opération. Je souffre moralement et physiquement. Chaque passe est devenue une torture.

Je ne suis pas une fille, je ne suis pas une vraie fille… Pour gagner l'argent de ma transformation totale, je dois jouer le jeu de la prostitution homosexuelle, des vices les plus malsains. Je sais que je ne tiendrai pas longtemps. Chaque client me détruit. Je n'ai que vingt-sept ans et mon docteur Hormones a déjà peur pour ma santé, pour mon corps que les passants déchirent, pour un ou deux billets de cent francs.

Jean Pascal Henri Marin, devenu provisoirement Magali, puis Maud, a changé. Attitude, langage, comportement, vocabulaire…

Je parle comme Christine, ma voisine. Comme

Natacha, ma copine. Nous dînons en filles pour échapper aux macs. Petites escapades, bavardages vains, occupations futiles. Acheter des vêtements, sortir le chien, jouer avec le chien, écouter les histoires de la vieille prostituée qui nous sert de femme de ménage et a connu le tapin à la Madeleine, au temps où les chapeaux étaient obligatoires pour les filles, au temps des quarantaines à Nanterre, sur la paille. Une ancêtre du trottoir, veuve d'un truand, père guillotiné, fils suicidé en prison... La Ginette noie trente ans de tapin dans le pastis, fait la poussière et raconte sa vie entre deux vaisselles chez Christine.

– Dépêche-toi d'être une fille, me dit-elle. Le tapin homme, c'est pas pour toi... Cherche-toi un amour, on en a toutes besoin.

L'amour. J'y crois pendant huit jours. Un client dragué à la sortie du *Lido*. Il est médecin. Nous avons parlé, il m'a offert des cadeaux, il m'a emmenée au restaurant, comme une vraie femme. On ne se quittait plus. Il allait même me trouver un avocat pour ma première comparution devant un tribunal, en qualité de « travesti notoire ». Et un médecin pour mon opération... Tout a raté. L'avocat était un ancien client à moi, qui ne voulait pas se « commettre » dans les dossiers de procès-verbaux des travestis. Et mon amoureux a retrouvé sa femme et sa fille, ses affaires, il a disparu de ma vie. Il promettait des choses impossibles, m'ouvrir un cabinet d'avocat, vivre avec moi, se battre pour mon identité...

Il était si gentil. J'ai dû confondre gentillesse et connerie. Je me suis fait avoir à l'affection. Un tapin travesti ne peut pas sortir de son rang, sur un coup de baguette magique.

Huit jours de bonheur et je retourne « au chagrin », comme disent les filles, sur le trottoir de la rue de Ponthieu. Froid, emballage, froid... Une pute a toujours froid. Des années plus tard, je souffre encore du froid, et je reconnais celles qui ont fait le métier à leur allure frileuse. Les pieds dans la neige, couvertes et nues à la fois, sourire aux hommes comme si c'était l'été en hiver…

Ordonnance du 27 janvier 1907, du préfet de police Lépine, article 4 : *En dehors des dimanche, lundi et mardi gras, et du jeudi de la mi-carême, il est interdit de paraître sur la voie publique masqué ou travesti, à moins d'autorisation spéciale.*

Je suis en infraction permanente. Chaque contrôle d'identité me vaut une nuit au poste. Je suis notoire à présent. Prostituée et travesti notoire, poursuivie pour « attitude de nature à provoquer la débauche » et « racolage passif ». Je ne compte plus les « emballages ». « Emballée » en sortant bêtement du Prisunic, mes sacs de provisions à la main. « Emballée » en allant tout bonnement au cinéma. « Emballée » par principe, puisque fichée et notoire. « Outrageusement maquillé » et « dévisageant les hommes dans le but de se livrer à la prostitution ». L'appréciation est laissée au petit bonheur des flics, à leur humeur, ou aux consignes. Ils laissent faire, ou ne laissent plus faire, et la valse recommence.

Tribunal de police, dans l'île de la Cité. Convocation pour 13 h 30. J'ai acheté le Dalloz des *Libertés publiques* de mon professeur de droit. Je me suis habillée en faux Chanel, bon chic bon genre, et je m'apprête à plaider ma cause, une copie de mes diplômes sous le bras. Je veux dire poliment, en juriste, qu'un homme habillé en femme « en dehors des périodes de carnaval » n'est condamnable en rien. Que cette loi antédiluvienne est contraire aux principes du droit public français. C'est comme si l'on interdisait d'être juif en dehors de Yom Kippour et de Roch Hachana, noir en dehors des nuits sans lune.

Messieurs du jury, cette loi de 1907 sur l'organisation des carnavals n'a rien à voir avec la transsexualité… Vous auriez pu sortir aussi le texte qui a fait brûler Jeanne d'Arc dans ma bonne ville de Rouen.

Jeanne d'Arc récidiviste pour avoir mis des vêtements d'homme, alors qu'elle avait promis d'y renoncer. Bûcher, flammes, purification, mort de la sorcière relapse.

Messieurs du jury, des Français de Vichy ont livré aux nazis les premières transsexuelles de Montmartre. Sans même l'étoile rose des homosexuels, elles ont disparu avec le triangle noir des asociaux et des prostituées, victimes des camps et des expériences… Fumées grises, sans holocauste.

Il n'y a pas de messieurs les jurés, bien sûr. Ceci n'est qu'un tribunal de police poussiéreux, présidé par un juge unique, entouré d'un huissier avachi et d'une greffière débordée. Ils ont à juger des affaires de voitures volées, mal garées, en stationnement interdit, en excès de vitesse…

La bagnole, c'est la France en 1973.

– Vous venez pour votre mari, madame ?

L'huissier a les yeux ronds, en emportant ma convocation. Le président lit le dossier d'un œil et m'examine de l'autre. P.V. de racolage, il a compris. Je ne reconnais pas les faits, mais il s'en fout. J'ai à peine le temps de dire à toute vitesse le début de mon laïus sur les libertés publiques. Le juge poussiéreux a tranché :

– Encore un déguisé ! Cent cinquante francs d'amende par infraction, et vous n'avez pas intérêt à faire opposition ! Il y a récidive ! Que je ne vous revoie pas !

S'il me revoit, ce sera huit jours de prison. Les gens dans la salle n'ont rien compris, mon Dalloz ne sert à rien. Pauvre imbécile, avec ma bouffée de droit, mon eczéma de justice.

Je deviens paranoïaque ! J'enrage d'être mise à la porte sans droit à la défense, moi la prostituée licenciée en droit. Ces cent cinquante francs d'amende pourtant ridicules me sont une gifle de mépris et d'humiliation supplémentaire. Insupportable. Je suis une fille, j'ai le droit de m'habiller en fille. « Travesti notoire », étiquette poison, mensonge, mensonge... Comment sortir de là sans devenir folle ?

Je suis une femme dans un désert d'hommes. Et je suis la seule à le savoir.

Christine est cueillie par la Mondaine à neuf heures du matin. Fleur mal réveillée, elle se voit accuser de proxénétisme. Vivre à deux dans un appartement est interdit aux prostituées. Loyer moins cher ? Foutaises. Une pute n'est pas une étudiante. D'ailleurs, elle a une voiture neuve. On la lui a prêtée ? Foutaises. La voiture d'une pute ne tombe pas en panne, et une autre pute ne lui prêterait pas la sienne... On n'est pas chez les bourgeois. Et cette vieille bonne ? Soi-disant vieille bonne... Elle ne prend pas de commission sur les passes ? Foutaises. Une vieille pute ne peut devenir qu'une vieille maquerelle. Et cette grande rousse ? Une voisine ? Maud ? Foutaises. Un travelo.

Le travelo en question est donc convoqué à la Mondaine et, une fois de plus, on lui parle de son zizi. Est-il coupé ou non ? Combien de passes ? Signe là, tu peux t'en aller.

Christine, elle, ne s'en ira pas. La nouvelle loi sur le proxénétisme tombe maintenant sur les filles. Plus le droit de vivre à deux ou de se prêter un manteau, plus le droit de prendre un verre ensemble. En taule pour proxénétisme. Et pendant ce temps, les macs courent les bars...

Christine a sauté à la figure du juge. Il a pris tous les dossiers sur la tête. On emmène la bête enragée à Fleury-Mérogis. Division D6, réservée aux putes.

J'enrage. Je voudrais me colleter avec cette loi stupide, avoir une robe d'avocat, hurler après l'hypocrisie. Qui s'est préoccupé à la Mondaine du mac de Christine, de celui de Natacha ? Ils font chanter les filles pour obtenir une collaboration. Ils n'ont plus besoin de la liste des hôtels de passe, ils la connaissent par cœur et font tomber les commerces quand ils veulent. Ce qu'ils cherchent à présent, ce sont les « individuelles », celles qui travaillent chez elles, hors du système. Procès-verbaux, hôteliers profiteurs, macs, impôts et bientôt T.V.A. ... le proxénétisme devient une affaire d'État, une industrie d'État. Confiscation des biens, et la fille retourne à l'abattage, rue Saint-Denis.

Ils m'ont pris ma seule amie. Ils la relâcheront sous caution provisoire de cinq mille francs. Elle sortira de cette prison modèle isolée dans la plaine, au bout d'une allée de peupliers. La prison suicide, glacée, où les filles deviennent folles d'angoisse. Condamnation : deux mois de prison avec sursis et cinq mille francs d'amende... À la suivante !

Avoir un casier judiciaire est la hantise des filles; or une condamnation pour proxénétisme, c'est le casier et pas d'amnistie. Marquée à vie comme jadis à la fleur de lys. Si je me sors un jour de cette vie de chien, je me battrai contre ça. Ne pas interdire la prostitution, laisser courir les macs, et mettre les filles en taule... À quel jeu joue-t-on ? La France est le pays européen le plus hypocrite en la matière.

Il ne leur reste plus qu'à considérer Jean Pascal Henri Marin (pour l'état civil) comme proxénète de lui-même – Maud (pour les intimes). Ils n'auraient pas tort, d'ailleurs. Maud fait le tapin pour libérer Jean de sa condition d'homme. Pour lui offrir cette opération qui devient de plus en plus urgente.

Le docteur Hormones est inquiet. Quatre années de traitement m'ont transformé, féminisé, mais le métier me détruit. Si je n'accède pas très bientôt à une sexualité normale, je finirai sur une table d'opération, comme tous les homosexuels détruits. Je n'en peux plus.

On m'a parlé du Maroc, où un chirurgien est devenu célèbre pour avoir opéré des transsexuelles à la chaîne. Boucherie, paraît-il. Les États-Unis ? Technique de pointe, mais trop loin, trop cher pour moi. Ce sera en Belgique.

Je compte mes sous, je compte mes douleurs économisées. Je me lance.

La voix du Dr Michel de T., au téléphone, calme, grave, belle, rassurante, avec l'accent chantant des Belges : il me recevra en juin, avec mon dossier médical, « une fois »... Si tout va bien, il pourra opérer en octobre.

L'espoir me porte. Après la mort de Jean, ce sera celle de son identité. J'ai toujours voulu être Maud. Je l'écrirai, je le signerai un jour sur un registre !

– Simon, écoute-moi, je vais être fille en octobre. La France a un nouveau président, il me délivrera peut-être de mon état civil... Simon ? Vieux Simon, tu m'entends ?

Simon est seul sur un lit d'hôpital où il vit son dernier combat, et je viens lui parler des miens... Simon souffre les mille morts du cancer. Mon protecteur, mon ami, mon père a le regard déjà lointain de ceux que la vie va lâcher, et qui le savent. Épave docile, il supporte les opérations ultimes, celles dites « de confort » pour le malade, afin d'éviter les douleurs.

Je viens le voir en robe blanche pour l'égayer... Je passe en fraude le bordeaux qu'il adore, je caresse ses cheveux blancs qui tombent sur l'oreiller, en petites mèches, mortes avant lui. Je vais le perdre...

De sa voix rauque où l'accent corse se perd dans la souffrance, il conseille encore, il sait tout encore :

– Il ne faut pas « fauter », petite... On t'a vue danser avec un mac, attention à ton indépendance. Toi et ta copine, vous êtes des oiseaux sans cervelle. Elle veut se débarrasser de son mac, toi tu n'en veux pas... Vous me faites bien du souci...

– Simon, je serai une femme cette année, une vraie...

– Je sais. Tu auras un appartement, un téléphone, et plus besoin de personne pour travailler... C'est l'avenir des filles, ça. Mais en attendant, méfie-toi. Quand je ne serai plus là pour préserver ta liberté, ne tombe pas dans les pattes des hommes. Je te connais trop, tu ne paierais pas, et quand on ne paie pas, tu sais ce qui arrive...

Simon, mon vieux Simon ne peut plus parler longtemps. La morphine n'agit plus. Je l'entends rassembler ses forces pour supplier :

– Ils font des piqûres aux chiens, pourquoi pas à moi ? Petite, va me chercher mon calibre... Un calibre, j'en peux plus...

Agonie du vieux trafiquant, entouré des pleureuses de son choix. Nous sommes trois. Inès, une intellectuelle qui écrit des poèmes et refait le monde; Christine, la gamine du Bon Pasteur, et Maud, la femme ratée. Trois filles du trottoir silencieuses, disparates, que relie la mort du vieil homme.

– Le pastis, vous le boirez sur ma tombe...

– Tu vas t'en sortir, Simon... Tu es indestructible.

– Tu vois pas que je glisse...

Terrible lucidité. Le coma bienfaisant fait taire Simon le Vieux à dix heures du soir. On nous met à la porte.

Cinq heures du matin, je suis encore au ballon. Christine m'attend, c'est fini. Elle a veillé près du téléphone, pour nous trois, l'hôpital a appelé : Simon le Vieux n'est plus. Il a glissé, comme il disait. Inès lui ferme les yeux. Christine l'embrasse au front. Je joins les deux mains décharnées. Je pense à Dieu pour la première fois depuis si longtemps. Un signe de croix venu du fond de mon enfance.

Simon le Vieux est mort pauvre, assisté de trois filles. Mais le respect qui lui est dû, à cause de son passé, va faire monter de Corse, de Nice, de Marseille, de Toulon tout un cortège d'hommes. Ils viendront rendre hommage à une vie bien remplie, aux services, aux complicités, aux silences obtenus et respectés. Hommage au vieillard devenu juge de paix du milieu.

Nous serons discrètes, ils seront voyants. Fleurs, gros bras, discours à profusion devant le modeste cercueil. Costume du dimanche et chevalière au petit doigt.

« Simon, c'était le plus grand... Un seigneur... Simon, c'était une “épée”... du “blanc-bleu”... »

La Corsitude, la Toulonnade, la Marseillaise roulent des mécaniques et surenchérissent en tapant sur les portefeuilles :

– Y a une brique pour Simon... Doumé...

– Je suis là. Y a deux briques pour lui...

– Je suis là... On est là...

Ils étaient là en effet... et ils sont repartis, une fois la « tchache » accomplie. Ni prêtre ni requiem.

Une rose jetée sur la tombe ouverte, un flot de pastis dont les derniers intimes arrosent la terre sèche. Carnaval macabre. Je suis repartie orpheline.

10

Tout le monde me demande si j'ai peur. Peur d'une opération qui m'apparaît, à moi, aussi simple qu'une appendicectomie. Fondamentale pourtant. Et irréversible. Ceux que la nature a dotés d'un sexe déterminé s'effraient de la mutilation. C'est qu'ils n'ont pas compris. Depuis ma plus tendre enfance, ma tête est une tête de femme; mon obstination à le prouver n'a pas servi à grand-chose jusque-là, parce qu'il me manque la possibilité d'exercer l'amour en femme. L'obstacle minuscule qui m'en empêche n'a pas pour moi qualité de sexe. Une verrue, une excroissance, dont je me séparerai avec soulagement.

J'ai hâte de rencontrer le premier client à qui je ne serai plus obligée de dire : « Je ne suis pas une vraie fille. » Finie l'homosexualité, fini l'amour déshonorant, finies la douleur et la honte, *pour toujours.* Je jure que *plus jamais* je ne les subirai.

Quelques mois encore et je serai vierge. Je me prépare à cette virginité. Je n'entends rien des mises en garde du genre : « Un tel est mort sur le billard. Une telle est devenue folle, on l'avait "ratée"... »

Ce chirurgien que je vais payer est un dieu pour moi, le seul vrai Dieu, capable de me façonner à mon image.

Est-ce que je l'ai cherché ? Évidemment oui, je l'ai cherché : je suis une femme depuis si longtemps.

C'est donc en femme que je vais voir ce chirurgien, au-delà de la frontière belge. C'est donc en femme que je me laisse courtiser par quelques voyageurs de commerce, en mal de conversation et de conseils. Jusqu'au poste de douane, où l'officier d'abord souriant me laisse farfouiller dans mon sac, à la recherche de ma carte d'identité. Je la lui tends.

Alors il regarde ma robe d'été, jaune, les escarpins qui m'ont coûté une fortune chez Jourdan Champs-Élysées, mon sac de voyage en croco. Il ne sourit plus, il est professionnel, méprisant, en fonctionnaire habitué au transit de la prostitution franco-belge :

– Tu vas travailler où ? À Bruxelles ?

– Nulle part, monsieur.

– Tu ne vas pas travailler dans un cabaret spécialisé ?

J'ai peur de me faire coincer pour une vérification. Il est bien temps d'avoir peur. Je la cherche, cette peur, c'est une provocation volontaire.

– Motif du voyage ?

– Je me rends chez un médecin.

Il me rend ma carte, avec dédain.

– Ça ne m'étonne pas.

Il sait, comme tout le monde sait à la frontière. Je suis cataloguée : « Travelo allant se faire opérer chez Un tel. »

Évidemment, j'aurais peut-être pu passer inaperçue, en vêtements masculins, mais je ne peux plus et ne veux plus depuis longtemps de ce jeu conventionnel. Bien au contraire, j'ai mis un acharnement et une obstination rares à obtenir une nouvelle carte d'identité, avec mon visage de femme. Les fonctionnaires du commissariat de Neuilly m'ont fait attendre, traîner, pour finalement me tendre ce carton en regardant ailleurs : « Tenez, monsieur, vos papiers… »

Dans le compartiment du train, les commis voyageurs ne croient plus à l'histoire de la jeune femme esseulée en week-end.

Dans les hôtels de Bruxelles, même problème.

Mais ça m'est égal. Le chirurgien aux mains blanches m'accueille. Ses mains... je les trouve admirables. Des outils de précision. Michel de T., la quarantaine, brun aux yeux bleus, quelque chose de noble dans l'allure. On en tomberait amoureuse. Il vérifie mon dossier médical, tandis que j'admire : lui, son bureau, ses tableaux, ses sculptures, sa bibliothèque, le charme impressionnant d'un décor d'homme riche, cultivé, intelligent.

Il est celui dont j'attends la déchirure bienfaisante. Je raconte ma vie sans effort, sans difficultés. Jusqu'à une certaine date que je tais volontairement. Cet homme-miracle n'aime pas les prostituées, il pourrait refuser de m'opérer.

– Déshabillez-vous entièrement.

Nue, bras levés légèrement arrondis, je me laisse examiner avec espoir. Ma petite honte entre les jambes. Il prend des notes murmurantes que j'enregistre dans ma mémoire : « Développement mammaire typiquement féminin. » Bonheur. « Corps longiligne, féminin. » Bonheur. « Peau fine et délicate. » Bonheur...

Mensurations, photographies, le clic-clac de l'appareil me cerne, m'évalue. Bonheur.

Jusqu'en position allongée, jambes écartées sur la table d'examen gynécologique. « Cas limite entre la transsexualité et l'intersexualité. » Bonheur. Ce sexe trop petit devient officiellement le symbole de ma nécessité d'être femme. On ne lui demande pas ici de se dresser pour un contrôle d'identité absurde. On ne lui tape pas dessus avec les doigts, on ne le détaille pas avec mépris ou méfiance. Erreur de la nature à corriger. L'affaire est entendue pour le chirurgien.

Je vole avec mes ordonnances jusqu'au laboratoire indiqué. Prises de sang, analyses en tous sens, radiographies, bilan hormonal. Consultation du sexologue.

Il est barbu, pensif, réfléchi. Nous parlons d'identité psychologique : mon « cas » va bien au-delà, mon cas est une nécessité. Je ne vis pas ma féminité comme un simple fantasme. L'affaire est entendue pour le sexologue. Aucun obstacle.

Première nuit à Bruxelles. Chambre d'hôtel plate, lit tout bête, le bruit d'une boîte de nuit m'empêche de dormir, mais pas de rêver. J'entre en religion de femme. J'accomplis mes dernières neuvaines. J'écris à ma mère : « Ton fils préféré va muer. » Je veux qu'elle sache le prix et l'importance de cette mutation toujours refusée dans son esprit. Je veux qu'elle reconnaisse le nouvel enfant qui va naître, qu'elle en accepte la maternité. Totalement. Qu'elle apprenne le chemin nécessaire de la prostitution, comme le seul possible pour affirmer ma féminité. Car je ne le renierai pas, ce chemin, quand je serai catin luxueuse et parfaite, quand le client paiera mon corps à son juste prix, pour sa juste valeur, qu'il ne verra plus rien du faux homme, de ma fausse naissance – il y a vingt-huit ans de cela.

Je m'endors enfin, l'oreiller serré contre moi, un coin du tissu entortillé dans ma main, le corps enroulé, menton contre genoux. Enfant qui attend le jour.

Aujourd'hui, le dieu chirurgien m'explique en détail l'intervention à venir. Elle doit durer plusieurs heures, elle est importante, et je devrai signer l'autorisation nécessaire en toute connaissance de cause. Personne ici n'a oublié l'accident mortel qui a emporté une « Peggy » venue changer de sexe à Liège. La presse internationale a traîné son histoire, la rabaissant au niveau du scandale. Cette pauvre fille avait une incapacité biologique à recevoir du sang. Elle rejetait les transfusions et en est morte. Un cas exceptionnel. Je suis O positif, tout ira bien. Je ne bois pas, donc je ne risque pas de délire postopératoire. Je ne me drogue pas, donc pas de dépression après l'anesthésie… Voilà pour les résultats de laboratoire.

Les mains blanches du Dr Michel de T. rangent les feuillets couverts des chiffres concernant mon sang, mes hormones. J'attends. Je sais qu'il va dire oui. Il a le pouvoir, tous les pouvoirs sur moi, il me fascine. Quand ?

– Pas avant le 8 octobre. Je n'opère pas en plein été.

Déception, courte. Je calcule : cent vingt jours. Cent vingt jours de prison et la liberté… Le 8 octobre 1974 sera ma date de naissance.

– Vous avez vingt-huit ans, c'est encore le bon âge pour ce genre d'intervention. Passé trente-cinq ans, il faut compter avec le processus de vieillissement qui s'amorce… Autre chose, vous n'avez pas de sexualité ? Pas d'amis près de vous ? Pas d'homme ?

– Non.

– C'est un problème. Je vais vous faire un vagin, et ce vagin sera parfaitement apte aux rapports sexuels. Il doit donc fonctionner normalement, c'est impératif… Je ne vais pas vous demander de vous prostituer, bien sûr, mais il faudra vivre avec un homme. Vous êtes jolie, cultivée, vous n'aurez pas de difficulté à trouver un compagnon…

Qu'il ne craigne rien, ce dieu chirurgien, son œuvre servira. Mon premier client m'attend déjà avec impatience, je le sais. Un fou. Il veut être celui qui me possédera comme on possède une vierge. Le dépuceleur. C'est un habitué de Neuilly et j'ai promis de lui offrir ce privilège. Il le paiera.

– En ce qui concerne l'opération proprement dite, voici ce que je vais faire : le sexe est atrophié, je n'ai donc pas assez de peau pour façonner le vagin et les lèvres. Je devrai pratiquer une greffe. Nous prendrons du tissu sur la cuisse, dans le pli de l'aine. La cicatrice sera quasiment invisible. Aucune injection d'hormones un mois avant l'opération, c'est impératif. Les hormones « plaquent » la peau de la greffe trop rapidement.

– Est-ce que ce n'est pas trop compliqué ? Trop grave ? Je pensais... enfin je croyais... cette histoire de greffe...

– Vous vous étiez imaginé qu'il suffirait de couper et de modeler comme une terre cuite, c'est ça ? J'ai opéré effectivement des patientes dont le sexe, plus important, offrait suffisamment de surface de peau. Mais ne vous inquiétez pas. Je pratique aussi par autogreffe sur des filles nées sans vagin. Et le résultat est excellent.

Je voudrais savoir, imaginer plutôt, la forme... Comment sera-t-il, ce sexe féminin ? Est-ce que... Je me lance :

– Ça sera bien, vous croyez ? Enfin... ça ressemblera vraiment à un sexe de femme ?

Il a l'air vexé :

– Vous êtes ma trente-sixième opération... J'ai appris mon métier à Houston, je vous prie de croire que même une infirmière sera incapable de déceler une différence entre le travail que j'effectuerai sur vous et celui de la nature. Ici, en Europe, nous n'avons pas les mêmes moyens qu'aux États-Unis, mais la technique est sûre. Parfaitement sûre, en ce qui me concerne en tout cas. Vous n'avez pas affaire à un charlatan de l'esthétique sexuelle. L'aspect du sexe n'est d'ailleurs pas la seule question à poser. Je dois modifier le système urinaire, ôter la prostate, je vais vous montrer...

C'est drôle, je me fous de la prostate et du système urinaire; détail pour moi que cette histoire de tuyaux à modifier comme une plomberie. L'autre question importante, je la pose timidement : avoir droit au plaisir, est-ce trop demander à ce dieu qui m'offre déjà tant...

– Est-ce que... je jouirai ?

La réponse est oui. Un drôle de oui. Je disposerai d'un point sensible qui servira de clitoris. Ce point existe déjà. En ce qui concerne la pénétration, il m'explique :

– La jouissance est avant tout psychique, liée à l'amour. « Quand je n'aime pas, je ne jouis pas », dites-vous bien cela.

J'aimerai. Non pas les clients eux-mêmes, mais j'aimerai la pénétration, j'en suis sûre. Et puis un jour... Un homme particulier, choisi, aimé... pourquoi pas ? J'ai le vertige. Vertige de l'extraordinaire transformation qui m'attend. Tout va changer, tout, mes rapports avec les filles, les hommes, les clients, mes rapports avec moi. Je vais perdre mon double, celui que je m'acharne à assassiner jour après jour depuis des années, et dont le fantôme s'accroche à moi. Je vais perdre l'humiliation de l'amour à l'envers, de l'acte douloureux, devenu insupportable.

J'ai gagné grâce à lui l'argent que ce dieu me demande : quatre mille francs belges de consultation pour aujourd'hui, quarante mille francs d'acompte avant l'opération, le tout me reviendra à cent trente-cinq mille francs belges, environ vingt-sept mille francs français. Presque trois briques. Payables sur un compte spécial, en France, ou en espèces ici. L'art et les impôts ne vont pas forcément ensemble. Quelle importance ? Ce fric vient de la prostitution, il échappe aux règles, comme je vais échapper aux règles de mon ancienne vie.

Reste l'identité civile. J'aurai un certificat de mon maître d'œuvre, disant qu'en son âme et conscience il a jugé l'opération nécessaire. À moi de me débrouiller ensuite avec l'article 316 du Code pénal. Les Belges ne connaissent pas le Code Napoléon, ils ont bien de la chance. C'est au petit Corse conquérant que nous devons l'article 316 qui qualifie la castration de crime. Parce que les mères ne voulaient plus que leurs enfants meurent dans les armées impériales, elles modifiaient trop souvent le sexe de leur nouveau-né à la naissance. Fureur de l'Empereur : article 316.

C'est à cela que le misérable quarteron de transsexuelles françaises doit de vivre en otage de la loi.

Un jour, je me battrai aussi contre Napoléon. Plus tard. Quand j'aurai vécu ma nouvelle vie.

Il reste cent vingt jours. Et je commence le compte à rebours, dans ce train bondé des retours de week-end qui me ramène à Paris, gare du Nord. Cent vingt jours de prudence, de préparation au grand sortilège, les ultimes clients, les ultimes insultes...

Ma petite honte entre les jambes, tu n'es qu'une peau d'âne.

Mes seins ont gonflé, mon corps se transforme plus rapidement, comme s'il savait du plus profond de lui-même que l'aboutissement est proche. Cette certitude que je porte depuis ma plus tendre enfance, contre laquelle personne n'a pu lutter, même pas moi, cette certitude va devenir réalité. Ma tête chavire lorsque j'y pense le soir, en traînant rue du Colisée ou rue de Ponthieu, au milieu des filles. Elles connaissent mon histoire, les clients se font rares mais je m'en moque, voici ma dernière nuit honteuse.

L'officier de police et son fourgon noir. Le vieux misogyne a des airs de Javert :

– Alors, Marin ?

– Je suis malade. Une infection, je vais me faire soigner en Belgique, je pars demain...

Il me regarde avec commisération :

– Ne traîne pas trop !

Il a peur de me voir contaminer le VIIIe arrondissement.

N'aie pas peur, vieux flic, voici le dernier micheton de ma vie d'homme. Il est 22 heures, ce 6 octobre 1974. Un Français moyen, en Peugeot, qui veut s'offrir une transsexuelle avant de rentrer dormir avec sa femme. C'est toi le dernier, petit bonhomme en chaussettes. Le dernier d'une longue route. Prends-moi comme tu veux, ça n'a plus d'importance. Paie ce que tu veux, va-t'en… je ne me souviens déjà plus de toi.

7 octobre. Trans-Europ-Express. Automne pluvieux, plaines gorgées d'eau. Tellement d'eau que la France a réquisitionné les militaires pour arracher les patates dans le Nord. Je traverse des lacs où les uniformes pataugent. À la frontière, les douaniers ne contrôlent personne, il pleut sur leur courage, il pleut sur les quais, il pleut tant et tant que j'avance entre des murs d'eau, à travers une ville d'eau. Mes Traveller's cheques serrés dans mon sac à main. J'aime ce déluge. Cette catastrophe nationale est un symbole. Je vais être propre, saine, pure.

Le docteur T. préfère les billets belges aux Traveller's cheques. Je cours à la banque et reviens avec une petite montagne de papier qu'il range dans un tiroir. Il me tend un document :

Je soussigné Marin, Jean Pascal Henri, né le… charge le docteur T. de faire de moi une femme ce 8 octobre 1974, et le dégage de toutes responsabilités ultérieures…

Je repars sous le déluge, en direction de la clinique de briques rouges où l'opération se fera demain. Je suis en avance. Je remplis des papiers. Qui prévenir en cas de décès ? La formule est cruelle, mais ne m'atteint guère. Qui ? Je ne sais pas. Personne. Je paie d'avance, on me guide vers la chambre numéro 30. On accroche une feuille à mon lit : Marin J. Prénom en voie de disparition. Respect de mon passage d'un sexe à l'autre, je suis entrée dans l'indécis. Je suis seule avec ma valise bourrée de chemises de nuit. Dix jours ici, à l'abri, en cellule blanche, loin de tout et de tout le monde. Des marronniers dans la cour secouent leurs têtes sous les nuages bas. Pluie, vent… J'ai oublié mon transistor. Mon tailleur bleu, le faux Chanel, s'alanguit sur un cintre de bois. Il attendra le jour de la sortie.

17 heures. Ultimes analyses de sang. 17 h 30, une infirmière rose et charnue entre en souriant, un

énorme rasoir de coiffeur à la main. Elle me rase le pubis avec dextérité. Les rares poils de ma virilité approximative disparaissent dans l'eau savonneuse d'une bassine. Je suis plus nue que nue. J'avale les cachets de calmants, la soupe de légumes, la compote. On me couche comme un bébé. Une jeune femme médecin vient m'ausculter. Cœur, tension, elle tapote ma joue avec douceur. C'est l'anesthésiste.

– Vous allez dormir, tout ira bien. Le docteur T. est le meilleur que je connaisse, et puis je serai là... n'ayez pas peur.

Mais je n'ai pas peur. Je regarde le jour tomber et la pluie devenir rideau léger pour la nuit. La dernière nuit de Jean Pascal Henri Marin, sans aucun regret. Bien, tellement bien. Ça ne repoussera pas. Ça ne peut pas repousser, c'est fini pour lui... fini.

Les bras le long du corps, sous la couverture, je l'ignore. Je ne le toucherai pas, je respecte sa veillée d'armes. Pauvre chose qui ne servait qu'à mon ambiguïté.

J'ai dû m'endormir en regardant la pluie sur les carreaux. Je n'ai pas vu qui a tiré les rideaux.

6 h 30, 8 octobre. Branle-bas de combat dans la chambre. Toilette rapide, chemise de coton blanc, piqûres.... voici les ultimes minutes. Je suis déjà dans le brouillard, et l'infirmière me guide, pour les dernières précautions. Le dernier pipi de garçon.

Je le regarde une dernière fois, ce « bout de Zan », comme disait Martial, cette petite chose saugrenue...

Deux brancardiers arrivent, trapus, costauds, l'air un peu méprisant :

– C'est « celui-là » qu'on emmène ?

Le chariot roule à travers les couloirs, ma tête danse un peu, je n'ai plus ni force ni décision. On m'attache, jambes ouvertes, poignets ficelés, je vois la seringue de l'anesthésiste, et le geste qui l'arrête.

En blouse verte, d'une élégance raffinée, le docteur T. s'est précipité :

– Je veux voir mes patientes avant l'anesthésie, vous le savez !

Il se penche, il sent la barbe fraîche :

– Tout ira bien. Dans trois heures, c'est fini.

Il disparaît déjà, le halo du plafond m'éblouit, je suis entourée de femmes. Il n'y a plus que des femmes, des femmes, des femmes. Je m'endors, je parle, je ne sais pas ce que je dis. Une drôle de déglutition rapide, vertigineuse, comme une boule d'éternité dans la gorge, avant le néant.

J'entends des voix. On dit que je n'ai pas arrêté de gigoter. Une brûlure au bas-ventre, je suis dans un lit... Quelques instants de perdition avant de m'en souvenir. On devait m'opérer... Où est mon corps ? Je ne le sens pas, je ne suis que cette brûlure au bas-ventre, et puis une autre plus petite dans le bras...

– Ne bougez pas, c'est une perfusion...

J'aperçois l'infirmière en rose, celle de la veille.

– Alors, on se réveille ? C'est bien...

Je veux bouger, ôter ce drap, voir quelque chose... Elle m'en empêche :

– Vous êtes une fille, tout s'est bien passé.

Comme c'est drôle ! Elle a dit : « Vous êtes une fille », comme pour une naissance. J'avais cru que cela faisait plus mal que ça... Il paraît que j'ai donné des émotions à tout le monde, qu'il a fallu m'endormir une deuxième fois. Je suis trop nerveuse. J'ai la gorge sèche. Interdiction de boire. Au-dessus de ma tête, un bocal rouge, j'ai fait une hémorragie. L'opération a duré quatre heures, tout va bien, me dit-on.

Il est 13 h 30. Le docteur T. me sourit. Je l'entends dire :

– Magnifique...

Je suis née à 13 h 30 le 8 octobre 1974, et me rendors aussitôt.

Tard dans l'après-midi, enfin, mon cerveau se réveille, lucide. Je voudrais tellement savoir. De ma main libre, je soulève le drap. Je suis cousue comme un petit poulet, mais je ne vois rien; l'infirmière me gronde :

– On vous a mis une sonde, et tout est parfait. Ne vous agitez pas.

Je voudrais voir, mais je n'ai pas peur. Je voudrais voir pour voir. Je sais que le docteur T. a dit : « Magnifique. » Je me gargarise de ce mot, à défaut de boire, et me rendors encore. Pour la deuxième fois je me rendors en fille; je sais que je suis une fille, mon sommeil n'est déjà plus le même, je me sens protégée, heureuse, sans souci, ni remords, ni inquiétude. Plus d'angoisse, une délivrance totale. J'ignore comment les autres ont ressenti ce premier moment exceptionnel, ce désir enfin abouti. J'ai lu dans les confessions d'un Anglais, opéré comme moi en 1972, qu'il se sentait comme « un chat qui aurait bu tout le lait ». Moi je suis une eau calme, dans la mer de Sérénité, là-haut, tout en haut de la Lune. Dormir en fille, sentir cette brûlure, avoir mal.

Les lendemains sont toujours plus durs. Un kinésithérapeute vient me prendre en charge pour les exercices de rééducation. Il me fait lever, je tiens à peine sur mes jambes. Gymnastique, douleur, gymnastique. Ni fleurs ni visites, une lettre de ma mère. Elle ne parle pas de mon bonheur, elle m'engueule pour une bricole oubliée et s'acharne à remplir des lignes qui racontent autre chose, n'importe quoi. Elle m'écrit dans cette clinique, en niant la clinique, l'opération, la fille qui vient de naître. Je pleure. Ce sexe, c'est ma vie; a-t-elle tant souffert de ne pas l'avoir donné, pour être si dure aujourd'hui ?

Il pleut toujours au-dehors, et je souffre toujours au-dedans. Huit jours ont passé, c'est aujourd'hui que l'on découd le petit poulet.

Mais je ne vois toujours rien. Je n'ai plus de fil, plus de sonde, je souffre moins, mais je suis toujours emmaillotée. Il faut attendre.

Verdict. Le chirurgien admire son travail. Les infirmières commentent, je peux voir enfin. « Me » voir dans un miroir tendu.

La chose me paraît alors si normale que je n'ai rien à dire.

C'est un peu boursouflé mais ça ne m'inquiète pas. On m'a expliqué que la cicatrice ne se verrait pas, dès que la pilosité reviendrait. Le docteur T. me tend un spéculum et m'explique comment m'en servir durant quelque temps, afin de donner de l'élasticité et de la souplesse au vagin. Il me recommande d'être prudente au début; puis cette phrase extraordinaire :

– Ce doit être fantastique d'être pénétrée... Au revoir, Maud...

Je m'appelle Maud, vraiment. J'ai toujours été Maud. Je suis Maud définitivement. J'en pleure enfin de joie.

Dehors, Maud... C'est fini, Bruxelles, la pluie, le vent.

J'ai présumé de mes forces, je marche le dos courbé, comme une nouvelle accouchée. Quelqu'un, un homme, me cède sa place dans le train... J'aime cette faiblesse de femme, et la ceinture douloureuse qui m'enserre le ventre et les reins. Personne ne me demande mes papiers, je repasse cette frontière comme un voyageur invisible.

Perfection du saut de l'ange, plongeon d'un sexe à l'autre, de Jean à Maud. Une certaine femme rentre chez elle en taxi, à Neuilly, nouvelle Ève que la pluie d'automne rafraîchit de sa fièvre.

Je touche à l'Espérance.

Christine a voulu voir. Ma seule amie véritable, ma seule famille dans la prostitution, admire le chef-d'œuvre rose ramené de Belgique. J'ai le trac. Son verdict est plus important que celui des infirmières et même du médecin. Christine sait ce que sexe de femme veut dire, dans le métier. Je me déshabille. Elle reste surprise :

– Ça alors... il y a même les lèvres ! C'est formidable ! Et la cicatrice ? Où ? Montre !

Elle recule, examine de loin, de près, avec son franc-parler du trottoir :

– Putain ! j'en reviens pas... Ce type t'a fait une vraie chatte... J'aurais pas cru. Je pensais qu'il t'aurait fait un trou et bonsoir... Qu'est-ce que t'es belle !

J'ai fêté ça avec Christine, autour d'un steak dont je me souviens encore. Un énorme steak dans le filet et un énorme verre de bordeaux. Ma naissance de femme parmi les femmes du trottoir me donnait une faim de loup, une faim solide, heureuse, et des sommeils de plénitude, en attendant le grand soir.

Christine ne me regarde plus comme avant; son regard, son langage même, vis-à-vis de moi, ont changé. Je suis intégrée, nouvelle venue dans le clan mais semblable, enfin.

Quatre semaines pour récupérer un visage pâle et des forces pâles. 1er décembre : je n'ai plus d'argent. Christine a eu des mots avec son « julot », à qui elle n'accorde qu'un minimum hebdomadaire. Je la sens dangereusement attirée vers la liberté. Ce soir, je dois retourner « au chagrin ». C'est un peu tôt pour ma cicatrice toute neuve, c'est aussi un examen de passage, mais je n'ai pas le moyen de faire autrement. Si j'avais pu attendre, j'aurais choisi le prince charmant, le passant qui drague et ne paie pas, un amour d'un soir, une nuit de noces pour mon dépucelage. Je m'en suis fait un petit roman de gare dans la tête, comme une gamine.

Au lieu de cela, je vais à la rencontre du premier client, pour pouvoir payer mon loyer. Si j'avais un ami, ou un copain véritable, je lui aurais offert cette nuit. Mais je suis seule. Jamais je n'ai ressenti à quel point j'étais seule. Autour de moi, des macs, de pâles voyous, exploitant les filles. Ce n'est pas à l'un d'eux que je demanderais d'être le premier. Il serait trop content, et je connais d'avance les conséquences. Un travelo seul sur le trottoir, passe encore pour les macs. Mais une fille doit être maquée.

Je me maquille à nouveau, m'habille à nouveau, mais ce soir l'angoisse est différente. Je ne connais rien à l'amour, je n'ai aucune expérience de l'amour, je n'ai que celle du sexe.

Le premier client sera donc celui qui m'attend, des fantasmes plein la tête, depuis qu'il a appris ma décision de me faire opérer. Il espère depuis deux mois. Et il est là, exact au rendez-vous, avec ses cheveux en brosse, ses yeux bleus et son visage poupin. Pour les gens de son milieu, il est informaticien, fou d'alpinisme, d'art et de son coin de Pays basque. Dans le mien, il aime et cherche l'ambiguïté. Il m'a payée en homme, il veut me payer en femme. Et il veut être le premier à me payer en femme.

La voilà, ma nuit de noces. La chambre d'une ancienne maison close. La chambre mauresque, avec ses colonnades, ses lumières indirectes, ses meubles de dentelle arabe, ses peintures de harem, son champagne mal frappé.

Je le connais pourtant bien, cet homme, et cependant je me sens gauche, bête, avec une peur d'adolescente. La peur du viol, comme dans mon enfance.

J'essaie de me concentrer sur ce qui devrait être mon premier bonheur de femme. Un homme allongé sur moi, les yeux dans les yeux... Il est lourd. Il me fait mal, il me force et je crie. La douleur m'aveugle. Mon Dieu, pourvu que « ça tienne ». Je ne pense qu'à ça, en serrant les dents de souffrance.

Je saigne. Le seul sang qui sortira jamais de mon corps est une blessure d'imprudence. Pas un hymen. Les parois fragiles de ce vagin tout neuf ont souffert du viol.

Le client, lui, est heureux. Il boit à une défloration avec emphase. Ce vieux micheton, cet Abd-el-Kader de pacotille sur son divan mauresque, me répugne. Je lui ai vendu mon corps de femme pour mille balles.

J'aurais dû lui demander le double, le triple ! Une

fortune pour ma première nuit de femme. J'enrage à le voir se pavaner dans sa laideur satisfaite. Qu'est-ce qu'il croit ? Que je suis heureuse dans ce décor de pute ? Au lit avec un cadre moyen qui a le double de mon âge et se prend pour un spécialiste de l'érotisme bisexuel en slip kangourou ?

Je rêve de Caraïbes et de soleil couchant, de prince charmant amoureux, et de cocktails poivrés, pauvre cloche. Triste pantin. Mille balles, et je dois continuer des nuits d'enfer. J'ai besoin d'argent pour manger, pour me soigner, pour payer le gaz et l'électricité comme tout le monde.

J'ai saigné pendant quinze jours; certains clients, furieux, m'ont assené le reproche inconnu :

– Tu pourrais prévenir ! On fait pas le tapin avec ses règles !

Illusion. J'ai tout faux. J'ai raté mon avènement. J'aurais dû crever de faim et attendre que l'amour passe. Au lieu de cela, j'ai plongé avec avidité dans le regard des hommes, avec le besoin presque suicidaire d'une mise à l'épreuve à répétition.

Ils n'ont rien vu, rien deviné, je suis une femme, sans aucun doute. Mon sexe est parfait pour le commerce des hommes. Plus jamais je ne dirai la vérité. Désormais, je tapine en fille, avec les filles du *Claridge*. Je m'apprête à quelques accrochages. Il va falloir regagner un terrain difficile, là où les places sont chères.

Je veux faire de l'argent. Je veux montrer et user sans relâche ce que j'ai mis vingt-neuf ans à posséder. Je veux aussi me battre pour une identité. Être en accord parfait avec son sexe, c'est bien; c'est un soulagement cérébral, physique, nerveux, la fin d'une longue maladie mystérieuse qui cède enfin devant un remède miracle. Mais l'accord avec la société est aussi nécessaire. Une idée fixe, le besoin de redresser l'erreur.

Je suis encore une immigrée clandestine, une maquisarde. Mon acte de naissance est un faux.

Mon permis de conduire, ma carte d'étudiant, ma licence de droit, mon licenciement de l'administration, tout est faux. Je me battrai pour Maud.

En attendant, je m'appellerai Marie-Laure de Neuilly, pour le tapin quotidien. On ne déclare pas la guerre à la muraille de Chine. Or, l'opinion et la loi françaises sur la transsexualité sont une muraille de Chine. C'est simple comme bonjour : interdiction de changer de sexe et d'identité.

Donc, je n'ai que le trottoir pour exister. Encore et toujours. Ma seule possibilité de vivre en femme, de gagner ma vie en femme. Avec, au bout du trottoir, peut-être... J'envie les amoureux, dans le métro, dans la file d'attente d'un cinéma, c'est l'inaccessible rêve. J'ai lu quelque part dans un livre savant sur la prostitution que l'amour des putes est uniquement psychologique. Puisqu'« ils » le disent, ce doit être vrai. Mais je suis plus compliquée qu'une prostituée de statistiques. Plus compliquée que Christine, qui ne supporte plus, à vingt-trois ans, son vieux mac de cinquante-cinq. Qui en a marre de tout donner depuis toujours. Qui a laissé un gosse à l'Assistance publique, s'est fait maquer par les Corses et veut filer. Elle file avec son guitariste, elle dit qu'elle l'aime – et il lui prend ses sous, comme les autres.

Moi, je cherche autre chose. Qui ressemblerait à l'amour de Sarah. Je cherche un amour d'enfance à l'envers, comme si je pouvais recommencer ma vie. J'ai deux vies, je n'y peux rien.

Christine est partie avec son Espagnol amoureux. J'ai protégé leurs fugues trop longtemps pour que Breton, le vieux mac, ne surgisse pas chez moi en terrain conquis. Il beugle comme un taureau castré :

– Où elle est, « ma femme » ?

– J'en sais rien.

– Tu vis à cinquante mètres, vous êtes toujours fourrées ensemble, et t'en sais rien ? C'est de ta faute, tout ça ! T'es à l'amende ! À l'amende de quatre briques ! Ou tu retrouves ma femme ou tu paies !

Payer… toujours payer. Avec le risque de prendre des coups de toute façon. Où trouver quatre briques ? Où me cacher ?

Et c'est ma meilleure amie, la seule. Celle qui a applaudi à ma transformation. Le vieux mac déshonoré par la fugue se retourne contre moi. Si j'accepte l'amende, si je commence à travailler pour lui, c'est à lui que j'appartiendrai.

La Mandoline est un bar de truands que je fréquente un peu inconsidérément, mais aussi par sécurité. Se faire connaître vaut mieux que l'anonymat, j'en ai fait l'expérience devant les eaux noires de la Marne. Fréquenter *la Mandoline,* c'est profiter de l'« aura » du milieu. Ceux qui m'ont « descendue à la cave » le savaient bien. Mais je n'ai plus Simon, et un mac m'a tendu le piège éternel.

Je n'ai plus qu'à le contourner en choisissant un autre piège. C'est le seul avantage qui me reste. Trouver un mac plus fort et plus influent, qui me dégagera de l'amende.

Mais c'est la fin de mon désir d'indépendance. La tenancière de *la Mandoline* est une femme de légende dans le milieu, un exemple à suivre selon les hommes. Cinquante ans, un premier « mari » tombé aux États-Unis pour vingt ans, un second, une figure du milieu d'après-guerre. C'est elle qui fait le point pour moi.

– Ce qu'il te faut, c'est Roger le Diplomate. Il t'a à la bonne. C'est pas un mac de tradition. Il a une régulière, mais je le connais, ça lui déplairait pas d'avoir un extra dans ton genre.

Roger le Diplomate. Une force de la nature, cent kilos de muscles, des affaires où il ne faut pas mettre le nez, une tête de gangster de série B américaine, parmi les plus noires. Un respecté, l'un de ceux qui font le silence dans les bars. Dont on sait que s'il y a guerre des gangs, il en sera ou en est déjà vainqueur. D'une voix superbe et rauque, il articule ses phrases comme des sentences. Ce soir, à *la Mandoline,* il dit assez haut à la tenancière pour que tout le monde comprenne :

– Mets-moi la grande au frais, Germaine.

La grande, c'est moi. Je suis foutue. Sauvée et foutue.

Sept femmes sur dix sont « maquées » dans la prostitution. Les autres vivent des situations bancales : veuves ou en attente de la sortie, ou de la cavale de leur « mari ». Parfois vraiment mariées, ou vraiment veuves. Ou bien alors vieilles et trop laides pour faire autre chose que le ménage au bordel.

Moi, Marie-Laure de Neuilly, me voilà donc mariée sous protection. Pas d'autre choix. Et mieux vaut choisir haut dans la hiérarchie. J'espère toujours m'installer, travailler sur carnet d'adresses ou par téléphone. Sortir de ce trottoir épuisant. Gagner le luxe.

Roger le Diplomate pourra peut-être me servir de tremplin. Être une femme n'a fait qu'aggraver ma naïveté congénitale. Je suis désormais de ce milieu où le simple fait de serrer la main d'un homme, ou de l'avoir croisé dans un bar, peut vous mettre en danger de mort.

Je voyais le milieu un peu comme une aventure exaltante. J'en ignorais les règles, les lois intransigeantes. Quand j'ai compris le danger, il était presque trop tard. Il est toujours presque trop tard, même aujourd'hui, à cette minute où je me souviens du frisson idiot qui m'a saisie en entendant la voix du Diplomate : « Mets-moi la grande au frais. »

J'aurais pu en tomber amoureuse. C'était une vedette pour moi. Un Lino Ventura en chair, en os, en muscles et en calibre. Le mâle dominant dans toute sa splendeur, prêt à cogner pour protéger son territoire et ses femelles.

Prêt à cogner sur moi aussi. Pas à me faire l'amour.

Ma vieille terreur, ma vieille haine des hommes soudain renaît de ses cendres. Je croyais l'avoir dominée, et elle me taraude à nouveau. À quoi bon être la femme que j'ai voulue si l'homme que j'espère n'existe pas, et que son absence me condamne à détester ses semblables ? Je déprime, tandis que la lourde main du lourd Roger s'abat sur mon épaule, pour discuter « affaires ».

Le fric, le sexe, la solitude. Drôle de bateau, drôle de voile, drôle d'océan sans fin d'une nuit à l'autre.

J'apprends à connaître mon maître. Des colères monstrueuses, dont le milieu a fait une légende, une sensibilité de volcan jamais vraiment éteint, et un rôle de diplomate dans les affaires des gangs. En dehors de son emploi, il a décidé d'utiliser mes compétences.

– Tu es un être pas ordinaire, et c'est avec les êtres extraordinaires qu'on fait des affaires extraordinaires...

« Extraordinaire » résume pour lui mon état de licenciée en droit (donc cultivée) et de quasi-femme (sauf pour les papiers), ainsi que mon allure un peu hors de la mode du trottoir. Je ressemble, paraît-il, à une Joconde triste ou à une Soraya désespérée.

Il fait mon éducation et cherche pour moi un marché rentable. Les grandes maisons, style Madame Billy ou Madame Claude, ne lui conviennent pas.

– Arnaque et compagnie : tu te feras avoir sur la commission et on t'obligera à fréquenter les boutiques de fringues et les restaurants du circuit. De plus, les condés sont derrière, très peu pour moi.

Mon « impresario » va donc me « placarder dans une taule » où l'on vient du monde entier, où l'argent coule à flots, vraiment à flots, pourvu que l'on n'y devienne pas dingue. Or je veux de l'argent, beaucoup d'argent. Pour moi, et pour payer ce gorille de sa protection. Pour me racheter un jour, reprendre ma liberté.

Le Diplomate prend des précautions oratoires. J'écoute en silence :

– Les horaires sont rigides. Douze heures par jour… Fini le trottoir en dilettante… Il faudra que tu plaises à Madame Léa…

Plaire aux maquerelles n'a jamais été mon fort.

– Finalement, tu ne parles pas de moi aux autres filles…

Comment être sûre de sa protection, si je ne peux pas parler de lui ?

– Tu n'auras qu'à dire : « Mon homme, c'est Bébert, et il est en taule. »

Je préfère ça.

– Et dis-toi bien que dans la vie, moins on parle, mieux ça vaut. Maintenant, tu peux aller te faire quelques « clilles », le dîner est fini, le boulot commence. C'est pas parce qu'on est marida qu'il faut s'endormir.

C'est ça, être « mariée », dans le milieu. Tu n'espérais tout de même pas une nuit de noces. Maud ? Allez… il y a la présentation chez Madame Léa, à 14 heures. Maison spécialisée dans le sadomaso de luxe. J'ai le trac. Si je réussis l'examen de passage, pour la première fois en France, selon le Diplomate, une transsexuelle entrera en maison de filles. Et dans ce genre de maison, une grande bringue comme moi devrait rapporter gros.

Ceci est donc une « première ».

Petit immeuble discret, quartier du parc Monceau. Au dernier étage, le bureau de Madame Léa.

La quarantaine distinguée, blonde, le regard inquisiteur, le bijou rare, Madame fait dans la sexualité intello. Bibliothèque anglaise bourrée de livres sur le sujet, meubles d'époque, ambiance étonnante. On se croirait dans la pièce de travail d'un philosophe de l'érotisme du genre marquis de Sade.

Les jambes en coton, j'accepte de m'asseoir dans un fauteuil Louis XV. Un vrai. Madame Léa rajuste délicatement les poignets d'un chemisier de soie, arrange une mèche luisante de star américaine :

– Une maison comme la mienne demande une discipline de fer. Le Diplomate m'a parlé de vous. J'espère que vous êtes raisonnable. J'exige des horaires précis : midi-minuit. Si vous avez cinq minutes de retard, vous faites une heure de plus.

– Vous savez que je suis une transsexuelle opérée ?

– Je sais. Que cela reste entre vous et moi. Les filles n'ont pas besoin de savoir. Ici vous gagnerez un minimum de trois mille francs par jour. Nous fermons le dimanche, j'exige une présence quotidienne, et mille cinq cents francs par jour pour mes frais. Même en cas d'absence. En cas de maladie, de vraie maladie, nous pourrons discuter. Est-ce que vous vous intéressez à la sexualité ?

Drôle de question pour une fille comme moi. Je peux m'y intéresser, je le dis prudemment. De quelle sexualité parle-t-elle ?

– Ma maison ne fait que des spécialités. Principalement les dominations. Le sadomasochisme, vous connaissez ?

– Un peu... J'ai lu sur le sujet... mais pas beaucoup de pratique.

Elle explique :

– La domination, c'est simple. À la seconde où un homme dit qu'il veut être dominé, vous l'attachez. Immédiatement. Nous sommes équipés pour ça... Autre chose, ici les filles dominent les clients; est-ce que vous pouvez être dominée ?

– Je veux bien essayer.

– Je n'ai qu'une fille pour ça, mais elle est complètement idiote. Avec vous, ce serait différent... Bien entendu, si vous le faites, c'est toujours avec une autre fille, c'est le b a ba du métier.

Mon trac devient trouille bleue. J'ai entendu parler de ce genre de spécialité. Dominer, passe encore, mais être dominée, d'après les filles, c'est l'abomination. Est-ce que je saurai ?

– L'important est de savoir tirer l'argent. Vous savez tirer ?

– Malheureusement je ne suis guère douée pour ça, trop timide, je n'ose pas réclamer trop aux clients. Ma première nuit de femme, par exemple, j'aurais pu la négocier trois fois le prix que j'ai demandé.

Madame Léa n'a pas l'air ennuyée. Ma timidité doit faire partie d'un style convenable pour être « dominée », et j'apprendrai vite à tirer l'argent, en voyant faire les autres.

– Déshabillez-vous.

Examen de passage. Visite complète du corps. Sous-vêtements et sexe.

– Ouvrez les jambes, fermez les jambes... Parfait. Opérée quand ? Octobre ? Pas d'autres cicatrices ? Non ? Tournez-vous, levez les bras... Plus aérés les gestes... plus souples... Ça ira. Profondeur du vagin ?

Je bafouille un peu :

– L'index... peut-être un peu plus...

Elle calcule, environ sept centimètres et demi, et me rassure. Pour pouvoir travailler, il suffit d'un vagin de quatre centimètres. J'ignorais, je me croyais en dessous des normes. À l'entendre me disséquer, mesurer, soupeser, je me sens vraiment objet, marchandise utilitaire. C'est une curieuse sensation. De moi-même, j'avoue un défaut :

– J'ai un peu de ventre...

– Pas grand-chose, un porte-jarretelles suffira à le cacher. Rhabillez-vous !

Conseil de révision terminé. Je suis enrôlée, à l'essai pour un mois. Je dois prendre le style « Anglaise des années 30 », on m'indique un coiffeur, une boutique où m'habiller, et on me parle de Freud. Madame Léa aime à raconter « sa » recherche personnelle sur la prostitution. Elle se veut l'intellectuelle des taulières de Paris. Ce qu'elle est pour certains. Pour les autres, tout simplement cinglée.

Elle m'a fascinée. Mais la fascination n'a pas duré longtemps. En croisant les regards absents des filles dans les couloirs, j'ai froid dans le dos. Le Diplomate a dit : du fric à la pelle, à condition de ne pas devenir dingue.

J'ai vu une mariée aux yeux dingues traînant son voile comme un fantôme; j'ai vu une amazone de cuir noir, sanglée, cloutée, cravachée, bottée, traînant son fouet comme un fantôme. Fantômes de filles, créatures de l'étrange. Monde absurde. Au-dehors, dans le petit soleil d'hiver, les arbres du parc Monceau ont le même air désolé.

Être pute, prendre sa propre peau de pute, ce n'est déjà pas si facile. Chez Léa, il fallait en plus jouer un rôle de composition. L'artificiel total, pire qu'une figurante de cinéma. Ces filles étaient malheureuses, je l'avais senti. Qu'est-ce que j'allais chercher dans ce capharnaüm du sexe ? Encore un peu plus de tristesse ? Masochiste moi-même, je ne savais pas de quoi je parlais en la matière. J'allais savoir. Je me croyais comédienne aussi... À force de jouer à être Maud, avec difficulté, j'avais acquis un petit talent... Rien à voir avec le rôle de création qui m'attendait.

Le Diplomate est content. Six jours de travail par semaine, j'allais faire « un malheur » dans cette taule de fêlées. Pas une fille ne m'arrivait à la cheville. « Ce n'est pas avec des filles ordinaires qu'on fait des choses extraordinaires. » Il me promet la lune, des vacances, du fric, des voyages, les grands restaurants... peut-être de faux papiers... et l'Angleterre, un pays où l'on fait de la « grosse monnaie ».

En attendant il a eu des frais, il tend la main. J'y dépose mes économies. Une liasse de billets. Les larmes aux yeux. Me voilà comme les autres : une fille maquée qui lève un regard triste vers un mac pressé.

– Tu m'aimes un peu ?

– T'es pas la Dame aux camélias, j'espère ? Parce que moi, je suis pas Armand Duval. J'ai pas appris la tendresse. T'as plus qu'à aller chercher des sous pour ton homme.

Il est parti, il avait à faire. Il ne m'a même pas fait l'amour. Madone des sleepings, Joconde triste des années 30, la Maud fraîchement femme, millésime 74, est une pauvre conne qui ne déteste même pas ça.

Premier rôle chez Madame Léa : l'esclave.

Client riche, Maud à quatre pattes et Sidonie qui fouette. Sidonie qui fouette plus fort et encore plus fort, pour que M. Client riche parvienne à jouir. J'ai mal. Je suis douillette, je n'ai pas de force, mais si j'en avais je passerais ce type par la fenêtre. Je suis une belle esclave souffrante qui baise les pieds du maître.

Celui-là a peur des microbes, il fait tout, tout seul; l'esclave n'a que le droit de lui baiser les pieds et d'avoir peur des coups.

« Je suis de race inférieure de toute éternité », disait Rimbaud. Moi aussi. J'ai le dos tout rouge, mal aux genoux, et je tremble d'énervement. Mes débuts sont difficiles. J'ai raté le premier client. Un gros sympathique, qui a ouvert la porte en pleurnichant : « Je n'ai pas d'argent. » J'aurais dû le griffer aussitôt. Mais j'ignorais le jeu.

Alors je suis l'« esclave ». J'ai droit à un bain tiède avec un produit qui calme les douleurs du fouet. Quinze minutes, et le maître me rappelle. L'esclave doit même chercher sa récompense. On lui tend une flûte de champagne. Cela ressemble au champagne, mais ce n'est pas du champagne. Le maître a pissé dans la flûte de l'esclave, qui doit boire avec le hoquet et un regard de haine qui ne plaît pas au maître. Il me dressera.

Il est parti dans son costume de brasseur d'affaires, de grand bourgeois raffiné, en me laissant quatre mille balles. Combien à Sidonie la fouetteuse ? Une brique ? Cette salope de Sidonie m'a esquinté le dos à plaisir pour ça. Et la coupe de champagne, c'est une idée à elle. Je suis nouvelle, ça a marché. Maintenant je ferai gaffe. En tout cas j'essaierai. Pas question de devenir branque. Celles qui ont résisté chez Léa sont celles qui en sont parties très vite.

Ce jour-là, on m'a mise au régime épinards dès le matin. Il s'agissait de contenter un amateur d'art surréaliste et masochiste. Le connaisseur est installé dans une salle de bains sur un plastique, et il attend que l'art s'écoule naturellement de mon corps sur le sien. Cet homme raffiné veut sentir le purin... Il paie cher les épinards et leurs conséquences. J'empoche la monnaie et je nettoie mon désespoir.

Je ne savais pas. J'ignorais le fond du dégoût, le ridicule dramatique et obscène de ces séances incroyables.

Gens normaux et conventionnels, gens simples, gens amoureux, gens anonymes que je croise dans la rue, désormais je vous soupçonne d'appartenir en cachette à quelque secte honteuse du sexe souterrain. Je ne crois plus en personne, ni en l'innocence de quiconque, depuis mon stage chez Léa. La prostitution de trottoir, les hôtels de passe, le travail à la chaîne, tout cela n'est rien à côté des spécialités dont je parle. Désespoir ou fou rire, cela dépend des jours. Les fous rires sont rares, et réservés aux heures de repos.

On ne rit pas devant Gaston. Gaston est amoureux de son sexe. Il est schizophrène et ne le sait pas. Alors il parle à son sexe comme à un petit frère :

– Il ne m'a jamais trompé, mon sexe.

Gaston a enroulé les billets de banque tenus par un élastique autour de son sexe. Je dois enlever les billets l'un après l'autre. Ils sont pour moi. Gaston a fait faire pour son sexe petit frère une alliance en or, énorme et large. Il porte la même à l'annulaire en plus petit... Gaston et son sexe sont mariés, ils ne se trompent jamais.

On ne rit pas devant le sexe de Gaston et son alliance...

On se dit, comme toutes les autres filles de la maison, que « pendant qu'ils sont là, ces dingues, ils ne violent pas des petits enfants et on sert peut-être à quelque chose... ».

Celui-là est ingénieur. Il aime les pinces-monseigneur à l'endroit le plus sensible. Et les fils de fer barbelés en guise de gant de toilette intime. C'est la Gestapo. À vomir de honte. Torturer un type pour qu'il prenne son pied... Il y a pire encore.

Dans la chambre est installée une corde, elle passe par l'anneau d'un lustre du plafond. J'ai torturé cet homme, et maintenant je dois le pendre. Je suis bourreau. C'est un travail délicat que de pendre un maso, un travail de la corde au centimètre. Un poil de trop et il est mort. La bonne traction, et le pendu obtient une érection. Je l'ai pendu.

Je ne suis plus une pute comme les autres. Je dors mal, je me réveille en sueur, dans une cacophonie de hurlements, de cauchemars qui ne veulent pas s'éteindre, de filles en cuir, en léopard, de corde et de pendu. Je deviens « braque » à une demi-brique par jour – moins la commission de Madame Léa.

Coup du sort. Le monsieur de Madame Léa s'est fait prendre dans un flagrant délit, qui n'a rien à voir avec le proxénétisme noir. Mais Madame Léa doit se mettre en veilleuse. Elle ne garde que deux filles, pour le « courant ». La Madone des sleepings, pauvre stagiaire, est renvoyée sur les Champs-Élysées. Elle y retrouve le sourire et les dix heures de poste au commissariat du coin. Les copines et les clients du *Claridge*. Ils sont simples. C'est l'amour à la papa.

Je respire à nouveau, je fais mes comptes. Ce n'est pas la fortune : une passe à cent cinquante, une à deux cents, mais c'est à moi que je les dois.

Pas aux macs. Pas au Diplomate. Je suis sortie du bois de Boulogne, sortie des milieux travestis, j'ai quelques amies filles... Ce n'est pas le « top niveau » mais je l'ai fait. J'aurais pu mieux faire, ou pire. J'ai échappé au pire. Je vis loin des cauchemars.

Pas pour longtemps. Guerre des gangs. Le Diplomate me rattrape, il a besoin d'un paravent. La hache de guerre est déterrée entre X. et Y., un de ses potes vient de se faire allumer, je ne comprends ni pourquoi ni par qui. D'ailleurs je n'ai pas à comprendre, je n'ai qu'à « suivre ». Je deviens porte-flingue. Son P 38 est dans mon sac, par sécurité. De bar en bar, de restaurant en restaurant. C'est grave. Le Diplomate a une équipe à ses basques. Je risque la mort par intermédiaire. Je suis la pute d'un homme traqué. Peur des ascenseurs, peur des parkings, peur des sous-sols, des entrées de métro, peur des portes qui s'ouvrent dans le dos, des voitures qui doublent...

Peur... peur... peur avec ce calibre noir dans mon sac, à portée de la main du mac. À quoi jouent-ils, les gangs ? Je crois qu'ils se partagent Paris. Une fois de plus. Les filles ont peur, les maisons marchent mal, les sous ne rentrent pas, les hommes s'énervent. Tant qu'ils n'auront pas mis leurs nouvelles marques sur le territoire de la prostitution, nous serons en danger.

Je sue la peur et l'angoisse à nouveau. L'alcool me tranquillise. Les Champs-Élysées sont moins durs à remonter avec un verre de whisky. Une Gitane m'a dit : « Il n'y a pas de joie sans souffrance, un jour tu connaîtras le bonheur, il te faudra traverser la mer. » Elle m'a pris cent balles et je l'ai crue.

Je l'ai crue parce que, entre un mac délirant de traque et les passes ordinaires, j'ai rencontré le rare : l'homme-client. L'amoureux que nous attendons toutes. Celui qui veut nous « sortir de là ».

Henry est américain, natif de Géorgie, cinquante

ans, tempes grises, yeux bleus, en instance de divorce.

Je l'ai ramassé aux Champs-Élysées. Il m'appelle Marie-Laure. Je suis toujours Marie-Laure aux Champs-Élysées, jamais Maud. Et Marie-Laure a droit à son coup de foudre.

Il écrit de sa Géorgie natale : *Notre rencontre a été le plus grand moment de ma vie.* C'est la première fois qu'on m'écrit, la première fois qu'on m'aime en femme. Que faire de cet amour-là ? Henry écrit aussi : *Viens me rejoindre. Viens voir ma maison, quitte Paris !*

Il met un billet de cent dollars dans chaque lettre, pour que je n'aille pas aux Champs-Élysées le soir. Il m'offre un avenir. Il ne me voit pas comme un sexe sur deux jambes. J'ai réalisé le rêve de bien des filles.

Consulat des États-Unis. Inutile d'insister. Jean Pascal Henri Marin ne peut pas entrer aux États-Unis. Femme-homme Marin, on n'accepte pas les zombies sexuels du troisième type au pays des libertés.

Ce n'est pas parce qu'un Henry de Géorgie vous écrit que son pays vous aime...

Ocean of love. Précieux bonheur de la traduction pour moi toute seule. Un océan d'amour. Personne ne m'a jamais dit ça. Je ne sais pas si moi je l'aime, mais j'aime l'amour qu'il m'écrit.

Il ne comprend pas. Je trouve des raisons minables, je ne peux pas dire, car j'ai juré de ne plus le dire : « Je ne suis pas une vraie femme. » Je n'ai pas de passeport de femme, pas d'identité... Je ne peux pas passer la mer, l'océan, et tenter ma chance en pays neuf. La main passe. Si la Gitane avait raison, ce n'était que pour un turbin de plus : l'Angleterre.

Mon mac le Diplomate a mis ce plan au net pour moi. Voilà l'avenir. J'ai raté la seule occasion et le seul amour que je connaisse à ce jour. J'ai raté de toutes les façons, mais je n'y avais même pas droit.

Henry est mort, là-bas en Géorgie, d'une bête crise cardiaque. Sa fille a trouvé mon adresse. J'ai reçu ceci pour mes trente ans, en français scolaire et émouvant :

Chère Marie-Laure,

Mon amie, mon père est mort. C'était le cœur. J'ai trouvé vos lettres dans le bureau. Je dis que j'ai pleuré quand j'ai lu. Mon père était le meilleur du monde. Mon père n'était pas heureux parce que *ma mère. Il avait besoin de l'amour. Je peux comprendre ce qu'il a fait en Europe. Je suis contente qu'il a fait des romances avant de mourir. Vous pouvez m'écrire.*

Nancy.

Je n'ai pas répondu à Nancy, « parce que » moi.

11

Je me marie. La chose est étonnante. Roissy, porte numéro 6. J'ai mon sac de week-end, une robe d'été, des bouquins d'anglais, je vais me marier un 17 juillet 1975, à Londres, avec un inconnu. Romance ? Non, turbin.

Le Diplomate m'a trouvé des papiers, des vrais; je suis une jeune fille avec carte d'identité, photo, passeport, et réservation pour un hôtel.

Depuis quelque temps, j'apprends l'anglais, surtout la nuit, pendant les heures de poste obligatoires. Chaque emballage me fait faire des progrès.

Ocean of love... L'océan d'amour me trotte encore dans la tête, mais c'est la Manche que je traverse. *Welcome, miss...* C'est bien la première fois qu'un flic m'appelle mademoiselle sans sous-entendus à la clé.

L'hôtel fournit la Bible dans toutes les chambres. Demain je me marie en tailleur blanc, il attend sur une chaise, et je regarde ma bague de fiançailles. Pour faire plus vrai, je l'ai achetée moi-même au marché parallèle des putes, 30 à 50 % moins cher que dans les boutiques. Du blanc-bleu, elle peut voir le jour, le fourgue me l'a affirmé. L'alliance est dans ma poche. Marie-Laure, ou Maud, s'appelle d'un autre nom. Une fille a cédé son identité moyennant finance. Je suis née quelque part dans les environs de Toulon, j'ai vingt-cinq ans sur le papier, mais les yeux cernés devant la glace. J'ai vieilli. Plus vite que prévu. Sans amour et traînant mes talons sur les trottoirs parisiens, me dopant à l'alcool pour avoir moins froid, moins peur, j'ai pris une tête de fatigue. La Joconde s'offrirait bien un petit lifting pour effacer du tapin l'irréparable outrage.

Ça me fait drôle de me marier. Quelle tête a le « promis » ?

Au pub, en face de la mairie, William Berkeley se présente. Il est bien jeune, plus jeune que moi, une bonne bouille à boire de la bière. Je bafouille quelques mots de sympathie, issus de la méthode Assimil, et m'efforce d'avoir l'air amoureuse, pour la galerie. Il me semble que je joue bien mon rôle. Pas lui. Je lui tends l'alliance, il n'y avait pas pensé. J'ajuste mes gants blancs. Il est en tenue de sport, comme pour un match de cricket.

L'officier d'état civil fait son laïus. Je n'y comprends rien, j'improvise sur la musique des mots et les silences appuyés du fonctionnaire.

Je serai fidèle et obéissante pour le meilleur et pour le pire. *Yes,* je prends Monsieur comme légitime époux.

J'ai beau frimer, quand mon époux bidon me passe la bague au doigt, deux larmes me viennent au coin des yeux. Illusion. Maud et Marie-Laure réunies voudraient bien oublier leur état de putain et le fait que cette cérémonie n'a d'autre objet que d'améliorer le rendement. Je me dis que la vie est con, que je suis trop sentimentale et trop habituée au malheur pour espérer mieux que cette parodie. Baisers, congratulations, l'officier me souhaite d'avoir de beaux enfants. Deux petites larmes infernales au coin du rimmel. Je connaîtrai et j'ai déjà connu des centaines d'hommes, mais mon ventre restera froid, stérile, vacant pour toujours. Après moi, au bout de moi, rien. Sur les marches de la mairie, mon époux me serre la main gauchement, vite. Il a été payé, il a hâte de partir. Dans quelque temps, il demandera le divorce, juste le temps pour l'administration de m'accorder, selon la loi, la nationalité anglaise. Il n'y a qu'à attendre.

– Au revoir, William.

– Au revoir, madame.

Chacun son taxi, je ne reverrai jamais mon seul et unique époux. Un jour j'aurai mes papiers anglais, je ne saurai pas quand il a divorcé ni ce qu'il est devenu. C'est comme s'il n'avait jamais existé.

Le circuit du Diplomate est parfaitement au point. On me remet dans l'avion, je me venge sur le saumon et le whisky. À 22 heures le soir de mon mariage, je tapine sur les Champs-Élysées comme d'habitude.

– Tu sais que tu t'offres la nuit de noces d'une jeune mariée ?

Le micheton ne me croit pas. C'est un Suisse, il n'a pas le sens de l'humour et il n'est pas pressé. Du haut de l'hôtel *Concorde Lafayette,* je vois Paris illuminé. Encore deux larmes. Payées mille francs. Eh oui, monsieur le micheton suisse, c'est vrai ce qu'on raconte. Les putains sont des fleurs bleues, irrécupérables.

Au poste une fois de plus, mais cette fois la rage au cœur et au ventre. La rage de tout. Il a fallu plusieurs choses pour la provoquer, ce soir. Le froid, les clients trop rares, et le dernier, un salopard de flic, qui a voulu m'impressionner. D'accord pour deux cents francs, il a sorti sa carte en arrivant dans la chambre :

– Tu me suis au commissariat !

Un flic seul qui n'est pas en service, la méthode est trop connue pour m'impressionner cette fois.

– Pas question !

– Le commissariat... Ou alors tu me dois cinq cents balles.

C'est l'arnaque classique, la pire pour les putes qui, comme moi, n'ont pas atteint le top niveau.

Bonne pour les flics qui veulent arrondir leurs fins de mois ! Pas question de payer. Il veut le commissariat, il l'aura ! Qu'il prouve d'abord la passe. Cet imbécile ne m'a même pas sautée, il n'en avait probablement pas envie. Trop pressé de me piquer mon fric. En général, les filles craquent et paient. Ce soir je me révolte. D'abord je n'ai même pas gagné les cinq cents balles qu'il réclame et, depuis quelque temps, il me vient des idées de révolte. Et ce soir, c'est trop.

Au Grand Palais j'ai mes habitudes, on me connaît, pas lui. Seulement voilà, entre flics...

– Cette fille m'a volé cinq cents balles...

– C'est pas vrai, il n'a même pas payé, y a pas eu de passe !

Le chef de poste examine la carte du collègue et le fait passer dans un bureau. Ils vont l'entendre une demi-heure, tandis qu'on me harcèle et que je me défends d'arrache-pied :

– Vous me connaissez depuis cinq ans ! J'ai jamais eu un problème avec un client. Ce type n'a même pas payé la chambre, vous pouvez vérifier. Il n'a même pas fait l'amour. Ça aussi, vous pouvez vérifier. Vous le faites bien pour des viols...

Je sais parfaitement que la taulière ne témoignera pas, que le chef ne vérifiera pas... Que c'est moi la pute, et que je n'ai qu'à la boucler. Mais je ne peux pas la boucler. Une question de nerfs, je ne sais pas, de lassitude, de désespoir aussi. Moi qui avais tout misé sur mon sexe de femme, j'ai déchanté. Je ne supporte plus les clients, j'ai peur du mac qui me tient et se balade toujours avec son calibre. Je voudrais partir, partir... changer de vie, de décor, vivre enfin. Je ne sais pas ce qu'est la vie simple, normale, d'une femme simple et normale au soleil. La nuit, l'alcool, les hormones, la fatigue, le mal au ventre, les rides qui me traquent, la santé qui fout le camp.

– Ce type est un salaud ! Je lui ai rien fait, c'est de l'arnaque !

J'en pleurerais... On me met dans un coin, on me prend mes papiers une fois de plus. Ils vont le croire, lui. Ils vont me foutre en taule. Il y a trop de flics partout ce soir, ils jouent les héros de western. On veut peut-être me mettre une embrouille sur le dos et m'enfermer quelque temps, histoire de me faire balancer un type ou deux. Ça s'est vu, ce genre de trucs. Surtout avec les travestis. Ils les savent faibles, incapables de supporter la taule, cheveux tondus. Ou alors ils ont appris que le Diplomate me protégeait, et avec le ramdam parisien, ils espèrent le loger grâce à moi. Si s'est ça, je vais me faire tuer... Je n'ai pas réfléchi, pas assez... Qu'est-ce qui m'a pris de me mettre en rogne ?

– C'est toi, Marin ?

Cette voix... Mon Dieu, je connais cette voix. Je n'ose pas me retourner, ce n'est pas possible ! Une illusion... Cette voix me vient du fond des temps, de mon enfance à Rouen, des jeux sur les quais, de l'université... Une autre planète...

– Retourne-toi !

Choc des visages. C'est lui, c'est Jean-Yves. J'ai su, je ne sais plus comment, qu'il avait fait l'école des flics après son droit, pendant que moi je découvrais l'école des putes.

Il n'a pas changé. Visage franc, carré, cheveux courts, épaules solides, l'œil bleu. Cet œil bleu de l'enfance et des souvenirs qui détaille mes cheveux trop blonds, mon maquillage trop dur, ma robe à volants, mes bas, mes jambes de femme...

– C'est toi... Je m'en doutais.

Je voudrais rentrer sous terre, me volatiliser, disparaître de ce commissariat. Qu'est-ce qui me prend ? Honte ? Pourquoi honte ? Il m'a connu garçon et je suis une femme. Il le dit lui-même, il « s'en doutait »... Seulement voilà, il est flic, il tient une carte d'identité dans sa main; le bon bout, c'est donc lui qui le tient, pas moi. C'est peut-être ça, la honte. D'ailleurs, que fait-il là dans ce commissariat du Grand Palais, à une heure pareille, celle de l'emballage des putes et des clochards ? Si j'en crois les études qu'il a faites, il doit être super-flic, maintenant. Rien à voir avec les paniers à salade de quartier. Qu'est-ce qu'il fait avec ma carte ? J'ai tout cogité en silence, mais c'est comme s'il m'avait entendu.

– Un hasard ! J'étais venu chercher un dossier, je ne mets jamais les pieds ici, et tout à coup j'entends ce type qui fait du bruit, je jette un œil, et je vois ton nom là-dessus. Sans le nom...

– Tu ne m'aurais pas reconnue ?

– Ben non. Tu as des ennuis ?

– J'en ai jamais eu depuis des années, jamais d'ennuis avec un client... Ce flic est un arnaqueur. Tu sais que ça existe chez vous, les macs tricolores ?

– Le chef ne l'a pas cru, il va vérifier. Le type est remis en disponibilité, ça va s'arranger.

– S'arranger ? C'est-à-dire que ses petits copains vont le renvoyer jouer ailleurs, jusqu'à la prochaine fois ? Et si je portais plainte ?

Jean-Yves, mon vieux copain, tu as pitié de moi, je le vois, je le sens dans mes tripes. Pitié. Après tout, pourquoi pas ? J'ai besoin de pitié...

– Je voudrais m'en sortir, Jean-Yves, mais je ne peux pas.

– Tu vas me raconter ça...

J'ai raconté mon escalade, depuis le port de Rouen et mes rêves de petite fille... Depuis les examens de droit, Montmartre, le Bois, la descente à la cave, les Champs-Élysées, ce type qui me tient, dont je ne peux pas dire qui il est, ni ce qu'il fait... Pas à un flic, surtout pas, ce serait ma mort.

– Je vais partir en Angleterre bientôt... J'espère gagner suffisamment pour me tirer de ce milieu. J'ai peur, Jean-Yves, de plus en plus peur, pas d'amis, personne à qui me confier...

– Ton père ?

– Toujours enfermé, malade à vie.

– Ta mère ?

– Elle accepte mal, mais elle accepte. Je la vois peu.

Il voudrait m'aider. Je vois bien qu'il a du mal à me quitter comme ça, sur un trottoir de commissariat, mais il n'est pas dans le bain : le trottoir, les macs, les truands porte-flingue, ce n'est pas son rayon. Mais comme il a compris ma peur, il fait ce qu'il peut.

– Mon meilleur copain est à l'Intérieur. Lui pourra te conseiller. Il y a trop de magouilles à la Mondaine…

– Je ne suis pas une donneuse, Jean-Yves…

Il me regarde, étonné. C'est le féminin qui le surprend encore, pas ce que j'ai dit… Enfin il sourit :

– Le problème n'est pas là, c'est une histoire d'amitié. J'ai souvent pensé à toi, depuis la fac. Je me demandais ce que tu étais devenu. On a tant ri ensemble. Ne t'inquiète pas. Je t'arrangerai un rendez-vous avec mon ami. Il s'appelle Philippe, il est brillant, doué, efficace, et il connaît mieux ce milieu que moi. S'il peut faire quelque chose, pour ton problème d'identité surtout… c'est l'essentiel pour toi, non ?

– L'essentiel maintenant. Mais tu connais la loi…

– S'il peut trouver un moyen, il le trouvera. Fais-lui confiance, et dis-toi que tu ne lui devras rien, jamais. Par contre, si tu as des ennuis graves, peur de quelqu'un, n'hésite pas.

Ça devait être étrange pour lui, cette rencontre. Étrange de m'appeler Maud, de ranger mon téléphone de Neuilly, celui d'une putain, dans son portefeuille, mais surtout dans sa tête de copain d'enfance. Étrange de m'entendre lui expliquer l'opération, la transsexualité, l'absolu besoin de féminité qui m'a menée à la prostitution… A-t-il compris ? Il ne juge pas en tout cas, il ne l'a jamais fait.

Il hésite à me serrer la main, puis m'embrasse

sur la joue... Tendresse. Un des rares cadeaux de ma vie, parmi les plus précieux.

Je m'endors avec sa vie dans la tête, j'imagine sa femme, ses enfants... Son fauteuil, ses pantoufles... Il m'a raconté sa carrière et son bonheur. Il a écouté ma survie. Cette nuit, j'ai connu une douceur d'enfance.

– Tu te fous de moi ?

Le taureau est « en renaud ». Le mac est humilié, il frappe sans prévenir, des claques qui sonnent, douloureuses, il me tord le bras, me coince contre les murs.

– Réponds-moi ! Tu fous rien ? Réponds-moi, je te dis !

– Je te regarde...

– Qu'est-ce que ça veut dire ? Tu vas chercher des sous, oui ou non, ma salope ?

– Je travaille comme je peux. Les Champs, c'est pas un coin de tapin.

– Quoi ? Tu te fous de moi ?

– C'est un coin de michetonneuses... Les vrais tapins sont pas aux Champs.

– Et comment elles font, les autres, hein ?

– Elles font ce qu'elles peuvent...

– Non ! Elles bossent ! Elles font plus de mille balles par jour !

– Elles y sont jour et nuit, je peux pas tapiner de jour...

– Démerde-toi, t'entends ? Je veux plus te voir glander ici et te bourrer de whisky tous les soirs. Tu travailles les heures qu'il faut, c'est tout, et que je te le redise plus, t'entends, salope ?

Voilà où j'en étais. Cette brute, ce soi-disant justicier du milieu, n'était qu'un mac comme les autres, avide de ramasser du fric sur mon dos, le fric de mon ventre. J'étais devenue femme pour être ça : un ventre à fric. Un sexe à fric et une tête à claques. « Mariée » avec ce type et son calibre, traînant la même peur paranoïaque de prendre une balle à un comptoir. Et il ne m'a jamais fait l'amour. Il a une femme, une vraie, la première, la régulière, et un chien en laisse : moi. Le tapin travesti qui ne ramène pas de sous à son homme, comme il le braille en tapant sur les murs et sur moi.

Il se croit chez lui, dans cet appartement que j'ai payé, que j'ai obtenu grâce à un autre. Il en fait des montagnes avec sa protection. Et il se fout pas mal que les clients m'arnaquent, que les voyous me cassent les dents et que les flics me mettent trois fois par semaine dans leur cage de verre. Si l'Angleterre ne marche pas, il m'enverra en Belgique. À moins que dans leur guerre à la con je ne finisse par tomber avec lui, sous les balles du gang ennemi. La moindre des choses qu'il puisse m'arriver en ce moment serait de me faire piquer avec son flingue dans mon sac.

On joue « Maud chez les truands parisiens ». Je tente une sortie sans espoir :

– Tu sais... si ça n'allait pas, l'Angleterre et le reste, comme on ne vit pas ensemble, on pourrait se quitter... Ça vaudrait peut-être mieux...

– Tu te fous de moi ? On verra ça...

Il ne me lâchera pas. Jamais. C'est tellement simple. Je ne coûte rien et je peux rapporter. Je peux servir de planque en cas d'alerte. Je ne mange pas de pain, en quelque sorte. Si je voulais me sortir des pattes de celui-là, je ne pourrais pas faire autrement que de retomber dans les pattes d'un autre, plus fort que lui... Et encore, ce genre de tours de passe-passe ne se négocie pas sans danger, d'autant plus que je ne connais personne et qu'ils se battent entre eux. Mise à l'amende, descente à la cave, je ne le supporterais pas une fois de plus.

– À propos, la fille qui t'a filé ses papiers pour le mariage, elle est en cavale et sous mandat. Donc toi aussi, pour les flics. Vu ?

Message reçu. Maud, ma vieille, si tu songeais à

te tirer avec les papiers de ta copine, niet. Au premier contrôle, tu tombes à sa place, et pas pour rien : vol, recel, arnaque dans les boutiques de luxe, faux chèques, fausses cartes de crédit. La copine en question était une artiste dans son genre.

Il ne reste que l'Angleterre. Si Mme Berkeley est autorisée à prêter serment et jure qu'elle sera une bonne Anglaise, elle pourra travailler en *flat* et envoyer les sous à son homme.

En attendant, remonte le trottoir des Champs-Élysées, Marie-Laure la pute.

Je n'aime pas les clients en blouson. Celui-là n'est pas bavard et nerveux. Pas d'hôtel, il préfère chez moi. Il n'enlève même pas son pantalon, il est là pour tirer un coup, vite, comme un assoiffé.

À sa ceinture un calibre à peine dissimulé. J'ai peur. Une liasse de billets de cinq cents balles, il en sort deux pour moi.

– T'es une brave fille. Tchao, et travaille bien…

La phrase voyou… le ton voyou. Il est déjà parti. Peur pour rien. Sauf que j'ai monté en passe un braqueur, un qui vient de faire un coup, un gros coup peut-être. Dans ces cas-là, ils sont nerveux, ils ont besoin de tirer une fille. Ça se comprend. Pourvu que les billets ne soient pas répertoriés… C'est arrivé à une copine, de tomber sur les billets d'une rançon.

Fatigue. Immense fatigue qui me jette le nez sur l'oreiller, le corps recroquevillé comme un fœtus frileux. C'est Noël. Paris… Quitter le tapin, pour toujours. M'endormir sans peur du lendemain, à côté d'un homme qui m'aime, me désire, m'attend…

Maud chiffon, tu vieillis mal sur le trottoir.

12

Tante Marie la Jolie a quitté un jour le Lot familial, pour devenir boniche sur la Côte d'Azur. C'était en 1906, elle était belle, on dit que je lui ressemble. Elle a épousé un milliardaire du Transvaal, elle est revenue couverte de bijoux, frémissante de dollars, dans les années 30. Elle a voulu entraîner la famille, et la famille a eu peur du voyage. Peur de l'aventure, peur de traverser un continent. Tante Marie la Jolie est morte dans les années 50, vieille lady richissime et veuve. Pourquoi pas moi ? Je suis, comme elle, prête à foutre le camp au bout du monde, avec un micheton richissime.

En face de moi le commissaire Philippe G., de part et d'autre d'une table ronde du *Fouquet's*. Je lui serre la main maladroitement, je cale mon sac de travail sur mes genoux, et je l'observe entre mes cils. Plutôt beau, carré, solide, l'air gentil. Pas du tout la tête du flic que je rencontre quotidiennement. On pourrait le prendre pour n'importe qui d'autre que le commissaire le plus brillant de sa génération.

Je ne suis pas tranquille. C'est l'ami de mon ami, bien sûr, et il est là pour m'aider. Mais dans l'environnement du Diplomate, si la chose se sait... « On a vu ta grande avec un poulet... »

Ce poulet pas comme les autres cherche à comprendre.

– Alors tu t'es fait maquer ? Raconte-moi ça.

– Oh ! Y a rien à raconter de spécial. Au début je croyais être indépendante et le reste, et puis voilà, je suis une pute du quartier.

– Et tu voudrais quoi ?

– M'en sortir. Je refuse d'être prostituée à vie, je l'ai dit à Jean-Yves, il me connaît depuis...

– Je sais. Mais rien n'est simple, et tu es confrontée à deux problèmes. Premièrement, l'identité... J'ai fait le tour de la question. C'est impossible...

Il dit ça gravement, ce beau type en blouson et polo, que j'espérais être mon sauveur. Le miracle de Jean-Yves, ce devait être lui. C'est non. Et c'est pire.

– Tu te prostitues depuis trop longtemps pour que le problème d'argent ne soit pas primordial.

– Je suis pas une gagneuse...

– En l'admettant... Tu te vois travailler dans un bureau ? Tu te vois vendeuse dans un magasin ?

– Je sais pas.

– C'est tout vu. T'as pris des habitudes, celles du bitume, elles te manqueront très vite.

J'ai la gorge serrée. Il a raison, j'aurai peur de retrouver une vie sans histoires et au SMIC. Peur de me lever tôt, de devenir l'un de ces visages pâles et amorphes que l'on croise dans le métro au petit matin. Seulement il y a le Diplomate, les voyous, l'argent qu'il veut, les baffes et les menaces.

– Planque ton fric, fais-toi une cagnotte pour des jours meilleurs.

– J'ai même plus envie de bosser.

– C'est la déprime ?

– Déprime ?

J'essaie de lui dire, avec mes mots maladroits, mes phrases qui hésitent.

Possible que ça s'appelle la déprime. L'alcool aussi. Les coups, les nuits sans micheton, le portefeuille vide. Plus de forces, plus d'appétit. Je me voyais aligner les clients des nuits entières, et puis voilà. Plus rien à prouver côté sexe. Lassitude. Pas d'amour, pas de plaisir, un mac traqué... la peur surtout...

Le commissaire Philippe G. se lève, compatissant :

– Je réfléchirai. Voilà mon téléphone. Si tu te sens en danger, n'hésite pas.

– Je suis pas une balance... Vous savez ce que je risque.

– Uniquement en cas de danger. Pour que tu saches, de la part de Jean-Yves, que j'existe, si tu en as besoin.

Monsieur le commissaire, super-flic, super-gentil... Tu ne peux rien pour moi, et comme d'habitude c'est à moi de m'en sortir seule. Je vais partir en Angleterre, je mettrai la mer entre mon mac et moi...

– N'envoie pas un sou en France. Même si on te menace, c'est ta seule porte de sortie.

– Je sais, mais j'ai peur...

– Parce que tu es fragile et influençable. Serre les dents, les macs ne peuvent pas grand-chose là-bas. Si tu tiens le coup... si tu trouves un type qui t'emmène ailleurs...

Si, si... Avec des si, les putes fabriquent leur avenir et leurs espoirs. Qu'est-ce que j'ai à ne plus y croire, tout à coup ? Pourquoi pas le destin de tante Marie la Jolie ? Même sous un faux nom ? Peut-être parce que je veux mon nom, justement. Le mien et pas un autre, avec ma liberté, et pas une autre. Être Maud Marin, avec un passeport. Mais ça, c'est non.

Le 16 décembre 1975, la Cour de Cassation, par trois arrêts de principe, rappelle « que le principe de l'indisponibilité de l'état des personnes, au respect duquel l'ordre public est intéressé, interdit de prendre en considération les transformations corporelles, etc. ».

La Cour me condamne au tapin à perpétuité.

Alors, vive l'Angleterre. Là-bas au moins pas d'emballage. Prostitution officielle accordée, à condition de ne pas mettre le pied sur le trottoir. Travail en flat, pub sur les murs, clients à la chaîne. Comme dit ma copine du *Claridge,* « pourvu que ta chatte tienne le coup ». C'est ça la vie, monsieur le commissaire. Merci du rendez-vous « tranquillisant ». Je tomberais bien amoureuse de vous si c'était possible, mais vous avez autre chose à faire... Je téléphonerai si j'ai trop peur, c'est promis.

– Et pas trop d'alcool !

– Promis.

Il a raison. Qu'est-ce que je cherche à noyer dans le whisky, à part moi ? Rien. Et comme je ne suis rien...

Heathrow, terminal 2. Suzy m'attend. Suzy, c'est une ancienne gagneuse, des années de maison en France, et puis le statut numéro un à Londres. L'ancienne gagneuse dirige les locations avec l'accord des macs. Une business-woman couverte de bijoux, sûre d'elle, à l'abri des intempéries, mais pas des incidents de parcours.

– Tu reprends le meilleur flat de Londres, je l'avais laissé à des Anglaises, des paresseuses, bonnes à rien. La clientèle te reviendra vite. Ici, les Françaises ont la cote.

J'entre dans un duplex grand luxe, troisième étage d'un immeuble d'une rue commerçante de Mayfair. C'est immense, tape-à-l'œil, genre nuits de Saint-Pétersbourg. Une chambre pourpre, des glaces sur les murs, un living avec divan bas et lumières voilées, et deux salles d'attente confortables. Mieux que chez le dentiste. En bas, un bouton-sonnette lumineux. C'est mon enseigne, le signe distinctif des *Happy Hookers* anglaises.

Suzy fait les comptes à cent cinquante livres de loyer par semaine, douze livres pour la bonne – c'est obligatoire d'avoir une bonne à domicile. Elle dort dans le flat et sert de portier. Les passes sont à sept livres, on ouvre de midi à deux heures du matin. Petite spécialité maso, le matériel est dans un placard.

Suzy est partie, Marguerite la bonne montre son nez. Soixante-dix ans, française, c'est la femme de ménage en titre. Elle connaît le métier.

– Maud, ça fait trop anglais. Appelez-vous Madeleine...

Surprise : je dispose d'une autre bonne, anglaise celle-là, et tout aussi obligatoire. C'est la loi. L'Angleterre veut bien tolérer la prostitution en appartement, à condition que l'on emploie la main-d'œuvre locale pour faire les vitres. La publicité est rapidement faite. Petite affiche, sur les murs, dans des cadres réservés à cet effet : *Ex-French model seeks part-time employment... Phone number...*

Première journée, dix clients, près de cent livres. C'est dur de reprendre souffle et d'« éponger » les clients.

Deuxième journée, douze... puis quinze... Je navigue entre quatre-vingts et cent quarante livres par jour. Et pas un sou au Diplomate, pas un mot à Suzy; je suis une fil-de-fériste qui tente pour la première fois l'équilibre sur un pied.

C'est Marguerite qui a décroché. Elle me tend l'appareil comme s'il allait exploser dans sa main. Le Diplomate ne hurle pas, c'est pire. Il menace avec gravité :

– J'attendais des sous.

– Écoute, j'ai repris un flat qui était tombé complètement. Suzy pourra te le dire, laisse-moi le temps. C'est dur, le tapin, ici.

– T'as voulu être une femme, tu y es ! Tu voudrais peut-être aussi des vacances ? J'attends des sous.

– Y en a pas.

– Ça, c'est toi qui le dis. Ce que je dis, moi, c'est que y a intérêt à avoir des sous. Ça urge.

– Mais pourquoi ?

– Tu verras bien.

Il a raccroché. Ce « tu verras bien » sent le mauvais coup et la menace est flagrante.

La vieille Marguerite, en plus de cinquante ans

de métier, en a entendu d'autres, mais elle ne s'y fait pas. Un coup de chiffon sur le téléphone, comme s'il était sale, et une injure :

– *Bloody pump !* Elle est dure, la vie des putes françaises, même ici.

Ce soir-là, je lui ai raconté ma vie, et elle a pleuré.

– *Bloody pump !* Vous avez raison. Plus de sous ! Je suis vieille, mais je voudrais bien voir ça...

L'émotion passée, Marguerite me fait cadeau du renseignement essentiel à ma survie :

– Les Maltais. Ici les Maltais tuent les femmes. Une femme qui n'est pas maquée, une femme qui ne paie pas, une femme qui tente de s'évader... ils tuent. Ils mettent des bombes dans les flats. Une fois ils se sont même trompés de femme et d'appartement.

Mourir brûlée. Partir dans une explosion, écartelée, déchiquetée... J'en fais des cauchemars. Je surveille les abords de l'immeuble. Me voilà paranoïaque. J'ai beau me dire que le Diplomate n'a rien à voir avec les Maltais, que son circuit est français, qu'il est loin, coincé par sa traque personnelle... J'ai beau avaler le whisky destructeur pour oublier, j'y pense même pendant que je compte les clients. Six pour les frais du flat et le personnel, le reste pour moi. Bizarre, j'ai besoin de voir ma mère. Je lui ai écrit, je lui ai envoyé de l'argent, je lui ai raconté mes peurs, mon travail. Je veux voir ma mère. Je veux reprendre contact avec la réalité, hors du tourbillon des passes et de cette prison anglaise où je perds le peu de santé qui me reste à flageller des gentlemen et à gâcher mon corps avec des passants pressés. Toujours pas d'amour. Je ne le trouverai pas ici, en maison close, à faire du rendement.

– Maman ?

Elle vieillit à petits coups, à petites rides, à petite retraite. Elle n'a plus son air Banque de France. C'est une dame du troisième âge qui ne demande qu'à voyager, à profiter de vacances inattendues.

– Tu n'as pas bonne mine !

Elle ne parle plus de mes cotillons, mais de ma « mine ». Je l'installe dans un hôtel, chic, irréprochable, je la promène, je dis que la vie est dure. Elle veut savoir où j'habite. Il me semble qu'elle est enfin de mon côté, qu'elle a compris, pris conscience du métier que je fais et de ma volonté nouvelle de m'en sortir. Il me semble...

Midi. Nous montons ensemble les soixante-neuf marches qui mènent à mon flat de luxe. Pour la première fois, je les monte avec ma mère. Ça fait drôle. Drôle de la présenter à Marguerite, drôle de lui faire faire le tour du propriétaire. Les salles d'attente, le living, la cuisine...

– Et ta chambre ?

Il faut montrer la chambre aussi. Aucun commentaire. Marguerite l'entraîne déjà dans la cuisine; elles vont papoter, prendre le thé, tandis que la vie continue, que les hommes grimpent les uns après les autres les soixante-neuf marches, que la bonne anglaise les fait patienter, que j'ouvre et referme le placard aux masos, ouvre et referme ma robe de travail. Elle dîne dans la cuisine avec Marguerite. De quoi parlent-elles ? Je ne peux plus : je ferme. Plus tôt que d'habitude. J'ai à peine fait mes frais, mais tant pis.

– Je te raccompagne, maman ? J'appelle un taxi.

Je ne sais pas pourquoi j'ai mis cet imperméable gris et ce foulard sur ma tête. Pourquoi j'ai retiré le rouge à lèvres et arraché les faux cils. Depuis midi elle m'a vue en tenue de travail, qu'a-t-elle à faire d'une fille anonyme à minuit passé ?

– Tu as bien dîné ? Marguerite a été gentille, non ?

– Très gentille. Je lui ai demandé de veiller sur toi. C'est une brave femme.

Ma mère pleure devant la porte numéro 42 d'une chambre d'hôtel bourgeois qui m'a coûté le prix de plusieurs passes.

– Maman ?...
– Va te coucher...

Rien à dire. Elle pleure, c'est tout. Et je vais rentrer dans mon flat en rasant les murs.

God save la pute de France, dans sa prison d'Angleterre. Pauvre maman, elle a enfin compris. Elle croyait que je m'amusais. Que je « faisais la vie », comme on dit à la Banque de France.

– Maman ?...
– Va...

Elle ne l'a pas dit, mais dans ma tête j'ai entendu : « Va... ma fille. »

À Londres, une Française a toujours vingt-cinq ans. Pas plus. À Londres, les clients sont toujours polis. Fétichistes de la culotte en caoutchouc, mais polis.

– *Sixty nine*... Je les ai comptées jusqu'ici.

Soixante-neuf marches. Le micheton est essoufflé mais galant. Il offre le champagne, mais il sniffe de l'amyle. Une saleté d'ampoule qu'il a cassée et qui diffuse de l'irrespirable. Ça leur plaît, c'est à la mode; on dit que cela donne un choc au cœur et que cela permet de jouir à la limite de l'impuissance.

Moi, j'étouffe. La chaleur de cet été 76, et cette dégueulasserie en plus... Je bois – whisky, champagne, au gré de la clientèle, c'est ma drogue insidieuse et professionnelle, pour le courage et pour la peur qui rôde.

En France, les hommes s'énervent. Suzy elle-même est secouée. Ils « veulent des sous », ils veulent la comptée. Et j'ai ma part : le Diplomate est pendu au téléphone, enragé :

– Quand je viendrai à Londres, je veux des sous...
– Le business marche mal.
– Fais attention à ce que tu fais, la grande, hein ? Fais attention... Tu connais l'histoire des deux putes en taule ? Je vais te la dire. Y en a une qui demande à l'autre « Combien ça fait deux et deux ? – Quatre,

elle répond, l'autre. – T'en sais trop, tu es morte. » Compris ?

Les voyous font volontiers de l'humour noir et approximatif, mais les messages sont clairs. « Fais attention à ce que tu fais », cela veut dire : un jour ou l'autre on cherchera à t'éliminer.

Il me revenait soudain une logique que j'avais perdue durant toutes ces années d'esclavage. J'étais victime d'une exploitation pure et simple. Compte tenu des frais professionnels, il ne me restait guère d'argent. Pourtant, je n'étais pas une mauvaise prostituée. Or les macs, et le mien comme les autres, réclamaient beaucoup plus aux filles. Le principe étant de les endetter en permanence. C'était là leur force, aux hommes, leur manière de nous tenir. Pas question de prendre un jour de repos, il fallait assurer, au risque de tomber malade et de se retrouver, comme moi, chez un gynécologue, pliée de douleur et le teint gris. La peur au ventre, le mal au ventre, pour une fille aussi fragile que moi, c'était le désastre à brève échéance. D'ailleurs je m'effondrais nerveusement de plus en plus.

Dernière erreur, je prends une remplaçante pour pouvoir « récupérer » quelques jours. Elle ne fait pas les frais, je dois rentrer immédiatement et rembourser ce qu'elle n'a pas gagné. Suzy veut me ronger la viande sur l'os. Elle doit des comptes, je dois des comptes, j'en ai marre des comptes, et pour la première fois je me mets en colère. J'envoie Suzy sur les roses, les macs sur les épines, je le dis, à bout de nerfs. Je dis même que si l'on m'emmerde trop, je ferai jouer des relations à Paris...

La vieille Marguerite hoche la tête, dans sa cuisine où elle s'efforce de nous faire « manger français ».

– C'est l'Angleterre ici, Maud. Et l'Angleterre, c'est l'Angleterre. Tu n'en sortiras pas vivante si tu continues à parler comme ça...

– Les Maltais, c'est ça ? Le Diplomate n'a rien à voir avec eux !

On ne sait jamais... Ce genre de réflexion fait d'abord le petit tour (celui des filles) puis le grand tour (celui des macs)... Ce flat ne peut marcher qu'avec une Française, c'est une spécialité, toute la publicité est basée là-dessus. Ils ne te lâcheront pas et tu ne peux pas lâcher.

Samedi matin. Je fais des courses. Une silhouette connue dans mon dos. Je cherche dans ma mémoire : c'est un petit voyou anglais, je le connais de vue, seulement de vue... Je crois qu'il sert de courrier dans l'entourage de Suzy, je ne suis pas sûre... Ce que je sais, c'est qu'il me suit.

L'après-midi, il est toujours là, en bas du flat, à surveiller. Marguerite marmonne :

– Les turbins, ma fille, ça se prépare toujours le dimanche...

Entre deux clients, je surveille la rue. Le voyou vient de passer la garde à deux types inconnus. Petits, râblés, le teint mat, les cheveux frisés, lustrés de brillantine – les Maltais... C'est donc pour demain. On me préparait un turbin, mais lequel ? D'abord m'empêcher de sortir du flat, et ensuite ? Est-ce qu'ils allaient mettre une bombe ? Est-ce qu'ils allaient forcer la porte et me buter ?

Ou bien me coincer et m'envoyer quelque part, dans une maison d'où je ne sortirai jamais, ces maisons de punition où l'on est condamnée au tapin à la chaîne...

Soir d'angoisse. Je le passe à surveiller le trottoir et à réfléchir. Ma tête explose. L'alcool ne calme rien du tout, ils sont là, ils se promènent, se remplacent; j'ai même repéré la voiture où ils se réfugient pour dormir un peu, à tour de rôle. Cette peur affreuse qui me tord l'estomac me donne au téléphone une voix de vieille femme. J'ai appelé Suzy.

– Je ne veux pas qu'on me force à me prostituer... je ne veux pas.

– Mais personne ne te force, qu'est-ce qu'il y a ?

– Ils sont en bas depuis ce matin. Je veux partir, Suzy, je veux rentrer en France, changer de vie. Je peux être avocate, pas une putain de troisième zone qui travaille à la chaîne ! Ils vont me tuer si je reste…

– Alors tire-toi, mais vite !

– Tu le dis sincèrement ?

– Maud, je sais pas d'où il vient, ce turbin, on ne nous met pas au courant, même moi, et je suis à l'amende. J'en ai autant marre que toi, seulement moi je ne peux même pas prendre le risque… Vas-y, tire-toi, s'il est encore temps.

Elle a raccroché. C'est la première fois qu'elle me parle comme ça. Et la peur s'amplifie. Elle a dit : « Tire-toi, s'il est encore temps… » Mais comment ? Je ne pourrai pas, c'est foutu, je vais mourir… C'est la nuit la plus dure de ma vie de prostituée. Plus rien à faire qu'à crever. Me suicider avant qu'ils montent, avant que la bombe explose. Je ne passerai pas la journée du dimanche…

Réfléchir, penser, examiner la situation avec logique et lucidité. Assieds-toi, Maud. Par terre, le dos au mur, la tête sur les genoux. Comme au temps des révisions d'examens, quand tu voulais faire marcher ta mémoire et ton intelligence. Au temps où tu étais encore étudiant en droit. Oublie que tu es une pute terrorisée, fatiguée, dans une chambre de pute quelque part à Londres. Examine ton cas froidement. Tu croyais aimer ce métier et jouer le grand jeu des corps ? Tu avais des amies femmes, tu as pu vivre en femme, avec un corps de femme ? Mais la réalité est là, devant toi, dans le miroir tarabiscoté, une femme sur un lit pourpre. Comment as-tu fait pour te retrouver dans un tel merdier ?

On ne refuse pas de payer le Diplomate et sa bande, quand on est dans ta situation. Ils ont tous les atouts. Ils peuvent te supprimer sans aucun risque, tu n'existes pas officiellement. Le voilà, l'essentiel de ta peur. Tu viens de comprendre que tu n'existais pas officiellement. Ce sont eux qui t'ont permis d'être ici et d'y travailler. Ce sont eux qui t'ont fourni un nom, une carte d'identité et un bordel à faire fonctionner. Ils attendent leur fric en retour. Et qu'est-ce que tu as fait ? Tu leur as fait le numéro de la pute émancipée. Tu as cru que l'Angleterre t'isolerait suffisamment pour résister. Qu'ils renonceraient à aborder ton île.

Mais les Maltais sont en bas. Les Maltais sont les bras de la pieuvre lancée par-dessus la Manche. Tu as voulu la guerre, ils sont prêts. Où sont tes armes ?

Il y a quelque chose qu'ils ne savent pas. Quelque chose d'exceptionnel, pour une pute de ton acabit. Tu connais deux flics. Un flic copain d'enfance, un autre qui a promis de te protéger si tu étais en danger. Est-ce un avantage ? Réfléchis bien. Si tu fais appel à eux, et si la chose se fait, Maud sera une « balance ». Personne ne croira qu'un travelo soit suffisamment copine avec un grand flic sans se poser de questions. Si le Diplomate apprend ça, où que tu ailles, Maud, tu n'auras jamais le dos en paix. Tu te retourneras sur tous les dangers possibles, tu auras peur du bruit de tes pas dans la rue, peur d'ouvrir une porte, peur de toutes les ombres. La même peur qu'en ce moment. Alors pourquoi ne pas tenter le coup ? Appelle le super-flic, Maud. La trouille t'empêche d'évaluer les risques ? Mais ils sont partout, les risques. D'un côté les Maltais et la bande du Diplomate. De l'autre ce téléphone, avec ce numéro. C'est ta seule chance. Après tout, si tu ne balances personne, il n'arrivera rien à personne, et on finira par t'oublier chez les truands... peut-être.

Sinon... tu n'as qu'à avaler un tube de saloperie pour dormir et ne plus te réveiller, jamais. Mais tu ne le feras pas. Tu as toutes les trouilles, Maud. Celle de te suicider est aussi forte que la menace de sauter dans ton flat avec une bombe, ou d'être battue à mort au fond d'une voiture. Est-ce que tu as déjà pensé à ton cadavre ? Est-ce que tu t'imagines cadavre, abandonnée sur un terrain vague ou sur ce lit de pute ? Ou sur un chariot de médecin légiste à la morgue...

Appelle ce flic et sauve ta peau, il t'aidera à sortir d'ici... Impossible. Comment pourrait-il faire sans ameuter les Maltais, sans que le Diplomate soit mis au courant dans les minutes qui suivent ? Enfin, qu'est-ce que tu crois, Maud ? Que ce flic va sauter dans un avion comme James Bond pour venir te chercher ? Il se fout de toi comme de sa première chemise. Tu ne l'intéresses pas, tu n'as rien à lui apporter... Tu n'es que l'amie d'enfance d'un autre flic... ça ne suffit pas comme échange. D'ailleurs il ne te croira pas. Les flics ne croient jamais les putes qui ont peur de mourir. Ils voient les choses différemment. Que les hommes se tuent entre eux, d'accord. Mais une pute ne vaut pas le risque d'être descendue, selon eux.

Moi je sais que, pour l'exemple, il en tombe quelques-unes. Et je ferais un bon exemple pour le Diplomate. Ce réseau en Angleterre est bien trop important pour qu'il me laisse le mettre en danger. C'est aussi simple. Or je l'ai mis en danger, avec mes idées d'indépendance. Parce que je suis connue, et que je n'ai pas réalisé l'importance de l'enjeu, donc la gravité de mon attitude. Je ne peux pas tout dire à ce flic. Je ne peux pas lui expliquer ce qui se passe vraiment. Ce serait lui balancer une information dont il voudra se servir... et moi, je ne survivrais pas longtemps. En admettant que j'arrive à quitter l'Angleterre sans une protection quelconque, et avec beaucoup de chance, je serais condamnée à court terme.

Mon cerveau refuse de réfléchir plus longtemps. La lucidité m'a ramenée à la peur, et la peur brouille tout à nouveau... Parler à quelqu'un, décrocher cette saloperie de téléphone... Le commissaire Philippe G. m'écoute chialer dans le téléphone. Il est surpris. J'ai dû passer par je ne sais combien de flics soupçonneux avant que l'un se résigne à me passer son bureau. Je dérange. Il a la voix de quelqu'un d'occupé. Il hésite à me reconnaître, puis me demande de le rappeler dans cinq minutes à un autre numéro. Cinq minutes... Pour lui, c'est une formule. Pour moi, c'est de l'hystérie. Le simple fait d'avoir pris ce téléphone et composé ce numéro m'a mise en transe. Je ne peux plus, et ne veux plus reculer. En bas, il y a toujours cette voiture, avec d'autres types aux cheveux frisés. Je transpire de peur. Je n'arrive même plus à déglutir. L'alcool me donne la nausée... Cinq minutes. Je les compte, je suis l'aiguille à mon poignet... Je respire mal, je m'accorde trente secondes de courage supplémentaire.

– Allô ?

Il est calme. Il ne comprend pas très bien ce que je dis, ni ce que je veux. Il ne se met à hurler que lorsque je parle de suicide. Puis il se calme à nouveau et me parle comme à une gosse. Pour lui, je dois être une malade mentale. Il ne se souvient plus de ce que je lui ai raconté, sur moi. Il a en tête les paroles de Jean-Yves, gentille version officielle : j'étais jadis un « type bien » qui a mal tourné dans des histoires de sexe. Je suis devenue une épave... Bon. Qu'est-ce qui se passe ? C'est quoi cette histoire de Maltais ? J'ai dit que je ne donnerais plus un sou. J'ai dit que je voulais quitter le flat... je ne veux plus faire la pute, alors ils les ont envoyés.

– Qui ça, ils ?

– Je ne sais pas. Mais la dernière fois qu'ils ont fait ça à une fille, elle a sauté avec une bombe incendiaire.

– Écoute...

Il me tutoie. Il me rassure. Selon lui, c'est de l'esbroufe. Maltais ou pas, on a voulu m'impressionner. Et en attendant, je n'ai qu'à boucler ma porte.

– Elle est blindée.

– Alors mets la clé de travers pour bloquer la

serrure. Et demain matin, tire-toi. Fais savoir que tu prends l'avion, et saute dans le train, et le bateau.

– Mais s'ils forcent la porte cette nuit ?

– Calme-toi, on ne force pas la porte d'une pute parce qu'elle a un peu refusé de donner son fric...

– Si ! Bien sûr. Sinon ils n'auraient pas envoyé les Maltais...

– Je ne peux pas en dire plus.

Et il ne pose pas de questions non plus. C'est un drôle de statu quo. Et un drôle de silence aussi. Enfin il se décide :

– Écoute, je ne sais pas si ça te concerne vraiment et si tu es dans ce circuit, mais si c'est le cas... « ils » sont trop occupés en ce moment pour te faire des misères...

– Qui ? Qu'est-ce qui se passe ?

– Écoute-moi. Réponds à une seule question. Ton mac, c'est le Diplomate ?

– Oui.

Je suis foutue, je suis une balance, je suis tombée dans le piège... mais la suite me coupe le souffle.

– Il s'est passé des choses dans le milieu, cette fois-ci. Tu verras ça dans les journaux en arrivant en France. Pour l'instant, c'est la débandade, les voyous se tirent comme des moineaux. Ils ne pensent plus à toi, fais-moi confiance... Tu peux rentrer en France. C'est même le meilleur moment pour réapparaître.

J'ai compris. Ils ont déclenché la guerre, et le Diplomate est dans le coup, d'une manière ou d'une autre. Je ne risque pas de le voir débarquer en Angleterre. Je comprends mieux maintenant pourquoi il s'est contenté de menacer au téléphone.

Mais le turbin lancé contre moi en Angleterre ne va pas s'arrêter pour autant. Les Maltais sont chargés d'un boulot, ils vont le faire – guerre ou pas.

– Je te répète, me dit patiemment Philippe, que c'est de l'esbroufe classique. C'est du local.

– Et s'ils forcent ma porte cette nuit ?

– Appelle la police anglaise. Invente une histoire, fais-toi embarquer et débrouille-toi pour me joindre.

– Ils sont en bas, ils ne me lâchent pas. Je ne pourrai jamais sortir demain matin. Jamais...

– Puisque je te dis qu'il n'y a pas de danger. Ils ne prendront pas le risque en ce moment... ils sont pas fous...

– En France peut-être, mais ici... les deux petits tueurs me guettent depuis ce matin; ils ne sont au courant de rien, juste du turbin qu'on leur a demandé. Et c'est moi, le turbin.

– Ils ne te tueront pas !

– C'est vous qui le dites. D'accord, ils ne me tueront peut-être pas. Mais ils peuvent me battre, me torturer, et moi je peux en mourir. Je ne peux plus encaisser... je ne peux plus... Si je ne pars pas demain, s'ils me coincent, c'est foutu, foutu... vous ne comprenez donc pas ? Que mon mac soit occupé ailleurs ou non. Ceux d'ici me coinceront. Une des filles me l'a dit : « Ils sont sans pitié en ce moment. » Vous savez ce que ça veut dire dans le métier ? Je préférerais un suicide que de tomber dans leurs pattes.

– D'accord, je m'en occupe.

– Comment ? Qu'est-ce que vous allez faire ? Si vous mettez les flics anglais au courant, ce sera fini pour moi !

– Calme-toi. Lundi matin, il n'y aura plus de voiture, plus de Maltais, la voie libre. D'accord ?

Je m'en fous. Je ne veux pas savoir comment il va s'y prendre, ni pourquoi il fait ça. Je veux continuer de croire que l'amitié de Jean-Yves est suffisante. Elle doit l'être pour que ce flic me fasse une fleur, sans compensation. Il le répète.

– Ne t'occupe de rien d'autre que de ta petite mise en scène. Dis aux copines que tu prends l'avion, et barre-toi par le train et le bateau. Ne va pas à Paris, planque-toi quelque part. Chez ta mère, c'est possible ?

– Oui.
– En province ?
– Oui…
– Je ne veux pas savoir où. Téléphone-moi juste pour me dire que tu t'en es sortie. Ne remets pas les pieds à Paris avant longtemps. Ça va aller ?
– C'est dimanche, demain. J'ai peur… Le dimanche, c'est le jour des turbins, toutes les filles le savent.
– Tu ne sors pas. Tu ne mets pas le nez à la fenêtre, ils ne tenteront rien chez toi. Lundi matin, au petit jour, tu te barres, ils ne seront plus là… c'est d'accord ? Je m'en occupe.
– Mais…
– Fais-moi confiance, merde ! Ça se passera bien. T'auras pas d'ennuis.

Faire confiance à un flic… me voilà déjà dans l'autre monde, l'ancien. Il a raccroché. Qu'est-ce qui s'est passé en France ? Pourquoi aurais-je la chance de filer ? Je n'ai jamais eu de chance… Pour en avoir en ce moment, il faudrait que toute la bande du Diplomate se soit évaporée… Et pour que ces Maltais disparaissent, il faudrait que l'amitié de Jean-Yves et son pouvoir aillent jusqu'en Angleterre. Pour rien, juste pour moi, juste pour que le copain d'enfance sorte du trottoir, qu'il redevienne un être normal.

– Maman ?
– Tu sais l'heure qu'il est ? Cinq heures du matin !
– Maman, c'est grave : est-ce que je peux revenir à la maison ?
– Quand ?
– Je ne sais pas quand j'arriverai… Dans la soirée de lundi…
– Qu'est-ce qu'il y a, tu es malade ?
– Je cours trop de risques, maman. Je veux quitter le tapin. Je veux rentrer à la maison.

Je l'entends respirer. Elle ne doit pas très bien

comprendre. Elle croyait que j'aimais « cette vie-là », comme elle disait. Et moi aussi je le croyais.

– J'ai peur pour ma peau, maman... C'est allé trop loin, je ne savais pas que c'était si dangereux...

– Viens.

C'est moi qui raccroche. Je ne veux pas lui en dire plus. Elle ignore ce que « turbin » veut dire. Elle doit comprendre à l'instinct, sans savoir exactement, que je cours un danger réel. Je suis son enfant. Alors elle a dit : « Viens. » J'ai une mère.

Long dimanche. Mon dimanche maltais que je n'oublierai pas. Prisonnière en haut des soixante-neuf marches, toute cette journée sans clients. Je compte les minutes, j'interprète tous les bruits, je fais ma valise, j'évite de me montrer à la fenêtre, d'ouvrir la fenêtre. Chaque bruit dans l'escalier, chaque porte qui claque, et le cœur qui saute. Je suis à bout. Marguerite n'est pas là, c'est son jour de congé, le dimanche, et celui de la bonne anglaise. Rien, ou presque, ne se passe en Angleterre le dimanche.

Seule au troisième étage, dans cette chambre pourpre où les glaces me renvoient dix fois mon image. Gueule de déterrée, yeux cernés, un tic nerveux à la bouche, je ne suis plus qu'une pauvre chose recroquevillée, voûtée de peur. La mort. J'aurais peut-être le courage de me l'offrir moi-même, en douceur. Mais la mort que donnent les autres, la mort violente, affreuse...

Pour la centième fois la question me revient : comment as-tu fait pour te mettre dans un tel merdier ? Tu n'es pourtant pas stupide, tu as fait des études, tu pourrais être avocate ! Toutes les putains n'ont pas ce privilège... Tu voulais l'amour ? Tu as eu droit à une histoire avortée, dont il ne reste qu'un souvenir fragile, quelques lettres, une photo et un billet de cent dollars jamais dépensé. Quelques soirées où tu t'es prise pour une star, parce qu'un micheton t'ouvrait la portière d'une

Mercedes ou d'une Alfa-Romeo, parce que tu étais belle, désirée, que tu sentais les regards des hommes, en traversant une salle de restaurant huppé.

Clinquant, strass, pacotille, fausses amours d'un soir... La réalité est tout autre. La réalité, c'est ton sexe fragile, qui a besoin de baume, de gel, pour affronter dix clients par jour. La réalité, c'est l'alcool qui t'a bouffi les yeux, les nuits porteuses d'anémie, et maintenant la trouille qui te tord les tripes, avec cette valise devant toi et la nuit qui est tombée sur Londres. La réalité, c'est cette nuit que tu la vis vraiment : la mort ou la fuite.

Je voudrais parler à quelqu'un, à n'importe qui. Mais j'ai peur de toucher au téléphone. Honte de réveiller les autres, là-bas en France; que ce soit ce flic ou ma mère, ils m'ont dit ce qu'ils avaient à me dire. Peut-être me croient-ils folle ? Ils ne sont pas là pour voir les ombres qui rôdent en bas. Ma mère ne peut même pas imaginer ce que « Maltais » veut dire... Quant au commissaire, il ne croit pas que l'on tue comme ça. Il croit au chantage, à la peur et à la nécessité de fuir. Pourvu qu'il ait raison ! Pourvu que l'aube se lève sur un trottoir désert. Pourvu que je puisse descendre les soixante-neuf marches, pour la dernière fois. Pourvu qu'une ombre invisible ne me saute pas à la gorge, ne me pousse pas dans une voiture... Pourvu que Maud ne disparaisse pas dans le néant des putes.

Marguerite me réveille en sursaut. J'ai dormi sur ma peur, tout habillée, la valise à mes pieds, comme dans une salle d'attente.

– Vous pouvez sortir, y a plus personne.

– Vous êtes sûre ?

– J'ai l'habitude. Dépêchez-vous.

Elle tend sa vieille main ridée pour la dernière semaine de gages et me remercie en souriant d'une grimace. Je comprends qu'à ma place d'autres se seraient tirés sans la payer.

À mon tour de compter les marches. Vingt-trois par étage. L'immeuble est silencieux, désert, je ne croise âme qui vive, seuls le bruit de mes talons et mon souffle court.

Je suis sur le palier, la rue est vide, à part une femme avec son cabas et un cycliste qui passe...

Dans le taxi jusqu'à Victoria Station, la nuque raide. Je me détends enfin dans le compartiment du train, l'estomac creux de n'avoir rien avalé depuis quarante-huit heures, à part de l'alcool.

Le douanier de Douvres a une tête de cocker.

– Bon voyage, madame Berkeley !...

Soleil sur la falaise, soleil blanc, la tête me tourne. J'ai épluché les journaux français sur le bateau. L'affaire n'est déjà plus en première page mais j'ai compris ce que voulait dire le commissaire G.

Monsieur Pierrot a été descendu dans un parking. Deux hommes en cagoule, deux 11.43, deux tirs croisés, la seconde balle dans l'oreille.

Il a pris deux balles dans le corps avant de tomber. Il n'a pas eu le temps de se servir de son arme. Il revenait de vacances avec sa « femme ». Elle est dans le coma. Dans le coffre de cette voiture de vacances, les flics ont trouvé du plastic – une trentaine de pains – et quinze détonateurs...

Monsieur Pierrot était un chef, qui jusque-là ne craignait pas les porte-flingue et les tueurs à gages. Il y a eu un contrat sur lui. Et la guerre n'est pas finie. Une guerre au plastic, ce qui n'est pas dans les habitudes du milieu...

Deux groupes s'affrontent et un nouveau chef doit en sortir. Le partage de Paris est en jeu et le Diplomate n'avance pas pour le moment une quelconque diplomatie. Il doit cavaler comme les autres, chercher des planques, des relations, des alliances... Voilà pourquoi je peux passer provisoirement inaperçue... C'est la chance, enfin... La seule, l'unique qui m'est offerte. Un temps précieux pendant lequel les macs et les chefs de gang seront bien trop occupés à se tirer dans les pattes et à louvoyer entre les flics pour s'occuper d'une petite pute en cavale.

Je l'ai échappé belle. Et voilà pourquoi le commissaire G. m'a aidée à m'en sortir. Voilà pourquoi il ne m'a rien demandé. Parce que tout ça me passe au-dessus de la tête.

C'est drôle. Avec la peur, je me donnais de l'importance, je vivais dangereusement, j'étais une aventurière, presque quelqu'un. Et en réalité, je n'étais rien.

J'ai failli mourir en pute héroïque, mais failli seulement, alors que ce n'était plus nécessaire; en tout cas, sûrement pas de premier plan pour le Diplomate. Au contraire. Le moins de vagues possible. Et je ne saurai jamais si les Maltais ont laissé tomber d'eux-mêmes, sachant ce que j'ignorais. Ou si une intervention occulte les a fait filer à temps.

À Calais, l'horloge marque dix-neuf heures.

À la gare d'Austerlitz il est vingt-deux heures trente, j'ai attrapé de justesse le train de nuit.

Six heures du matin, aube frileuse de la gare de Brive. Tout est confus dans ma tête, je n'ai pas dormi, j'ai mal à l'épaule de ma valise trop lourde.

– Maman !

J'ai frappé à la porte en appelant ma mère, comme une gosse égarée... Je pleure. Je n'arrive à dire qu'une chose :

– Ils ont failli me tuer, maman...

Elle voit. Elle croit mon visage, mon regard fou de fatigue et de terreur. Je m'endors avec des comprimés, comme une souche. Ici les draps ont une odeur de calme, une propreté d'antan, une douceur d'enfance. De vrais draps faits pour le sommeil, l'oubli sans cauchemars. Même provisoire.

J'ai téléphoné au commissaire G. dans la journée.

– Tu as été trop légère, tu les as menacés. Ils t'ont préparé un turbin, c'était inévitable.

– Je reviens de loin ?

– Sûrement. Ne bouge plus. Ne te montre pas à Paris, n'écris à personne, ne vois personne. Deux mois de silence au moins, compris ?

Des semaines à pleurer, des vertiges, des cauchemars, des calmants... Maud a du mal à reprendre conscience. J'ai peur d'être devenue folle, je ne suis plus la même. Là-bas je vivais en parallèle, superficiellement, presque comme un robot. Ici, près de ma mère, dans les meubles que je connais, dans mon lit d'avant, je vacille et me cherche...

Ma mère, elle, a retrouvé son calme. Quelques jours après mon retour, elle fait le point de ma situation. En ex-comptable.

– C'est tout ce que tu as comme argent ? Eh bien, moi qui croyais que dans ce métier-là...

– Dans ce métier-là, maman, il y a des gens pour tout nous prendre...

– Moi, si j'avais vécu dans ce monde, j'aurais fait autrement !

Ma mère aurait été Banque de France dans n'importe quel métier... Et moi, de cinq mois d'économies de tapin, c'est tout ce qu'il me reste. J'ai perdu des plumes à Neuilly, où je ne pourrai plus remettre les pieds, perdu des plumes à Londres, car je n'ai pas pu tout emporter.

– Qu'est-ce que tu vas faire maintenant ?

– Un procès à l'État. Ça prendra du temps, mais c'est ma seule façon de m'en sortir, de recommencer à vivre. Je veux une rectification de l'état civil...

– Tu vas te battre contre des moulins à vent ! Pourquoi t'acharner ? C'est une chose que l'on n'accorde à personne, et tu le sais !

– Justement ! Il faut que ça change.

– Ça durera des années ! Et de quoi vivras-tu pendant ce temps ?

– J'irai voir les organismes qui s'occupent de la réinsertion des prostituées.

Silence. Elle détourne la tête. Je devine ce qu'elle pense. Elle pense que l'être qu'elle a mis au monde un triste jour de 1945 n'est pas une prostituée comme les autres. Elle a raison. Elle pense que la réinsertion, on en parle beaucoup, mais qu'il y a peu d'élues. Elle a aussi raison.

Mais je dois y croire. Sinon je n'ai plus rien, plus de but, plus de raison d'être.

Je vais prêter serment, pour moi toute seule, en ce mois de septembre 1976 : je jure d'abandonner la prostitution définitivement. Je jure de recommencer mes études et de réussir le dernier certificat de droit qui me fera avocate. Je jure d'engager le combat contre l'État pour obtenir l'identité de sexe féminin, à laquelle j'ai droit depuis trente et un ans !

Je jure que je ne céderai pas.

Ma mère accepte le serment :

– Alors secoue-toi. Cesse de trembler et de te réfugier dans ta déprime... Si tu veux ce procès, vas-y ! Ne compte pas sur le Saint-Esprit !

Le Saint-Esprit, je ferai pourtant sa connaissance. Sur le chemin de la réinsertion, on rencontre tout, de tout... même les porteurs de Saint-Esprit.

13

Cette dame se sent « interpellée » par mon problème. Elle a soixante-dix ans, veuve d'officier de haut grade, elle en a gardé le col raide et une gentillesse qui ne l'est pas moins.

Me voilà au cœur de l'administration qui veut avoir un cœur, entre les mains des « associations contre la traite des femmes ». Ce monsieur, qui est président de je ne sais plus quoi, a soixante-quinze ans. Il a voué sa vie à la lutte contre le proxénétisme, depuis qu'il a été incarcéré au Maroc pendant la guerre en même temps qu'un « souteneur ».

– Mon petit, vous allez réapprendre la liberté, sachez que vous n'êtes plus seule.

Et l'on me dirige sur les bonnes œuvres, après m'avoir proposé selon le vœu du procureur de prendre provisoirement un prénom neutre. Dominique ou Marie ? Marie serait du meilleur effet, devant le tribunal de Rouen. Une première étape avant le grand procès sur mon sexe définitif...

Il est brave, ce vieillard; il est intervenu auprès du procureur lui-même, il me propose l'aide d'une armée de prêtres. Rouen est une place forte où il faut bien un prêtre pour espérer être entendue.

Je ne veux pas m'appeler Marie. Je suis Maud, je veux me battre en Maud.

– Ne vous énervez pas...

– Je ne m'énerve pas, mais je ne veux pas de concessions.

– Savez-vous que le prénom de Marie, sacré s'il en est, peut légalement être attribué à un garçon ou à une fille ? Cela vous faciliterait les choses, mon enfant...

– Maud.

– Il vous faudra également un expert agréé par le tribunal...

– Je me méfie des experts, j'ai déjà donné pour l'armée. Je me battrai avec des médecins qui connaissent le problème.

– Un expert est assermenté !

– Assermenté ne veut pas dire compétent sur un cas aussi rare que le mien. Si ça se trouve, votre expert n'a jamais vu une transsexuelle de toute sa vie !

– Ne vous fâchez pas... Comprenez qu'il y a des psychopathes dans ce genre d'affaires, qui veulent abuser les tribunaux... À ce propos il vous faut un avocat, et notre organisme n'en a pas à Rouen. Je vous recommande de choisir un Rouennais qui aura l'oreille du tribunal. Vous avez droit à l'aide judiciaire d'ailleurs.

L'aide judiciaire, un avocat débutant, pourquoi pas un stagiaire ? Je ne suis pas en train de plaider une histoire de clôture et de bornage sur un chemin vicinal... C'est ma vie, ma peau que je défends. Et que je vais défendre là où je suis née, à Rouen. Si je ne fais pas de fracas, si je ne trouve pas quelqu'un pour se battre avec moi publiquement, autant monter tout de suite sur le bûcher.

– J'ai choisi Gisèle Halimi.

– Vous voulez brandir votre procès comme l'étendard de la révolte ? C'est le plus sûr moyen d'échouer.

– Je n'ai pas le droit d'échouer, monsieur, et plus rien à perdre. J'ai le milieu aux fesses; si je perds, il ne me reste que la prostitution. Vous avez autre chose à m'offrir pour l'instant ?

– Ne vous énervez pas... Mais je crois qu'une politisation du procès...

Je remercie. Je m'en vais. Politisation ou pas, je m'en fous. Je brûle mes dernières cartouches de patience. Je suis arrivée à Paris en novembre, je rase les murs et je compte mes économies. Ma mère a promis de m'aider. Mon père, du fond de son trou de malade, va demander au juge des tutelles qui gère sa retraite de m'octroyer un pécule. Pauvre père, en prison dans sa tête depuis tant d'années, tellement drogué de médicaments qu'il ne sait plus ce que c'est que de boire un verre d'eau sans pilule rose ou bleue, qu'il n'a pas vu ses enfants depuis des lunes : un fils handicapé mental, enfermé comme lui, un autre disparu quelque part en Europe, sortant de ses problèmes de drogue. Et moi, le fils raté, la transsexuelle en bataille, l'ex-prostituée qui réclame justice !

Je pars à la chasse des certificats médicaux. Je me plonge dans la littérature juridique sur le sujet. Mon sujet. Je raconte ma vie à X, à Y, à Z.

Le professeur B., à l'hôpital Fernand-Widal, est prêt à m'aider, mais il connaît la musique. Depuis le scandale de Coccinelle, le Conseil de l'Ordre des médecins est intervenu auprès du ministre de la Justice, afin qu'un tribunal ne puisse accorder une rectification d'état civil que dans un cas unique et précis : qu'il soit prouvé par une expertise tripartite qu'il y a eu erreur sur le sexe initialement.

Cela exclut les gens comme moi au départ. Même mal formé, mon sexe était masculin; de plus je l'ai fait disparaître, ce qui peut m'exposer à des poursuites pénales...

Le professeur B. fait partie d'un groupe de médecins décidés à se battre pour annuler cette décision qui relevait de l'Académie de Médecine et non de la justice. Mais cela prendra des années, selon lui. La grande majorité de ses confrères ne partage pas ses opinions.

– Alors, on n'en sortira jamais ? Comment je vais vivre si ça prend des années ?

– Vous êtes peut-être celle qui fera changer les choses. Je vous aiderai et j'aiderai votre avocate.

Espoir, saloperie d'espoir, ne me lâche pas, s'il te plaît. Raconte ta vie, Maud, tu as convaincu une grande avocate, une battante comme on dit, tu peux et dois faire mieux encore. Rassemble toute la documentation sur ton cas, toute la jurisprudence, passe par tous les tests et tous les examens.

Première épreuve importante : deux jours à l'hôpital, pour la détermination du caryotype.

Qu'est-ce qu'un caryotype ? Vous, moi, nous tous, nous ne sommes que des caryotypes ambulants à formule définissable. Nous avons tous, hommes, femmes, vingt-trois paires de chromosomes. Et seule la vingt-troisième fait la différence : un XY pour les hommes, un XX pour les femmes. Ça a l'air simple. Mais dès qu'on fouille un peu dans les cas particuliers...

Suis-je pseudo-hermaphrodite ? Intersexuelle vraie ou psychique ? Quel est mon sexe fondamental ? Mon sexe chromosomique ? Mon sexe gonadique ? Mon sexe germinal ? Gamétique ? Génocytaire ? Gonosomique interne ? Externe ? Hormonal ? Somatique ? Psychique ? Voire social...

C'est mon tout qui fait un sexe, et personne n'est d'accord. Ni les généticiens ni les endocrinologues, les psychologues, les histologistes, et encore moins les juristes. Moi seule suis d'accord avec moi depuis mon enfance.

Caryotype XY. Mâle. Ça n'a pas d'importance, dit le professeur. Un caryotype n'est pas suffisant. Et il vous reste toute votre histoire : atrophie sexuelle, déterminisme du comportement depuis l'enfance, présence des seins, absence de pilosité faciale, présence d'un embryon de vagin, vessie petite, donc féminine... courage.

Courage, c'est long. L'assignation est lancée en

juin 77. Elle dit tout sur moi, mes glandes, mes nerfs, ma famille, la prostitution, la répression, les angoisses...

Patience, c'est long. J'attends les certificats, ils sont prépondérants, et je lis toute la littérature judiciaire sur le sujet. Démoralisants, tous les refus qui ont été opposés à mes prédécesseurs. Les plus heureux se sont vu accorder un prénom ambigu. Ils sont restés des ambigus condamnés aux dépens. La justice serre les dents, elle a peur du problème, elle renvoie les transsexuels dos à dos. Mâle ou femelle, qu'ils se débrouillent, elle s'en lave les mains.

Démoralisants, les textes anciens :

L'eunuque, de quelque manière qu'il le soit devenu, n'entrera pas dans l'assemblée du Seigneur : Deutéronome 23.1.

Si un homme couche avec un autre homme, comme on couche avec une femme, les deux commettent une horreur, ils doivent être punis, la réparation du sang est sur eux : Moïse 20.13.

Un homme qui porte les habits d'une femme est une abomination... Encore Moïse. Entre Moïse et la cage aux folles, point d'issue, pas la moindre sortie de secours.

C'est une dame au chapeau vert sans chapeau vert. J'en ai déjà vu des dizaines, on m'a trimballée d'associations en organismes, en groupes d'action et de défense – il existe même une « Association d'aide aux malades hormonaux »... J'y suis passée, j'en suis sortie. Pas de commentaire.

Donc c'est une nouvelle dame sans chapeau vert, qui porte un nom à particule et consacre sa vie à la réinsertion des putes. Le local est triste, le secrétaire de l'association n'a même pas trois cents balles pour aider une petite prostituée enceinte d'un client et qui voudrait avorter. On lui parle de la joie d'être mère et elle n'a pas le rond pour bouffer.

Nous causons, la dame et moi.

– Maud, quand je vois ces filles à moitié nues dans la rue Saint-Denis, j'ai envie de passer avec un porte-voix et de leur crier : « Rentrez chez vous, ce que vous faites est sale... »

J'ai connu le « pipeau façon voyouse », je vais connaître le lavage de cerveau « façon bonne sœur ».

– Il faut changer votre mentalité...

Mentalité ? J'ai déjà entendu ça quelque part.

– Il faut que la prostitution cesse. L'argent n'est pas le seul but de l'existence, et cet argent-là est sale.

– Sale ou pas, il existe. Entre les macs, les gigolos, les flics, les robes, l'esthétique, les bars, les restaurants et les amendes, les filles n'en voient pas la couleur, dites-vous bien ça.

– Nous devons lutter pour une société sans prostitution.

Elle rêve, la pauvre. Naïve... Elle m'attendrit presque.

– On ne peut pas changer de « mentalité », comme vous dites, du jour au lendemain. Ma mentalité, c'est celle des filles. D'abord des échecs affectifs, et puis l'engrenage... un engrenage masochiste fascinant. Il vous donne une vie intérieure angoissée mais intense. Et cette intensité, aucune vie normale ne peut nous l'offrir. La prostitution, c'est comme une drogue. Je l'ai vécue. Il s'agit de désintoxication, et c'est l'obstacle fondamental que vous rencontrerez chez les filles...

– Non, Maud, la prostitution, c'est le vol !

Il faut que je me calme. Cette fois, elle ne m'attendrit plus, la dame sans chapeau vert avec particule. Aucune pute n'a jamais volé l'argent qu'elle gagne à la sueur de son corps. Les hommes paient pour ce qu'ils veulent ! C'est pourtant simple.

J'ai tenté en vain de le lui faire comprendre. Mon cas particulier l'a ébranlée. Mais sur la généralité, en ancienne cheftaine qui fréquente l'office du dimanche, elle avait des principes immuables touchants et ridicules.

« Il faut vous réconcilier avec le Seigneur. » Maud ira à la messe le dimanche. Réinsertion exige.

« Maud ! Vous allez faire de la gymnastique avec le club féminin. » Maud inspire, expire, deux fois par semaine, tandis que les dames la lorgnent avec méfiance. Réinsertion exige.

« Maud ! Cette couleur de cheveux... nous ne sommes pas à Pigalle. » Maud supprime le chatoyant pour un châtain triste. Réinsertion exige.

« Maud ! Ces chemisiers... on vous regarde ! Maud ! Ces soutiens-gorge ! » Chemisiers de soie, balconnets pigeonnants, luxe des griffes parisiennes, adieu donc... Cachez vos dentelles, vous êtes un outrage aux mœurs des vestiaires de cours de gymnastique.

Cette fois elle chuchote. Elle a craqué :

– Maud, vous ne vous rendez pas compte, vraiment...

Non, je ne me rends pas compte. Sincèrement.

– Vous devriez mettre des slips en coton, comme tout le monde.

En quoi le slip en coton fait-il partie de la réinsertion ? Mystère Divin.

D'ailleurs nous allons à Lourdes. On ne fait pas de réinsertion sociale sans Lourdes. Mon corps doit redevenir sain, grâce aux culottes en coton; mon âme aussi, grâce à la confession.

Week-end à Lourdes.

Il pleut, il doit toujours pleuvoir là-bas.

On m'invite à la « réconciliation ». La « confesse » de mon enfance a changé de nom.

– Combien de fois, ma fille ?

– Des milliers... sept ou huit mille, je ne sais plus... Des riches, des pauvres, des Noirs, des Jaunes, et même des curés...

– Oh !

J'ai dit n'importe quoi, parce que je n'en peux plus de leur vase communicant entre le bien et le mal. J'ai abasourdi ce brave curé, il en a les yeux hors de la tête, il bafouille :

– Comme le Seigneur vous aime… comme le Seigneur vous aime… Les derniers seront les premiers…

J'échappe au Notre Père réservé au commun des mortels. Mon accompagnatrice en chapeau vert, cette fois, est aux anges. Elle m'a réconciliée avec le Seigneur…

Peut-être pas avec les hommes.

Mon dossier « certificats » devient imposant. Je suis, de l'avis de trois médecins différents, un cas d'intersexualité évident. La féminisation était la seule solution.

Je les embrasserais. J'ai tant lutté, et je lutte encore. La chance me vient, je la sens… De recherches en recherches, je suis tombée sur une publication de « Que sais-je ? », sous la signature d'un professeur célèbre, *Les Intersexualités.* J'ai dévoré le petit livre. Une découverte ! Un miracle pour moi ! Quelqu'un enfin, en France, a compris la question. Et je l'ignorais, j'ai failli passer à côté. Un ponte, un mandarin, va-t-il me recevoir ? Acceptera-t-il de donner son avis ? Il peut faire pencher la balance en ma faveur. Il est même le seul à le pouvoir. Son diagnostic sera forcément pris en considération… et je le découvre quelques mois à peine avant l'audience…

J'ai l'impression d'avoir découvert mon oracle sur terre. Peut-on téléphoner à un oracle ?

On peut.

– Ne confondez pas transsexualisme, où il n'y a aucune ambiguïté sexuelle, et intersexualité, où quel que soit le sexe génétique le médecin a le droit de décider du sexe à adopter.

– Oui, monsieur.

– Vous me semblez plutôt déprimée ?…

– Oui, monsieur. Le procès, vous comprenez…

– Je sais. Les magistrats n'ont effectivement aucune connaissance en la matière, alors qu'ils sont chargés de trancher... Mais ils sont tenus de prendre en considération les certificats médicaux, et éventuellement de désigner un expert.

– Oui, monsieur.

– Vous voulez me voir ?

– Oui, monsieur, s'il vous plaît...

Jamais cabine téléphonique n'a résonné d'un soupir aussi large. Tout l'oxygène du monde a gonflé mes poumons. Mon cœur s'emballe, j'ai des fourmis dans les jambes. Je suis sauvée, sauvée... Le seul, l'unique qui a voix dans la cité, en cette année 77, accepte d'examiner mon cas, de m'entendre, et peut-être de rendre son verdict... J'aurai du mal à m'empêcher de lui baiser les pieds... Il est célèbre, écouté, reconnu, influent...

Calme-toi, Maud. La partie n'est pas gagnée. Rouen est la ville la plus dure, et c'est là que tu es née, que tu seras jugée... Les bourgeois céderont-ils ?

J'ai rendez-vous dans une semaine. Je n'ai presque plus d'argent, les allers-retours Paris-province ont creusé mon pécule. Je vis aux dépens de ma mère, il lui arrive d'aimer ça. Pas toujours.

Emportée par mon élan combatif, j'ai écrit à Mme Veil au ministère de la Santé. Douze pages, les plus dures à écrire de toute ma vie. J'en ai assez d'écrire, de raconter, de répéter, cette attente va m'user.

Ma dame au chapeau vert a appuyé ma requête. On me reçoit. Il était temps : l'A.N.P.E. ne veut pas de moi, je n'ai pas droit à l'aide sociale... Le procès approche. Si je perds...

Ma lettre a atterri sur le bureau de la sous-directrice, chargée spécialement des questions de prostitution. Une femme comme on peut les admirer. Ni moralisatrice, ni rétrograde. Elle me promet d'intervenir. Elle le fera, je le sens.

Pour le reste, je dois rencontrer un médecin à la direction de la Santé. Un de plus.

Mais pas comme les autres, celui-là. Une femme pourtant. J'aurais pu espérer... Mais que peut-on espérer d'une vieille fille, fonctionnaire depuis trente ans, fière de l'être, et qui me regarde comme un objet obscène ?

– Ce qui me surprend dans votre histoire, ce sont toutes ces naissances anormales dans votre famille...

Et qui me parle de la transsexualité en Angleterre dans les années 50, et des théories françaises dans les années 60...

Je perds patience.

– Docteur, vous avez déjà vu une transsexuelle ?

– Non.

Voilà, j'ai compris : la direction de la Santé n'a jamais vu une « trans ». Qu'est-ce que je fais là ?

– Écoutez-moi, docteur... ce procès, c'est la dernière chance de ma vie. Si je n'obtiens pas mon identité, je me suiciderai !

– Vous faites du chantage ! On ne se suicide pas parce qu'on le dit !

– On se suicide parce qu'on vous juge. Et qu'on vous juge sans vous connaître, que l'on vous condamne sans vous connaître. Regardez-moi bien, docteur. Je m'appelle Maud, je suis une intersexuelle, une femme. Maintenant vous en connaissez une. Souvenez-vous d'elle. Elle mourra, si elle ne gagne pas le droit de vivre.

J'ai dit que je me suiciderais. Et je le pense vraiment. J'ai trente-deux ans de combat, ou presque. Depuis le jour où j'ai voulu tout naturellement prendre le chemin de l'école des filles, je me bats contre vous tous. J'en ai marre. C'est ma dernière bataille.

Qu'est-ce que vous voulez de plus, gens de bonne renommée ? Qu'est-ce que vous voulez de plus que la messe le dimanche et les culottes en coton ? Dites-le !

Je ne vous demande qu'un prénom. Vous aviez droit à l'erreur mais c'est fini. Je ne joue plus.

Appelez-moi Maud, s'il vous plaît, écrivez-le… « Tel jour à telle heure, à tel endroit, est née, du sexe féminin, Maud Marin… pour servir et valoir ce que de droit »… Mon droit. Je ne réclame que mon droit.

Plaque de cuivre. Immeuble du XVIe bourgeois. M. le professeur D. m'attend.

Depuis des mois je me promène de bureau d'avocat en bureau d'aide sociale, de cabinet de médecin en officine de soutien à la réinsertion des prostituées. Depuis des mois j'affronte des regards. Ils sont compatissants ou méfiants, compréhensifs ou évasifs.

Voici le premier regard vrai que l'on pose sur moi. Ce vieux monsieur « sait » ce qu'il regarde. La grande bringue un peu gauche, aux yeux tristes, qui s'assied timidement en face de lui, il la connaît d'avance, je le sens. J'existe pour lui avec le maximum de précision scientifique.

– Comment était votre sexe ?

Je montre mon petit doigt. Il a l'air légèrement surpris.

– Je vais vous examiner.

J'ai un peu peur. Un gynécologue en Angleterre m'a dit un jour que « le résultat n'était pas mal, mais que lui aurait fait mieux ». Par exemple en reconstituant un vagin non pas avec une greffe de peau, mais en se servant de muqueuse intestinale, ce qui l'aurait rendu plus souple… Il avait même proposé de me réopérer. Mais c'était une intervention lourde et chère. Je n'avais ni argent ni envie de repasser sur le billard.

Le professeur D., lui, est admiratif, sans restriction, spontanément.

– C'est parfait. Est-ce que vous jouissez ?

– J'ai un point sensible, là. Il me sert de clitoris…

– Parfait, parfait, une réussite… Et les seins ?

– Sensibles aussi…

– Bon développement féminin… Vous savez, la

jouissance est éminemment psychologique, chez une femme... Voyons votre dossier.

Ma lourde besace de certificats passe entre ses mains : gynécologue, psychosomaticien, endocrinologue, neuropsychiatre... Il choisit de lire attentivement celui de son confrère le professeur K., puis les résultats d'examens de l'hôpital. Une nouvelle fois je raconte ma vie, une dernière fois je conclus :

– J'ai toujours été une femme, je suis perdue si le tribunal de Rouen ne l'admet pas.

– Rouen, vous êtes née à Rouen ? Le tribunal n'est pas favorable...

– Je sais... mais il est impossible de faire ailleurs mon procès en rectification d'identité. C'est le tribunal du lieu de naissance qui compte.

– Vous m'êtes sympathique... je vais vous aider. D'autant que vous représentez à mon avis un cas de pseudo-hermaphrodisme. Il est clair qu'entre douze et vingt ans il ne s'est produit aucune puberté masculine. Le problème n'est pas celui du transsexualisme : nous devons parler d'intersexualisme.

Je l'écoute comme le Bon Dieu, je le regarde écrire ma Bible.

Hypodéveloppement des organes génitaux...

... développement mammaire typiquement féminin...

... absence de caractères sexuels secondaires masculins...

... l'intervention subie était parfaitement légitime...

Je pense à la fameuse phrase de son livre qui m'a redonné l'espoir :

Lorsque l'organe pénien apparaît trop misérable pour laisser espérer qu'il puisse jamais servir à la copulation... on n'éprouvera aucun scrupule à transformer le sujet en fille. Aucun argument moral, juridique ne semble pouvoir aller à l'encontre de cette attitude thérapeutique d'où découle légitimement un changement d'état civil, en l'espèce l'attribution sollicitée du sexe féminin.

Il date les six pages de son écriture élégante : 17 octobre 1977. Il ajoute « remis en main propre pour servir et valoir ce que de droit ». Il signe. Je l'embrasserais...

– Je suis un vieux monsieur maintenant, mais le tribunal ne peut pas me refuser votre état civil. Nous allons gagner. S'ils nomment un expert, tenez-moi au courant... Et croyez-moi, ne faites pas une campagne de presse. Ces affaires sont des cas particuliers, vous êtes un cas particulier, et il y a si peu de spécialistes en France...

Maintenant nous parlons d'autre chose, de plein de choses. Il m'éblouit par sa culture, son humanisme vrai.

J'ai un père avec moi pour réclamer mon état civil. L'autre, le génétique, s'est appliqué à faire un témoignage bouleversant, après des années de silence et de dépression. « À cette époque, écrit-il, l'habitude n'était pas aux préoccupations sexuelles, et nous avons trop longtemps heurté la féminité de cet enfant au nom de préjugés et de morale... Cet état civil et sa déclaration hâtive furent une erreur et son calvaire. »

Attendre, attendre... Mes nerfs sont douloureux de cette attente provinciale, de cette prison préventive où je m'ennuie. Où ma mère s'écrie parfois : « Je ne suis pas un hôtel-restaurant ! Quand est-ce que tu vas gagner ta vie ? »

On me dit courageuse, je ne me rends pas compte. Je tiens à la vie par un fil, celui que vont tirer les juges de Rouen... Quand ?

Ce lundi 24 avril 1978.

J'étais plus calme le jour de l'opération. C'était une affaire entre moi et moi.

Aujourd'hui, c'est entre moi et eux. Vous, tous les autres... Je sais aussi que je porte l'espoir d'une poignée de gens qui me ressemblent. Si je passe l'épreuve, pour la première fois depuis des siècles de refus et le scandale Coccinelle, c'est un espoir pour eux.

Mais l'égoïsme l'emporte ce matin. Moi d'abord.

Le café passe mal. J'ai préparé ma tenue vestimentaire avec soin, depuis deux jours. Une robe pied-de-poule et une veste noire. Sobre de la tête aux talons. Bon chic bon genre.

Je ne suis pas allée à la messe hier et je ne porte pas de culotte en coton. Je suis moi, pas une caricature de moi. Maud Marin prend le train avec, dans son sac, les conclusions de l'avocate. Il fait beau sur Rouen, je vois défiler le quartier de mon enfance, je descends la rue Jeanne-d'Arc jusqu'au Palais de Justice, superbe et imposant.

Première chambre civile, au fond : on me fait patienter en compagnie de mon avocat rouennais, François Aguéra. Nous attendons Me Gisèle Halimi. Elle n'arrive pas.

Les affaires civiles passent les unes après les autres. Histoires de responsabilités, malfaçons, deux anciens bâtonniers s'engueulent à un mètre de moi : « Vous vieillissez mal », dit le vieux à l'autre vieux. L'ambiance n'est pas rassurante et j'ai les pieds glacés.

J'ai repéré le procureur qui doit défendre l'État contre moi, il lit sur un banc. Corpulent, un peu roux, une tête de paysan normand...

Le greffier a l'air débordé sous ses papiers. Une petite brune, qui lève un nez affolé de temps en temps.

Depuis le dernier rang où je patiente en écoutant défiler les petites affaires, j'observe surtout le président. La cinquantaine, longiligne, le cheveu gris et le ton sec... C'est lui qui décidera, les deux assesseurs, personnages à la Daumier, n'auront sûrement pas grand-chose à dire.

Mon avocate parisienne et célèbre n'est toujours pas là; on est allé l'attendre à la gare. Un moment, je me demande si le fait d'avoir choisi une star du barreau ne va pas contrarier ce tribunal conventionnel. On m'a dit que « là-haut » au ministère, depuis les dernières législatives et ma lettre à Mme Veil, l'affaire était entendue. On m'a dit que les services des directions de l'Action sanitaire et sociale avaient « mis le paquet ». On m'a dit que le témoignage de l'abbé Marc Oraison était un poids dans la balance, que le certificat du professeur D. était inattaquable. On m'a dit tant de choses, et rassurée tant de fois... que je ne devrais pas avoir peur. Alors pourquoi je tremble ? Pourquoi je flippe ?

Enfin tout le monde est là. Me Halimi me sourit :

– C'est comme un examen...

– C'est pire... ils vont jouer avec ma vie.

Le greffier lève le nez :

– Affaire Marin contre le procureur de la République.

La salle est vide. On me juge à huis clos. Et je suis au dernier rang, comme les mauvais élèves.

Le président vérifie l'état du dossier. Est-il bon et en état d'être jugé ? Il l'est. La parole est à l'avocate. Elle se lève.

Un silence indicible tombe dans la salle. Un silence comme aux assises. J'ai connu ça, étudiante, lorsque j'assistais aux procès où la peine de mort planait sur la tête d'un homme.

Un silence gêné. Les magistrats sont mal à l'aise. Ils ont fait passer mon affaire en dernier parce qu'ils étaient mal à l'aise, à l'étroit dans leur peau.

Moi, j'ai un nœud à l'estomac et le cou serré, en écoutant la litanie de mon existence minable, déclamée entre ces hauts murs lambrissés... Lecture des témoignages d'absents. Mon père : « Son développement ne fut pas celui d'un garçon... » Ma mère : « Mon enfant s'est toujours comporté comme une petite fille... Mon fils est une fille qui n'a pas pu finir ses études de droit... » L'armée, l'administration, la prostitution, les humiliations défilent en mots, en petits bouts de phrases-chocs, qui dessinent ma vie dans ce silence.

Je ne peux pas m'empêcher de pleurer. J'étouffe sous mon mouchoir. Il faut pourtant que je puisse parler. Ils vont sûrement m'interroger, après la diatribe passionnée, la défense en forme de réquisitoire que leur assène mon avocate. Elle termine par les certificats médicaux, l'opération, affirme que je ne suis pas concernée par l'article 316 du Code pénal sur la castration... balaie l'argumentation sur l'« indisponibilité due à l'état des personnes »... accuse la société d'intolérance. Je pleure toujours quand elle se rassoit, après avoir lancé sa dernière phrase :

– La question que cette femme pose au tribunal est celle du droit humain, du droit de vivre.

Silence toujours. La parole est au procureur.

Dès les premiers mots, ma gorge se desserre un peu.

– Quand cette affaire a commencé, j'étais hostile à la demande... puis j'ai vu ce dossier, et j'ai lu le livre du professeur D.

Il lâche. Cette fois, c'est sûr, ce n'est pas lui qui est contre moi... Il est clair, sans équivoque, ce n'est pas un réquisitoire, ce sont des conclusions, auxquelles il ajoute :

– La tradition voudrait que l'on féminise les prénoms masculins, Jeanne pour Jean par exemple. Mais Maud est le prénom sous lequel l'intéressée est notoirement connue...

Notoire, oui... Je suis et j'ai longtemps été « notoire », mais ce prénom, je le veux plus que notoire, je le veux officiel, que ce « proc » en soit remercié d'avance.

– ... D'autre part, le tribunal trouvera dans mon dossier le télégramme n° X de la chancellerie...

C'était donc vrai. Le pouvoir judiciaire a fait « des recommandations ». Il en a le droit, dans une affaire comme la mienne. Le devoir, même. Le procureur a terminé. Je ravale ma salive au dernier rang. On va me demander quelque chose, sûrement, je ne sais pas quoi, mais je dois pouvoir parler sans chialer. Il s'agit de ma vie à moi, de mon passé, de mon présent, de mon avenir...

J'attends, en respirant profondément, que l'on m'appelle.

La voix du président me parvient, de loin :

– Délibérés seront rendus le 22 mai prochain. L'audience est levée.

Ils ne m'ont même pas regardée. Personne ne m'a adressé la parole. Je suis là comme une idiote, raide d'émotion, j'attendais d'être autre chose qu'un dossier, un fantôme, j'attendais, je ne sais pas, de dire au moins quelque chose, de faire entendre ma voix, qu'on me pose une question... j'ignore laquelle, d'ailleurs... C'était un peu théâtral dans ma tête, confus. Je me voyais levant la main pour jurer que j'étais une femme, comme on jure de dire la vérité, toute la vérité, rien que la vérité... Je connais le droit pourtant, moi qui voulais devenir avocate, je devais bien me douter que je n'aurais rien à ajouter. Je ne suis même pas citée comme témoin dans ma propre histoire, alors...

Alors c'est fini. Délibérés au 22 mai.

Au revoir, maître... Merci mille fois. Je serai avisée par l'avocat de Rouen. Il m'appellera, c'est ça... Je reste en province, je retourne chez ma mère. Vivre quatre semaines entre solitude et angoisse nocturne, entre les murs et le téléphone, entre chien et loup.

J'aurai trente-trois ans le 28 juin 1978. L'anniversaire de Maud ou de Jean Pascal Henri ? Celui de ma vie ou de ma mort sociale ? Théâtrale, la question ? Oui. Dramatiquement théâtrale, puisque la vie n'est qu'un immense théâtre, surtout la mienne.

22 mai 1978. Onze heures du matin. Je n'en peux plus d'attendre. C'est moi qui appelle. Seule. À la minute même où l'avocat de Rouen allait le faire.

Gagné ! GAGNÉ !

Je danse. Comme un supporter unique du match de ma vie, je danse de joie. J'ai gagné, j'ai gagné... tout gagné, je suis une femme. Je m'appelle Maud.

Il y a un délai d'appel, il faut attendre l'exécution du jugement. Encore un peu d'angoisse : le parquet peut faire appel – un an de plus, si c'est le cas.

7 juin 1978. « Attendu que... » Aucun appel. Jugement rendu exécutoire. Je lis et relis les quatre pages qui résument mon existence passée et la naissance de Maud la nouvelle.

28 juin 1978. Aux aguets : le facteur n'a pas le temps de sonner. J'ai trente-trois ans aujourd'hui et il me tend mon cadeau. Dans une enveloppe beige, une lettre de l'avocat de Rouen, et mon état civil tout neuf. Ma mère est à la fenêtre, moi sur la pelouse du jardin. Elle demande :

– C'est ça ?

– Oui !

Elle referme la fenêtre sur le soleil de juin et je lis en clignant des yeux :

République Française, ville de Rouen. État civil. Extrait d'acte de naissance nº 8.XX.

Le vingt-huit juin mille neuf cent quarante-cinq à 18 h 14, en notre commune est né(e) MAUD MARIN, *du sexe féminin, mention(s) marginale(s) : néant.*

Pour extrait certifié conforme au registre, par nous, Maire de Rouen, officier de l'état civil.

J'ai bu du champagne avec la voisine. Elle suivait mon histoire comme un feuilleton, la larme à l'œil. C'est à elle que j'ai dit, la larme à l'œil, moi aussi :

– Ben voilà, c'est fini, le déguisé en femme en dehors des périodes de carnaval...

Pas vraiment fini.

Munie de mon extrait de naissance tout neuf, je dois encore faire modifier mes papiers d'identité à la préfecture. Carte, passeport, permis de conduire.

On me regarde un peu de travers, un certain sourire. Je laisse faire l'assistante sociale, une de celles qui me vouaient à Dieu et aux culottes en coton.

Et je repars de moins zéro. A.N.P.E. ? Rien pour moi.

Curriculum vitæ ? Je n'en ai pas.

Reste la fac. Passer l'examen d'avocat, me remettre à l'étude, près de dix ans après.

Je m'inscris, je trouve une chambre chez des retraités à Toulouse. J'obtiens une bourse aussi maigre que les déjeuners à la cantine, je rachète des bouquins, comme une gamine de vingt ans, je me fais aussi neutre que possible, je rase les murs, j'ai peur d'être découverte, étudiante attardée parmi les fils de bourgeois, j'élude les questions gênantes. « T'es pas mariée ?... – T'as pas d'enfants ?... – Pourquoi t'es là ?... – T'as été malade ?... – Où tu bossais avant ? »

Je ne veux plus raconter ma vie. Je sais que j'ai un visage inquiétant, une étudiante me l'a dit. Je sais qu'on se pose toujours à mon sujet un tas de questions mystères. Parce que je n'ai jamais été à ma place, au bon endroit, à la bonne époque, et que ça continue. Mais « ils » ne sauront pas, personne ne saura. C'est mon droit.

On ne change pas de mémoire. On peut tout juste mentir aux autres. C'est ce que je tente de faire. Une fois l'examen réussi, je me sauve de cette province étouffante, de cette protection sociale de réinsertion étouffante. J'ai passé l'âge, je veux vivre.

Écrit réussi. Reste l'oral.

Toujours naïve, je croyais que les « turbins » étaient réservés au milieu et aux macs. Je ne connaissais pas les bourgeois du coin.

Octobre 1979. Juste avant l'oral, conférence de M. le professeur X., de l'Académie Machin, devant un parterre de notables. Sujet : « La transsexualité. »

– Il en est des transsexuels comme de tous les

marginaux. Ils ou elles veulent vivre comme tout le monde. Nous en connaissons une qui vient de réussir l'écrit du C.A.P.A. d'avocat dans notre ville.

Commentaire de l'ancien bâtonnier :

– Encore faut-il qu'elle réussisse l'oral…

Qu'est-ce qui m'arrive encore ? Je fais un délire de persécution ou les gens se conduisent vraiment comme des salauds ?

C'est pire que la rumeur d'Orléans… À présent, ça court la fac et la ville : « Y a un homme habillé en femme qui veut devenir avocate… » « Qui dit travelo dit prostitution, vous savez. » Et qui dit prostitution dit vice…

Je voudrais bien tuer quelqu'un, mais qui ? C'est moi qui tombe malade. J'ai besoin d'un certificat médical et d'une intervention de ma « chargée de réinsertion » pour passer l'oral la dernière. Sur une patte, devant un vieux président presque sourd, et un jury qui me regarde comme une bête de cirque. Et qui n'applaudit pas pour autant.

Je suis reçue. Je suis avocate. Pour la première fois, une transsexuelle et une prostituée a réussi le saut de l'ange parfait : du bois de Boulogne au barreau. Je peux retourner à Paris, chercher un boulot de stagiaire, me consacrer à une tâche, défendre les putains, mes sœurs que je ne renie pas, gagner ma vie, me faire une vie… mais surtout rester sur mes gardes.

J'ai cru à la réinsertion, je suis réinsérée, pas question de me laisser miner le moral et l'avenir.

C'est ce que je me disais, en posant pour la première fois en robe d'avocate devant le photographe de la Cour, mon Code pénal sous le bras, fière comme une première communiante.

Je me disais ça en souriant maladroitement à l'objectif et je n'étais plus sur mes gardes… Plus du tout sur mes gardes.

14

Le nouvel espoir qui me fait vivre, moi qui ai vécu d'espoir en espoir, de lutte en combat, et de guerre en paix séparée, c'est l'amour. On parle d'amour dans les livres et au cinéma, on aime l'amour et on en rêve en secret, on le fait beaucoup, on en parle peu. « On », ce sont les autres. Moi, j'ai appris depuis toujours à ne pas être ce « on »; ma différence a cela de positif. Mon expérience de la prostitution aussi. En cherchant par tous les moyens à être une femme parmi les autres femmes, je voulais une identité. Et, surtout, je voulais que l'on m'aime.

Je suis prête à aimer qui veut de moi. Je n'ai même pas la prétention de choisir un physique, des muscles, des yeux ou un visage particulier. Que l'on ne me demande pas, comme dans les agences matrimoniales, de définir mon « type » d'homme. Aimer et être aimée me suffirait. L'amitié serait la bienvenue, la tendresse, l'affection me nourriraient déjà amplement.

Ainsi je pourrais peut-être changer de mémoire. Ou du moins en ensevelir une partie, poussière retournant à la poussière de l'oubli, pour une résurrection. Oui, je deviens mystique, à ma manière. On ne traîne pas impunément une double vie pendant des années. Mais je dispose à présent du bien le plus précieux : la liberté. Elle m'a été reconnue enfin et délivrée sur papier timbré. Je suis sortie du camp de concentration aux barbelés invisibles. La prisonnière du sexe, la condamnée au tapin, au sordide, aux coups et aux humiliations s'est échappée. Je suis Maud Marin au grand soleil.

Et je cherche du travail. Avec mon « certificat d'aptitude à la profession d'avocat ».

Les cloches de Pâques 1980 carillonnent ma joie, tandis qu'une voix menaçante m'interpelle :

– Vous êtes redevable au titre des années 1973, 1974 et 1975, de l'impôt sur le revenu.

– Quel revenu ?

– Vous exerciez une activité...

Le percepteur a fermé son bureau à clé. Derrière son bureau, veillant sur sa sécurité, un molosse aux dents blanches, un pur bas-rouge, regard fixe. Il guette chacun de mes gestes.

Où suis-je ? À la Gestapo ? Ce type au visage de fouine est-il l'inquisiteur du roi ?

– Madame, vous avez changé de sexe en juin 1978; moi, j'ai votre état civil complet.

– Vous n'avez pas le droit ! C'est en toutes lettres dans le jugement !

– Mon administration a tous les droits...

Ainsi, te voilà réinsérée, Maud, et le premier souci de l'administration est de te réclamer un impôt sur ton travail de pute. Ils m'ont taxée au pifomètre, sur le montant du loyer de Neuilly, considéré comme signe extérieur de richesse. Ils se foutent pas mal de savoir ce que j'ai déjà donné, en amendes, en nuits au ballon et à un mac. Si j'étais capable de payer ce qu'ils réclament, je le jetterais plutôt dans la gamelle de ce chien méchant. Un percepteur qui se prend pour un dresseur de fauves et un redresseur de torts.

– Vous pouvez faire une requête au Président de la République. Si vous n'êtes plus prostituée et si l'Action sanitaire et sociale confirme votre réinsertion...

Demander pardon. Toujours. Pardon d'avoir été pute, pardon d'avoir trimé au Bois pour exister, pardon d'avoir pris des coups, risqué ma vie. Pardon, mesdames et messieurs, bonne renommée vaut mieux que ceinture dorée.

Jamais. Que l'on définisse d'abord si la prostitution est un métier, une activité, un mode de vie ou un fléau social. Et que l'on s'adresse aux proxénètes, pas aux filles.

De toute façon, on ne tond pas la peau d'une tondue. Je n'ai rien, pas de travail, pas d'argent. Vous voulez quoi, monsieur le percepteur ? Que je retourne au tapin pour payer trois ans d'impôts de tapin ?

Le chien m'a laissée sortir, le croc luisant. Je tente de me plaindre aux supérieurs de son maître, mais nul ne trouve bizarre qu'un percepteur ferme sa porte à clé et reçoive une contribuable sous la protection d'un fauve.

On me poursuivra longtemps de menaces de saisie et j'aurai effectivement besoin de prouver « la sincérité et la réalité de ma réinsertion sociale » par le biais des dames aux chapeaux verts. Mon certificat d'avocate n'était pas suffisant. Il n'est pas suffisant non plus pour s'inscrire au barreau en qualité de stagiaire. Il me faut deux parrains.

Le bâtonnier, mi-courtois, mi-distant, m'a écoutée bafouiller l'invention d'une longue maladie pour justifier, à trente-quatre ans, mon absence d'expérience professionnelle et le grand trou noir de mon curriculum vitæ. Il ne voit pas d'inconvénient à m'accueillir : à moi de trouver les bonnes âmes du barreau qui voudront bien m'offrir leur protection.

– Pas de stage pour l'instant. Besoin de personne... Revenez en septembre. Appelez-moi dans six mois. Je ne peux pas payer une femme de trente-quatre ans !

« Vous tenez vraiment à rester au barreau ? Si vous alliez voir les compagnies d'assurances ? »

Et encore, pour l'anecdote :

« Appelez donc de ma part la confédération syndicale des avocats et, si ça ne marche pas, dites-le-moi. »

« ... Que le Seigneur ressuscité et vivant qui a triomphé de toutes les forces du mal favorise votre enracinement dans ce monde professionnel où vous avez tant à rayonner. Alléluia. »

Alléluia, en effet. J'ai bataillé, supplié, écrit, téléphoné, patienté dans d'innombrables cabinets pour obtenir enfin à l'arraché les deux parrains nécessaires « hors barreau ». Enfin, j'ai prêté serment et juré de « ne rien faire qui soit contraire à la probité, aux lois, et aux bonnes mœurs »...

Et j'ai téléphoné à une ancienne copine de trottoir pour jouir de ma victoire avec elle. Pour lui prouver « qu'on y arrive ».

Pas encore. J'ai même l'impression de refaire à l'envers le chemin de mes vingt ans. Une piaule, un matelas par terre, mes bouquins de droit, et toujours pas de stage. Tous ceux qui prêchent au barreau pour la réinsertion des filles, où sont-ils ?

Si, tout de même, on me propose la gérance d'une boîte de nuit... à partouzes.

Un confrère me reçoit chez lui, nu, dans son lit. C'est ça ou rien. Je suis trop grande, ma voix n'est pas parfaite; je ne ferai pas l'affaire dans son cabinet, mais dans son lit, oui.

Un an de traîne-misère, de traîne-A.N.P.E., de traîne-aide sociale. Et la tentation, parfois, de retourner au tapin, pour une vie plus décente. Paradoxal ? Tout dépend de l'idée que l'on se fait de la dignité. Vivre d'aide sociale, tendre la main à sa mère, attraper trente-cinq ans en contemplant sa photographie de col blanc au chômage, s'occuper d'un journal et d'une association pour la défense des prostituées, se battre pour elles, c'est bien. Mais moi ?

Au bout de quinze mois de recherches, je trouve

enfin la place libre d'une stagiaire enceinte. Un petit cabinet, un mi-temps à deux mille francs par mois, puis un plein temps à trois mille cinq cents francs. Je suis smicarde, apprentie, et je partage un coin de table avec les secrétaires.

Ma première affaire : levée des scellés dans l'appartement d'une prostituée assassinée par un client. Un client régulier, qui s'est défoulé de quatorze coups de couteau et a pris la fuite.

Elles vivaient à deux dans un studio et la rescapée qui a découvert le corps est à la porte. Je suis chargée de l'aider à récupérer ses affaires. Je la connais vaguement, visage de souvenir, rue de Ponthieu ou Champs-Élysées, je ne sais plus... une ancienne « moi ». Je n'arrive pas à être du côté du juge, de la « Crime » et de la routine.

Un lit taché de sang, cette fille qui pleure sa copine et ramasse son baluchon qu'un policier vérifie... J'écoute l'histoire connue et affreuse :

– Elle le connaissait bien, ce type, c'était un régulier, je l'ai vu monter... même qu'elle avait enfermé son chien dans la cuisine, un berger allemand...

Les putes, elles, enferment leur chien pour recevoir les clients.

Petits travaux, petits dossiers, je m'échine pour peu de gloire, peu de joie et peu d'argent. Ma seule réussite sera un rapport de huit pages, passionné mais précis. Un amendement important dans la loi sur le proxénétisme. Obtenir pour les filles l'amnistie sur les infractions prévues par les articles 334 et 335 du Code pénal. Autrement dit, qu'on ne les condamne plus pour proxénétisme sous prétexte qu'elles habitent ensemble, louent un appartement, se servent d'une voiture ou d'une chambre d'hôtel.

Ce qu'ils appellent la répression du proxénétisme hôtelier et immobilier jette les filles à la rue, les prive de voiture, donc de sécurité et d'hygiène. Je pleure en terminant mon laïus destiné au ministre, puisque aucun député n'en veut. Je pleure parce que je me souviens, parce que je « sais » la vie des ouvrières du sexe, que je l'ai vécue, et pas ces messieurs qui s'interpellent au parlement, pas même ces avocats qui les défendent mollement. La prostitution, comme l'homosexualité, est un fléau social, disent-ils. Ils veulent l'abolir. Chacun sait que les macs se servent des femmes pour tenir les hôtels et les maisons, et que ce sont elles qui prennent, toujours elles. La chasse à la pute est facile, ouverte tous les jours. Mais le grand safari des gros proxénètes, personne ne l'a jamais tenté. On coule une fille en l'enfermant six mois à Fleury-Mérogis, on la vire de ses meubles, on lui pique son gosse, on l'assomme d'amendes, et après ? Après, il faut qu'elle paie. Alors elle recommence. Le mac et le percepteur attendent « les sous », chacun de leur côté de la barricade, la main tendue.

J'ai gagné. L'amendement est accordé en partie. L'amnistie au quantum paraît au Journal Officiel. Ma victoire. Peut-être la seule. Bientôt je m'aperçois que les associations bien-pensantes qui s'occupent de la réinsertion et de la défense des putes se battent entre elles. Que certaines sont noyautées par les flics. Bientôt le bruit court que « Maud a touché une enveloppe du milieu ». Les féministes, au nom du droit des femmes, écrivent et se répandent dans les médias en réclamant la dénonciation de celles qui ont rédigé le texte. Elles font le siège de leur ministère, où il leur est répondu que « Maud n'est jamais qu'un ancien travesti ». Un ancien travesti qui n'aurait pas le droit de s'occuper des femmes ? L'écœurement m'éloigne peu à peu de ce monde de chiennes enragées. Je suis femme aujourd'hui, mais je n'aime pas les féministes. Elles voudraient raser la terre des hommes, faire disparaître le genre masculin. Plus machos que les machos eux-mêmes...

– Qu'est-ce que tu fous là ?

Dans la galerie des juges d'instruction, la voix a résonné, péremptoire. Et je sursaute comme autrefois. Cette voix, c'est la voix d'un flic qui m'a connue. Et vient de me reconnaître. Je reste plantée devant lui, ma robe d'avocate sur le bras, ma serviette à la main. Je rougis et je bredouille, comme s'il me prenait en faute…

– Je suis stagiaire, avocate au barreau de Paris…

– Quoi ? Avocate ! Tu veux me faire avaler que tu es passée du tapin au barreau ?

Pourvu qu'il ne fasse pas un scandale. Qu'il ne me prenne pas pour une Martine Willoquet, déguisée en avocate, et prête à faire évader son jules… Qu'est-ce que je peux faire ? Je me vois mal me présenter devant le Conseil de l'Ordre pour me plaindre : « Ce flic m'embête dans les couloirs du Palais, parce qu'on se connaît depuis dix ans, et qu'il m'a emballée plus d'une fois dans son commissariat du VIIIe… »

Je brandis ma carte professionnelle sous son nez de flic.

– C'est pas un faux ! J'ai fait mon droit et repris mes études…

– Merde alors… Et tu t'appelles Maud maintenant ? On t'a changé tes papiers ?

Il détaille mon tailleur, mon allure de jeune femme sans histoires, ma serviette bourrée de dossiers.

– J'en reviens pas… Remarque, t'étais pas « scandaleuse » sur les Champs…

– Je ne l'étais pas en effet, mais j'ai passé cinq ans chez vous !

– On avait des instructions…

Je revois la cage de verre, les lumières qui brûlaient les yeux, les filles entassées, sans air, en paquet, des nuits entières…

– Et ils savent, au barreau… que t'es une ancienne pute ?

Contrôlée, toujours contrôlée, suivie par la

mémoire des autres, et leur pouvoir sur la mienne… Me revoilà Maud version année 70. Le mauvais cru.

Qu'ils sachent ou non, c'est un milieu aussi, la justice. Et un jour ou l'autre, ils finiront bien par me renvoyer sur les Champs…

Il a senti l'amertume, et le découragement qui m'envahit chaque jour un peu plus.

– C'est vrai que ça doit pas être facile pour toi de t'en sortir…

Il s'en va vers le cabinet de son juge d'instruction, et moi vers le mien…

Cette rencontre m'a ébranlée plus que je ne le voudrais. Je rase les murs du Palais. Peu à peu, tout se sait ici. Les avocats sont bien placés pour obtenir une copie de mon jugement. Certains l'ont fait, puisque le bruit court… Un copain stagiaire m'en a avertie. Je reconnais les mines et les chuchotements de sous-entendus.

« Vous savez, la grande rousse, la stagiaire de Me X ? Un ancien travelo, si, si… Elle a obtenu son changement d'état civil… et maintenant elle défend les prostituées… vous voyez le genre ! »

Ils m'attendent au tournant, ils m'observent au radar, tous, le Conseil de l'Ordre, comme les flics, les impôts et les dames de la réinsertion. Si jamais je gagne un peu d'argent, si jamais j'ai un train de vie autre que ma misère actuelle, l'affaire sera entendue. Ils m'accuseront de gagner du fric sur le dos des filles, de toucher des enveloppes du milieu et, pourquoi pas ? d'être l'avocate marron qui passe des messages en taule, voire des « calibres »… J'ai eu tort de me faire bombarder secrétaire générale d'une association de défense des prostituées, tort d'écrire des articles dans les revues spécialisées, tort de passer à la télévision ou à la radio pour parler en leur nom.

Je ne suis qu'une transsexuelle et une ancienne pute. Or, si j'accepte et revendique mon état d'ancienne pute, je ne supporte plus du tout l'étiquette de transsexuelle. J'en ai honte. J'en ai toujours eu honte, je veux rayer ça de ma mémoire. Et avec ces gens-là, c'est impossible.

Il n'y a pas qu'eux d'ailleurs. La Mondaine m'a remarquée, le milieu aussi. Maintenant, il ne s'agit même plus de bruits qui courent mais d'écoutes téléphoniques. Au tribunal, au cabinet où je travaille, en bas de chez moi.

Je me suis trop montrée. J'ai gagné quelques affaires mais j'ai trop parlé, trop écrit, je me suis trop engagée dans un combat que je croyais pur. Et ils me soupçonnent d'impureté. Chacun, évidemment, au nom de sa conception de la pureté. Je dois rentrer dans l'ombre, cesser le combat, l'alerte a été trop chaude, je ne serai jamais une passante... une anonyme. Maud a encore peur de la Mondaine, peur des descentes à la cave, et peur de ces messieurs du barreau...

Et Maud en a marre de travailler sur un coin de table, d'éplucher, le dos douloureux, les dossiers des « comités des disparus », « femmes battues » et autre association contre les pratiques psychiatriques.

Smicarde, et dans l'ombre. Sans amour et sans joie, sans vraie passion, avocate avec un « e », pour faire féminin. Combat minable, causes perdues d'avance... Je me retrouve dans le cabinet d'un toubib puis d'un autre... Déprime, surmenage, je grossis, je me trouve laide, fatiguée, le cheveu et le teint tristes – plus proche des sous-vêtements de coton que des culottes de soie, des supermarchés que des boutiques de luxe, du sandwich au saucisson que du caviar, de la solitude physique et morale que du lit d'un homme.

Les klaxons, les sirènes, les confettis et les bouchons de champagne du 1er janvier de l'an 83 ne m'annoncent aucun arc-en-ciel, aucun printemps dans mon hiver, aucune oasis dans mon désert.

Je le sens, je le devine. Je suis une traîne-malheur impénitente.

15

– Tu t'en es sortie ? C'est fantastique ! Fantastique !

Les quelques rares anciens amis avec qui j'ai tenté de reprendre contact trouvent ma vie fantastique, mon aventure fantastique, ma reconversion fantastique. Ils n'ont que ce mot à la bouche, le temps d'un dîner ou d'une rencontre, trois petits tours de fantastique et s'en vont...

L'un d'eux s'attarde pourtant, et je m'accroche à lui comme une noyée. Il m'a connue fille, à lui je peux mentir en partie. Avouer la prostitution, mais pas le reste. Encore n'a-t-il aucune idée de ce que représente la prostitution que j'ai vécue. Il me prend pour une call-girl repentie, une femme cultivée, rentrée dans le rang... Je me sens presque bien, je m'apprivoise, je m'habitue...

– Tu devrais quitter ce petit cabinet, ce job minable, et trouver ta place dans les milieux d'affaires. Défendre les prostituées, ça n'est pas un avenir...

Grand, la cinquantaine, Gilbert T. a lui-même une situation d'avenir, il l'a encore, il aura sans doute une retraite d'avenir. Est-ce qu'il m'aime ?

Il dit :

– On a des choses à faire ensemble...

Il voyage beaucoup pour ses affaires, nous nous voyons deux ou trois fois par mois. Ces jours-là, je bois du miel à ses côtés, au restaurant, en voiture, dans mon studio. Les autres jours, je lutte. Peu à peu, il m'est devenu indispensable, un manque terrible lorsqu'il s'en va. Avion, train, au revoir toujours...

Je vais mal, physiquement mal. Je suis déglinguée, j'ai grossi, des nausées permanentes, je cours chez mes docteurs Hormones et ils font ce qu'ils peuvent. L'un d'eux me dit carrément :

– Il vous faudrait une vie affective stable... Votre système nerveux ne tiendra pas, sans ça, et le reste suivra.

Une vie affective stable... J'aime un homme, n'est-ce pas suffisant ? Je me conduis comme une midinette, je le suivrais partout, n'est-ce pas suffisant ?

C'est un drôle d'amour mendiant en réalité. Des miettes que je ramasse précieusement, en attendant le jour où il me dira : « Maud, fais ta valise, nous allons vivre chez moi, tu m'attendras chez moi, où tu seras chez toi... »

Je rêve. Je me vois sa femme, dans le bel appartement de la banlieue ouest que je ne connais pas. Je rêve en patience... Je vais connaître l'embellie... Nous faisons de plus en plus de projets, chaque rendez-vous ressemble à une pierre blanche. Et puis un jour :

– Tu sais, Maud, j'ai connu l'Indochine...

– Je sais.

– J'ai connu là-bas des petites femmes extraordinaires... J'étais militaire, tu comprends ?

Je comprends. Je souris. Je suis à l'aise avec un homme qui ne craint pas les compagnies de petite vertu... et qui connaît la mienne.

– Il y avait aussi des transsexuelles, des petites femmes vraiment belles...

Il me tend une perche ? Un piège ? Il croit l'avoir deviné ? Il le souhaite ou le redoute ?

Je souris encore et m'efforce de garder un visage serein. Un ange passe. N'avoue pas, Maud, n'avoue jamais. Tout ira bien si tu tiens le coup. Aime-le comme si de rien n'était. Laisse-toi faire, accepte les cadeaux, la portière ouverte, les soirées arrachées à sa vie d'homme surmené.

Fin d'hiver glacial, pluie, la France n'est plus qu'une tribune politique en vue des élections. Je me fous de la politique, pas lui.

– Les affaires vont mal en ce moment. J'ai un voyage important à faire. Une quinzaine de jours, peut-être plus... et puis une tournée en Europe. Je ne te verrai pas pendant quelque temps...

– Où vas-tu ?

– À Roissy, je pars dans une heure.

– J'arrive !

– Non, tu n'aurais pas le temps ! Je te ferai signe...

La certitude, comme un coup de poignard dans le dos. C'est fini. Le silence. Un silence qui dure encore.

Une copine me ramasse à la petite cuillère. Une ancienne du trottoir marseillais, au bon sens terrible.

– T'as cru au bourgeois, c'est ça ? Tu trouveras pas ton bonheur là-dedans, ma pauvre... Les bourgeois, ça prend, ça joue et puis ça laisse tomber. Pas question de t'installer dans leur univers, ça détonne trop...

Je le sais, je le savais, je rêvais quand même. Et j'y croyais tellement, à ce rêve, que j'ai attendu près du téléphone des soirées entières. Même pas droit à la rupture, à la scène d'adieu définitive. Mon histoire d'amour n'en était donc pas une. Il n'y avait que moi pour l'imaginer.

J'ai servi de dérivatif. Je ne méritais pas une explication. Un an d'espoir à mettre à la poubelle. J'ai ma poubelle. Elle n'est pas encore pleine.

Allez, Maud, reprends tes petits dossiers, ravale ta nausée, accroche-toi au boulot. Il y a des filles à défendre à Marseille, elles t'ont appelée au secours, on les persécute...

Mon employeur a un drôle d'air, ce matin :

– Toutes ces filles qui viennent sans rendez-vous.

Vous vous dispersez… J'aimerais du travail plus consistant.

Petite interview au Conseil de l'Ordre. Mon interlocuteur a l'air de ne pas y toucher :

– Vous jouez un peu les kamikazes, ma chère consœur. Vous aidez un peu trop les prostituées, vous ne croyez pas ? Il y a des limites à leur défense… Un rappel du Conseil de l'Ordre est toujours possible… peut-être même une inculpation…

– On m'accuserait de proxénétisme sans doute ?

– Sans employer de grands mots, vous prenez des risques…

– Vous défendez bien les bourreaux d'enfants ou les terroristes, pourquoi pas les filles ?

Ils m'auront. Ça ne tardera pas. En attendant, je peux encore servir. Tant pis pour les retombées. Il paraît que je peux peut-être quelque chose pour un certain Monsieur Frankie, l'ami d'une amie d'une amie… On va le transférer à Paris, il est accusé d'une affaire grave, dans laquelle il n'a pas trempé. Un turbin bien « ficelé » l'a laissé en première ligne. Il vient de faire neuf ans à Marseille, sur une condamnation de vingt… On me demande d'obtenir une liberté conditionnelle, au moins des permissions. On m'assure que cet homme a changé en prison, qu'il fait des études et les réussit. À quarante-cinq ans, il voudrait repartir de zéro.

J'ai mon permis de visite. Grille, vérifications, matons, chefs matons, sous-chefs… Serrure et encore serrure. C'est toujours un malaise pour moi. Cette ancienne abbaye qui sert de taule aux Marseillais en fin de peine offre aux visiteurs un parloir digne d'un confessionnal. J'attends. Entre un homme sportif, sûr de lui, visage d'aventurier sympathique, épaules solides. Il me fait penser au Belmondo du *Singe en hiver*, en plus âgé. Un charme fou derrière les barreaux.

– Bonjour.

– Comment va, maître ?

– Une amie de votre femme m'a demandé de tenter une requête pour vous.

– Ah ? Vous savez, je connais le plan. Je ne sortirai pas en conditionnelle avant les deux tiers de ma peine. Et j'en suis qu'à la moitié.

Il a un sourire fataliste. Drôle d'homme. Bien dans sa peau, dans cette prison, avec une telle perspective... Fataliste et peu convaincu de mon efficacité.

– Des avocats, j'en ai vu... Toujours le même laïus...

Un petit accent chantant du Midi, une ironie dans l'œil bleu. Qu'est-ce qui m'arrive ? Un coup de foudre ? Je fonce :

– Je ne suis pas une avocate comme les autres. Ce n'est pas par hasard que nous avons une amie commune... Je suis une ancienne prostituée, il faut que vous le sachiez...

Il n'a pas l'air surpris.

– Je préfère ça. Si vous étiez arrivée en faisant des discours, je ne vous aurais pas acceptée. Les théories et les blablas... je connais trop ça depuis neuf ans...

– On va se battre sur une conditionnelle et une permission de sortie, mettre en avant vos études en prison, votre situation familiale...

Il est marié, c'est vrai. Il y a quelque part au soleil une femme qui l'attend depuis des années, une ancienne prostituée, comme moi. Elle devait lui rendre visite là-bas, le soutenir. Mais depuis son transfert à Paris, il est seul. Et elle ne peut pas bouger... On m'a confié cet homme, et je m'emballe d'un courage soudain. Je me battrai pour lui, comme je me suis battue pour moi... Je le lui dis :

– Pour devenir avocate, j'ai quasiment franchi le mur de l'impossible.

– Je m'en doute. Mais vous ne connaissez pas l'affaire... On m'a empaqueté dans cette histoire bien ficelée. Un beau turbin...

– Justement, il faut être efficace, ne pas se tromper de tir, prévoir les turbins que l'on peut encore vous faire... et reprendre le combat.

– Moi, je veux bien, je suis un battant, mais pour se battre, il faut un champ de bataille. Je ne serais pas si résigné si on m'offrait le terrain... et une porte pour y entrer.

– On le trouvera. Je reviendrai vous voir...

– Si vous avez à faire, ne vous dérangez pas pour moi... Je peux me passer de visites...

– C'est une question de principe, j'ai promis... et puis, j'y tiens.

Il me fixe tout à coup, et je prends le choc du regard bleu en plein visage. Silence dans le parloir, seul le bruit des pas des gardiens, de l'autre côté de la porte... Je ravale ma salive pour dire le plus platement du monde :

– Vous m'êtes sympathique...

J'aime déjà ce sourire, qui rajeunit brusquement l'aventurier derrière ses barreaux.

– D'accord. Alors, si vous trouvez quelque chose de sérieux, banco !

– Au revoir ?

– Au revoir, maître...

Serrure, matons, grille... sortie. Je respire l'air de Pâques, dans cette banlieue sinistre, mais je respire au-dehors. Pas lui. Don Quichotte en jupons, je me jure de le sortir de là. D'étudier l'affaire à fond, de préparer une requête comme un juge n'en a jamais vu... et d'aller voir sur place, là-bas sur son terrain, pour comprendre. Trois jours de soleil me feront du bien. Un petit souffle au cœur, délicat comme un plaisir, me fait courir la ville, sa ville, son quartier, son soleil, et notre amie commune.

Une Fanny qui a passé la cinquantaine et arpenté trente ans le trottoir de Marseille, avant d'élever ses mômes et de devenir militante pour défendre ses pareilles. Une Fanny qui me trouve bien excitée.

– Tu as vu Frankie ?

– Souvent. Je vais m'accrocher. Je crois qu'on a sympathisé. Il me ressemble, au fond. Il a repris des études, il s'en sortira comme je m'en suis sortie, et je l'aiderai de toutes mes forces. Je crois... enfin, je crois que j'éprouve un sentiment pour lui... quelque chose que je n'ai pas connu depuis des siècles.

Je pense à Sarah de mon enfance, le premier grand amour déchirant, un coup de foudre aussi... Un frisson d'angoisse m'arrête. Non. Rien à voir... Je suis une femme à présent et le hasard m'a fait rencontrer un homme. Qu'il soit en prison ne me gêne pas, nous avons le même langage, lui marginal, moi marginale. C'est un refuge. Je préfère tomber amoureuse d'un type en cellule que d'un bourgeois en liberté.

Fanny connaît mon histoire, c'est une amie solide, expérimentée.

– Si j'avais su qu'en t'appelant à la rescousse pour lui, tu tomberais dans ses bras...

– Je ne suis pas tombée dans ses bras. D'ailleurs, je ne pourrais pas... Le parloir a une grille...

– Maud, fais gaffe...

– Il a du charme...

– Je sais qu'il a du charme. Mais c'est un truand, et un truand reste un truand toute sa vie. Tu es de l'autre côté maintenant.

– De l'autre côté, comme tu dis, je ne suis qu'une pute devenue avocate. J'en ai fait l'expérience.

– Prends garde, Maud...

– Merci, mais pas avec lui...

Que c'est bon de s'installer à une terrasse au soleil et d'envoyer une carte postale idiote et merveilleuse. *Je vous écris du front de mer... Je pense à vous et ne vous oublie pas.*

Paris de juin, gare de Lyon, la pluie me réveille en douceur. Je la trouve tiède, gaie et bienfaisante. Je cours au bureau. J'ai du travail sur le dossier de mon prisonnier de cœur.

– Vous vous foutez de moi ?

Mon employeur n'aime pas les week-ends, il n'aime pas que l'on prépare des dossiers sans lui en parler. Je ne suis qu'une petite stagiaire, qui a intérêt à réfléchir à son minable statut durant les vacances judiciaires. Pas question de faire des affaires en propre, sinon du balai... Un début de clientèle ? Et puis quoi encore ?

C'est plus qu'un début de clientèle... mais tu n'en sauras rien, esclavagiste. Mon prisonnier m'a dit : « Si je m'en sors, je vous aiderai à mon tour, un vrai cabinet, ou un commerce, on trouvera... »

« On »... C'est ce « on » qui m'enchante. Au diable le SMIC et la table bancale d'une officine laborieuse. Il a dit « on ».

– Bonjour...

– Ça va, vous ?

Merveilleux vouvoiement. Merveilleux parloir... Je l'aime et il ne le sait pas. J'ai mon roman. Deux visages de chaque côté d'une grille, on ne se touche pas. On se regarde et on se parle à quelques centimètres...

– C'est raté, Frankie. Le juge a refusé la conditionnelle et la perm. Je recommence, il y en a pour un an...

– Je sais...

Je voudrais le voir dehors, lui rendre le soleil, mais au fond de moi, cette année de lutte qui se présente à nouveau, ces rendez-vous au parloir, je les aime aussi. Il s'inquiète pour moi.

– Des ennuis ?

– Ma cabane est cassée, Frankie. Au cabinet, on me passe le téléphone quand on a le temps. J'ai trois mois pour changer de patron. Pas un rond pour faire mon propre bureau...

– Je sortirai dans deux ans...

– Je ne vous abandonnerai pas.

– Moi non plus. Même d'ici, je peux vous aider, je connais des avocats...

C'est lui qui me remontait le moral, à présent. Lui qui, de sa cage, s'efforçait d'arranger ma liberté...

– Allez, Maud, du courage ! Je ferai l'impossible. Comme on dit chez nous, il vaut mieux deux blessés qu'un mort...

Octobre. Nous nous voyons tous les quinze jours. Il a passé un dernier examen de fac, il a réussi. Il doit refaire sa vie. Je veux, je veux, je veux qu'il ait une vie, et je veux sa vie pour moi. Je plonge. J'écris : *Frankie, voilà des années que je n'ai pas dit : « je t'aime » à un homme... Vous m'avez connue un peu paumée, solitaire, mais je suis différente et je voudrais tant revivre.*

Serrure, grille, matons, parloir. Ce parloir est à nous, mais je n'ai jamais osé dire, ici, ce que j'ai écrit.

– Ça va, Maud ?

Je tends ma lettre, dans une enveloppe, à travers la grille. Je m'assois et accroche mon regard au visage qui se penche, étonné, sur la feuille dépliée. Je répète en silence dans ma tête, mot à mot, ce qu'il lit : « J'ai tant pensé à vous... »

À son tour d'accrocher mon regard. Voici la petite lueur dans l'œil bleu, le sourire de loup...

– Je savais bien. J'ai repéré les jours où vous m'avez fait du « rentre-dedans ».

Est-ce qu'on rougit à mon âge, et dans ma condition ?...

Il sait. Que va-t-il faire ?

– Alors, vous l'aurez quand, cette première perm, pour qu'on en parle au grand jour ?

– Avec tous vos examens réussis, cette fois on tient le bon bout.

Nous parlons dossier. La lettre est dans sa poche, son sourire par-dessus, il n'en dira pas plus.

– Au revoir.

Il m'apprend la pudeur, cet amour en cage...

– Fin novembre, si tout va bien, la commission

d'application des peines vous accordera une permission. Vous recevrez un télégramme. Je ne serai pas là...

– Où serez-vous ?

– À Marseille. Un procès important pour les filles de là-bas... J'y participe. Bonne chance...

– Merci, amie...

J'aurais voulu dire : « Bonne chance, je t'aime... » Je n'ai pas osé. Quand il sera dehors peut-être... libre. Je n'ai que lui. Tout va mal : des honoraires en retard, le Conseil de l'Ordre sur le dos, et cette bataille juridique à Marseille, où je vais m'échiner encore. Fauchée, sans avenir et amoureuse...

La veille de mon départ, télégramme : *Permission accordée, vous souhaite autant de chance. Frankie.*

Réponse : *Folle de bonheur. L'espoir renaît. Dans quelques mois vous revivrez.*

Nous nous écrivons. Amour de parloir, et maintenant amour de boîte aux lettres. Nous comptons les semaines, les mois, avant le cycle des permissions qui l'amènera à la liberté conditionnelle. Nous nous promettons une aide mutuelle, de prendre le temps de vivre. Pour moi, une quarantaine heureuse, une vie nouvelle. Pour lui, un départ à zéro, mais avec moi à ses côtés.

Jamais il ne m'a dit « je t'aime ». Ce n'est pas son genre. Mais, au fil des lettres, je me persuade sans difficulté de l'affection, puis de la tendresse qui naît, des projets qui se dessinent. Et cette petite phrase parmi les autres : « La vie nous a fait trop de mal pour ne pas vivre à pleines mains le temps qu'il nous reste. »

Deux ans d'attente. Et maintenant l'espoir véritable, solide, de faire à deux quelque chose, de quitter Paris, de vivre au soleil. Je redeviens belle. Il va sortir bientôt, pour la première fois depuis plus de dix ans. J'ai gagné la petite bataille qui a fait avancer les choses. Demain...

Aujourd'hui, c'est encore le parloir :

– Tu vas ?

Il m'a tutoyée. Il sourit de mon visage heureux.

– J'avais prévu de te dire « tu » à la sortie. J'avance un peu le planning...

Trente mois que j'attends ça. Trente mois que je vois l'homme que j'aime arriver et partir derrière des barreaux.

J'ai peur, un peu, de cette liberté qui vient.

– Écoute-moi, Maud. Quand je sortirai, je t'appellerai tous les quinze jours. Tu auras de mes nouvelles, toujours. Mais il faut me laisser le temps de me refaire. En France ou ailleurs, n'importe où, je te ferai venir. J'aurai besoin de toi. Si je reprends une affaire d'import-export, tu suivras les dossiers. Sinon, on trouvera un commerce, une boîte de nuit faute de mieux... Mais je t'appellerai.

– Je viendrai...

L'imminence de cet avenir qu'il me promet m'oblige à dire quelque chose de moi. À titre préventif. Une vérité un peu arrangée. Je tiens tellement à ce bonheur qui vient. Tellement à cet homme...

– Frankie, je n'ai jamais pu avoir d'enfant... et je ne pourrai jamais en avoir...

L'œil bleu me sourit encore derrière les barreaux :

– T'as pas besoin de ça pour faire ta valise !

– Non, bien sûr. Je voulais juste te le dire, parce que... voilà, j'ai eu des problèmes de santé quand j'étais jeune... des problèmes endocriniens... enfin, gynécologiques... Il me reste la moitié des organes...

Drôle d'aveu. À l'envers et à moitié. Une façon de me débarrasser de la vérité qu'il a peut-être devinée depuis longtemps.

Il me regarde, étonné. Un petit silence.

– C'est du passé tout ça. Il faut mordre la vie, ma belle... La mordre à pleines dents et s'y tenir. D'accord ? Écoute, pour ma première permission, on ne pourra pas se voir... Il faut que je m'occupe de mes affaires en bas, tu comprends ? D'ailleurs ça vaut mieux. Mais pour la dernière, tu viendras me chercher...

Encore six mois, Maud. Trois ans en tout. C'est pour bientôt, c'est pour Noël...

Le Conseil de l'Ordre a demandé ta démission... qu'il la prenne et la garde. Échec à l'avocate, mais pas à la femme.

Après avoir compté les mois, les semaines, les jours, je compte les heures. Voici la dernière. Et la première de toutes : 16 h 30, Orly.

Je le vois arriver de loin, son sac de sport sur l'épaule, la démarche élastique. Je le vois en liberté pour la première fois. Je l'embrasse pour la première fois. Un baiser sur la joue, sur l'autre. J'ai le cœur éclaté.

– Il faut que je sois où tu sais, pour 19 heures... qu'est-ce qu'on fait ?

À peine deux heures devant nous, avant qu'il regagne pour la dernière fois sa prison.

– Chez moi ?

– Si tu veux.

À deux dans un taxi, mon épaule près de la sienne, à deux dans l'ascenseur... Je cherche mes clés sur le palier en m'excusant :

– C'est pas extraordinaire chez moi, un peu bruyant...

À deux sur le divan.

– Je peux téléphoner ?

Il joue avec le répondeur et la télévision, en passant deux ou trois appels :

– Ne m'en veux pas, je suis curieux de tout... Après des années de cellule, je ne connais pas les objets d'aujourd'hui. C'est marrant, cette commande à distance...

À deux sur ce divan. Lui qui joue et moi qui tremble. Il se penche... Il me penche... En sourire et en accent de soleil :

– Q'est-ce qu'on fait maintenant ? On a juste le temps de s'embrasser, non ?

Le choc électrique de ce baiser attendu depuis trois ans. Le choc de ses mains sur moi. S'il savait que j'ai vingt ans, que je vis l'émotion rare et unique du premier flirt, des premiers contacts...

– C'est l'heure, Maud...

Je raccompagne l'homme que j'aime en prison. Main dans la main. Il va passer la nuit là-bas, et moi sur le divan où nous n'avons pas fait l'amour, pas encore.

Je le laisse au coin d'une rue, les larmes aux yeux.

Je n'ai pas dormi de la nuit. Il est à moi, je l'ai touché, embrassé; il est à moi, mon insomnie garde son odeur. L'embellie, enfin.

Le beau jour. C'est un anniversaire pour moi seule : celui de mon opération il y a onze ans, et celui de sa liberté à lui. Le beau jour le plus long de ma vie est arrivé.

Je sais qu'il sort ce matin. L'attente est un plaisir anxieux de premier rendez-vous. Mon visage, mon corps, tout m'inquiète, comme s'il ne me connaissait pas. Trois ans de purgatoire, d'amour de loin, de pudeur volontaire et forcée font de nous des fiancés à l'ancienne.

Le coup de sonnette me résonne au cœur.

Il parle, il raconte le chahut des dernières heures. Il a donné ses affaires à ceux qui restent, c'est la coutume, il a attendu la levée d'écrou, récupéré une montre, un portefeuille, un costume et une ceinture qui ne lui vont plus. Il dit :

– Jusqu'à présent j'étais assisté jour et nuit, aucune décision à prendre, pas de responsabilités, dix ans de vide. C'est maintenant que ma prison commence.

Moi, c'est ma vie qui commence : une heure de liberté ensemble, la première vraie liberté totale. Tout à l'heure il s'en ira, prendra l'avion, il ira sur sa terre de soleil préparer notre avenir.

Je ferme les yeux, je répète dans ma tête ce

bonheur insensé : je fais l'amour avec lui, je fais l'amour avec lui...

Toutes les théories du monde sur le sexe et le plaisir ne valent pas l'amour, le vrai, celui qui part de la tête pour envahir le corps et pas l'inverse.

La jouissance est dans ma tête. Je vis vraiment, cette fois, ce que j'espérais il y a onze ans, lorsque je suis devenue vraiment femme sur une table d'opération. Voilà, c'était pour lui.

Il s'excuse :

– J'ai perdu l'habitude, un peu...

Ce plaisir trop rapide qu'il vient de prendre est un cadeau supplémentaire. Des années sans femmes, et puis moi, pour recueillir ce désir impatient.

Petite alerte, que j'élude. Il a remarqué quelque chose, un détail technique, une sécheresse contre laquelle je ne peux pas grand-chose. Le sexe que l'on m'a fait ne peut pas réagir comme celui des autres femmes. Je répète mon demi-mensonge, ma demi-vérité, en espérant qu'il a compris, et que l'explication restera un code entre nous.

Il n'y pense déjà plus. Son avion part dans une heure.

– On s'organisera comme je l'ai dit. Laisse-moi un peu de temps. J'ai besoin de trois ou quatre mois pour me remettre en selle. Tu auras de mes nouvelles chaque semaine. Une carte ou un coup de fil, c'est juré.

Embarquement immédiat. Dans ses bras, le nez sur son épaule :

– J'irai au bout du monde avec toi...

Dernier baiser.

Mon arc-en-ciel perd ses couleurs.

Première semaine, rien. Il n'a pas eu le temps, il a des soucis d'argent, et toutes les excuses.

Deuxième semaine, rien.

Pourvu que ces ennuis ne s'aggravent pas. Je sais qu'il a dû payer une grosse somme au fisc à sa sortie. C'était la « condition » de sa conditionnelle...

Troisième semaine, rien. Rien.

Cette fois, j'appelle ses amis, ses relations, je fais le tour de Marseille au téléphone. Aucune nouvelle.

Mon arc-en-ciel n'a plus de couleurs. « Il » ne va pas me faire ça, c'est impossible... Après trois ans, toutes ces promesses... Je l'aime et il le sait. Je suis seule et abandonnée, sans lui. Plus de métier. Le barreau a eu ma peau.

Plus d'argent. Plus d'amour ?

Je ne veux pas y croire. Il s'est passé quelque chose, il va revenir, il va téléphoner... Il me dira de son accent rigolo : « J'ai eu des embrouilles, Môde. » Il n'arrive pas à prononcer Maud.

Les copines me consolent à tour de rôle. Fanny de Marseille et son bon sens :

– Te ronge pas les sangs, ma belle. Un type qui sort de taule a besoin d'air...

Il faut manger, je n'ai pas faim. Dormir, je ne peux plus. Je maigris d'angoisse. Longtemps j'ai attendu, si longtemps que l'automne s'est envolé. Passent l'hiver et la nouvelle année.

14 janvier : mon arc-en-ciel est devenu noir.

Le téléphone dans ma main droite, ma voix qui tremble :

– C'est toi ?

Je hurle :

– Tu m'as abandonnée !

Il est surpris. Vraiment surpris de ce désespoir hystérique.

– Écoute, « Môde », on voit les choses autrement en prison, d'une autre façon... Et puis je suis sorti, j'ai eu un choc, et j'ai gambergé huit jours...

– Vas-y !

– Il y a une question que je dois te poser : chez nous, on est comme ça... je dois savoir...

– Quoi ? Qu'est-ce que tu veux savoir ? Vas-y, demande-le !

– T'es un « trans » ou t'es pas un « trans » ?

Je m'assois. J'ai lâché l'appareil, il est tombé et je le rattrape maladroitement. Pourvu qu'il ne soit pas cassé, que la communication ne soit pas coupée…

– Allô ?

– Je suis là…

– Je… je t'ai expliqué, je suis née mal formée… il me manque la moitié…

Je ne peux pas. Pas à lui. Je l'aime, il a droit à la vérité, pas au poison.

– C'est de l'hermaphrodisme, Frankie…

Je m'entends respirer dans l'appareil, bien trop fort, et ma voix se casse, retombe dans les graves douloureux.

– Je suis intersexuelle, c'est compliqué… je…

– Bon.

Aucune méchanceté dans ce « bon »… Moi, je ne trouve rien à dire de plus, le choc m'a prise de court, comment répondre à *la* question autrement ? Raconter quarante ans de ma vie au téléphone et en quelques minutes ?

– Bon… Je fais pas comme je veux en ce moment, c'est dur. Évidemment je te suis redevable… Je t'appellerai quand ça ira mieux.

– Je peux t'écrire ?

– Si tu veux, mais en amie… et puis c'est pas mon fort de répondre aux lettres.

– C'est pas fini, hein ? On se reverra peut-être ? Bientôt…

– Écoute, je t'aime bien, t'as fait beaucoup pour moi, mais je peux pas passer ma vie avec une « trans »…

Le dérisoire a repris sa place. Un déclic. Et le grand silence.

Je pars pour l'Italie. Je vais en vacances. Je vais rencontrer les « trans » de Rome, de Milan, de Florence… On ne les a pas réinsérées, elles. Elles vivent chez elles, sans impôts, ni traque de la police. En Italie, elles ont gagné le droit d'exister sans procès-verbaux et sans macs. Elles se sont enchaînées devant la chambre des députés, avec la caution de Mme Pertini, épouse du Président italien, pour obtenir une loi. Il leur reste la solitude. Le mal-vécu.

Souvent je lui disais cette phrase de Cocteau : « Il n'y a pas d'amour, il n'y a que des preuves d'amour. »

Venise est sous les eaux.

Paris, le 15 décembre 1986

Annexe

TRIBUNAL DE GRANDE INSTANCE DE ROUEN

Jugement du 22 mai 1978

Procédure et demande

Ayant assigné M. le Procureur de la République par exploit du 21 juin 1977, et ayant déposé des conclusions le 13 janvier 1978, M. M. demande au tribunal :

– de dire qu'il est du sexe féminin,

– de remplacer ses prénoms par celui de Maud,

– d'ordonner en conséquence la rectification des registres d'état civil,

– d'ordonner l'exécution provisoire,

– subsidiairement, d'ordonner une mesure d'instruction.

M. le Procureur de la République a, dans ses réquisitions orales, déclaré qu'il ne s'opposait pas à la demande.

Moyens

M. M. expose :

– qu'il a lors de sa naissance été déclaré à l'état civil comme étant du sexe masculin,

– qu'il est né prématuré de 6 mois et demi,

– qu'il présentait les caractéristiques à peine formées du sexe masculin,

– que, dès son plus jeune âge, il a éprouvé une attirance irréductible vers une identité féminine,

– que le sexe qui lui a été attribué par l'état civil a été pour lui la source, tout au long de sa jeunesse, d'une répression mutilante dont les effets destructeurs le rendent totalement inapte à une vie normalement intégrée,

– que, le 8 octobre 1974, il a subi une opération qui en a fait une femme.

Discussion

Le demandeur produit diverses pièces et notamment des certificats émanant de médecins spécialistes qui fournissent des renseignements sur ces caractéristiques sexuelles.

Né prématuré de 6 ou 7 mois le 28 juin 1945, Jean M., selon ses parents, n'aurait pas eu le développement d'un garçon et aurait manifesté le comportement d'une petite fille. Son épanouissement et ses études en auraient été très perturbés.

Bien que, semble-t-il, sa famille eût souhaité vivement son incorporation, M. M. a été jugé inapte au service militaire (lettre du Dr F.).

Alors qu'arrivé à l'âge adulte il n'avait encore subi aucun traitement médical ni intervention chirurgicale relatifs à son sexe, selon le Dr A. et le Dr R. qui l'avaient examiné à cette époque et selon l'interprétation donnée par les Prs D. et B. au résultat d'un examen postérieur et au vu des renseignements fournis, M. M. présentait une verge atrophiée, des caractères sexuels secondaires masculins peu évidents, l'absence de toute ébauche de puberté masculine, une insuffisance sécrétoire des testicules ou un déficit total des organes à l'hormone sécrétée, un appareil génital certainement impropre à toute fonction de copulation et de reproduction, sur le plan des caractères sexuels secondaires, des signes de féminité plus marqués que les caractères masculins, un psychisme très féminin.

Le Dr A. a conclu à un cas d'intersexualité, le Pr B. à un « syndrome transsexuel dû à une insuffisance testiculaire organique » et le Pr D. à un problème qui se rapproche de celui des pseudo-hermaphrodismes.

Il n'est pas contesté cependant que, du point de vue génétique, M. M. est caractérisé pas un caryotype masculin.

Le Dr A. qui a traité M. M. depuis 1970 déclare que « devant l'inanité des traitements hormonaux prescrits en vue d'une rééquilibration du sujet vers le sexe masculin, il a été plus sage de suivre et seconder sa nature intime vers sa féminisation, obtenue d'ailleurs assez rapidement, en accord avec des confrères spécialistes d'endocrinologie et de psychiatrie ».

Une psychothérapie pour une orientation vers un psychisme masculin s'était selon le Dr R. révélée inopérante.

Une intervention chirurgicale a été pratiquée dans une clinique de Bruxelles où M. M. a séjourné du 7 au 20 octobre 1974.

La situation actuelle, après les traitements et l'intervention chirurgicale, est la suivante :

L'opération n'a pas entraîné de complications organiques ou physiologiques.

M. M. présente une morphologie et un développement mammaire typiquement féminins, une topographie pilaire féminine avec peau glabre. Il a été créé un néo-vagin fonctionnel, apte aux rapports (certificat délivré par le Dr T.).

Son orientation psycho-sexuelle et son comportement sont féminins. Le Pr B. estime que le rejet de sa demande pourrait avoir de graves conséquences pour le pronostic mental, voire vital. Le Pr K. estime de même qu'il conduirait à des situations équivoques et à un grand désarroi social en raison de l'impossibilité pour M. M. de trouver du travail avec son état civil actuel.

Une attestation délivrée par l'un des membres d'une association militant contre la traite des femmes affirme que le refus de reconnaître l'état féminin de M. M. ne laisserait à celui-ci d'autre possibilité de survie que la prostitution, à laquelle il s'est adonné précédemment pendant un certain temps, et le conduirait finalement au désespoir.

Si l'on se réfère à l'état naturel qui était celui de M. M. avant les traitements hormonaux féminisants et l'intervention chirurgicale, l'on peut affirmer que les caractères sexuels masculins étaient pour la plupart peu développés ou inexistants alors que l'on se trouvait en présence de certains caractères sexuels féminins indéniables. Le traitement hormonal et la psychothérapie orientés vers une masculinisation avaient échoué. D'un point de vue scientifique, le sexe de M. M. ne correspondait exactement ni à l'un ni à l'autre des deux sexes.

Les traitements hormonaux féminisants ont certainement accentué les caractères sexuels féminins. L'intervention chirurgicale, en supprimant la verge, a entraîné une situation irréversible. Elle a créé un néo-vagin qui permet les relations sexuelles avec un partenaire masculin.

Peut-on tenir compte, pour la détermination du sexe, des modifications ainsi obtenues ?

La castration, même avec le consentement de la victime, constitue un crime et il peut paraître inadmissible que cette victime puisse en invoquer les résultats.

Le sexe correspond normalement à un état naturel et l'on peut juger également inadmissible d'entériner les résultats d'une modification artificielle du sexe.

Cependant, en l'espèce, la nature n'avait pas doté M. M. d'un sexe parfaitement défini. Il se trouvait dans une situation ambiguë dont il était légitime qu'il cherchât à se dégager en rejoignant, autant que possible, l'un ou l'autre sexe.

L'échec de la tentative de masculinisation par traitement conduisait naturellement à une tentative en sens contraire. Le succès du traitement hormonal féminisant constituait un encouragement à poursuivre dans le sens de la féminisation.

Le Pr D., dans son ouvrage *Les Intersexualités* (collection « Que sais-je ? »), s'exprime ainsi : « Lorsque l'organe pénien apparaît trop misérable pour laisser espérer qu'il puisse jamais servir à la copulation... on n'éprouvera aucun scrupule à transformer le sujet en fille. »

La formation chirurgicale d'un néo-vagin était pour M. M. le seul moyen d'acquérir un sexe fonctionnel.

L'intervention a présenté un caractère thérapeutique qui affranchissait le fait matériel de la castration de toute qualification criminelle.

Les modifications apportées volontairement par M. M. à son état sexuel, motivées par la situation anormale et douloureuse qui était la sienne, n'ont donc pas eu le caractère illicite ou purement artificiel qui interdirait de les prendre en considération.

C'est en fonction de l'ensemble des données résultant des diverses phases de l'état sexuel de M. M. que sera déterminé le sexe qu'il convient de lui attribuer pour l'état civil.

En faveur du sexe masculin, l'on peut invoquer la présomption résultant du sexe légal actuel, l'existence initiale d'organes sexuels masculins, le sexe génétique.

En faveur du sexe féminin, l'on peut faire valoir, au stade antérieur au traitement et à l'intervention, l'atrophie des organes sexuels mâles, l'absence de puberté masculine, l'insuffisance fonctionnelle majeure des testicules, l'inaptitude de l'organe mâle à toute fonction de copulation, des caractères sexuels secondaires de féminité plus marqués que les caractères masculins, l'échec du traitement masculinisant, un psychisme très féminin.

On peut ajouter, à la suite du traitement féminisant et de l'intervention chirurgicale, le fait même du succès du traitement, le développement mammaire, la topographie pilaire, le néo-vagin fonctionnel.

La situation actuelle permet encore de relever, comme élément favorable à l'attribution du sexe féminin, l'aspiration très forte de M. M. vers la reconnaissance d'une identité féminine et les dommages psychiques, sociaux et même vitaux qu'un refus pourrait entraîner.

Pour apprécier l'importance relative de ces divers éléments, l'on peut observer que le sexe attribué à la naissance résulte d'un examen superficiel et que l'on est alors privé des informations que pourrait apporter l'évolution sexuelle au cours de la croissance, que le sexe génétique a l'avantage de la précision scientifique mais n'en constitue pas pour autant un critère absolu, que les caractères sexuels secondaires, dans l'ensemble les plus apparents pour les tiers, revêtent de ce fait une grande importance sociale, que l'aptitude à la relation sexuelle, qui constitue la fin normale de l'organisation sexuelle de l'individu, revêt un caractère essentiel, que le psychisme sexuel, s'il n'est pas susceptible de constatations directes et simples comme les caractères sexuels matériels extérieurs, est de nature à faire présumer des caractères physiques auxquels il serait lié.

Enfin, en ce qui concerne le désir intense d'une identité féminine éprouvé par M. M., l'on observera que l'intéressé est seul en mesure de vivre pleinement ses contradictions sexuelles et que la manière dont il cherche à les résoudre constitue un indice extrêmement important de sa nature intime.

Les raisons qui conduisent à l'attribution à M. M. d'une identité sexuelle féminine apparaissent finalement les plus importantes.

La qualité de personne du sexe féminin sera donc

reconnue à M. M. Ses prénoms de caractère masculin seront remplacés par celui de Maud, comme il le demande.

L'exécution provisoire pourrait entraîner, si la présente décision était réformée, des modifications successives d'une situation à laquelle il faut assurer, le plus possible, la stabilité. Elle ne serait pas compatible avec la nature de l'affaire.

Dispositif

Le tribunal

Constate que la personne inscrite le 29 juin 1945, sur les registres de l'état civil de Rouen, sous le nom de Jean, Pascal, Henri M. et désignée comme étant du sexe masculin est du sexe féminin.

Dit que ses prénoms seront remplacés par celui de Maud.

Ordonne que les registres seront rectifiés en conséquence.

Dit que la mention du présent jugement sera faite en marge de l'acte rectifié et qu'il ne pourra être délivré d'expédition de l'acte qu'avec la rectification ordonnée.

Dit n'y avoir lieu à exécution provisoire.

Laisse à l'auteur de la demande la charge des dépens.

Littérature

extrait du catalogue

Cette collection est d'abord marquée par sa diversité : classiques, grands romans contemporains ou même des livres d'auteurs réputés plus difficiles, comme Borges, Soupault. En fait, c'est tout le roman qui est proposé ici, Henri Troyat, Bernard Clavel, Guy des Cars, Frison-Roche, Djian mais aussi des écrivains étrangers tels que Colleen McCullough ou Konsalik.

Les classiques tels que Stendhal, Maupassant, Flaubert, Zola, Balzac, etc. sont publiés en texte intégral au prix le plus bas de toute l'édition. Chaque volume est complété par un cahier photos illustrant la biographie de l'auteur.

ADAMS Richard	**Les garennes de Watership Down** 2078/**6***
ADLER Philippe	**C'est peut-être ça l'amour** 2284/**3***
	Les amies de ma femme 2439/**3***
AMADOU Jean	**Heureux les convaincus** 2110/**3***
AMADOU J. et KANTOF A.	**La belle anglaise** 2684/**4***
AMADOU, COLLARO & ROUCAS	**Le Bêbête show** 2824/**5*** & 2825/**5*** Illustré
ANDREWS Virginia C.	Fleurs captives :
	-Fleurs captives 1165/**4***
	-Pétales au vent 1237/**4***
	-Bouquet d'épines 1350/**4***
	-Les racines du passé 1818/**4***
	-Le jardin des ombres 2526/**4***
	-Les enfants des collines 2727/**5***
	L'ange de la nuit 2870/**5***
ANGER Henri	**La mille et unième rue** 2564/**4***
APOLLINAIRE Guillaume	**Les onze mille verges** 704/**1***
	Les exploits d'un jeune don Juan 875/**1***
ARCHER Jeffrey	**Kane et Abel** 2109/**6***
	Faut-il le dire à la Présidente ? 2376/**4***
ARSAN Emmanuelle	**Les débuts dans la vie** 2867/**3***
ARTUR José	**Parlons de moi, y a que ça qui m'intéresse** 2542/**4***
ATWOOD Margaret	**La servante écarlate** 2781/**4***
AUEL Jean M.	**Les chasseurs de mammouths** 2213/**5*** et 2214/**5***
AURIOL H. et NEVEU C.	**Une histoire d'hommes / Paris-Dakar** 2423/**4***
AVRIL Nicole	**Monsieur de Lyon** 1049/**3***
	La disgrâce 1344/**3***
	Jeanne 1879/**3***
	L'été de la Saint-Valentin 2038/**2***
	La première alliance 2168/**3***
	Sur la peau du Diable 2702/**4***
AZNAVOUR-GARVARENTZ	**Petit frère** 2358/**3***
BACH Richard	**Jonathan Livingston le goéland** 1562/**1*** Illustré
	Illusions / Le Messie récalcitrant 2111/**2***
	Un pont sur l'infini 2270/**4***
BALLARD J.G.	**Le jour de la création** 2792/**4***
BALZAC Honoré de	**Le père Goriot** 1988/**2***
BARBER Noël	**Tanamera** 1804/**4*** & 1805/**4***
BARRET André	**La Cocagne** 2682/**6***
BATS Joël	**Gardien de ma vie** 2238/**3*** Illustré
BAUDELAIRE Charles	**Les Fleurs du mal** 1939/**2***

BÉARN Myriam et Gaston de	L'Or de Brice Bartrès 2514/4*
	Gaston Phébus - Le lion des Pyrénées 2772/6*
	Gaston Phébus - Les créneaux de feu 2773/6*
BÉART Guy	L'espérance folle 2695/5*
BEAULIEU PRESLEY Priscilla	Elvis et moi 2157/4* Illustré
BECKER Stephen	Le bandit chinois 2624/5*
BELLEMARE Pierre	Les dossiers extraordinaires 2820/4* & 2821/4*
	Les dossiers d'Interpol 2844/4* & 2845/4*
BELLETO René	Le revenant 2841/5*
BELLONCI Maria	Renaissance privée 2637/6* Inédit
BENZONI Juliette	Un aussi long chemin 1872/4*
	Le Gerfaut des Brumes :
	-Le Gerfaut 2206/6*
	-Un collier pour le diable 2207/6*
	-Le trésor 2208/5*
	-Haute-Savane 2209/5*
BERBEROVA Nina	Le laquais et la putain 2850/2*
BERG Jean de	L'image 1686/1*
BERTRAND Jacques A.	Tristesse de la Balance... 2711/1*
BEYALA Calixthe	C'est le soleil qui m'a brûlée 2512/2*
	Tu t'appeleras Tanga 2807/3*
BINCHY Maeve	Nos rêves de Castlebay 2444/6*
BISIAUX M. et JAJOLET C.	Chat plume (60 écrivains...) 2545/5*
	Chat huppé (60 personnalités...) 2646/6*
BLIER Bertrand	Les valseuses 543/5*
BOMSEL Marie-Claude	Pas si bêtes 2331/3* Illustré
BORGES et BIOY CASARES	Nouveaux contes de Bustos Domecq 1908/3*
BORY Jean-Louis	Mon village à l'heure allemande 81/4*
BOULET Marc	Dans la peau d'un Chinois 2789/5* Illustré
BOURGEADE Pierre	Le lac d'Orta 2410/2*
BRADFORD Sarah	Grace 2002/4*
BROCHIER Jean-Jacques	Un cauchemar 2046/2*
	L'hallali 2541/2*
BRUNELIN André	Gabin 2680/5* & 2681/5* Illustré
BURON Nicole de	Vas-y maman 1031/2*
	Dix-jours-de-rêve 1481/3*
	Qui c'est, ce garçon ? 2043/3*
	C'est quoi, ce petit boulot ? 2880/4*
CARRERE Emmanuel	Bravoure 2729/4*
CARS Guy des	La brute 47/3*
	Le château de la juive 97/4*
	La tricheuse 125/3*
	L'impure 173/4*
	La corruptrice 229/3*
	La demoiselle d'Opéra 246/3*
	Les filles de joie 265/3*
	La dame du cirque 295/2*
	Cette étrange tendresse 303/3*
	La cathédrale de haine 322/3*
	L'officier sans nom 331/3*
	Les sept femmes 347/4*
	La maudite 361/3*
	L'habitude d'amour 376/3*

	La révoltée 492/**4***
	Amour de ma vie 516/**3***
	Le faussaire 548/**5***
	La vipère 615/**4***
	L'entremetteuse 639/**4***
	Une certaine dame 696/**4***
	L'insolence de sa beauté 736/**3***
	L'amour s'en va-t-en guerre 765/**2***
	Le donneur 809/**2***
	J'ose 858/**2***
	La justicière 1163/**2***
	La vie secrète de Dorothée Gindt 1236/**2***
	La femme qui en savait trop 1293/**2***
	Le château du clown 1357/**4***
	La femme sans frontières 1518/**3***
	Le boulevard des illusions 1710/**3***
	La coupable 1880/**3***
	L'envoûteuse 2016/**5***
	Le faiseur de morts 2063/**3***
	La vengeresse 2253/**3***
	Sang d'Afrique 2291/**5***
	Le crime de Mathilde 2375/**4***
	La voleuse 2660/**3***
	Le grand monde 2840/**8***
	La mère porteuse 2885/**4*** (Nov. 90)
CARS Jean des	*Sleeping Story* 832/**4***
	Elisabeth d'Autriche ou la fatalité 1692/**4***
	La princesse Mathilde 2827/**6***
CASSAR Jacques	*Dossier Camille Claudel* 2615/**5***
CATO Nancy	*L'Australienne* 1969/**4*** & 1970/**4***
	Les étoiles du Pacifique 2183/**4*** & 2184/**4***
	Lady F. 2603/**4***
CESBRON Gilbert	*Chiens perdus sans collier* 6/**2***
	C'est Mozart qu'on assassine 379/**3***
CHABAN-DELMAS Jacques	*La dame d'Aquitaine* 2409/**2***
CHEDID Andrée	*La maison sans racines* 2065/**2***
	Le sixième jour 2529/**3***
	Le sommeil délivré 2636/**3***
	L'autre 2730/**3***
	Les marches de sable 2886/**3*** (Nov. 90)
CHOW CHING LIE	*Le palanquin des larmes* 859/**4***
	Concerto du fleuve Jaune 1202/**3***
CHRIS Long	*Johnny* 2380/**4*** Illustré
CLANCIER Georges-Emmanuel	*Le pain noir* 651/**3***
	La fabrique du roi 652/**3***
CLAUDE Catherine	*Le magot de Josepha* 2865/**2***
CLAUDE Hervé	*L'enfant à l'oreille cassée* 2753/**2***
	Le désespoir des singes 2788/**3***
CLAVEL Bernard	*Le tonnerre de Dieu* 290/**1***
	Le voyage du père 300/**1***
	L'Espagnol 309/**4***
	Malataverne 324/**1***
	L'hercule sur la place 333/**3***
	Le tambour du bief 457/**2***

CLAVEL (suite)	***L'espion aux yeux verts*** *499/**3****
	La grande patience :
	1-La maison des autres *522/**4****
	2-Celui qui voulait voir la mer *523/**4****
	3-Le cœur des vivants *524/**4****
	4-Les fruits de l'hiver *525/**4****
	Le Seigneur du Fleuve *590/**3****
	Pirates du Rhône *658/**2****
	Le silence des armes *742/**3****
	Tiennot *1099/**2****
	Les colonnes du ciel :
	1-La saison des loups *1235/**3****
	2-La lumière du lac *1306/**4****
	3-La femme de guerre *1356/**3****
	4-Marie Bon Pain *1422/**3****
	5-Compagnons du Nouveau-Monde *1503/**3****
	Terres de mémoire *1729/**2****
	Qui êtes-vous ? *1895/**2****
	Le Royaume du Nord :
	-Harricana *2153/**4****
	-L'Or de la terre *2328/**4****
	-Miséréré *2540/**4****
	-Amarok *2764/**3****
CLERC *Christine*	***L'Arpeggione*** *2513/**3****
CLOSTERMANN *Pierre*	***Le Grand Cirque*** *2710/**4****
COCTEAU *Jean*	***Orphée*** *2172/**2****
COLETTE	***Le blé en herbe*** *2/**1****
COLLINS *Jackie*	***Les dessous de Hollywood*** *2234/**4*** & 2235/**4****
COLOMBANI *M.-F.*	***Donne-moi la main, on traverse*** *2881/**3*** (Nov. 90)*
COMPANEEZ *Nina*	***La grande cabriole*** *2696/**4****
CONROY *Pat*	***Le Prince des marées*** *2641/**5*** & 2642/**5****
CONTRUCCI *Jean*	***Un jour, tu verras...*** *2478/**3****
CORMAN *Avery*	***Kramer contre Kramer*** *1044/**3****
	50 bougies et tout recommence *2754/**3****
COUSTEAU *Commandant*	***Nos amis les baleines*** *2853/**7*** Illustré*
	Les dauphins et la liberté *2854/**7*** Illustré*
CUNY *Jean-Pierre*	***L'aventure des plantes*** *2659/**4****
DANA *Jacqueline*	***Les noces de Camille*** *2477/**3****
DAUDET *Alphonse*	***Tartarin de Tarascon*** *34/**1****
	Lettres de mon moulin *844/**1****
DAVENAT *Colette*	***Daisy Rose*** *2597/**6****
	Le soleil d'Amérique *2726/**6****
DHOTEL *André*	***Le pays où l'on n'arrive jamais*** *61/**2****
DICKENS *Charles*	***Espoir et passions (Un conte de deux villes)*** *2643/**5****
DIDEROT *Denis*	***Jacques le fataliste*** *2023/**3****
DJIAN *Philippe*	***37°2 le matin*** *1951/**4****
	Bleu comme l'enfer *1971/**4****
	Zone érogène *2062/**4****
	Maudit manège *2167/**5****
	50 contre 1 *2363/**3****
	Echine *2658/**5****
	Crocodiles *2785/**2****
DORIN *Françoise*	***Les lits à une place*** *1369/**4****
	Les miroirs truqués *1519/**4****

2443

Composition Communication à Champforgeuil
Impression Brodard et Taupin
à La Flèche (Sarthe) le 4 octobre 1990
1492D-5 Dépôt légal octobre 1990
ISBN 2-277-22443-X
1er dépôt légal dans la collection : sept. 1988
Imprimé en France
Editions J'ai lu
27, rue Cassette, 75006 Paris
diffusion France et étranger : Flammarion